NI UNA PALABRA

Harlan Coben

NI UNA PALABRA

Traducción de Esther Roig

Título original: *Hold tight*

© Harlan Coben, 2008
Negociado a través de Mercedes Casanovas Agencia Literaria, S.L.
© traducción, Esther Roig, 2009
© de esta edición: 2009, RBA Libros, S.A.
Santa Perpètua, 12 - 08012 Barcelona
rba-libros@rba.es / www.rbalibros.com

Primera edición: mayo 2009

Ref.: OAFI326
ISBN: 978-84-9867-530-6
Composición: Víctor Igual, S.L.
Depósito legal: B-17978-2009
Impreso por Liberdúplex

En memoria de los cuatro abuelos de mis hijos:
Carl y Corky Coben
Jack y Nancy Armstrong

Os echamos mucho de menos a todos

NOTA DEL AUTOR

La tecnología utilizada en este libro es real. No sólo es real, sino que el programario y el equipo descrito están en venta y al alcance de todos. Los nombres de los productos se han cambiado, pero, vaya, ¿a quién va a detener esto?

1

Marianne jugueteaba con su tercer chupito de Cuervo, maravillándose de su infinita capacidad para destruir todo lo bueno que podía haber en su lastimosa vida, cuando el hombre que estaba a su lado gritó:

—¡Oye, preciosa, el creacionismo y la evolución son perfectamente compatibles!

La saliva del hombre acabó en el cuello de Marianne. Ella hizo una mueca y lanzó una rápida mirada al hombre. Llevaba un gran bigote poblado que parecía salido de una película pornográfica de los setenta. Estaba sentado a la derecha de Marianne. La rubia oxigenada con los cabellos encrespados a quien intentaba impresionar con aquella charla tan estimulante estaba sentada a su izquierda. Marianne era el desafortunado embutido de aquel malogrado sándwich.

Intentó ignorarlos. Contempló su vaso como si fuera un diamante que estuviera evaluando para un anillo de compromiso. Marianne tenía la esperanza de que esto hiciera desaparecer al hombre del bigote y a la mujer de cabellos pajizos. Pero no fue así.

—Estás loco —dijo Pelopaja.

—Tú escúchame.

—De acuerdo. Te escucho. Pero creo que estás loco.

—¿Queréis cambiar de taburete, para poder estar al lado? —preguntó Marianne.

Bigotes le puso una mano en el brazo.

—Quieta, guapa, quiero que tú también lo oigas.

Marianne iba a protestar, pero decidió que sería mejor no hacerlo. Volvió a mirar su bebida.

—Veamos —siguió Bigotes—, sabes lo de Adán y Eva, ¿no?

—Claro —dijo Pelopaja.

—¿Te lo tragas?

—¿Lo de que él fue el primer hombre y ella la primera mujer?

—Así es.

—Ni hablar. ¿Y tú?

—Sí, ya lo creo. —Se acarició el bigote como si éste fuera un pequeño roedor que necesitara amor—. La Biblia cuenta lo que pasó. Primero fue Adán y después Eva, a quien crearon con una de sus costillas.

Marianne bebió. Bebía por muchas razones. La mayoría de las veces lo hacía para divertirse. Había estado en demasiados sitios parecidos a éste, intentando enrollarse con alguien y esperando que hubiera algo más. Sin embargo, esa noche, la idea de marcharse con un hombre no le interesaba en absoluto. Bebía para aturdirse y le estaba funcionando. En cuanto se soltó, la cháchara insustancial la distrajo. Le ayudó a aliviar el dolor.

Había metido la pata.

Como siempre.

Su vida había sido una carrera para alejarse de todo lo que fuera virtuoso y honesto, a la búsqueda del siguiente chute imposible de obtener, un estado perpetuo de aburrimiento interrumpido por subidones lastimosos. Marianne había destruido algo bueno y cuando lo intentó recuperar, volvió a meter la pata.

En el pasado hizo daño a los más cercanos a ella. Era como un club exclusivo para aquellos a los que mutilar emocionalmente: las personas a las que amaba. Pero ahora, gracias a su reciente mezcla de idiotez y egoísmo, podía añadir a perfectos desconocidos a la lista de víctimas de la Masacre Marianne.

Por algún motivo, hacer daño a desconocidos parecía peor.

Todos hacemos daño a los que amamos, ¿no? Pero era mal karma hacer daño a inocentes.

Marianne había destruido una vida. Tal vez más de una.

¿Para qué?

Para proteger a su hija. Eso era lo que había creído.

Imbécil.

—Veamos —siguió Bigotes—, Adán engendró a Eva o como sea que se diga.

—Vaya mierda sexista —dijo Pelopaja.

—Pero palabra de Dios.

—Que la ciencia ha refutado.

—Espera un momento, guapa. Escucha. —Levantó la mano derecha—. Tenemos a Adán —levantó la mano izquierda— y tenemos a Eva. Tenemos el Jardín del Edén, ¿de acuerdo?

—De acuerdo.

—Adán y Eva tienen dos hijos. Caín y Abel. Y entonces Abel mata a Caín.

—Caín mata a Abel —corrigió Pelopaja.

—¿Estás segura? —Frunció el ceño, pensando. Después sacudió la cabeza—. Bueno, da igual. Uno de los dos muere.

—Abel muere. Caín lo mata.

—¿Estás segura?

Pelopaja asintió.

—Bueno, entonces sólo tenemos a Caín. Y la pregunta es: ¿con quién se reprodujo Caín? Veamos, la única mujer disponible es Eva y se está haciendo mayor. ¿Cómo sobrevivió la humanidad?

Bigotes calló, como si esperara un aplauso. Marianne levantó los ojos al cielo.

—¿Entiendes el dilema?

—Quizá Eva tuvo otro hijo. Una chica.

—¿Así que tuvo relaciones con su hermana? —preguntó Bigotes.

11

—Por supuesto. En aquella época, todos tenían relaciones con todos, ¿o no? Adán y Eva fueron los primeros. Tuvo que haber varios incestos.

—No —dijo Bigotes.

—¿No?

—La Biblia prohíbe el incesto. La respuesta está en la ciencia. A eso me refiero. A que la ciencia y la religión pueden coexistir. Se trata de Darwin y su teoría de la evolución.

Pelopaja parecía sinceramente interesada.

—¿Cómo?

—A ver. Según los darwinistas, ¿de dónde descendemos?

—De los primates.

—Exacto, monos, simios o lo que sea. En fin, a Caín lo echan y deambula solo por este maravilloso planeta. ¿Me sigues?

Bigotes tocó el brazo de Marianne, asegurándose de que le prestaba atención. Ella se volvió lentamente en su dirección. Sin el bigote porno, pensó, se podría aguantar.

Marianne se encogió de hombros.

—Te sigo.

—Bien. —El hombre sonrió y arqueó una ceja—. Y Caín es un hombre, ¿no?

Pelopaja quería recuperar protagonismo.

—Sí.

—Con necesidades masculinas normales, ¿no?

—Sí.

—Pues él va deambulando por ahí y siente la entrepierna. Sus necesidades naturales. Y un día, mientras cruza un bosque —otra sonrisa, otro mimo al bigote—, Caín tropieza con una mona atractiva. O gorila. U orangután.

Marianne le miró.

—¿Estás de broma o qué?

—No. Piensa un momento. Caín reconoce algo en la familia de monos. Son los más cercanos a los humanos, ¿no? Elige a una

12

de las hembras y... bueno, eso. —Une las manos en silencioso aplauso por si ella no se había enterado—. Y entonces la primate queda embarazada.

—Qué barbaridad —dijo Pelopaja.

Marianne volvió su atención a la bebida, pero el hombre le tocó de nuevo el brazo.

—¿No ves que tiene sentido? El primate tiene una cría. Medio simio, medio hombre. Es como un simio, pero lentamente, con el tiempo, el dominio humano pasa a primer plano. ¿Lo ves? ¡*Voilà*! La evolución y el creacionismo se unen.

Sonrió como si esperara una estrella dorada.

—A ver si me aclaro —intervino Marianne—. ¿Dios está en contra del incesto, pero a favor de la bestialidad?

El hombre del bigote le dio una palmadita condescendiente en el hombro.

—Lo que yo intento explicar es que todos esos pedantes titulados en ciencias que creen que la religión no es compatible con la ciencia carecen de imaginación. Ahí está el problema. Los científicos sólo miran a través del microscopio. Los religiosos sólo miran las palabras escritas en la página. Tanto a unos como a otros los árboles les impiden ver el bosque.

—El bosque —dijo Marianne—. ¿No será el mismo bosque de la mona guapa?

El ambiente cambió en ese momento. O quizá fueron imaginaciones de Marianne. Bigotes dejó de hablar. La miró un buen rato. A Marianne no le hizo gracia. Había algo diferente. Algo fuera de lugar. Tenía los ojos negros, como un vidrio opaco, como si se los hubieran metido a la fuerza, como si no tuvieran vida. Parpadeó y después se acercó más.

La estudió.

—Vaya, cariño. ¿Has estado llorando?

Marianne se volvió a mirar a la mujer de los cabellos pajizos. Ella también la miró.

—Tienes los ojos rojos —siguió el hombre—. No pretendo entrometerme, pero ¿va todo bien?

—Perfectamente —dijo Marianne. Le pareció que arrastraba un poco la voz—. Sólo quiero beber en paz.

—Por supuesto, ya lo veo. —Levantó las manos—. No pretendía molestar.

Marianne mantuvo la mirada fija en su bebida. Esperó ver movimiento de reojo. No pasó nada. El hombre del bigote seguía de pie a su lado.

Tomó un largo sorbo. El camarero limpió una taza con la misma habilidad del que lleva muchos años haciendo lo mismo. Marianne casi esperaba verle escupir dentro, como en el lejano Oeste. Las luces eran tenues. Detrás de la barra estaba colgado el típico espejo oscuro y antiestético para espiar a los demás clientes en una luz brumosa y más halagadora.

Marianne miró al hombre del bigote en el espejo.

Él le devolvió la mirada con hostilidad. Ella se quedó mirando fijamente aquellos ojos, incapaz de moverse.

La hostilidad pronto se convirtió en sonrisa, y Marianne sintió un escalofrío en la nuca. Le observó volviéndose para marcharse y, cuando salió, soltó un suspiro de alivio.

Sacudió la cabeza. Caín reproduciéndose con un simio... sí, claro.

Marianne buscó la bebida. Le tembló en la mano. Bonita distracción esa teoría estúpida, pero su cabeza no podía mantenerse alejada de los malos pensamientos mucho tiempo.

Pensó en lo que había hecho. ¿Realmente parecía tan buena idea en aquel momento? ¿Lo había pensado bien: el coste personal, las consecuencias para los demás, las vidas que cambiaría para siempre?

Probablemente no.

Había habido perjudicados. Había habido injusticia. Había habido rabia ciega. Había habido deseo ardiente y primitivo de

14

venganza. Y todo aquel rollo bíblico (o evolucionista, claro) del «ojo por ojo»... ¿Cómo llamarían a lo que había hecho?

Represalia masiva.

Cerró los ojos y se los frotó. Su estómago gruñó. Sería el estrés. Abrió los ojos. Ahora la barra parecía más oscura. La cabeza le daba vueltas.

Era demasiado temprano para eso.

¿Cuánto había bebido?

Se agarró a la barra, como se suele hacer en noches como ésa, cuando te tumbas después de beber demasiado y la cama empieza a girar y tienes que agarrarte para que la fuerza centrífuga no te lance por la ventana más cercana.

El gruñido del estómago se agudizó. Entonces abrió del todo los ojos. Un rayo de dolor le atravesó el abdomen. Marianne abrió la boca, pero no le salió el grito: un dolor cegador la mantenía en silencio. Se dobló sobre sí misma.

—¿Te encuentras bien?

Era la voz de Pelopaja. Sonaba muy lejos. El dolor era espantoso. El peor que Marianne había sentido jamás, al menos desde el parto. El parto es una prueba de Dios. *Esa criatura a la que amarás y cuidarás más que a ti misma, cuando llegue, te causará un dolor físico que ni siquiera puedes imaginar.*

Bonita manera de empezar una relación, ¿no?

A saber lo que deduciría Bigotes de esto.

Unas cuchillas de afeitar —así era como lo sentía— se le clavaban en las entrañas como si pugnaran por salir. Todo pensamiento racional desapareció. El dolor la consumía. Incluso olvidó lo que había hecho, el daño que había causado, no sólo ahora, hoy, sino a lo largo de su vida. Sus padres habían envejecido y se habían marchitado por culpa de su despreocupación adolescente. Su primer marido había quedado destrozado por sus constantes infidelidades, su segundo marido por la forma en que lo trató, y después su hija, las pocas personas que la habían considerado su amiga más de unas pocas semanas, los hombres que utilizaba antes de que la utilizaran a ella...

Los hombres. Tal vez esto también era una forma de represalia. Hiérelos antes de que te hieran.

Estaba segura de que iba a vomitar.

—Baño —logró decir.

—Te llevo.

Otra vez Pelopaja.

Marianne sintió que caía del taburete. Unas manos fuertes la cogieron por las axilas y la incorporaron. Alguien —Pelopaja— la acompañó al fondo. Andó a trompicones hacia el servicio. Sentía la garganta inverosímilmente seca. El dolor en el estómago le impedía ponerse derecha.

Aquellas manos fuertes la guiaban. Marianne mantenía los ojos fijos en el suelo. Oscuridad. Sólo veía sus propios pies arrastrándose, apenas alzándose del suelo. Intentó levantar la cabeza, vio la puerta del servicio delante, se preguntó si llegaría algún día. Llegó.

Y siguió avanzando.

Pelopaja seguía sosteniéndola por las axilas. Empujó a Marianne más allá de la puerta del servicio. Marianne intentó frenar. Su cerebro no obedeció la orden. Intentó gritar, decirle a su salvadora que se habían pasado de largo, pero la boca tampoco le funcionaba.

—Por aquí —susurró la mujer—. Será mejor.

—¿Mejor?

Sintió que la mujer empujaba su cuerpo contra la palanca de metal de una puerta de emergencia. La puerta se abrió. Era la salida de atrás. Era lógico, se imaginó Marianne. ¿Para qué ensuciar el baño? Era mejor devolver en un callejón y tomar el aire. El aire fresco le sentaría bien. El aire fresco le haría sentirse mejor.

La puerta se abrió del todo, golpeando contra la pared exterior con fuerza. Marianne salió dando un traspié. El aire le sentó bien. Pero no de maravilla. El dolor seguía allí. Aunque el frío en la cara fue muy agradable.

Entonces fue cuando vio la furgoneta.

La furgoneta era blanca con las ventanas tintadas. Las puertas traseras estaban abiertas, como una boca esperando tragársela toda. Y de pie, junto a las puertas, cogiendo a Marianne y empujándola hacia dentro, estaba el hombre del bigote poblado. Marianne intentó echarse atrás, sin obtener ningún resultado. Bigotes la lanzó como si fuera un saco de serrín. Marianne aterrizó en el suelo de la furgoneta dando un golpe seco. Él entró, cerró las puertas y se colocó de pie junto a ella. Marianne se acurrucó en posición fetal. Todavía le dolía el estómago, pero el miedo se estaba imponiendo.

El hombre se estiró el bigote y le sonrió. La furgoneta se puso en marcha. Pelopaja debía de estar al volante.

—Hola, Marianne —dijo él.

Ella no podía moverse, no podía respirar. Él se sentó a su lado, echó atrás un puño y la golpeó con fuerza en el estómago.

Si antes le dolía, ahora el dolor entró en otra dimensión.

—¿Dónde está la cinta? —preguntó.

Y entonces empezó a hacerle daño en serio.

2

—¿Estáis seguros de que queréis hacerlo?

Hay veces que sales corriendo por un precipicio. Es como en uno de esos dibujos animados de los Looney Tunes, en que el Coyote corre a toda velocidad y sigue corriendo incluso después de haber sobrepasado el precipicio y entonces se para, mira hacia abajo y sabe que se desplomará sin que pueda hacer nada por impedirlo.

Pero a veces, prácticamente siempre, no está tan claro. Está oscuro y tú estás cerca del borde del precipicio, pero te mueves lentamente, porque no estás seguro de la dirección que estás tomando. Tus pasos son decididos, pero siguen siendo pasos a ciegas en la noche. No te das cuenta de lo cerca que estás del borde, de que la tierra blanda puede ceder, de que puedes resbalar un poco y hundirte de golpe en la oscuridad.

Fue entonces cuando Mike supo que él y Tia estaban en aquel borde, cuando aquel instalador, aquel joven tan moderno, con rastas, los brazos esmirriados llenos de tatuajes y las uñas sucias y largas, los miró y les planteó la maldita pregunta en un tono demasiado siniestro para su edad.

¿Estáis seguros de que queréis hacerlo...?

Ninguno de ellos debería estar en aquella habitación. Mike y Tia Baye (pronunciado *bye* como en *goodbye*) estaban en su propia casa, eso sí, una típica mansión de un barrio residencial de Livingston, pero aquel dormitorio se había convertido en territorio enemigo para ellos y absolutamente prohibido. Mike se fijó en que todavía quedaba una cantidad asombrosa de restos del pasado. Los trofeos de hockey seguían allí, aunque antes presidían la habitación y ahora parecían acobardados en la parte posterior del estante. Los pósteres de Jaromir Jagr y su héroe favorito más reciente, Chris Drury, seguían en su sitio, pero estaban descoloridos por el sol o quizá por la falta de atención.

Mike se perdió en sus recuerdos. Recordó a su hijo Adam cuando leía *Goosebumps** y el libro de Mike Lupica sobre los atletas infantiles que alcanzaban metas imposibles. Solía estudiar la página de deportes como un estudioso del Talmud, sobre todo los resultados de hockey. Escribía a sus jugadores preferidos para pedirles autógrafos y los colgaba en la pared con pegamento. Cuando iban al Madison Square Garden, Adam insistía en esperar en la salida de jugadores de la calle 32, cerca de la Octava Avenida, para que le firmaran los discos con los que jugaba.

Todo aquello se había esfumado, si no de aquella habitación, sí de la vida de su hijo.

Adam había superado aquellas cosas. Era normal. Ya no era un niño, sino apenas un adolescente que avanzaba demasiado rápido y con demasiada fuerza hacia la edad adulta. Sin embargo, la habitación parecía evitar seguirle el ritmo. Mike se preguntó si sería una especie de vínculo con el pasado para su hijo, si Adam encontraría consuelo en su niñez. Quizá una parte de Adam seguía anhelando aquellos días en que deseaba ser médico, como su querido padre, cuando Mike era el héroe de su hijo.

Pero sólo eran ilusiones.

El instalador enrollado —Mike no recordaba su nombre, Brett, o algo por el estilo— repitió la pregunta:

—¿Estáis seguros?

Tia tenía los brazos cruzados. Su expresión era severa: no al-

---

* Serie de novelas de terror para niños de los años noventa. (*N. de la T.*)

bergaba ninguna duda. A Mike le pareció mayor, pero no por esto menos hermosa. No hubo duda en su voz, sólo un indicio de exasperación.

—Sí, estamos seguros.

Mike no dijo nada.

La habitación de su hijo estaba bastante oscura porque sólo estaba encendido el flexo de la mesa. Hablaban en susurros, a pesar de que no corrían peligro de que les oyeran. Jill, su hija de once años, estaba en la escuela. Adam, su hijo de dieciséis, estaba en una excursión de dos días del instituto. No quería ir, por supuesto —para él, ahora estas cosas eran un «rollazo»—, pero era obligatorio y asistirían incluso los menos aplicados de sus amigos poco aplicados, de modo que podrían quejarse de aburrimiento todos a una.

—¿Entendéis cómo funciona?

Tia asintió en perfecta comunión con la sacudida negativa de cabeza de Mike.

—El programa registrará todo lo que vuestro hijo teclee —dijo Brett—. Al acabar el día, la información se archiva y se os envía un correo informativo. Podréis verlo todo, todas las webs que visite, todos los correos que mande o que reciba, todos los mensajes instantáneos. Si Adam hace un PowerPoint o crea un documento de Word, también lo veréis. Todo. Podéis seguirlo en tiempo real si queréis. Sólo tenéis que clicar sobre esta opción.

Señaló un pequeño icono con las palabras ¡ESPÍA EN TIEMPO REAL! en un rojo llamativo. Los ojos de Mike se pasearon por la habitación. Los trofeos de hockey se burlaban de él. A Mike le sorprendía que Adam no los hubiera guardado. Mike había jugado al hockey universitario en Dartmouth. Le contrataron los New York Rangers, jugó para su equipo de Hartford un año y llegó a jugar en dos partidos de la Liga Nacional. Había transmitido su amor por el hockey a Adam, que había empezado a patinar a los tres años. Empezó de portero en el hockey júnior. La portería oxidada seguía fuera, en la entrada, con la red rasgada por las inclemencias del tiempo. Mike había pasado muchos buenos momentos lanzando discos a su hijo. Adam había sido buenísimo —con posibilidades aseguradas en el deporte universitario—, pero hacía seis meses lo había dejado.

Así, sin más. Adam dejó el palo, las protecciones y la máscara y dijo que estaba harto.

¿Fue entonces cuando empezó?

¿Fue aquella la primera señal de su declive, de su retraimiento? Mike intentó que no le afectara la decisión de su hijo, intentó no ser como esos padres entrometidos que parecían igualar la capacidad deportiva con el éxito en la vida, pero la verdad era que el abandono de Adam había dolido mucho a Mike.

Pero a Tia le había dolido más.

—Le estamos perdiendo.

Mike no estaba tan seguro. Adam había sufrido una gran tragedia —el suicidio de un amigo— y sin duda estaba pasando por una fase de angustia adolescente. Estaba taciturno y silencioso. Pasaba todo el tiempo en su habitación, básicamente ante aquel viejo ordenador, jugando a juegos de fantasía o enviando mensajes instantáneos o quién sabe qué. Pero ¿no era esto lo que hacían casi todos los adolescentes? Apenas hablaba con sus padres, casi no respondía, y cuando lo hacía, era con gruñidos. Pero ¿esto también era tan raro?

Esta vigilancia había sido idea de ella. Tia era abogada penalista en Burton y Crimstein, de Manhattan. En uno de los casos en los que había trabajado había tratado con un blanqueador de dinero llamado Pale Haley. A Haley lo había atrapado el FBI espiando su correspondencia por Internet.

Brett, el instalador, era el informático del gabinete de Tia. Mike se quedó mirando las uñas sucias de Brett, las uñas que estaban tocando el teclado de Adam. Era esto en lo que Mike no dejaba de pensar. Aquel chico de uñas asquerosas estaba en la habitación de su hijo y estaba utilizando la posesión más preciada de Adam.

—Acabo enseguida —dijo Brett.

Mike había visitado el sitio de E-SpyRight Web y había visto el primer reclamo en grandes letras en negrita:

¿LOS PEDERASTAS ABORDAN A SUS HIJOS?
¿SUS EMPLEADOS LES ROBAN?

Y entonces, en letras más grandes y más negras, el argumento que había sostenido Tia:

¡TIENE DERECHO A SABERLO!

El sitio incluía testimonios:

«Su producto salvó a mi hija de la peor pesadilla de un padre, ¡un depredador sexual! ¡Gracias, E-SpyRight!»
    Bob - Denver, CO

«Descubrí que mi empleado de más confianza robaba en mi oficina. ¡No podría haberlo hecho sin su programa!»
    Kevin - Boston, MA

Mike se había resistido.

—Es nuestro hijo —había dicho Tia.

—Ya lo sé. ¿Te crees que no lo sé?

—¿No estás preocupado?

—Por supuesto que lo estoy. Y aun así...

—¿Aun así qué? Somos sus padres. —Y entonces, como si releyera el anuncio, dijo—: Tenemos derecho a saber.

—¿Tenemos derecho a invadir su intimidad?

—¿A protegerlo? Sí. Es nuestro hijo.

22

Mike sacudió la cabeza.

—No sólo tenemos derecho —dijo Tia, acercándose más a él—. Tenemos esta responsabilidad.

—¿Tus padres sabían todo lo que hacías?

—No.

—¿Y todo lo que pensabas? ¿Todas las conversaciones que mantenías con tus amigos?

—No.

—Pues esto es de lo que estamos hablando.

—Piensa en los padres de Spencer Hill —contraatacó ella.

Esto hizo callar a Mike. Se miraron.

—Si pudieran volver a empezar —dijo Tia—, si Betsy y Ron recuperaran a Spencer...

—No puedes hacer eso, Tia.

—No, escúchame. Si tuvieran que empezar de nuevo, si Spencer estuviera vivo, ¿no crees que desearían haberlo vigilado más de cerca?

Spencer Hill, un compañero de clase de Adam, se había suicidado hacía cuatro meses. Fue aterrador, evidentemente, y había afectado mucho a Adam y a sus compañeros. Mike se lo recordó a Tia.

—¿No crees que esto puede explicar el comportamiento de Adam?

—¿El suicidio de Spencer?

—Por supuesto.

—Hasta un cierto punto, sí. Pero tú sabes que ya estaba cambiando. Esto sólo ha acelerado las cosas.

—Podría ser que dándole un poco de tiempo...

—No —dijo Tia, en un tono que cerraba toda posibilidad de debate—. Esa tragedia puede que haga más comprensible el comportamiento de Adam, pero no lo hace menos peligroso. En realidad, todo lo contrario.

Mike se lo pensó.

—Deberíamos decírselo —dijo.

23

—¿Qué?

—Decirle que estamos vigilando su comportamiento en la red. Ella hizo una mueca.

—¿Para qué?

—Para que sepa que le vigilamos.

—Esto no es como ponerte un coche patrulla detrás para que no corras.

—Es exactamente esto.

—Entonces hará lo mismo pero en casa de un amigo o utilizará un cibercafé o vete a saber.

—¿Y qué? Tenemos que decírselo. Adam introduce sus pensamientos íntimos en ese ordenador.

Tia dio un paso adelante y le puso una mano en el pecho. Incluso ahora, después de tantos años, su contacto seguía produciendo efecto en él.

—Está metido en algún lío, Mike —dijo—. ¿Es que no lo ves? Tu hijo tiene problemas. Puede que beba o que tome drogas o quién sabe qué. Deja de esconder la cabeza bajo el ala.

—No escondo la cabeza en ninguna parte.

La voz de Tia era casi suplicante.

—Tú quieres el camino fácil. ¿Qué esperas? ¿Que Adam lo supere con el tiempo?

—No es lo que estoy diciendo. Pero piénsalo bien. Esto es tecnología nueva. Él pone sus pensamientos y emociones secretas aquí dentro. ¿Te habría gustado que tus padres lo supieran todo de ti?

—Ahora el mundo es diferente —dijo Tia.

—¿Estás segura de esto?

—¿Qué mal hacemos? Somos sus padres. Queremos lo mejor para él.

Mike volvió a sacudir la cabeza.

—No querrás saber todos los pensamientos de una persona —dijo—. Hay cosas que es mejor que sean privadas.

Ella le cogió la mano.

—¿Te refieres a un secreto?

—Sí.

—¿Estás diciendo que todos tienen derecho a tener secretos?

—Por supuesto que lo tienen.

Ella le miró de una forma curiosa y a él no le gustó.

—¿Tienes secretos? —preguntó ella.

—No me refería a mí.

—¿Tienes secretos que no me cuentas? —insistió Tia.

—No. Pero tampoco quiero que conozcas todos mis pensamientos.

—Y yo no quiero que tú conozcas los míos.

Los dos se detuvieron aquí, antes de que ella se echara un poco hacia atrás.

—Pero si he de elegir entre proteger a mi hijo o respetar su intimidad —dijo Tia—, pienso protegerlo.

La discusión —Mike no quería clasificarla de pelea— duró un mes. Mike intentó volver a ganarse a su hijo. Invitó a Adam al centro comercial, al salón recreativo, incluso a conciertos. Adam rechazó todas sus invitaciones. Estaba fuera de casa a todas horas, por mucho que le pusieran una hora límite de llegada. Dejó de presentarse a la hora de la cena. Sus notas se resintieron. Lograron que fuera a una visita con un terapeuta, quien consideró que podía tratarse de una depresión. Propuso que se le medicara, pero primero quería volver a ver a Adam. Él se negó de plano.

Cuando insistieron para que volviera a ver al terapeuta, Adam estuvo fuera de casa dos días. No contestaba al móvil. Mike y Tia estaban fuera de sí. Al final resultó que se había escondido en casa de unos amigos.

—Le estamos perdiendo —había insistido Tia.

Y Mike no dijo nada.

—Al fin y al cabo, sólo somos los cuidadores, Mike. Los tenemos un tiempo y después se van a vivir su vida. Quiero que siga con vida y sano hasta que le dejemos marchar. El resto será cosa de él.

Mike asintió.

—De acuerdo, entonces.

—¿Estás seguro? —preguntó Tia.

—No.

—Yo tampoco. Pero no dejo de pensar en Spencer Hill.

Mike volvió a asentir.

—¿Mike?

Él la miró y ella le sonrió a su manera maliciosa, la sonrisa que él había visto por primera vez un día frío de otoño en Dartmouth. Aquella sonrisa se había incrustado en el corazón de Mike y había permanecido allí.

—Te quiero —dijo Tia.

—Yo también te quiero.

Y después de esto decidieron que espiarían a su hijo mayor.

3

Al principio no había habido ningún mensaje instantáneo o correo realmente dañino o sospechoso. Pero esto cambió de repente tres semanas después.

Sonó el intercomunicador en el cubículo de Tia.

—Ven a mi oficina enseguida —dijo una voz áspera.

Era Hester Crimstein, la gran jefa de su bufete. Hester siempre convocaba a sus subordinados personalmente, nunca lo delegaba a su ayudante. Y siempre parecía un poco mosqueada, como si ya tuvieras que saber que deseaba verte y debieras materializarte mágicamente sin hacerle perder el tiempo a ella con el intercomunicador.

Hacía seis meses, Tia había vuelto a trabajar de abogada para el bufete de abogados de Burton y Crimstein. Burton había muerto hacía años. Crimstein, la afamada y muy temida abogada Hester Crimstein, estaba muy viva y en forma. Era internacionalmente conocida como especialista en temas penales e incluso tenía un programa propio en el canal de telerrealidad truTV con el ingenioso nombre de *Crimstein contra el Crimen*.

Hester Crimstein gritó por el intercomunicador con su brusquedad habitual:

—¡Tia!

—Voy.

Tia guardó el informe de E-SpyRight en el cajón de arriba y bajó por el pasillo de despachos acristalados con vistas a un lado, el de los socios séniores, y cubículos sin ventilación al otro. Burton y Crimstein tenía un sistema de castas con una soberana al mando. Había socios séniores, sin duda, pero Hester Crimstein no permitía que ninguno de ellos añadiera su nombre a la cabecera.

Tia llegó al espacioso despacho de la esquina. La ayudante de Hester apenas levantó la cabeza cuando ella pasó por delante. La puerta del despacho de Hester estaba abierta. Casi siempre lo estaba. Tia se paró y golpeó la pared junto a la puerta.

Hester paseaba arriba y abajo. Era una mujer menuda, pero no parecía pequeña. Parecía compacta y fuerte y más bien peligrosa. A Tia no le parecía que paseara en realidad, sino que acechara. Desprendía calor, una sensación de poder.

—Necesito que hagas una deposición en Boston el sábado —dijo sin preámbulos.

Tia entró en el despacho. Los cabellos de Hester siempre estaban encrespados y los llevaba teñidos de un color rubio apagado. Lograba dar la sensación de estar al mismo tiempo hostigada y totalmente serena. Algunas personas exigen atención, Hester Crimstein era como si te agarrara de las solapas, te sacudiera y te obligara a mirarla a los ojos.

—Claro, por supuesto —dijo Tia—. ¿De qué caso?

—Beck.

Tia lo conocía.

—Éste es el expediente. Llévate al especialista en informática. El chico de la postura espantosa y los tatuajes que dan pesadillas.

—Brett —dijo Tia.

—Sí, ése. Quiero que revise el ordenador personal de este hombre.

Hester le entregó el expediente y siguió paseando.

Tia lo miró.

—Es el testigo del bar, ¿no?

—Así es. Coge un avión mañana. Vete a casa y estúdialo.

—De acuerdo, como quieras.

Hester paró de caminar.

—¿Tia?

Tia estaba hojeando el expediente. Intentaba centrarse en el caso, en Beck, en la deposición y en la posibilidad de ir a Boston. Pero el maldito informe de E-SpyRight no paraba de darle la lata. Miró a su jefa.

—¿Estás pensando en algo? —preguntó Hester.

—Sólo en esta deposición.

Hester frunció el ceño.

—Bien. Porque este tipo es un montón de mierda mentirosa. ¿Me comprendes?

—Mierda mentirosa —repitió Tia.

—Sí, señora. Está claro que no vio lo que dice que vio. No es posible. ¿Me entiendes?

—¿Y quieres que lo demuestre?

—No.

—¿No?

—Más bien lo contrario.

Tia frunció el ceño.

—No te entiendo. ¿No quieres que demuestre que es un borrico mentiroso?

—Así es.

Tia se encogió de hombros.

—¿Te importa explicarte?

—Me encantaría. Quiero que te sientes con él, le sonrías y le hagas millones de preguntas. Quiero que te pongas algo ajustado y más bien corto. Quiero que le sonrías como si fuera una primera cita y todo lo que diga te pareciera fascinante. No debe haber escepticismo en tu tono. Todo lo que diga es una verdad evangélica.

Tia asintió.

—Quieres que hable con total libertad.

—Sí.

—Lo quieres todo grabado. Toda la historia.

—También, sí.

—Para poder desmontar su versión en el juzgado.

Hester arqueó una ceja.

—Y con el famoso estilo Crimstein.

—De acuerdo —dijo Tia—. Entendido.

—Pienso servir sus pelotas para desayunar. Tu tarea, siguiendo con la metáfora, es comprar los víveres. ¿Puedes hacerlo?

El informe del ordenador de Adam: ¿cómo debería hacerlo? Primero llamar a Mike. Juntarse, leerlo y decidir qué hacer a continuación...

—¿Tia?

—Sí, puedo hacerlo.

Hester dejó de caminar. Dio un paso hacia Tia. Era un palmo más bajita, pero a Tia no se lo parecía.

—¿Sabes por qué te he elegido para esta tarea?

—Porque soy graduada en la Facultad de Derecho de Columbia, soy una gran abogada y en los seis meses que llevo aquí no me has dado ni un solo trabajo que no pudiera hacer un macaco.

—Pues no.

—Entonces, ¿por qué?

—Porque eres mayor.

Tia la miró.

—No me refería a esto. ¿Cuántos años tienes? ¿Cuarenta y tantos? Yo te llevo al menos diez años. Pero el resto de mis abogados júnior son críos. Querrían portarse como héroes. Creerían que pueden demostrar lo que valen.

—¿Y yo no?

Hester se encogió de hombros.

—Si lo haces, te despido.

No había nada que decir, de modo que Tia mantuvo la boca cerrada. Bajó la cabeza y miró el expediente, pero su cabeza no paraba de volver a su hijo, su maldito ordenador y aquel informe.

Hester esperó un instante. Lanzó a Tia la mirada que había desmontado a más de un testigo. Tia le sostuvo la mirada intentando que no la afectara.

—¿Por qué elegiste este bufete? —preguntó Hester.

—¿La verdad?

—Preferentemente.

—Por ti —dijo Tia.

—¿Debería sentirme halagada?

Tia se encogió de hombros.

—Me has pedido la verdad. La verdad es que siempre he admirado tu trabajo.

Hester sonrió.

—Sí. Sí, soy el no va más.

Tia esperó.

—Pero ¿por qué más?

—Esto es más o menos todo —dijo Tia.

Hester negó con la cabeza.

—Hay algo más.

—No te entiendo.

Hester se sentó en su silla. Indicó a Tia que hiciera lo mismo.

—¿Quieres que me explique otra vez?

—De acuerdo.

—Elegiste este bufete porque lo dirige una feminista. Pensaste que entendería que te hubieras tomado unos años para cuidar a tus hijos.

Tia no dijo nada.

—¿Acierto?

—Hasta cierto punto.

—Pero mira, el feminismo no tiene nada que ver con ayudar a una compañera. Se trata más de proporcionar un plano de igualdad. De dar a las mujeres opciones, no garantías.

Tia esperó.

—Tú elegiste la maternidad. No deberían castigarte por eso.

31

Pero tampoco debería hacerte especial. En cuestión de trabajo perdiste esos años. Te saliste de la fila. Y no puedes volver al mismo sitio. Un plano de igualdad. Y si un hombre dejara el trabajo para cuidar a sus hijos, le trataríamos igual. ¿Entiendes?

Tia hizo un gesto poco comprometedor.

—Has dicho que admirabas mi trabajo —siguió Hester.

—Sí.

—Yo decidí no tener hijos. ¿Admiras eso?

—No creo que sea algo que se deba admirar o no.

—Exactamente. Y lo mismo sucede con tu elección. Yo elegí mi profesión. No me salí de la fila. Así que en cuestión de derecho, ahora estoy en el primer puesto. Pero al acabar el trabajo, no encuentro en casa a un guapo médico y una verja de madera y los dos hijos coma cuatro. ¿Entiendes lo que te digo?

—Sí.

—Espléndido. —Los orificios nasales de Hester temblaron al subir de tono la mirada incendiaria—. Así que cuando estés en mi despacho, en mi despacho, tus pensamientos son todos para mí, para complacerme y servirme, no para lo que vas a hacer de cena o si tu hijo llegará tarde al entrenamiento de fútbol. ¿Está claro?

Tia quería protestar, pero el tono no dejaba mucho espacio para el debate.

—Está claro.

—Bien.

Sonó el teléfono y Hester contestó.

—¿Qué? —Silencio—. Será idiota. Le dije que tuviera la boca cerrada. —Hester dio la vuelta a la silla. Era la señal para Tia, que se levantó y salió, deseando fervientemente estar preocupada sólo por algo tan inocuo como la cena o el entrenamiento de fútbol.

Se paró en el pasillo y cogió el móvil. Se guardó el expediente debajo del brazo, e incluso después de la reprimenda de Hester, su cabeza volvió inmediatamente al mensaje que contenía el informe de E-SpyRight.

Los informes a menudo eran tan largos —Adam navegaba mucho y visitaba muchas páginas, y tenía muchos «amigos» en lugares como MySpace y Facebook— que las impresiones eran absurdamente voluminosas. En general, sólo los hojeaba, como si esto lo hiciera menos invasivo de la intimidad, cuando en realidad significaba que no podía soportar saber tanto.

Volvió rápidamente a su mesa, sobre la que tenía la preceptiva foto familiar. Estaban los cuatro: Mike, Jill, Tia y, por supuesto, Adam, en uno de los pocos momentos que les concedía audiencia, fuera, en el escalón de la entrada. Todas las sonrisas parecían forzadas, pero aquella foto le proporcionaba un gran consuelo.

Sacó el informe de E-SpyRight y encontró el correo que la había sobresaltado. Lo leyó otra vez. No había cambiado. Pensó qué podía hacer y se dio cuenta de que no era sólo decisión suya.

Tia sacó el móvil y buscó el número de Mike. Tecleó el texto y apretó ENVIAR.

Mike todavía llevaba puestos los patines de hielo cuando llegó el mensaje.

—¿Es Manillas? —preguntó Mo.

Mo ya se había quitado los patines. El vestuario, como todos los vestuarios de hockey, apestaba. El problema era que el sudor se metía en todas las protecciones. Un gran ventilador oscilante se mecía adelante y atrás. No ayudaba mucho. Los jugadores de hockey ya no se percataban del olor. Pero un forastero habría entrado y se habría desmayado por la peste.

Mike miró el número de teléfono de su mujer.

—Sí.

—Dios, qué pillados estáis.

—Sí —dijo Mike—. Me ha mandado un mensaje. Está pilladísima.

Mo hizo una mueca. Mike y Mo eran amigos desde la época de Dartmouth. Habían jugado en el equipo de hockey juntos, Mike era el goleador del ala izquierda, y Mo el más duro de los defensas. Casi un cuarto de siglo después de licenciarse —ahora Mike era cirujano de trasplantes y Mo hacía trabajos sucios para la Agencia Central de Inteligencia— seguían desempeñando los mismos papeles.

Los otros jugadores se quitaban las protecciones con cautela. Todos se hacían mayores y el hockey era un deporte para jóvenes.

—Sabe que es tu hora de hockey, ¿no?

—Sí.

—Pues debería abstenerse.

—Sólo es un mensaje, Mo.

—Te matas a trabajar en el hospital toda la semana —dijo él, con aquella sonrisita que nunca te dejaba claro si bromeaba o no—. Es la hora de hockey y es sagrada. Ya debería saberlo.

Mo estaba presente aquel día frío de otoño en que Mike vio por primera vez a Tia. De hecho, Mo la había visto primero. Habían jugado el partido de inauguración contra Yale. Mike y Mo eran júniores. Tia estaba en las gradas. Durante el calentamiento previo al partido —esa parte en la que patinas en círculo y te estiras— Mo le había dado un codazo y había señalado a Tia con la cabeza diciendo:

—Bonito jersey de cachorritos.

Así fue como empezó.

Mo tenía la teoría de que todas las mujeres irían detrás de Mike o de él. Mo se llevaba a las que se sentían atraídas por los chicos malos, mientras que Mike se llevaba a las chicas que veían verjas de estacas en sus fantasías. Así que en el tercer tiempo, con una ventaja cómoda de Dartmouth, Mo se peleó y pegó una paliza a un jugador de Yale. Mientras lo machacaba, se volvió, guiñó el ojo a Tia y evaluó su reacción.

Los árbitros los separaron. Mo patinó hacia la tribuna de castigo, pero antes se inclinó para decirle a Mike:

—Para ti.

Palabras proféticas. Coincidieron en una fiesta después del

partido. Tia había ido con un sénior, pero no estaba interesada en él. Hablaron de su pasado. Él le dijo enseguida que quería ser médico y ella quiso saber desde cuándo lo sabía.

—Creo que desde siempre —contestó él.

Tia no quiso aceptar aquella respuesta. Indagó más, de una forma que él acabaría por reconocer como personal. Finalmente, Mike se sorprendió contándole que había sido un niño enfermizo y que los médicos eran sus héroes. Ella le escuchó como nadie lo había hecho ni lo haría. No es que iniciaran una relación, sino que se lanzaron a ella. Comían juntos en la cafetería. Estudiaban juntos por la noche. Mike le llevaba vino y velas a la biblioteca.

—¿Te importa si leo su mensaje? —preguntó Mike.

—Es una pesada.

—Exprésate, Mo. No te cortes.

—Si estuvieras en la iglesia, ¿te mandaría mensajes?

—¿Tia? Probablemente.

—Bueno, léelo. Y después dile que nos vamos a un bar de titis genial.

—Sí, hombre. Ahora mismo.

Mike apretó una tecla y leyó el mensaje.

Necesito hablar. Algo que he encontrado en el informe del ordenador. Ven a casa enseguida.

Mo vio la expresión en la cara de su amigo.

—¿Qué?

—Nada.

—Bien. Entonces seguimos con el plan del bar de titis para esta noche.

—Nunca dijimos de ir a un bar de titis.

—¿No serás uno de esos mariquitas que prefieren llamarlos «clubes para caballeros»?

—Se llame como se llame, no puedo.

35

—¿Te hace volver a casa?

—Tenemos un problema.

—¿Qué?

Mo no conocía el significado de «personal».

—Con Adam —dijo Mike.

—¿Mi ahijado? ¿Qué pasa?

—No es tu ahijado.

Mo no era el padrino porque Tia no lo había permitido. Pero eso no impedía que Mo pensara que lo era. Cuando bautizaron al niño, Mo se había colocado en primera fila junto al hermano de Tia, el padrino de verdad. Mo le miró con hostilidad. Y el hermano de Tia no dijo ni palabra.

—¿Y qué es lo que pasa?

—Todavía no lo sé.

—Tia es demasiado protectora, ya lo sabes.

Mike dejó el móvil.

—Adam ha dejado el equipo de hockey.

Mo hizo una mueca como si Mike hubiera insinuado que su hijo se había introducido en el culto al demonio o la bestialidad.

—Vaya.

Mike se desató los patines y se los quitó.

—¿Cómo puede ser que no me lo hayas dicho? —preguntó Mo.

Mike empezó a despegar y quitarse los protectores de los hombros. Se marcharon algunos compañeros, que se despidieron del doctor. La mayoría conocía suficientemente a Mo para mantenerse apartados de él.

—Te he traído yo —dijo Mo.

—¿Y qué?

—Que has dejado tu coche en el hospital. Perderás tiempo si te acompaño a recogerlo. Te llevaré a casa.

—No creo que sea buena idea.

—Lo siento. Quiero ver a mi ahijado y descubrir qué estáis haciendo mal.

4

Cuando entraron en su calle, Mike vio que Susan Loriman, su vecina, estaba fuera. Fingía hacer algo en el jardín —arrancar hierbas, plantar o algo por el estilo—, pero Mike sabía que era otra cosa lo que pretendía. Pararon en la entrada y Mo miró a la vecina que estaba arrodillada.

—Buen culo.

—Seguramente su marido estará de acuerdo contigo.

Susan Loriman se levantó. Mo la observó.

—Sí, pero su marido es un idiota.

—¿Por qué dices eso?

Hizo un gesto con la barbilla.

—Por los coches.

En la entrada estaba aparcado el coche deportivo del marido, un Corvette tuneado rojo. Su otro coche era un BMW 550i negro, y el de Susan un Dodge Caravan de color gris.

—¿Qué les pasa?

—¿Son de él?

—Sí.

—Tengo una amiga —dijo Mo— que es la tía más buena que hayas visto en tu vida. Es hispana, latina o algo así. Antes era luchadora profesional y se hacía llamar Pocahontas. ¿Te acuerdas de aquellos números tan sexis que daban en el Canal Once por las mañanas?

—Sí, me acuerdo.

—Bueno, pues la tal Pocahontas me contó que cada vez que ve a un tipo con un coche como ése, cuando se le acerca con las ruedas trucadas y el motor revolucionado y le echa miraditas, ¿sabes qué le dice?

Mike negó con la cabeza.

—«Siento lo de tu pene».

Mike no pudo evitar sonreír.

—«Siento lo de tu pene». Ya ves, ¿a que está bien?

—Sí —reconoció Mike—. Es mortal.

—Es difícil responder a esto.

—Sin duda.

—Así que tu vecino... el marido de ella, ¿no?, tiene dos. ¿Qué crees que significa?

Susan Loriman miró hacia ellos. A Mike siempre le había parecido sumamente atractiva, la madre más estupenda del barrio, a la que los adolescentes se referían como una MQMF, es decir, «madre que me follaría», aunque a él no le gustara pensar en siglas tan groseras. No es que Mike fuera a hacer nada al respecto, pero esta clase de cosas se siguen notando al estar vivo. Susan tenía los cabellos tan negros que parecían azules y en verano siempre los llevaba recogidos en una cola. Vestía pantalones cortos y llevaba gafas de sol a la última y en sus preciosos labios rojos siempre esbozaba una sonrisa maliciosa.

Cuando sus hijos eran más pequeños, Mike se la encontraba en el parque infantil de Maple Park. No pretendía nada, pero le gustaba mirarla. Conoció a un padre que intencionadamente atosigó al hijo de Susan para que entrara en el equipo de la Liga Infantil sólo para poder verla en los partidos.

Ese día no llevaba gafas y su sonrisa era tensa.

—Parece tremendamente triste —comentó Mo.

—Sí. Oye, espérame un momento, ¿de acuerdo?

Mo iba a decir alguna tontería, pero vio algo en la cara de Susan y calló.

—Sí, por supuesto —dijo.

Mike se acercó y Susan intentó seguir sonriendo, pero el rictus empezaba a desvanecerse.

—Hola —dijo Mike.

—Hola, Mike.

Él sabía por qué Susan estaba fuera fingiendo trabajar en el jardín y no quería hacerla esperar.

—No tendremos los resultados de la tipificación tisular de Lucas hasta mañana.

Ella tragó saliva y asintió demasiado rápido.

—De acuerdo.

Mike quería acercarse y tocarla. En la consulta podría haberlo hecho. Los médicos lo hacen. Pero no era el lugar apropiado para hacerlo, así que se decidió por una frase manida:

—La doctora Goldfarb y yo haremos todo lo posible.

—Lo sé, Mike.

Su hijo de diez años, Lucas, padecía glomerulosclerosis segmental focal —GSF, para abreviar— y necesitaba urgentemente un trasplante de riñón. Mike era uno de los mejores cirujanos de trasplantes de riñón del país, pero había pasado este caso a su socia, Ilene Goldfarb. Ilene era la jefa de cirugía de trasplante del NewYork Presbyterian y la mejor cirujana que Mike conocía.

Él e Ilene trataban con personas como Susan todos los días. Podía soltar el rollo sobre el distanciamiento, pero las muertes seguían afectándolo. La muerte se le metía dentro, le fastidiaba por la noche, le señalaba con el dedo, se burlaba de él. La muerte nunca era bienvenida, nunca se aceptaba. La muerte era su enemiga, una ofensa constante, y no tenía ninguna intención de perder a este niño por culpa de esa hija de puta.

En el caso de Lucas Loriman, evidentemente era algo extrapersonal. Era la razón principal para que le hubiera pasado el caso a Ilene. Mike conocía a Lucas. Era un niño un poco especial, demasiado bueno para su edad, con gafas que siempre parecían resbalarle por la nariz y unos cabellos que no había forma humana de peinar. A Lucas le encantaban los deportes, pero era torpe en todos. Cuando Mike entrenaba a Adam en el jardín, Lucas se acercaba a observar. Mike le ofrecía un palo, pero Lucas no lo quería. Así que cuando fue consciente de que jugar no sería su destino en la vida, Lucas empezó a apasionarse por la transmisión: «El doctor Baye tiene el disco, esquiva a la izquierda, lanza... ¡estupenda parada de Adam Baye!».

Mike recordó a aquel niño tan bueno subiéndose las gafas y volvió a pensar que no tenía ninguna intención de dejarle morir:

—¿Duermes bien? —le preguntó Mike.

Susan Loriman se encogió de hombros.

—¿Quieres que te recete algo?

—Dante no cree en esas cosas.

Dante Loriman era su marido. Mike no quiso reconocerlo ante Mo, pero su evaluación había dado en el clavo: Dante era un idiota. En apariencia era un tipo simpático, pero se podía ver lo estrecho de miras que era. Corrían rumores de que estaba relacionado con la mafia, aunque eso podría deberse a su aspecto. Llevaba los cabellos engominados hacia atrás, camisetas sin mangas, colonia en exceso y joyas demasiado llamativas. A Tia le hacía gracia —«está bien para variar entre tanto estirado»—, pero Mike siempre sentía que había algo raro en él, el machismo de un tipo que quería dar la talla, pero que en realidad sabía que no la daría nunca.

—¿Quieres que hable con él? —preguntó Mike.

Ella negó con la cabeza.

—Vais a la farmacia de la avenida Maple, ¿no?

—Sí.

—Llamaré y dejaré una receta. Puedes recogerla si quieres.

—Gracias, Mike.

—Nos vemos mañana.

Mike volvió al coche. Mo estaba esperando con los brazos cruzados. Llevaba unas gafas de sol que le daban una apariencia de lo más imperturbable.

—¿Una paciente?

Mike pasó de largo. No hablaba de los pacientes. Mo lo sabía.

Mike se paró frente a su casa y la contempló unos instantes. Se preguntó por qué el hogar parecía tan frágil como sus pacientes. De derecha a izquierda, la calle estaba llena de viviendas como la suya que pertenecían a parejas que habían llegado de todas partes y un buen día se habían parado en el jardín, mirando la casa y pensando: «Sí, aquí es donde vamos a vivir y educar a nuestros hijos, donde vamos a proteger nuestras esperanzas y nuestros sueños. Aquí, en esta burbuja». Abrió la puerta.

—Hola.

—¡Papá! ¡Tío Mo!

Era Jill, su princesa de once años, que venía corriendo con una sonrisa estampada en la cara. Mike sintió que se le ablandaba el corazón: era una reacción instantánea y universal. Cuando una hija sonríe a su padre así, el padre, sin importar la etapa de la vida en la que se encuentre, de repente es el rey.

—Hola, cielo.

Jill abrazó a Mike y después a Mo, pasando del uno al otro con absoluta soltura. Se movía con la misma comodidad con la que un político saluda a las masas. Detrás de ella, casi escondiéndose, estaba su amiga Yasmin.

—Hola, Yasmin —dijo Mike.

A Yasmin le caían los cabellos sobre la cara, como un velo. Su voz apenas se oía:

—Hola, doctor Baye.

—¿Tenéis clase de baile hoy? —preguntó Mike.

Jill lanzó una mirada de advertencia a Mike que ninguna niña de once años debería poder hacer.

—Papá —susurró.

Entonces Mike lo recordó. Yasmin había dejado de bailar. Ha-

41

bía dejado prácticamente todas las actividades. Unos meses atrás hubo un incidente en la escuela. Su profesor, el señor Lewiston, un buen hombre que normalmente hacía muchos esfuerzos para mantener el interés de los alumnos, hizo un comentario fuera de lugar sobre el vello facial de Yasmin. Mike no recordaba bien los detalles. Lewiston se disculpó inmediatamente, pero el daño a la preadolescente ya estaba hecho. Los compañeros empezaron a llamar a Yasmin «XY» como el cromosoma, o simplemente «Y» para poder fingir que era una abreviatura de Yasmin aunque en realidad fuera una nueva manera de fastidiarla.

Todos sabemos que los niños pueden ser crueles.

Jill no dejó de ser su amiga y se esforzó mucho para que siguiera formando parte del grupo. Mike y Tia estaban muy contentos con ella. Yasmin lo dejó, pero a Jill le seguía encantando la clase de baile. De hecho, Jill estaba encantada con todo lo que hacía, y se tomaba todas las actividades con una energía y un entusiasmo que se contagiaba a todos los que la rodeaban. Para que luego hablen de la herencia y la educación: dos hijos, Adam y Jill, educados por los mismos padres que presentaban personalidades diametralmente opuestas.

Cada uno es como es.

Jill estiró la mano y cogió la de Yasmin.

—Vamos —dijo. Yasmin la siguió.

—Hasta luego, papá. Adiós, tío Mo.

—Adiós, guapa —dijo Mo.

—¿Adónde vais? —preguntó Mike.

—Mamá nos ha pedido que salgamos. Vamos a dar una vuelta en bici.

—No olvidéis los cascos.

Jill levantó los ojos al cielo con su simpatía habitual.

Un minuto después, Tia salió de la cocina y frunció el ceño al ver a Mo.

—¿Qué hace él aquí?

—Me he enterado de que espiabais a vuestro hijo. Muy bonito.

Tia lanzó una mirada a Mike que le penetró la piel. Mike se encogió de hombros. Ésta era una danza interminable entre Mo y Tia, la de la hostilidad aparente, pero en realidad se habrían defendido a muerte en una trinchera.

—La verdad es que me parece una buena idea —dijo Mo.

Esto los sorprendió. Los dos le miraron.

—¿Qué? ¿Tengo monos en la cara?

—Creía que habías dicho que le estábamos sobreprotegiendo —comentó Mike.

—No, Mike, he dicho que Tia lo está sobreprotegiendo.

Tia lanzó otra mirada furiosa a Mike. De repente Mike recordó dónde había aprendido Jill a silenciar a su padre con una mirada. Jill era la discípula, Tia la maestra.

—Pero en este caso —siguió Mo—, por mucho que me duela reconocerlo, tiene razón. Sois sus padres. Deberíais saberlo todo.

—¿No crees que tiene derecho a la intimidad?

—¿Derecho...? —Mo frunció el ceño—. Adam está haciendo el tonto. Mirad, todos los padres espían a sus hijos de alguna manera, ¿no? Es vuestro trabajo. Sólo vosotros veis los informes, ¿no? Habláis con sus profesores sobre lo que hace en la escuela, decidís lo que come, dónde vive, todo. Esto sólo es un paso más.

Tia asentía con la cabeza.

—Debéis educarlos, no mimarlos. Todos los padres deciden cuánta independencia conceden a sus hijos. Tenéis el mando. Deberías saberlo, esto no es una república, es una familia. No tenéis que entrometeros, pero sí deberíais tener la capacidad de tomar medidas. El conocimiento es poder. Un gobierno puede abusar de él porque no desee lo mejor para ti. Vosotros lo deseáis para él. Los dos sois inteligentes. ¿Qué mal hay?

Mike se limitó a mirarlo.

—¿Mo? —preguntó Tia.

—Sí.

—¿Estamos de acuerdo?

—Vaya, espero que no. —Mo se sentó en un taburete de la cocina—. ¿Qué habéis encontrado?

—No te lo tomes a mal —dijo Tia—, pero creo que deberías irte.

—Es mi ahijado. Yo también deseo lo mejor para él.

—No es tu ahijado. Y basándonos en lo que acabas de decir, no hay nadie que piense más en él que sus padres. Y por mucho que tú te preocupes por él, no entras en esa categoría.

Él la miró fijamente.

—¿Qué?

—No soporto darte la razón.

—¿Cómo crees que me siento yo? —dijo Tia—. Estaba segura de que espiarlo era lo mejor hasta que tú me has dado la razón.

Mike observaba. Tia se mordía el labio y él sabía que sólo lo hacía cuando era presa del pánico. Las bromas eran para disimular.

—Mo —dijo Mike.

—Sí, sí, ya me he enterado. Me largo. Sólo una cosa.

—¿Qué?

—¿Me enseñas tu móvil?

Mike hizo una mueca.

—¿Por qué? ¿No te funciona el tuyo?

—Enséñamelo, por favor.

Mike se encogió de hombros y se lo pasó a Mo.

—¿Qué operadora tienes? —preguntó Mo.

Mike se lo dijo.

—¿Todos tenéis el mismo teléfono? ¿Incluido Adam?

—Sí.

Mo miró el móvil un momento más. Mike miró a Tia. Ella se encogió de hombros. Mo dio la vuelta al móvil y se lo devolvió.

—¿De qué iba esto?

—Luego te lo cuento —dijo Mo—. Ahora ocúpate de tu hijo.

5

—¿Qué has visto en el ordenador de Adam? —preguntó Mike.

Se sentaron a la mesa de la cocina. Tia tenía los cafés preparados. Ella tomaba un descafeinado y Mike un expreso. Uno de los pacientes de Mike trabajaba en una empresa que fabricaba cafeteras con bolsas individuales en lugar de filtro y le había regalado una tras un trasplante con éxito. La cafetera era sencilla de utilizar: coges una bolsa, la introduces y te hace el café.

—Dos cosas —dijo Tia.

—De acuerdo.

—Primero, está invitado a una fiesta mañana por la noche en casa de los Huff —dijo Tia.

—¿Y?

—Que los Huff están fuera este fin de semana. Según dice el correo, pasarán la noche colocándose.

—¿Alcohol, drogas, qué?

—El mensaje no es claro. Tienen pensado inventarse una excusa para quedarse a dormir para poder... cito textualmente... «ponerse como una moto».

Los Huff, Daniel Huff, el padre, era el capitán de la policía local. Su hijo, a quien todos llamaban DJ, seguramente era el chico más problemático de su curso.

—¿Qué? —dijo ella.

—Lo estoy asimilando.

Tia tragó saliva.

—¿A quién estamos educando, Mike?

Él no dijo nada.

—Sé que no quieres ver esos informes de ordenador, pero...
—cerró los ojos.

—¿Qué?

—Adam ve pornografía en Internet —dijo ella—. ¿Lo sabías?

Él no dijo nada.

—¿Mike?

—¿Y qué quieres que hagamos? —preguntó Mike.

—¿No te parece mal?

—Cuando tenía dieciséis años, yo miraba el *Playboy*.

—Eso es diferente.

—¿Ah, sí? Era lo que teníamos entonces. No teníamos Internet. De haberlo tenido seguramente es lo que habría hecho; lo que fuera por ver a una mujer desnuda. La sociedad actual es así. No puedes mirar a ninguna parte sin que te salga algo sexual. Si un chico de dieciséis años no se esforzara por ver mujeres desnudas, sería muy raro.

—¿Entonces te parece bien?

—No, por supuesto que no. Pero no sé qué podemos hacer.

—Hablar con él —dijo Tia.

—Ya lo he hecho —dijo Mike—. Le he explicado cómo funciona el sexo. Que es mejor cuando hay sentimientos. He intentado enseñarle a respetar a las mujeres, a no verlas como un objeto.

—Esto último —dijo Tia—. Esto último no lo ha entendido.

—Ningún adolescente lo entiende. Sinceramente, no sé si lo entiende algún adulto.

Tia bebió un poco de café. Dejó la pregunta no formulada en el aire.

Mike podía ver las patas de gallo en los ojos de su esposa. Ella las observaba a menudo en el espejo. Al contrario que tantas mujeres que tenían problemas de imagen, Tia siempre había estado muy segura de su aspecto. Sin embargo, últimamente Mike se había dado cuenta de que ya no contemplaba su reflejo y se sentía bien. Había empezado a teñirse las canas. Veía las arrugas, las bolsas, los rasgos normales de la edad, y la hacían sentir mal.

—Con un adulto es distinto —dijo ella.

Mike quería decir algo consolador, pero decidió abandonar ahora que llevaba ventaja.

—Hemos abierto la caja de Pandora —dijo Tia.

Esperaba que todavía estuvieran hablando de Adam.

—Sin duda.

—Quiero saber. Y no soporto saber.

Mike le cogió la mano.

—¿Qué hacemos con lo de la fiesta?

—¿Tú qué crees?

—No podemos dejar que vaya —dijo Mike.

—¿Le obligamos a quedarse en casa?

—Supongo.

—Me dijo que él y Clark irían a casa de Olivia Burchell. Si no le dejamos ir, sabrá que sucede algo.

Mike se encogió de hombros.

—Mala suerte. Somos sus padres. Podemos mostrarnos irracionales.

—De acuerdo. Entonces le decimos que queremos que se quede mañana por la noche.

—Sí.

Tia se mordió el labio inferior.

—Se ha portado bien toda la semana, ha hecho los deberes. Normalmente le dejamos salir el viernes por la noche.

Sería una batalla. Ambos lo sabían. Mike estaba dispuesto a pelear, pero ¿quería hacerlo en este caso? Es preciso elegir los campos en los que se debe batallar, y prohibirle ir a casa de Olivia Burchell haría que Adam desconfiara.

—¿Y si le decimos que debe volver a una hora? —preguntó.

—¿Y si no vuelve qué? ¿Nos presentamos en casa de los Huff?

Tia tenía razón.

—Hester me ha llamado a su despacho —dijo Tia—. Quiere que vaya a Boston mañana para hacer una deposición.

Mike sabía lo mucho que esto significaba para ella. Desde que Tia había vuelto a trabajar, casi todas sus tareas habían sido rutinarias.

—Me alegro.

—Sí. Pero esto significa que no estaré en casa.

—No te preocupes. Yo me encargaré —dijo Mike.

—Jill se queda a dormir en casa de Yasmin, o sea que no estará.

—De acuerdo.

—¿Alguna idea para impedir que Adam vaya a esa fiesta?

—Déjame pensarlo —dijo Mike—. Puede que tenga una idea.

—De acuerdo.

Vio una expresión rara en la cara de su esposa y se acordó.

—Has dicho que te preocupaban dos cosas.

Ella asintió y algo le ocurrió a su cara. No mucho. De haber estado jugando al póquer, se podría haber calificado de tic. Es lo que sucede cuando llevas mucho tiempo casado. Interpretas fácilmente los tics, o quizá tu compañero ya no se toma la molestia de disimular. En cualquier caso, Mike sabía que no sería una buena noticia.

—Unos mensajes instantáneos —dijo Tia—. De hace dos días.

Metió la mano en el bolso y lo sacó. Mensajes instantáneos. Los chicos hablaban tecleando a tiempo real. El resultado venía con el nombre y dos puntos, como un mal guión. Los padres, que mayoritariamente habían pasado muchas horas de la adolescencia haciendo lo mismo por teléfono, se quejaban de este invento. A Mike no le parecía tan mal. Nosotros teníamos teléfonos, ellos tienen mensajería instantánea y mensajes de texto. Es lo mismo. A Mike le recordaba a los viejos que maldicen los videojuegos de la siguiente generación y se suben a un autobús con destino a Atlantic City para ver vídeos. ¿No es una hipocresía?

—Echa un vistazo.

48

Mike se puso las gafas de leer. Hacía sólo unos meses que las utilizaba y ya las detestaba. El alias de Adam seguía siendo HockeyAdam1117. Lo tenía desde hacía años. El 11 era el número de Mark Messeir, su jugador de hockey preferido, seguido del número de Mike, el 17, de su época en Dartmouth. Era raro que Adam no lo hubiera cambiado. O quizá tenía mucho sentido. O mejor aún, no significaba nada.

CeJota8115: ¿Estás bien?
HockeyAdam1117: Sigo pensando que deberíamos decir algo.
CeJota8115: Hace mucho tiempo. Sigue callado y estarás a salvo.

Según el temporizador, no se había escrito nada en todo un minuto.

CeJota8115: ¿Sigues ahí?
HockeyAdam1117: Sí.
CeJota8115: ¿Todo bien?
HockeyAdam1117: Todo bien.
CeJota8115: Bien. Nos vemos el viernes.

Se acababa aquí.
—«Sigue callado y estarás a salvo» —repitió Mike.
—Sí.
—¿Qué crees que significa? —preguntó.
—Ni idea.
—Podría ser algo de la escuela, como que hubieran visto copiar a alguien en un examen, por ejemplo.
—Podría ser.
—O podría no ser nada. Podría formar parte de uno de esos juegos de aventuras en la red.
—Podría ser —repitió Tia, sin ningún convencimiento.
—¿Quién es CeJota8115? —preguntó Mike.

49

Ella sacudió la cabeza.

—Es la primera vez que veo a Adam chateando con él.

—O ella.

—Así es, o ella.

—«Nos vemos el viernes». Así que CeJota8115 estará en la fiesta de Huff. ¿Nos sirve de algo?

—No sé de qué nos puede servir.

—¿Se lo preguntamos?

Tia meneó la cabeza.

—Demasiado impreciso, ¿no crees?

—Sí —aceptó Mike—. Y representaría reconocer que le estamos espiando.

Se callaron y Mike volvió a leerlo. Las palabras no habían cambiado.

—¿Mike?

—Sí.

—¿Sobre qué debería callar Adam para estar a salvo?

Nash, con el espeso bigote en el bolsillo, estaba sentado en el asiento del pasajero de la furgoneta. Pietra, sin la peluca de pelo pajizo, conducía.

En la mano derecha, Nash sostenía el móvil de Marianne. Era una BlackBerry Pearl con la que se podían mandar correos, hacer fotos, ver vídeos, enviar mensajes de texto, sincronizar el calendario y la libreta de direcciones con el ordenador, e incluso llamar.

Nash tocó una tecla. La pantalla se encendió. Apareció una fotografía de la hija de Marianne. La miró un momento. Pensó, pensó. Clicó sobre el icono del correo electrónico, encontró las direcciones que quería, y empezó a escribir.

¡Hola! Me voy unas semanas a Los Ángeles. Llamaré cuando vuelva.

Firmó «Marianne», y luego copió y agregó el mensaje a dos direcciones más. Después apretó ENVIAR. Los que conocían a Marianne no se preocuparían mucho. Por lo que sabía Nash, era su *modus operandi*: desaparecer y volver a aparecer.

Pero esta vez... bueno, desaparecer, sí.

Pietra había drogado la bebida de Marianne mientras Nash la distraía con su teoría de Caín y el simio. Después de meterla en la furgoneta, Nash la golpeó con saña y durante un buen rato. Al principio lo hizo para infligirle dolor. Quería que hablara. Cuando se convenció de que se lo había contado todo, la golpeó hasta matarla. Se mostró paciente. La cara tiene catorce huesos estáticos. Quería fracturar y hundir cuantos más mejor.

Nash golpeó la cara de Marianne con una precisión casi quirúrgica. Algunos golpes estaban dirigidos a neutralizar a su adversario: que no se defendiera; otros pretendían causar un dolor espantoso, y había otros cuya intención era originar destrucción física. Nash los conocía todos. Sabía cómo protegerse los nudillos y las manos utilizando la máxima fuerza posible, cómo cerrar el puño para no hacerse daño y cómo pegar con la palma de la mano eficazmente.

Justo antes de que Marianne muriera, cuando su respiración se volvió áspera por la sangre acumulada en la garganta, Nash hizo lo que siempre hacía en aquellas situaciones. Paró y comprobó que todavía siguiera consciente. Después la obligó a mirarle, fijó sus ojos en los de ella y vio su terror.

—¿Marianne?

Quería que le prestara atención. La tenía. Y entonces susurró las últimas palabras que oiría Marianne:

—Dile a Cassandra que la echo de menos, por favor.

Y entonces, finalmente, la dejó morir.

La furgoneta no era robada. Le habían cambiado las matrículas para confundir. Nash se instaló en el asiento de atrás, metió un pañuelo en la mano de Marianne y le apretó los dedos con él. Utilizó una hoja de afeitar para cortar la ropa de la moribunda y, cuando estuvo desnuda, sacó ropa limpia de una bolsa de plástico. Le costó pero logró vestirla. La camiseta rosa era demasiado ceñida, pero era justamente lo que quería. La falda de piel era ridículamente corta.

Pietra había elegido la ropa.

Habían encontrado a Marianne en un bar de Teaneck, Nueva Jersey. Ahora estaban en Newark, en los barrios bajos del Distrito Quinto, conocido por sus prostitutas y asesinos. La confundirían con una de ellas, una puta apaleada hasta la muerte. Newark tenía un índice de asesinatos per cápita tres veces mayor que Nueva York. Por eso Nash le había pegado una buena paliza y le había roto casi todos los dientes. No todos. De haberle quitado todos los dientes habría sido demasiado evidente que quería ocultar su identidad.

Así que dejó algunos intactos. Pero una comprobación dental, suponiendo que encontraran suficientes pruebas para hacer una comparación, sería difícil y llevaría mucho tiempo.

Nash volvió a ponerse el bigote y Pietra la peluca. Era una precaución innecesaria. No había nadie. Descargaron el cadáver en un contenedor de basura. Nash echó una mirada al cuerpo de Marianne.

Pensó en Cassandra. Sentía un peso en el corazón, pero al mismo tiempo esto le daba ánimos.

—¿Nash? —dijo Pietra.

Él le sonrió débilmente y volvió a subir a la furgoneta. Pietra puso en marcha la furgoneta y se marcharon.

Mike se paró frente a la puerta de Adam, respiró hondo y la abrió.

Adam, vestido de negro gótico, se volvió rápidamente.

—¿No sabes llamar?

—Es mi casa.

—Y ésta es mi habitación.

—¿En serio? ¿Pagas por ella?

En cuanto pronunció estas palabras, las detestó. Una justificación paterna clásica. Los niños se burlaban y dejaban de prestar atención. Él lo habría hecho de pequeño. ¿Por qué lo hacemos? ¿Por qué, cuando juramos no repetir los errores de la generación anterior, hacemos exactamente lo mismo?

Adam ya había apretado una tecla que había dejado la pantalla en blanco. No quería que su padre supiera por dónde estaba navegando. Si él supiera...

—Tengo buenas noticias —dijo Mike.

Adam lo miró. Cruzó los brazos e intentó poner mala cara, pero no lo consiguió. El chico era alto, más alto que su padre ya, y Mike sabía que podía ser duro. Era implacable en la portería. No esperaba que los defensas le protegieran. Si alguien se metía en su área, Adam lo echaba.

—¿Qué? —preguntó Adam.

—Mo nos ha conseguido asientos de tribuna para los Rangers contra los Flyers.

La expresión del joven no cambió.

—¿Para cuándo?

—Para mañana por la noche. Mamá se va a Boston para hacer una deposición. Mo nos recogerá a las seis.

—Llévate a Jill.

—Se queda a dormir en casa de Yasmin.

—¿La dejas quedarse en casa de XY?

—No la llames así, es mezquino.

Adam se encogió de hombros.

—Lo que tú digas.

«Lo que tú digas», típica respuesta adolescente.

—Vuelve directamente del instituto y pasaré a recogerte.

—No puedo ir.

Mike echó un vistazo a la habitación. Parecía diferente de cuando había entrado a escondidas con el tatuado Brett, el de las uñas sucias. Aquella idea volvió a angustiarlo. Las uñas sucias de Brett habían estado sobre el teclado. Estaba mal, espiar estaba mal. Pero, por otra parte, si no lo hacían, Adam iría a una fiesta con alcohol y quizá drogas. Así que espiar había sido una buena solución. Por otro lado, Mike también había ido a un par de fiestas como ésas cuando era menor y había sobrevivido. ¿Era peor persona por aquello?

—¿Qué significa que no puedes ir?

—Voy a casa de Olivia.

—Me lo ha dicho tu madre. Vas a casa de Olivia continuamente. Se trata de los Rangers contra los Flyers.

—No quiero ir.

—Mo ya ha comprado las entradas.

—Dile que invite a otro.

—No.

—¿No?

—Sí, no. Soy tu padre. Vendrás al partido.

—Pero...

—Nada de peros.

Mike se volvió y salió de la habitación antes de que Adam pudiera decir nada más.

«Vaya», pensó Mike. «¿Es posible que yo haya dicho "nada de peros"?».

6

La casa estaba muerta.

Así era como la describiría Betsy Hill. Muerta. No estaba simplemente silenciosa o en calma. La casa estaba hueca, esfumada, difunta: su corazón había cesado de latir, la sangre había dejado de fluir, las entrañas habían empezado a descomponerse.

Muerta. Muerta y bien muerta, ni más ni menos.

Muerta como su hijo Spencer.

Betsy deseaba mudarse de aquella casa muerta, a donde fuera. No quería quedarse en aquel cadáver en descomposición. Su marido, Ron, creía que era demasiado pronto. Probablemente tenía razón. Pero Betsy no podía soportarlo. Flotaba por la casa como si ella fuera el fantasma, y no Spencer.

Los gemelos estaban abajo viendo una película. Betsy se detuvo a mirar por la ventana: todas las casas del barrio tenían las luces encendidas, éstas todavía estaban vivas, aunque los que las habitaran también tuvieran problemas. Una hija que se drogaba, una esposa ligona, un marido que trabajaba demasiado, un hijo con autismo: cada casa tenía su ración de tragedia. Cada casa y cada familia tenía sus secretos. Pero sus casas seguían vivas. Todavía respiraban.

La casa de los Hill estaba muerta.

Betsy miró calle abajo y pensó que todos sus vecinos habían asistido al funeral de Spencer. Habían sido discretamente atentos, le habían ofrecido su apoyo y consuelo, intentando disimular la expresión acusadora. Pero Betsy la veía. Siempre. No querían verbalizarla, pero sentían muchos deseos de culparlos, a ella y a Ron, porque así una cosa como aquélla nunca podría pasarles a ellos.

Ya se habían marchado todos, los vecinos y los amigos. La vida nunca cambia en realidad, si no formas parte de la familia. Para los amigos, incluso los más íntimos, es como ver una película triste: te conmueve de verdad y te duele, pero después llega un punto en que no deseas sentir tanta tristeza y dejas que la película termine para luego poder irte a casa.

Sólo la familia se ve obligada a soportarlo.

Betsy fue a la cocina. Preparó una cena con salchichas y macarrones con queso para los gemelos, que acababan de cumplir siete años. A Ron le gustaba hacer las salchichas de Frankfurt a la barbacoa, hiciera sol o lloviera, en invierno o en verano, pero los gemelos se quejaban si la salchicha se chamuscaba ni que fuera un poco. Betsy las preparó en el microondas. Los gemelos estarían encantados.

—¡A cenar! —gritó.

Los gemelos no le hicieron caso, como siempre. Igual que hacía Spencer. El primer aviso fue sólo eso: un primer aviso. Se habían acostumbrado a ignorarlos. ¿Fue parte del problema? ¿Había sido una madre demasiado permisiva? ¿Había sido demasiado indulgente? Ron se quejaba de esto, de que había dejado pasar demasiadas cosas. ¿Había sido esto? Si hubiera sido más exigente con Spencer...

Demasiados condicionales.

Los presuntos especialistas dicen que el suicidio adolescente no es culpa de los padres. Es una enfermedad, como un cáncer. Pero incluso ellos, los especialistas, la miraban con una expresión parecida a la desconfianza. ¿Por qué no lo llevaron a ver a un terapeuta? ¿Por qué ella, su madre, ignoró los cambios que había sufrido Spencer y los atribuyó a los clásicos cambios de humor adolescentes? Creyó que se le pasaría. Los adolescentes se comportan así.

Fue al salón. Las luces estaban apagadas, y el televisor iluminaba a los gemelos. No se parecían en nada. Se quedó embarazada de ellos por fecundación in vitro. Spencer había sido hijo único durante nueve años. ¿Esto también era una razón? Ella creyó que tener un hermano sería bueno para él, pero en realidad ¿lo único que quieren los hijos no es la atención infinita y total de sus padres?

La pantalla iluminaba las caras de los gemelos. Los niños parecen en muerte cerebral cuando ven la televisión. La mandíbula floja, los ojos desmesuradamente abiertos: era bastante horrible.

—Ya —dijo.

Ningún movimiento.

Tic tac, tic tac, y Betsy explotó:

—¡YA!

El grito los sobresaltó. Betsy se acercó y apagó el televisor.

—¡He dicho que a cenar! ¡Cuántas veces tengo que repetirlo!

Los gemelos se arrastraron en silencio hasta la cocina. Betsy cerró los ojos e intentó respirar hondo. Así era ella. Calmada hasta que estallaba. Hablando de cambios de humor... Tal vez era hereditario. Tal vez Spencer estaba condenado desde que fue engendrado.

Se sentaron a la mesa. Betsy se acercó con una sonrisa forzada. «Venga, ya estoy bien». Les sirvió e intentó que hablaran con ella. Uno de ellos charlaba, el otro no. Así había sido desde el suicidio de Spencer. Uno de los gemelos afrontaba la situación ignorándola por completo, el otro estaba abatido.

Ron no estaba en casa. Otra vez. Algunas noches volvía a casa, aparcaba el coche en el garaje y se quedaba allí llorando. A veces Betsy temía que dejara el motor encendido, cerrara la puerta del garaje e hiciera lo mismo que su hijo: acabar con el dolor. Todo aquel asunto contenía una ironía perversa. Su hijo se había quitado la vida, y la forma más evidente de acabar con el futuro dolor era hacer lo mismo.

Ron no hablaba nunca de Spencer. Dos días después de la muerte de su hijo, Ron cogió la silla donde se sentaba a la mesa y la guardó en el sótano. Los tres hijos tenían armarios con su nombre. Ron había quitado el nombre de Spencer, y había llenado el armario de trastos. «Fuera de su vista», pensó ella.

Betsy lo afrontaba de otra manera. A veces intentaba absorberse en otros proyectos, pero la aflicción lo hacía todo demasiado pesado, como si estuviera en uno de esos sueños en que corres por la nieve, en que todos los movimientos son como si nadaras en una piscina de jarabe. En otros momentos, como éste, sólo deseaba regodearse en la aflicción. Deseaba dejar que entrara y la destruyera hasta la médula, con una satisfacción casi masoquista.

Limpió los restos de la cena y preparó a los gemelos para acostarse. Ron todavía no había vuelto. No le importaba. No se peleaban, ella y Ron. Ni una sola vez desde la muerte de Spencer. Tampoco habían hecho el amor. Ni una sola vez. Vivían en la misma casa, seguían conversando, seguían amándose, pero se mantenían separados como si cualquier ternura fuera demasiado insoportable.

El ordenador estaba encendido, con el Internet Explorer en la pantalla. Betsy se sentó y tecleó una dirección. Pensó en sus amigos y vecinos, y en su reacción ante la muerte de su hijo. El suicidio era algo realmente diferente. De algún modo era menos trágico, le otorgaba más distancia a la muerte. Spencer, pensaban, era un chico infeliz, y por este motivo ya era una persona rota. Mejor que desaparezca una persona rota que una entera. Y lo peor de esto, para Betsy al menos, era que aquel horrible razonamiento en cierto modo tuviera sentido. Saber de un niño medio muerto de hambre, que muere en una selva africana, no duele ni la mitad que saber que la preciosa niña que vive en tu calle se muere de cáncer.

Todo parece relativo y esto en sí ya es bastante horrible.

Tecleó la dirección de MySpace: www.myspace.com/Spencerhillmemorial. Los compañeros de clase de Spencer habían creado esta página para él pocos días después de su muerte. Había fotos, montajes y comentarios. En el sitio donde normalmente se ponía la foto por defecto, había un dibujo con una vela encendida. Sonaba «Broken Radio» de Jesse Malin con un poco de colaboración de Bruce Springsteen, uno de los temas preferidos de Spencer. El pie junto a la vela era una cita de la canción: «Los ángeles te quieren más de lo que tú crees».

Betsy la escuchó un ratito.

Allí era donde Betsy pasaba casi toda la noche los días posteriores a la muerte de Spencer: visitando su página en Internet. Leía comentarios de chicos que no conocía. Miraba las fotos de su hijo a lo largo de los años. Pero al cabo de un tiempo se le hizo amargo. Las bonitas chicas que lo habían creado, que también se afligían con el Spencer ahora muerto, apenas le habían dirigido la palabra en vida. Demasiado tarde. Todos decían que le echaban de menos, pero pocos parecían haberlo conocido.

Los comentarios, más que epitafios, parecían garabatos arbitrarios en el anuario de un muerto:

«*Siempre recordaré la clase de gimnasia con el señor Myers...*».

Aquello había sido en séptimo. Hacía tres años.

«*Aquellos partidos de fútbol, cuando el señor V quería un quarterback...*».

Quinto.

«*Todos sentimos escalofríos en aquel concierto de Green Day...*».

Octavo.

Todo poco reciente. Todo poco sincero. El duelo parecía más de cara a la galería que otra cosa, demostraciones públicas de aflicción para los que realmente no lo sentían demasiado, para los que la muerte de su hijo sólo era un bache en su camino a la universidad y un buen empleo, una tragedia, sin duda, pero más cercana a un requisito de la vida que podías incluir en el currículo, como realizar servicios de voluntariado o presentarse a tesorero del consejo de estudiantes.

Había muy poco de sus amigos de verdad: Clark, Adam y Olivia. Pero así era como debía ser. Los que realmente sufrían por él no lo hacían en público: cuando duele de verdad, te lo guardas para ti.

Hacía tres semanas que Betsy no visitaba el sitio. Había habido poca actividad. Era lo normal, sobre todo con los jóvenes. Ya estaban con otras cosas. Miró la presentación de diapositivas. Estaban todas las fotografías y daba la sensación de que las lanzaran a una gran pila. Las imágenes giraban, se paraban y después venía la siguiente dando vueltas a colocarse encima de la primera.

Betsy miró y sintió que se acercaban las lágrimas.

Había muchas fotos de la Escuela Elemental Hillside. Estaba la clase de primero de la señora Roberts. Y la de tercero de la señora Rohrback. La señora Hunt en cuarto. Había una fotografía del equipo de baloncesto tras vencer en su categoría. Spencer estaba encantado con aquella victoria. En el partido anterior se había lastimado la muñeca, sólo una pequeña torcedura, y Betsy se la había vendado. Recordaba haber comprado la venda. En la fotografía, Spencer tenía aquella mano levantada en señal de victoria.

Spencer no era un gran atleta, pero en aquel partido había hecho la cesta de la victoria a seis segundos del final. En séptimo. Betsy se preguntó si lo había visto alguna vez tan feliz.

Un policía local había hallado el cadáver de Spencer en la azotea del instituto.

En la pantalla del ordenador las fotos seguían girando. Los ojos de Betsy se humedecieron. Se le nubló la vista.

La azotea del instituto. Su precioso hijo. Entre basura y botellas rotas.

Para entonces todos habían recibido el mensaje de texto de despedida de Spencer. Un mensaje de texto. Así es como su hijo les comunicó lo que estaba a punto de hacer. El primer mensaje había sido para Ron, que estaba en Filadelfia en una convención de ventas. El móvil de Betsy había recibido el segundo, pero estaba en Cuck E. Cheese's, la pizzería donde nacen las jaquecas paternales, y no oyó llegar el mensaje. Hasta una hora más tarde, después de que Ron dejara seis mensajes en su teléfono, cada uno más frenético que el anterior, no vio el texto en su móvil, el mensaje final de su hijo:

Lo siento, os quiero a todos, pero es demasiado difícil. Adiós.

La policía tardó dos días en encontrarlo en la azotea del instituto.

¿Qué era tan difícil, Spencer?

Nunca lo sabría.

También había mandado el mensaje a algunas personas más. Amigos íntimos. Era con ellos con quienes le había dicho Spencer que estaría. Con Clark, Adam y Olivia. Pero ninguno de ellos lo había visto. Spencer no se había presentado. Había salido solo. Tenía pastillas encima —robadas de casa— y se había tomado demasiadas porque algo era demasiado difícil y quería acabar con su vida.

Había muerto solo en aquella azotea.

Daniel Huff, el policía local que tenía un hijo de la edad de Spencer, un chico llamado DJ con el que a veces salía, había llamado a su puerta. Recordaba haberla abierto, ver su cara y desmayarse.

Betsy intentó dominar las lágrimas. Intentó centrarse en la presentación de diapositivas, en las imágenes de su hijo vivo. Y entonces, sin más ni más, llegó una foto que lo cambió todo.

A Betsy se le paró el corazón.

La fotografía desapareció tan pronto como llegó. Se apilaron más fotos encima. Betsy se llevó una mano al pecho, intentando despejarse. La foto. ¿Cómo podía volver a verla?

Volvió a parpadear. Intentó pensar.

A ver, para empezar formaba parte de una presentación. Se repetiría. Sencillamente podía esperar. Pero ¿cuánto tardaría en volver a empezar? ¿Y entonces qué? Volvería a desaparecer, y sólo podría verla unos segundos. Necesitaba verla con atención.

¿Podría congelar la pantalla cuando volviera a aparecer?

Tenía que haber alguna forma.

Vio pasar las otras fotografías girando, pero no eran lo que ella quería. Quería volver a ver aquella fotografía. La de la muñeca torcida.

Volvió a pensar en aquel partido entre escuelas de séptimo porque se acordó de algo curioso. ¿No acababa de recordar aquel momento en que le puso la venda a Spencer? Ya lo creo. Aquello había sido el catalizador, seguro.

Porque el día antes del suicidio de Spencer, había sucedido algo parecido.

Se había caído y se había torcido la muñeca. Ella se había ofrecido a vendársela, como hizo antes, en séptimo. Pero Spencer quiso que le comprara una muñequera. Betsy la compró. Él la llevaba el día que murió.

Por primera y, evidentemente, última vez.

Clicó sobre la presentación. Fue a parar a un sitio, *slide.com*, que le pidió la contraseña. Maldita sea. Seguramente la había creado uno de los chicos. Lo pensó un momento. La seguridad no sería gran cosa con algo así. Sólo se creaba para que los compañeros la utilizaran e introdujeran las fotos que quisieran en la rotación.

De modo que la contraseña tenía que ser algo simple.

Tecleó SPENCER.

Después clicó OK.

Funcionó.

Aparecieron las fotografías. Según el encabezamiento, había ciento veintisiete fotografías. Las repasó rápidamente hasta que encontró la que quería. Le temblaba tanto la mano que le costó situar el cursor sobre la imagen. Lo logró y después apretó el botón de la izquierda.

La fotografía apareció en tamaño grande.

La miró atentamente.

Spencer sonreía en la foto, pero era la sonrisa más triste que ella hubiera visto jamás. Estaba sudando; su cara tenía un brillo como si estuviera colocado. Parecía borracho y derrotado. Llevaba la camiseta negra, la misma que llevaba aquella última noche. Tenía los ojos rojos, quizá por el alcohol o las drogas, pero sin duda a causa del *flash*. Spencer tenía unos ojos azules preciosos. El flash siempre le hacía parecer un demonio. Estaba al aire libre, o sea que debieron sacarla de noche.

Aquella noche.

Spencer tenía una copa en la mano, y allí, en la misma mano, llevaba la muñequera.

Se quedó helada. Aquello sólo tenía una explicación.

Aquella foto se había tomado la noche que Spencer murió.

Y mirando el fondo de la fotografía vio a varias personas dando vueltas, y se dio cuenta de otra cosa.

Al fin y al cabo, Spencer no estuvo solo.

7

Como casi cada día laborable desde hacía diez años, Mike se despertó a las cinco de la mañana. Hizo ejercicio durante una hora exactamente. Fue en coche a Nueva York cruzando el George Washington Bridge y llegó al centro de trasplantes New York-Presbyterian a las siete.

Se puso la bata blanca y fue a hacer la ronda. Había momentos en que este acto estaba a punto de convertirse en rutina. No variaba mucho, pero Mike se esforzaba por acordarse de lo importante que era para la persona que estaba en la cama. Sólo el hecho de estar en un hospital nos hace vulnerables y nos asusta. Si estamos enfermos o incluso al borde de la muerte, parece que la persona que se interpone entre nosotros y un mayor sufrimiento, entre nosotros y la muerte, es el médico.

¿Cómo no va a desarrollar un médico un cierto complejo de Dios?

Peor aún, a veces Mike pensaba que era saludable tener ese complejo, aunque con benevolencia. «Significas mucho para el paciente. Deberías actuar como Dios».

Había médicos que hacían la ronda a toda prisa. Había momentos en que Mike habría querido apresurarse. Pero la verdad es que, si lo das todo, sólo te lleva un minuto o dos más por paciente. Así que escuchaba y apretaba una mano si era necesario o se mantenía a distancia, dependiendo del paciente y cómo le veía.

Estaba en su consulta a las nueve. La primera paciente ya había llegado. Lucille, su enfermera, la estaría atendiendo. Esto le daba diez minutos para revisar las historias y los resultados de las pruebas del día anterior. Se acordó de su vecino y buscó los resultados de Loriman rápidamente en el ordenador.

No había llegado nada todavía.

Era raro.

Una tira rosa llamó la atención de Mike. Alguien había pegado un post-it sobre su teléfono.

Ven a verme
Ilene

Ilene Goldfarb era su colega y jefe de cirugía de trasplantes en el New York-Presbyterian. Se habían conocido durante la residencia en cirugía de trasplantes y ahora vivían en la misma ciudad. Ilene y él eran amigos, o eso creía Mike, pero no íntimos, y esto hacía que la sociedad funcionara. Vivían a unos tres kilómetros de distancia, tenían hijos que iban a las mismas escuelas, pero, aparte de esto, tenían pocos intereses en común, y no necesitaban verse fuera del trabajo, pero confiaban profesionalmente el uno en el otro y se respetaban.

Si quieres poner a prueba las recomendaciones de tu médico, pregúntale lo siguiente: si tu hijo estuviera enfermo, ¿a qué medico lo mandarías?

La respuesta de Mike era Ilene Goldfarb. Y esto decía todo lo que necesitabas saber de su competencia como médico.

Bajó por el pasillo. Sus pasos sobre el suelo gris industrial eran silenciosos. Los pósteres colgados en las paredes descoloridas eran amables a la vista, sencillos y con tanta personalidad como las obras de arte que se suelen encontrar en una cadena de moteles de categoría media. Él e Ilene deseaban que su consulta transmitiera un «aquí estamos para el paciente y sólo para el paciente». En la consulta sólo tenían diplomas y títulos profesionales porque esto parecía ser lo más reconfortante. No tenían nada personal, ni un contenedor de lápices hecho por sus hijos, ni fotografías familiares, ni nada por el estilo.

A menudo los hijos de alguien iban allí a morir. A los padres no les apetecía ver la imagen de niños sanos sonrientes. En absoluto.

—Hola, doctor Mike.

Se volvió. Era Hal Goldfarb, el hijo de Ilene. Era estudiante de último curso de instituto, dos años mayor que Adam. Había puesto Princeton como primera opción para la universidad y pensaba cursar estudios de medicina. Había conseguido créditos suficientes en la escuela para pasar tres mañanas a la semana haciendo prácticas con ellos.

—Hola, Hal. ¿Cómo va el instituto?

El chico sonrió a Mike sinceramente.

—Superado.

—Último año y ya te han admitido en la universidad, a eso le llamo yo tenerlo superado.

—Y que lo digas.

Hal llevaba unos pantalones de algodón y una camisa azul, y Mike no pudo evitar compararlo mentalmente con el negro gótico de Adam y sintió una punzada de envidia. Como si le leyera la mente, Hal dijo:

—¿Cómo está Adam?

—Bien.

—Hace mucho que no le veo.

—Deberías llamarle —dijo Mike.

—Sí, lo haré. Será divertido salir.

Silencio.

—¿Está tu madre en la consulta? —preguntó Mike.

—Sí. Pasa.

Ilene estaba sentada a su mesa. Era una mujer menuda, delgada, exceptuando sus dedos con forma de garra. Llevaba los cabellos recogidos en una cola severa y gafas de montura de concha a caballo entre unas gafas de bibliotecaria y unas gafas de moda.

—Hola —dijo Mike.

—Hola.

Mike levantó el post-it rosa.

—¿Qué pasa?

Ilene soltó un ruidoso suspiro.

—Tenemos un problemón.

—¿Con quién? —preguntó Mike.

—Con tu vecino.

—¿Loriman?

Ilene asintió.

—¿El resultado de la prueba tisular es malo?

—Es un resultado raro —dijo ella—. Pero tenía que pasar tarde o temprano. Me sorprende que sea la primera vez.

—¿Me lo vas a contar?

Ilene Goldfarb se quitó las gafas. Se metió una varilla en la boca y la chupó.

—¿Conoces bien a la familia?

—Viven al lado.

—¿Sois amigos?

—No. ¿Por qué? ¿Qué tiene que ver eso?

—Podríamos tener un dilema ético —dijo Ilene.

—¿En qué sentido?

—Dilema puede que no sea la palabra adecuada. —Ilene miró a lo lejos, hablando más consigo misma que con Mike—. Más bien una línea ética difuminada.

—¿Ilene?

—Mmm...

—¿De qué estás hablando?

—La madre de Lucas Loriman llegará en media hora —dijo.

—La vi ayer.

—¿Dónde?

—En su jardín. Finge que trabaja en el jardín a menudo.

—Me lo imagino.

—¿Por qué lo dices?

—¿Conoces a su marido?

—¿A Dante? Sí.

—¿Y?

Mike se encogió de hombros.

—¿Qué pasa, Ilene?

—Se trata de Dante —dijo ella.

—¿Qué le pasa?

—No es el padre biológico del chico.

Así sin más. Mike esperó un momento.

—Bromeas.

—Sí, eso es lo que hago. Ya me conoces, la doctora Bromista. Es un buen chiste, ¿no?

Mike se quedó callado. No preguntó si estaba segura o quería hacer más pruebas. Ella ya lo habría previsto. Ilene también tenía razón en que era sorprendente que esto no hubiera ocurrido antes. Dos pisos más arriba estaban los genetistas. Uno de ellos le dijo a Mike que en pruebas poblacionales al azar, más del diez por ciento de los hombres tenían hijos que, sin ellos saberlo, no eran sus hijos biológicos.

—¿Alguna reacción a la noticia? —preguntó Ilene.

—¿Vaya?

Ilene asintió.

—Quise que fueras mi colega —dijo ella— por lo bien que te expresas.

—Dante Loriman no es un buen tipo, Ilene.

—Es la sensación que tenía.

—Es mal asunto —dijo Mike.

—Como el estado de su hijo.

Se quedaron un rato más callados.

Sonó el intercomunicador.

68

—¿Doctora Goldfarb?

—Sí.

—Ha llegado Susan Loriman. Antes de tiempo.

—¿Ha venido con su hijo?

—No —dijo la enfermera—. Oh, pero ha venido con su marido.

—¿Qué haces tú aquí?

La investigadora jefe del condado, Loren Muse, no le hizo caso y se acercó al cadáver.

—Por Dios —dijo uno de los agentes en voz baja—, hay que ver lo que le ha hecho en la cara.

Los cuatro permanecieron en silencio. Dos de los agentes eran los primeros en llegar al escenario. El tercero era el detective de homicidios que teóricamente estaba al cargo del caso, un gandul veterano con barrigón y modales de policía quemado llamado Frank Tremont. Loren Muse, la investigadora jefe del condado de Essex y la única mujer, era la más baja del grupo por más de un palmo.

—PM —pronunció Tremont—. Y no estoy hablando de militares.

Muse lo miró interrogativamente.

—PM, de puta muerta.

Ella frunció el ceño ante su sonrisita. Las moscas revoloteaban sobre la masa carnosa que antes había sido un rostro humano. No había nariz ni cuencas de los ojos, ni siquiera una boca.

Uno de los agentes dijo:

—Es como si le hubieran metido la cara en una trituradora de carne.

Loren Muse contempló el cadáver. Dejó que los agentes farfullaran. Algunas personas farfullan para calmar los nervios. Muse no era una de ellas. Ellos la ignoraron. Lo mismo que Tremont. Ella era la superior inmediata de Tremont, de todos en realidad, y sentía el resentimiento que desprendían como si fuera humedad subiendo de la acera.

—Eh, Muse.

Era Tremont. Le miró, con aquel traje marrón y la barriga fruto de demasiadas noches de cerveza y demasiados días de dónuts. Era un problema en potencia. Desde que la habían ascendido a investigadora jefe del condado de Essex se habían filtrado quejas a los medios. La mayor parte eran procedentes de un periodista llamado Tom Gaughan, que estaba casado con la hermana de Tremont.

—¿Qué pasa, Frank?

—Como he preguntado antes: ¿qué haces tú aquí?

—¿Tengo que darte explicaciones?

—El caso es mío.

—Lo es.

—Y no necesito que mires por encima de mi hombro.

Frank Tremont era un incompetente sin remedio, pero debido a sus relaciones personales y sus años de «servicio», también era bastante intocable. Muse no le hizo caso. Se agachó, sin dejar de mirar la carne que antes había sido una cara.

—¿Ya tienes identificación? —preguntó.

—No. Ni cartera, ni bolso.

—Probablemente robado —ofreció uno de los agentes.

Muchos asentimientos masculinos.

—Una banda —dijo Tremont—. Fíjate.

Señaló un pañuelo verde que la mujer muerta apretaba en la mano.

—Podría ser la nueva banda, un puñado de chicos negros que se hacen llamar Al Qaeda —dijo uno de los agentes—. Van de verde.

Muse se puso de pie y dio una vuelta al cadáver. Llegó la furgoneta del forense. Alguien había cerrado el escenario con cinta policial. Una docena de prostitutas, quizá más, estaban detrás de la cinta, alargando el cuello para ver mejor.

—Que los agentes hablen con las profesionales —dijo Muse—. A ver si conseguimos un alias, al menos.

—Vaya por Dios —dijo Frank Tremont suspirando teatralmente—. Como a mí no se me habría ocurrido...

Loren Muse no dijo nada.

—Eh, Muse.

—¿Qué pasa, Frank?

—No me gusta que estés aquí.

—Y a mí no me gusta este cinturón marrón con los zapatos negros. Pero los dos tenemos que aguantarnos.

—No hay derecho.

Muse sabía que no le faltaba razón. La verdad era que le encantaba su prestigioso puesto nuevo como investigadora jefe. Muse, sin haber cumplido los cuarenta, era la primera mujer que ocupaba este cargo. Estaba orgullosa. Pero echaba de menos el trabajo de campo. Echaba de menos los homicidios. De modo que participaba siempre que podía, sobre todo cuando un imbécil quemado como Frank Tremont se encargaba del caso.

La forense, Tara O'Neill, se acercó y echó a los agentes.

—Vaya mierda —susurró O'Neill.

—Bonita reacción, doctora —dijo Tremont—. Necesito huellas enseguida para poder cotejarlas en el sistema.

La forense asintió.

—Ayudaré a interrogar a las prostitutas, y a buscar a algunos miembros de esa escoria de banda —dijo Tremont—. Si te parece bien, jefa.

Muse no respondió.

—Una puta muerta, Muse. Aquí no hay un buen titular para ti. No es una prioridad.

—¿Por qué ella no es una prioridad?

—¿Qué?

—Has dicho que no hay un buen titular para mí. Y después has añadido que «no es una prioridad». ¿Por qué no?

Tremont hizo una mueca burlona.

—Ah, claro, qué fallo. Una puta muerta es prioritario. La tratamos como si acabaran de cargarse a la esposa del gobernador.

—Es por esta actitud, Frank. Por eso estoy aquí.

—Sí, claro, por esto. Yo te explicaré cómo ve la gente a las putas muertas.

—No me lo digas: ¿como si se lo hubieran buscado?

—No. Pero escucha y a lo mejor aprendes algo. Si no quieres acabar muerta en un contenedor, no te metas en líos en el Distrito Quinto.

—Deberías ponerlo en tu epitafio —dijo Muse.

—No me malinterpretes. Pillaré a este chiflado. Pero no me vengas con prioridades y titulares. —Tremont se acercó un poco más, hasta que su estómago tocaba el de Loren. Muse no retrocedió—. Este caso es mío. Vuelve a tu despacho y deja el trabajo para los adultos.

—¿O?

Tremont sonrió.

—No te convienen tantos problemas, guapa. Créeme.

Se fue hecho una furia. Muse se volvió. La forense se estaba concentrando en abrir su maletín de trabajo, fingiendo no haber oído nada.

Muse hizo un esfuerzo y estudió el cadáver. Intentó ser una investigadora clínica. Los hechos: la víctima era una mujer blanca. A juzgar por la piel y el cuerpo parecía tener unos cuarenta años, pero las calles podían envejecer mucho. No tenía tatuajes a la vista.

Ni cara.

Muse sólo había visto algo tan destructivo en una ocasión. Cuando tenía veintitrés años, pasó seis semanas con la policía estatal en la autopista de Nueva Jersey. Un camión cruzó la mediana y se estrelló de cara contra un Toyota Celica. El conductor del Toyota era una chica de diecinueve años que volvía a casa para las vacaciones.

La destrucción fue espeluznante.

Cuando finalmente arrancaron el metal, la chica de diecinueve años tampoco tenía cara. Como ésta.

—¿Causa de la muerte? —preguntó Muse.

—Todavía no estoy segura. Pero vaya, este criminal es un hijo de puta chiflado. Los huesos no están simplemente rotos. Es como si los hubieran aplastado a pedacitos.

—¿Cuánto hace?

—Diría que diez o doce horas. No la mataron aquí. No hay bastante sangre.

Muse ya se había dado cuenta. Examinó la ropa de la prostituta, el top rosa, la falda estrecha de piel, los tacones de aguja.

Meneó la cabeza.

—¿Qué?

—Esto no está bien —dijo Muse.

—¿Qué pasa?

Su móvil vibró. Miró el nombre en la pantalla. Era su jefe, el fiscal del condado Paul Copeland. Miró hacia Frank Tremont. Él la saludó con la mano abierta y sonrió.

Muse contestó el teléfono.

—Hola, Cope.

—¿Qué estás haciendo?

—Trabajando en un escenario.

—Y fastidiando a un colega.

—Un subordinado.

—Un subordinado problemático.

—Pero estoy por encima de él, ¿no?

—Frank Tremont va a armar jaleo. Nos echará a los medios encima, pondrá en pie de guerra a sus colegas detectives. ¿Nos conviene tanta agresividad?

—Creo que sí, Cope.

—¿Por qué lo dices?

—Porque está enfocando mal el caso.

8

Dante Loriman entró primero en la consulta de Ilene Goldfarb. Estrechó la mano de Mike con demasiada firmeza. Susan entró detrás. Ilene Goldfarb se levantó y esperó detrás de su mesa. Se había puesto las gafas otra vez. Se inclinó y estrechó rápidamente la mano a los dos. Después se sentó y abrió un sobre que tenía en la mesa.

Dante se sentó primero. No miró en ningún momento a su esposa. Susan se sentó en una silla a su lado. Mike se quedó detrás, apartado. Cruzó los brazos y se apoyó en la pared. Dante Loriman empezó a arremangarse la camisa cuidadosamente. Primero la manga derecha, después la izquierda. Apoyó los codos en los muslos y fue como si desafiara a Ilene Goldfarb a darle una mala noticia.

—¿Qué? —preguntó Dante.

Mike observó a Susan Loriman. Tenía la cabeza alta. Estaba quieta y contenía la respiración. Demasiado quieta. Como si sintiera su mirada, Susan volvió su preciosa cara hacia Mike. Él se mantuvo neutral. Era el caso de Ilene. Él sólo era un espectador.

Ilene siguió leyendo la historia, aunque parecía hacerlo de cara a la galería. Cuando terminó, cruzó las manos sobre la mesa y miró un punto entre los padres.

—Hemos realizado las pruebas tisulares pertinentes —dijo.

Dante interrumpió.

—Quiero ser yo.

74

—¿Disculpe?

—Quiero darle a Lucas un riñón.

—No es compatible, señor Loriman.

Así, sin más.

Mike mantuvo los ojos fijos en Susan Loriman. Ahora le tocaba a ella mantenerse neutral.

—Ah —dijo Dante—. Creía que el padre...

—Varía —dijo Ilene—. Existen muchos factores, como creo que expliqué a la señora Loriman durante su visita anterior. Lo ideal sería una tipificación HLA con seis antígenos compatibles. Basándonos en la tipificación HLA, usted no sería un buen candidato, señor Loriman.

—¿Y yo? —preguntó Susan.

—Usted es mejor. No es perfecta, pero es más compatible. Normalmente lo mejor es un hermano. Cada hijo hereda la mitad de los antígenos de cada padre y existen cuatro combinaciones de antígenos heredados posibles. Dicho con sencillez, un hermano tiene un veinticinco por ciento de posibilidades de ser totalmente compatible, un cincuenta por ciento de ser medio compatible, con tres antígenos, y un veinticinco por ciento de posibilidades de no ser compatible en absoluto.

—¿Y Tom qué es?

Tom era el hermano menor de Lucas.

—Por desgracia, la noticia es mala. Su esposa es la más compatible por ahora. Pondremos también a su hijo en el banco de trasplantes de riñones de cadáver, a ver si encontramos un candidato mejor, pero me parece poco probable. La señora Loriman podría considerarse suficientemente buena, pero sinceramente no es una donante ideal.

—¿Por qué no?

—Sólo es compatible con dos antígenos. Cuanto más cercano a seis, más probable es que el cuerpo de su hijo no rechace el nuevo riñón. Cuanto mejor sea la compatibilidad de antígenos, menos probable es que tenga que pasarse la vida tomando medicación y sometiéndose a diálisis constante.

Dante se pasó la mano por los cabellos.

—¿Y ahora qué hacemos?

—Tenemos un poco de tiempo. Como he dicho, podemos poner su nombre en la lista. Buscamos y seguimos sometiéndolo a diálisis. Si no aparece nada nuevo, utilizamos el de la señora Loriman.

—Pero le gustaría encontrar algo mejor —dijo Dante.

—Sí.

—Tenemos otros parientes que han dicho que donarán a Lucas si pueden —dijo Dante—. Podría hacerles la prueba.

Ilene asintió.

—Confeccionen una lista: nombres, direcciones y el parentesco sanguíneo exacto.

Silencio.

—¿Hasta qué punto está grave, doctora? —Dante dio la vuelta en la silla y miró atrás—. ¿Mike? Sé sincero con nosotros. ¿Hasta qué punto es grave?

Mike miró a Ilene, que le hizo una señal con la cabeza para que hablara.

—Es grave —dijo Mike.

Miró a Susan Loriman cuando lo dijo. Susan apartó la mirada.

Discutieron opciones durante diez minutos más y después los Loriman se marcharon. Cuando Mike e Ilene se quedaron a solas, Mike cogió la silla de Dante y levantó las manos al cielo. Ilene fingió que estaba ocupada ordenando carpetas.

—¿Qué? —preguntó Mike.

—¿Crees que debería habérselo dicho?

Mike no contestó.

—Mi trabajo es tratar a su hijo. Él es mi paciente. El padre no.

—¿De modo que el padre no tiene derechos?

—No he dicho eso.

—Has realizado unas pruebas médicas y gracias a eso te has enterado de cosas que has ocultado al paciente.

—No a mi paciente —refutó Ilene—. Mi paciente es Lucas Loriman, el hijo.

—Así que nos callamos lo que sabemos.

—Voy a preguntarte una cosa. Imagina que descubro con una prueba que la señora Loriman engañó al señor Loriman, ¿estaría obligada a decírselo a él?

—No.

—¿Y si descubriera que traficaba con drogas o robando dinero?

—Estás yendo demasiado lejos, Ilene.

—¿Ah, sí?

—No se trata de drogas o dinero.

—Lo sé, pero en ambos casos es irrelevante para la salud de mi paciente.

Mike se lo pensó.

—Supongamos que descubres un problema médico en la prueba de Dante Loriman. Supongamos que descubres que tenía un linfoma. ¿Se lo dirías?

—Por supuesto.

—Pero ¿por qué? Como has dicho, no es tu paciente. No es asunto tuyo.

—Vamos, Mike. Eso es diferente. Mi trabajo es ayudar a mi paciente, Lucas Loriman, a mejorar. La salud mental forma parte del conjunto. Antes de realizar un trasplante, obligamos a nuestros pacientes a asesorarse psicológicamente, ¿no? ¿Por qué? Porque nos preocupa su salud mental en esta situación. Provocar un terremoto en casa de los Loriman no beneficiará a la salud de mi paciente. Punto, final de la historia.

Ambos callaron un momento.

—No es tan fácil —dijo Mike.

—Lo sé.

—Este secreto nos pesará.

—Por eso te lo he contado. —Ilene separó los brazos y sonrió—. ¿Por qué he de ser yo la única que no duerma por la noche?

—Eres una gran colega.

—¿Mike?

—¿Sí?

—Si fueras tú, si yo hiciera una prueba como ésta y descubriera que Adam no es tu hijo biológico, ¿querrías saberlo?

—¿Que Adam no es mi hijo? ¿Le has visto las orejas?

Ella sonrió.

—Estoy intentado plantear una hipótesis. ¿Querrías saberlo?

—Sí.

—¿Así, sin más?

—Soy un pirado del control. Ya lo sabes. Necesito saberlo todo.

Mike calló.

—¿Qué? —preguntó ella.

Se echó hacia atrás y cruzó las piernas.

—¿Vamos a seguir ignorando al elefante que hay en esta habitación?

—Es lo que tenía pensado, sí.

Mike esperó.

Ilene Goldfarb suspiró.

—Anda, dilo.

—Si nuestro primer juramento es «primero no hacer daño»...

Ella cerró los ojos.

—Sí, sí.

—No tenemos un buen donante para Lucas Loriman —dijo Mike—. Todavía estamos buscando.

—Lo sé. —Ilene cerró los ojos y dijo—: Y el candidato más evidente sería el padre biológico.

—Exactamente. Es nuestra mejor baza para conseguir una compatibilidad aceptable.

—Tenemos que hacerle una prueba. Es nuestra prioridad.

—No podemos olvidarlo —dijo Mike—. Aunque queramos.

Intentaron asimilarlo.

—¿Y qué hacemos ahora? —preguntó Ilene.

—No creo que tengamos muchas opciones.

Betsy Hill esperaba en el aparcamiento del instituto con la intención de interceptar a Adam después de clase.

Miró hacia atrás, hacia la «fila de las mamás», la acera de la avenida Maple donde las madres —de vez en cuando había un padre, pero era la excepción que confirmaba la regla— esperaban en sus coches o se juntaban para chismorrear, aguardaban que acabara la escuela para acompañar a sus hijos a clase de violín, al dentista o a clase de karate.

Betsy Hill había sido una de esas madres.

Había empezado como una de esas madres que esperan delante de la guardería de la Escuela Elemental Hillside y después en la Escuela Secundaria en Mount Pleasant y finalmente aquí, a veinte metros de donde estaba ahora. Recordaba esperar a su precioso Spencer, oír el timbre, mirar a través del parabrisas y observar a los niños salir en tromba como hormigas que se esparcen detrás de la comida. Ella sonreía cuando le veía y casi siempre, sobre todo entonces, Spencer le devolvía la sonrisa.

Echaba de menos ser una madre joven, la ingenuidad que se experimenta con el primer hijo. Fue diferente con los gemelos, incluso antes de la muerte de Spencer. Volvió a mirar a las madres, y la forma en que se movían sin preocupación ni miedos, y deseaba odiarlas.

Sonó el timbre. Se abrieron las puertas. Los alumnos salieron en oleadas gigantes.

Y Betsy casi se puso a buscar a Spencer.

Fue uno de esos breves momentos en que el cerebro no es capaz de soportarlo más, y olvida lo horrible que es todo, y crees, durante un breve segundo, que todo ha sido una pesadilla. Spencer saldría, con la mochila al hombro, que hacía que adoptara la postura encorvada típica del adolescente, y Betsy le vería y pensaría que necesitaba un corte de pelo y que estaba demasiado pálido.

La gente habla de las etapas del duelo: negación, rabia, negociación, depresión, aceptación, pero esas etapas tienden a difuminarse más bien en tragedia. Nunca dejas de negarlo. Una parte de ti siempre está enfadada. Y la mera idea de «aceptación» es obscena. Algunos psiquiatras prefieren la palabra «conclusión». Semánticamente el concepto era mejor, pero a Betsy le seguía dando ganas de gritar.

¿Qué estaba haciendo allí exactamente?

Su hijo estaba muerto. Hablar con uno de sus amigos no iba a cambiarlo.

Pero por alguna razón le parecía que podía hacerlo.

Spencer quizá no había estado solo aquella noche. ¿Qué cambiaba esto? Era una idea demasiado formularia, sí, pero no le devolvería a su hijo. ¿Qué esperaba encontrar?

¿Conclusión?

Y entonces distinguió a Adam.

Caminaba solo, encorvado bajo el peso de la mochila. Todos parecían encorvados en realidad. Betsy mantuvo los ojos fijos en Adam y se colocó de modo que interceptara su paso. Como casi todos los chicos, Adam caminaba con los ojos bajos. Betsy esperó, colocándose más a la izquierda o a la derecha, asegurándose de estar frente a él.

Finalmente, cuando se acercó bastante, dijo:

—Hola, Adam.

Él se paró y levantó la cabeza. Era un chico guapo, pensó Betsy. Todos lo eran a aquella edad. Pero Adam también había cambiado. Todos habían cruzado una línea adolescente. Era más grande, alto y musculoso, más un hombre que un chico. Todavía podía ver al niño en su rostro, pero también veía una especie de desafío.

—Oh —dijo—. Hola, señora Hill.

Adam iba a apartarse, desviándose hacia la izquierda.

—¿Puedo hablar contigo un momento? —dijo Betsy llamando su atención.

Él se paró de golpe.

—Oh, claro. Por supuesto.

Adam trotó hacia ella con flexibilidad. Adam siempre había sido un buen atleta. Spencer, no. ¿También esto era culpa del desenlace de su hijo? La vida es mucho más fácil en pueblos como ése si eres un buen deportista.

Se paró a un par de metros de ella. No podía mirarla a los ojos, pero pocos chicos de instituto lo hacen. Betsy estuvo callada unos segundos. Sólo le miró.

—¿Quería hablar conmigo? —preguntó Adam.

—Sí.

Más silencio. Más miradas. Él se retorció.

—Lo siento mucho —dijo.

—¿Qué?

Aquella respuesta lo sorprendió.

—Lo de Spencer.

—¿Por qué?

Él no contestó, sin mirarla a los ojos todavía.

—Adam, mírame.

Seguía siendo la adulta, y él el niño. La obedeció.

—¿Qué pasó aquella noche?

Tragó saliva y dijo:

—¿Qué pasó?

—Estabas con Spencer.

Él negó con la cabeza. Palideció.

—¿Qué pasó, Adam?

—Yo no estaba.

Ella levantó la foto de la página de MySpace, pero sus ojos volvían a estar fijos en el suelo.

—Adam.

Él levantó la cabeza y Betsy le puso la foto frente a la cara.

—Éste eres tú, ¿no?

—No lo sé, podría ser.

—Esta foto se sacó la noche que murió.

Él negó con la cabeza.

—¿Adam?

—No sé de qué me habla, señora Hill. Aquella noche no vi a Spencer.

—Vuelve a mirar...

—Tengo que irme.

—Adam, por favor...

—Lo siento, señora Hill.

Él echó a correr. Volvió corriendo al edificio de ladrillo, dio la vuelta hacia la parte posterior y desapareció.

9

La investigadora jefe Loren Muse miró su reloj. Hora de reunirse.

—¿Tienes mis cosas? —preguntó.

Su ayudante era una joven llamada Chamique Johnson. Muse había conocido a Chamique durante un famoso juicio por violación. Tras un agitado comienzo en la fiscalía, Chamique se había vuelto indispensable.

—Ahí están —dijo Chamique.

—Es gordo.

—Lo sé.

Muse cogió el sobre.

—¿Está todo aquí?

Chamique frunció el ceño.

—Pues no, no es lo que me pediste.

Muse se disculpó y cruzó el pasillo hacia el despacho del fiscal del condado de Essex, más concretamente, el despacho de su jefe, Paul Copeland.

La recepcionista —era nueva y Muse era mala para recordar los nombres— la saludó con una sonrisa.

—La están esperando todos.

—¿Quién me está esperando?

—El fiscal Copeland.

—Has dicho «todos».

—¿Disculpe?

—Has dicho que me estaban esperando. «Todos» insinúa que hay más de una persona. Probablemente más de dos.

La recepcionista parecía aturdida.

—Ah, claro. Son cuatro o cinco.

—¿Con el fiscal Copeland?

—Sí.

—¿Quiénes?

Ella se encogió de hombros.

—Otros detectives, creo.

Muse no estaba segura de qué conclusión sacar. Había pedido una reunión en privado para hablar de la situación políticamente delicada que se había creado con Frank Tremont. No tenía ni idea de por qué podía haber otros detectives en el despacho del fiscal.

Oyó las risas antes de entrar en la habitación. Eran seis, incluido su jefe, Paul Copeland. Todos hombres. Frank Tremont estaba entre ellos, además de tres detectives. El último de ellos le sonaba vagamente. Tenía una libreta y un bolígrafo frente a él y, sobre la mesa, una grabadora.

Cope —así era como todos llamaban a Paul Copeland— estaba sentado a su mesa y se reía con ganas de algo que le acababa de susurrar Tremont.

Muse sintió que se le encendían las mejillas.

—Hola, Muse —dijo.

—Cope —dijo ella, saludando a los demás con la cabeza.

—Entra y cierra la puerta.

Ella entró. Se paró y sintió todos los ojos clavarse sobre ella. Más calor en las mejillas. Se sintió estafada e intentó mirar furiosamente a Cope. Él no se dejó intimidar. Cope sonreía haciéndose el tonto y estaba tan guapo como siempre. Ella intentó comunicarle con la mirada que primero quería hablar con él a solas, que se sentía como si hubiera caído en una emboscada, pero como acababa de pasar, él no se dejó intimidar.

84

—Empecemos, si os parece.

Loren Muse dijo:

—De acuerdo.

—Espera, ¿conoces a todo el mundo?

Cope levantó ampollas cuando ocupó el cargo de fiscal del condado y asombró a todos nombrando a Muse su investigadora jefe. Normalmente el puesto era para uno de los rudos veteranos, siempre varones, que se suponía que guiaba al político nombrado por el sistema. Loren Muse era una de las detectives más jóvenes del departamento cuando la eligió. Cuando los medios le preguntaban qué criterio había utilizado para elegir a una mujer joven antes que a veteranos mucho más experimentados, él respondía con una sola palabra:

—Méritos.

Y allí estaba ella, en una habitación con cuatro de los veteranos despechados.

—No conozco a este caballero —dijo Muse, indicando con la cabeza al hombre de la libreta y el bolígrafo.

—Ah, perdona. —Cope alargó una mano como un presentador de televisión y se puso la sonrisa mediática—. Es Tom Gaughan, un periodista del *The Star-Ledger*.

Muse no dijo nada. El cuñado gacetillero de Tremont. Aquello iba de mal en peor.

—¿Empezamos? —preguntó Cope.

—Cuando quiera, Cope.

—Bien. Frank tiene una queja. Frank, adelante, tienes la palabra.

Paul Copeland se acercaba a los cuarenta. Su esposa había muerto de cáncer poco después del nacimiento de su hija, que ahora tenía siete años, Cara. La había criado él solo. Al menos hasta ahora. Ya no tenía fotos de Cara sobre la mesa. Antes sí. Muse recordaba que, al ocupar el puesto, Cope tenía una en el estante detrás de su silla. Un día, después de condenar a un pederasta,

Cope la había quitado. Ella nunca le preguntó por qué, pero se imaginaba que estaba relacionado con aquel caso.

Tampoco había fotos de su prometida, pero, en el perchero de Cope, Muse podía ver un esmoquin envuelto en plástico. La boda era el próximo sábado y Muse asistiría. De hecho, era una de las damas de honor.

Cope siguió sentado detrás de su mesa, esperando a que Tremont hablara. No había más sillas vacías, de modo que Muse permaneció de pie. Se sentía vulnerable y cabreada. Un subordinado iba a quejarse de ella y Cope, su supuesto defensor, iba a permitirlo. Se esforzó por no ponerse a gritar «sexismo», porque de haber sido un hombre, a nadie se le hubiera ocurrido que tuviera que soportar las imbecilidades de Tremont. Tendría poder para echarlo a patadas, con repercusiones políticas y mediáticas o sin ellas.

Se quedó quieta y furiosa.

Frank Tremont se levantó el cinturón, aunque permaneció sentado.

—Bueno, sin ánimo de faltarle al respeto, señora Muse, pero...

—Investigadora jefe Muse —dijo Loren.

—¿Disculpa?

—No soy la señora Muse. Tengo un título. Soy la investigadora jefe. Tu jefe.

Tremont sonrió. Se volvió lentamente hacia sus compañeros detectives y después hacia su cuñado. Su expresión divertida parecía decir: ¿Veis a qué me refiero?

—Qué susceptible. —Y después, sin molestarse en disimular el sarcasmo—: ¿No, investigadora jefe Muse?

Muse miró a Cope. Él se quedó quieto. Su cara no le transmitió ningún consuelo. Se limitó a decir:

—Perdón por la interrupción, Frank, sigue.

Muse sintió que las manos se le cerraban con fuerza.

—Bien, en fin, tengo veintiocho años de experiencia en la policía. Me tocó el caso de la prostituta en el Distrito Quinto. Una cosa es que ella se presente sin ser invitada. No me gusta. No es el protocolo. Pero bueno, si Muse quiere fingir que puede ser útil, por mí adelante. Pero empieza a dar órdenes. Se pone al mando, minando mi autoridad ante los agentes.

»No me parece justo.

Cope asintió.

—El caso era tuyo.

—Sí.

—Háblame de él.

—¿Eh?

—Háblame del caso.

—Todavía no sabemos mucho. Una prostituta hallada muerta. Alguien le hizo trizas la cara. La forense cree que la mataron a golpes. Todavía no hemos conseguido identificarla. Preguntamos a otras prostitutas, pero nadie sabía quién era.

—¿Las otras prostitutas no saben cómo se llama —preguntó Cope—, o no la conocen de nada?

—No hablan mucho, pero ya sabe cómo va esto. Nadie ha visto nada. Las haremos hablar.

—¿Algo más?

—Encontramos un pañuelo verde. No es exacto, pero es del color de una banda nueva. Haré que me traigan a algunos de los miembros conocidos de esta banda. Les apretaremos las tuercas, a ver si alguno de ellos canta. También estamos buscando en el ordenador por si hay algún caso de prostituta muerta con el mismo *modus operandi* en la zona.

—¿Y?

—Por ahora nada. Bueno, tenemos a muchas prostitutas muertas. Huelga decirlo, jefe. Ésta es la séptima este año.

—¿Huellas?

—Hemos buscado en el condado. Nada. A nivel del FBI tardará un poco más.

Cope asintió.

—Bien, y ¿tú te quejabas de que Muse...?

—Mire, no quiero dar problemas, pero las cosas claras: ella ya no debería ocupar el puesto. Usted la eligió porque es mujer. Lo entiendo. Es la realidad de hoy. Un hombre acumula años, trabaja bien, y no significa nada si no tiene la piel negra o le falta el pito. Lo entiendo. Pero esto también es discriminación. A ver, sólo porque yo sea hombre y ella mujer no significa que se salga con la suya, ¿no? Si yo fuera su jefe y cuestionara todo lo que hace, seguro que se pondría a gritar que la violo o la acoso o algo así y me pondría una demanda.

Cope volvió a asentir.

—Tiene lógica. —Se volvió a mirar a Loren—. ¿Muse?

—¿Qué?

—¿Algún comentario?

—Para empezar, no estoy segura de ser la única en la habitación que no tiene pito.

Miraba a Tremont.

—¿Algo más? —dijo Cope.

—Me siento como un saco de arena.

—De ninguna manera —dijo Cope—. Eres su superior, pero esto no significa que tengas que hacerle de canguro, ¿no? Yo soy tu superior, y no te hago de canguro.

Muse echaba humo.

—El detective Tremont lleva mucho tiempo aquí. Tiene amigos y es respetado. Por eso le he concedido esta oportunidad. Quiere acudir a la prensa con su opinión. Presentar una queja formal. Le he pedido que celebráramos esta reunión, que fuéramos razonables. He dejado que invitara al señor Gaughan, para que viera que trabajamos de forma abierta y sin hostilidades.

Todos miraron a Muse.

—Ahora te lo preguntaré otra vez —dijo Cope a Loren. La miró a los ojos—. ¿Tienes que hacer algún comentario a lo que acaba de decir el detective Tremont?

88

Ahora Cope sonreía. No mucho. Sólo un rictus en la comisura de los labios. Y de repente ella lo comprendió.

—Sí —dijo Muse.

—Tienes la palabra.

Cope se echó hacia atrás y unió las manos detrás de la cabeza.

—Empecemos por el hecho de que no creo que la víctima sea una prostituta.

Cope arqueó las cejas como si fuera la frase más asombrosa que había pronunciado nadie jamás.

—¿Ah, no?

—No.

—Pero he visto la ropa que llevaba —dijo Cope—. Acabo de oír el informe de Frank. Y el lugar donde encontraron el cuerpo. Todos saben que es donde se mueven las prostitutas.

—Incluido el asesino —dijo Muse—. Por eso tiró allí su cuerpo.

Frank Tremont se echó a reír.

—Muse, sólo dices tonterías. Necesitas pruebas, cielo, no sólo intuición.

—¿Quieres pruebas, Frank?

—Por supuesto, oigámoslas. No tienes nada.

—¿Qué te parece su color de piel?

—¿Qué?

—Que es blanca.

—Ah, qué maravilla —dijo Tremont, levantando ambas manos—. Esto me encanta. —Miró a Gaughan—. Apúntalo todo, Tom, porque esto no tiene precio. Insinúo que quizá, sólo quizá, una prostituta no sea una prioridad y soy un neandertal fascista. Pero cuando ella dice que nuestra víctima no puede ser una puta porque es blanca, esto se considera buen trabajo policial.

Señaló con un dedo en dirección a Loren.

—Muse, necesitas un poco más de tiempo en la calle.

—Has dicho que había habido seis prostitutas muertas más.

—Sí, ¿y qué?

—¿Sabías que las seis eran afroamericanas?

—Eso no significa una mierda. Tal vez las otras seis eran... yo qué sé... altas. Y ésta era baja. ¿Significa esto que no puede ser puta?

Muse se acercó al tablón de anuncios de la pared de Cope. Sacó una fotografía del sobre y la pegó.

—Esta fotografía se tomó en el escenario del crimen.

Todos miraron.

—Es la gente que estaba detrás de la cinta policial —dijo Tremont.

—Muy bien, Frank. Pero la próxima vez levanta la mano y espera a que te pregunte.

Tremont cruzó los brazos.

—¿Qué se supone que miramos?

—¿Qué ves aquí? —preguntó Muse.

—Prostitutas.

—Exactamente. ¿Cuántas?

—No lo sé. ¿Quieres que las cuente?

—Sólo un cálculo.

—Quizá veinte.

—Veintitrés. Bien hecho, Frank.

—¿Y a dónde quieres ir a parar?

—Por favor, cuenta cuántas de ellas son blancas.

Ninguno tuvo que mirar mucho rato para saber la respuesta: cero.

—¿Intentas decirme, Muse, que no hay prostitutas blancas?

—Sí las hay. Pero en esta zona son muy pocas. Retrocedí tres meses. Según los expedientes de arrestos, no se ha arrestado a ninguna blanca por prostitución en el radio de tres calles durante todo ese período. Y como has indicado tú, sus huellas no están archivadas. ¿De cuántas prostitutas habituales puedes decir lo mismo?

—De muchas —dijo Tremont—. Vienen de fuera del estado, se quedan una temporada, se mueren o se mudan a Atlantic City.

—Tremont separó las manos—. Vaya, Muse, eres fantástica. No sé si debería dimitir.

Soltó una risita. Muse no se rió.

Muse sacó más fotografías y las pegó en el tablón.

—Mira los brazos de la víctima.

—Sí, ¿qué?

—No tiene marcas de agujas, ni una sola. La prueba de toxicología muestra que no había drogas ilegales en su organismo. Así que Frank, de nuevo: ¿cuántas prostitutas blancas del Distrito Quinto no son yonquis?

Esto le aplacó un poco.

—Está bien alimentada —siguió Muse—, que significa algo, pero no demasiado actualmente. Muchas prostitutas están bien alimentadas. No tiene marcas ni fracturas anteriores a este incidente, lo que tampoco es habitual para una prostituta que trabaje en esta zona. No podemos decir mucho de sus dientes porque casi se los arrancaron todos, y los que quedan están en muy mal estado. Pero mira esto.

Puso otra fotografía enorme en el tablón.

—¿Zapatos? —preguntó Tremont.

—Premio, Frank.

La mirada de Cope le ordenó que dominara su sarcasmo.

—Y zapatos de puta —siguió Tremont—. Tacones de aguja, provocativos. No como esas zapatillas que llevas tú, Muse. ¿Te pones tacones alguna vez?

—No, Frank. ¿Y tú?

Esto hizo a reír a todos. Cope meneó la cabeza.

—¿Adónde quiere ir a parar? —preguntó Tremont—. Son zapatos de catálogo de prostituta.

—Mira las suelas.

Utilizó un lápiz para señalar.

—¿Qué debería ver?

—Nada. Ésa es la cuestión. No están sucias. Ni un rasguño.

—Son nuevas.

—Demasiado nuevas. He ampliado la foto. —Puso otra fotografía—. Ni una rascadita. Nadie ha caminado con ellas. Ni un paso.

La habitación quedó en silencio.

—¿Y?

—Buena respuesta, Frank.

—Que te den, Muse, esto no significa...

—Por cierto, no tenía semen en su interior.

—¿Y? Tal vez éste era su primer cliente de la noche.

—Tal vez. También tiene un bronceado que deberías examinar.

—¿Un qué?

—Un bronceado.

Intentó parecer incrédulo, pero estaba perdiendo apoyos.

—Hay una razón para que llamen putas callejeras a esas chicas, Muse. En las calles estás al aire libre. Estas chicas trabajan fuera. Mucho.

—Dejando de lado el hecho de que apenas hemos tenido sol últimamente, las marcas del bronceado no coinciden. Están aquí —señaló los hombros—, y no está bronceada en el abdomen, esa zona está totalmente blanca. En resumen, esta mujer llevaba camiseta, no tops con el ombligo al aire. Y después está el pañuelo que encontramos en su mano.

—Debió de arrancárselo al asesino durante el ataque.

—No, no lo arrancó. Está claro que lo pusieron allí. Se movió el cuerpo, Frank. ¿Y vamos a creernos que él se lo arrancó de la cabeza mientras luchaban, y se lo dejó cuando abandonó el cuerpo? ¿Te parece creíble?

—Puede que la banda quiera enviar un mensaje.

—Podría ser. Pero también está la propia paliza.

—¿Qué tiene de raro?

—Es exagerada. Nadie pega a una persona con tanta precisión.

—¿Tienes una teoría?

—La evidente. Alguien no quería que la reconociéramos. Y algo más. Mira dónde la tiraron.

—Un sitio conocido por sus prostitutas.

—Así es. Sabemos que no la mataron allí. La tiraron allí. ¿Por qué allí? Si era una prostituta, ¿por qué querrían que lo supiéramos? ¿Para qué tirar a una prostituta en una zona conocida por la prostitución? Te diré por qué. Porque si de entrada la toman por una prostituta y un detective gordo y perezoso se encarga del caso y ve la salida más fácil...

—¿A quién estás llamando gordo?

Frank Tremont se levantó y Cope dijo suavemente:

—Siéntate, Frank.

—¿Va a permitir que...?

—Calla —dijo Cope—. ¿Has oído?

Todos se pararon.

—¿Qué?

Cope se puso la mano detrás de la oreja.

—Escucha, Frank. ¿Lo oyes? —Su voz era un susurro—. Éste es el sonido de tu incompetencia puesto en evidencia ante el público. No sólo tu incompetencia, sino tu estupidez suicida al ir a por tu superior cuando los hechos no te dan la razón.

—No tengo por qué escuchar...

—Calla y escucha. Tú escucha.

Muse se esforzó por no reírse.

—¿Ha estado escuchando, señor Gaughan? —preguntó Cope.

Gaughan se aclaró la garganta.

—He oído lo que tenía que oír.

—Bien, porque yo también. Y ya que ha pedido que grabáramos esta reunión, yo también lo he hecho. —Cope sacó una pequeña grabadora de detrás de un libro de su mesa—. Por si acaso su jefe quería oír qué se había dicho exactamente aquí y su grabadora no funcionara bien. No nos gustaría que alguien pensara que ha manipulado la historia para favorecer a su cuñado, ¿verdad?

Cope sonrió a todos. Nadie le devolvió la sonrisa.

—Caballeros, ¿algo más que decir? No, bien. Todos a trabajar, pues. Frank, tómate el resto del día libre. Quiero que pienses en tus opciones y tal vez revises nuestras grandes ofertas de jubilación.

10

Cuando Mike llegó a casa, echó un vistazo a la de los Loriman. Ningún movimiento. Sabía que le tocaba dar el siguiente paso.

Primero, no hacer daño. Ése era el credo.

¿Y segundo?

Esto era más peliagudo.

Tiró las llaves y la cartera en la bandejita que Tia había colocado porque Mike siempre perdía las llaves y la cartera. Funcionaba. Tia había llamado tras aterrizar en Boston. Ahora estaba enfrascada con el trabajo preparatorio y por la mañana tomaría declaración al testigo. Tardaría un poco, pero cogería el primer avión que pudiera. «No te apresures», le había dicho él.

—¡Hola, papá!

Jill dio la vuelta a la esquina. Cuando Mike vio su sonrisa, se esfumaron alegre y felizmente los Loriman y todo lo demás.

—Hola, cielo. ¿Está Adam en su habitación?

—No —dijo Jill.

Se acabó la felicidad.

—¿Dónde está?

—No lo sé. Creía que estaba aquí.

Lo llamaron. Sin éxito.

—Tu hermano debía vigilarte —dijo Mike.

—Estaba aquí hace diez minutos —dijo la niña.

¿Y ahora?

Jill frunció el ceño. Cuando fruncía el ceño, todo el cuerpo parecía seguirlo.

—Creía que esta noche iríais al partido de hockey.

—Y vamos.

Jill parecía agitada.

—¿Qué pasa, cariño?

—Nada.

—¿Cuándo has visto a tu hermano por última vez?

—No lo sé. Hace unos minutos. —Empezó a morderse una uña—. ¿No debería estar contigo?

—Seguro que volverá enseguida —dijo Mike.

Jill parecía insegura. Mike se sentía igual.

—¿Vas a acompañarme a casa de Yasmin de todos modos? —preguntó ella.

—Por supuesto.

—Espera que recoja la bolsa, ¿vale?

—Claro.

Jill subió la escalera. Mike miró su reloj. Él y Adam habían hecho planes; debían salir de casa en media hora, dejar a Jill en casa de su amiga y acercarse a Manhattan para ver el partido de los Rangers.

Adam debería estar en casa. Debería estar vigilando a su hermana.

Mike respiró hondo. Bueno, mejor no ser presa del pánico todavía. Decidió conceder diez minutos más a Adam. Revisó el correo y volvió a pensar en los Loriman. No valía la pena retrasarlo. Él e Ilene habían tomado una decisión. Era hora de poner manos a la obra.

Encendió el ordenador, buscó su agenda de direcciones, clicó sobre la información de contacto de los Loriman. El móvil de Susan Loriman estaba en la lista. Él y Tia no la habían llamado nunca, pero era algo normal entre vecinos: tenías los números por si había alguna urgencia.

Esto lo era.

Marcó el número. Susan contestó al segundo timbre.

—¿Diga?

Tenía una voz cálida y amable, casi susurrante. Mike se aclaró la garganta.

—Soy Mike Baye —dijo.

—¿Pasa algo?

—Sí. Bueno, nada nuevo. ¿Estás sola ahora mismo?

Silencio.

—Ya hemos devuelto el devedé —dijo Susan.

Mike oyó otra voz, que parecía la de Dante y preguntaba:

—¿Quién es?

—Blockbuster —dijo ella.

Bueno, pensó Mike, no está sola.

—¿Tienes mi teléfono?

—Muy pronto. Gracias.

Clic.

Mike se frotó la cara con ambas manos. Qué bien. Muy pero que muy bien.

—¡Jill!

La niña se asomó al rellano.

—¿Qué?

—¿Adam ha dicho algo al llegar a casa?

—Sólo ha dicho «Hola, petarda».

Sonrió al decirlo.

Fue como si Mike oyera la voz de su hijo. Adam quería a su hermana, y ella le quería a él. Los hermanos suelen pelearse, pero estos dos casi nunca lo hacían. Quizá sus diferencias los salvaban de las peleas. Por muy frío o taciturno que se hubiera vuelto Adam, nunca la tomaba con su hermanita.

—¿Tienes alguna idea de adónde puede haber ido?

Jill negó con la cabeza.

—¿Está bien?

—Está perfectamente, no te preocupes. Te llevaré a casa de Yasmin en un momento, ¿de acuerdo?

Mike subió los escalones de dos en dos. Sintió una punzada en la rodilla, una antigua lesión de su época de jugador de hockey. Se la había hecho operar hacía unos meses por un amigo, un cirujano ortopédico llamado David Gold. Mike le dijo a David que no quería dejar el hockey y le preguntó si el juego le había causado un daño a largo plazo. David le dio una receta de Percocet y contestó:

—No me llegan muchos ex jugadores de ajedrez, como puedes suponer.

Abrió la puerta de la habitación de Adam. El cuarto estaba vacío. Mike buscó pistas para averiguar adónde podría haber ido su hijo. No encontró ninguna.

—Oh, no habrá... —dijo Mike en voz alta.

Miró el reloj. Adam ya debería estar en casa... no debería haberse marchado en ningún momento. ¿Cómo podía haber dejado sola a su hermana? Sabía que no debía hacerlo. Mike sacó el móvil y apretó la tecla de marcado rápido. Lo oyó sonar y después la voz de Adam que le pedía que dejara un mensaje.

—¿Dónde estás? Tenemos que marcharnos pronto al partido. ¿Has dejado sola a tu hermana? Llámame inmediatamente.

Apretó la tecla de FIN.

Pasaron diez minutos. No llegó nada de Adam. Mike volvió a llamar. Dejó otro mensaje con los dientes apretados.

—¿Papá? —dijo Jill.

—Sí, mi vida.

—¿Dónde está Adam?

—Seguro que vuelve a casa enseguida. Mira, te dejaré en casa de Yasmin y volveré a por tu hermano, ¿de acuerdo?

Mike llamó y dejó un tercer mensaje en el móvil de Adam explicando que volvería enseguida. Volvió mentalmente a la última vez que había hecho esto —dejar mensajes repetidos en buzones de voz—, cuando Adam huyó y no supieron nada de él en dos días. Mike y Tia se habían vuelto locos intentando localizarlo y al final no había sido nada.

Esperaba que no estuviera jugando a esto otra vez, pensó Mike. Y entonces, en ese mismo momento, pensó: «Dios, espero que esté jugando a eso otra vez».

Mike buscó una hoja de papel, escribió una nota y la dejó sobre la mesa de la cocina.

ADAM:
HE IDO A ACOMPAÑAR A JILL, CUANDO VUELVA NOS VAMOS ENSE-
GUIDA.

La mochila de Jill tenía una insignia de los New York Rangers detrás. No le gustaba mucho el hockey, pero la mochila había sido de su hermano. A Jill le encantaba heredar cosas de Adam. Últimamente le había dado por ponerse un anorak verde demasiado grande para ella de la época en que Adam jugaba al hockey de alevines. El nombre de Adam estaba bordado en el lado derecho delantero.

—¿Papá?

—¿Qué, cielo?

—Estoy preocupada por Adam.

No lo dijo como una niña jugando a comportarse como una adulta. Lo dijo como una niña demasiado lista para su edad.

—¿Por qué lo dices?

Ella se encogió de hombros.

—¿Te ha dicho algo?

—No.

Mike entró en la calle de Yasmin, esperando que Jill dijera algo más. Pero no dijo nada.

En los viejos tiempos, cuando Mike era un niño, dejabas a los niños y te marchabas o quizá esperabas en el coche hasta que se abría la puerta. Ahora acompañabas a tus hijos hasta la puerta.

Normalmente esto fastidiaba un poco a Mike, pero cuando se trataba de pasar la noche, sobre todo a aquella edad tan temprana, Mike prefería asegurarse de que llegara sana y salva a su destino. Llamó a la puerta y abrió Guy Novak, el padre de Yasmin.

—Hola, Mike.

—Hola, Guy.

Guy todavía llevaba el traje del trabajo, aunque se había aflojado la corbata. Llevaba gafas de pasta de montura muy a la moda y los cabellos parecían estratégicamente despeinados. Guy era otro de los padres del pueblo que trabajaba en Wall Street, aunque Mike nunca había logrado tener la menor idea de qué hacía exactamente ninguno de ellos. Fondos de protección, fideicomisos, servicios de crédito u ofertas públicas de venta de acciones o trabajar en el parqué o en seguros o vender bonos, cualquier cosa, para Mike todo era una gran masa difuminada de cuestiones económicas.

Guy llevaba años divorciado y, según los partes que le daba su hija de once años, salía con muchas mujeres.

—Todas sus novias hacen la pelota a Yasmin —le había dicho Jill—. Es muy divertido.

Jill se adelantó.

—Adiós, papá.

—Adiós, preciosa.

Mike esperó un segundo, viéndola marcharse, y después se volvió a mirar a Guy Novak. Era sexista, pero Mike prefería dejar a su hija con una madre sola. Que su hija preadolescente pasara la noche en una casa con sólo un adulto varón... no debería importarle. Él también cuidaba a las niñas a veces sin Tia. Y aun así...

No sabían qué decirse. Mike rompió el silencio.

—Bueno —dijo—, ¿qué planes tienes para esta noche?

—Podría llevarlas al cine —dijo Guy—. Y a tomar un helado en Cold Stone Creamery. Espero que no te importe, pero he invitado a una amiga. Vendrá con nosotros.

—Por mí bien —dijo Mike, pensando: «Mejor aún».

Guy miró hacia atrás. Cuando vio que las niñas habían desaparecido, volvió a mirar a Mike.

—¿Tienes un momento? —preguntó.

—Claro, ¿qué sucede?

Guy salió afuera. Cerró la puerta. Miró hacia la calle y hundió las manos en los bolsillos. Mike lo miraba de perfil.

—¿Va todo bien? —preguntó Mike.

—Jill se ha portado muy bien —dijo Guy.

Mike no sabía bien cómo reaccionar y permaneció en silencio.

—No sé qué debo hacer. Cuando eres padre, haces lo que puedes, ¿no? Lo haces lo mejor que sabes para criar a tus hijos, alimentarlos, educarlos. Yasmin ya tuvo que pasar por un divorcio cuando era muy pequeña. Pero se adaptó. Era feliz, extrovertida y tenía amigos. Y entonces va y sucede una cosa así.

—¿Te refieres a lo del señor Lewiston?

Guy asintió. Se mordió el labio y la mandíbula le tembló.

—Habrás visto cómo ha cambiado Yasmin.

Mike optó por la verdad.

—Parece más retraída.

—¿Sabes lo que le dijo Lewiston?

—La verdad es que no.

Él cerró los ojos, respiró hondo y volvió a abrirlos.

—Supongo que Yasmin se estaba portando mal, no prestaba atención, lo que sea. No lo sé. Cuando hablé con Lewiston, me dijo que la había advertido dos veces. La cuestión es que Yasmin tiene un poco de vello facial. No mucho, pero bueno, un poco de bigote. No es algo en lo que un padre vaya a fijarse, y su madre no está por aquí, así que nunca pensé en hacerle electrolisis ni nada. El caso es que él estaba explicando los cromosomas y ella no paraba de susurrar en el fondo de la clase, así que Lewiston finalmente estalló. Dijo: «Algunas mujeres desarrollan rasgos masculinos como el vello facial. Yasmin, ¿estás escuchando?». Algo así.

—Qué horror —dijo Mike.

—Es inexcusable, ¿no? No se disculpó enseguida porque, según él, no quería llamar más la atención sobre lo que había dicho. Para entonces todos los niños de la clase habían empezado a hacer bromas. Yasmin estaba muerta de vergüenza. Empezaron a llamarla Mujer Barbuda y XY, por el cromosoma masculino. Al día siguiente el profesor se disculpó, imploró a los niños que dejaran de burlarse de ella, yo me presenté, me cabreé con el director, pero para entonces era como pretender que no hubiera sonado el timbre, ya me comprendes.

—Sí.

—Niños.

—Sí.

—Jill no ha abandonado a Yasmin, y es la única. Es algo increíble en una niña de once años. Sé que seguramente le toca cargar con algunas pullas por esto.

—Puede soportarlo —dijo Mike.

—Es una buena niña.

—Igual que Yasmin.

—Deberías estar orgulloso de ella. Es lo que quería decirte.

—Gracias —dijo Mike—. Pasará, Guy. Dale tiempo.

Guy miró a lo lejos.

—Cuando estaba en tercer curso, había un niño llamado Eric Hellinger. Eric siempre tenía una gran sonrisa estampada en la cara. Se vestía como un auténtico hortera, pero por lo visto le daba igual. Él siempre sonreía. Un día vomitó en plena clase. Fue asqueroso. Olía tan mal que tuvimos que salir del aula. En fin, después de esto, los niños empezaron a burlarse de él. Le llamaban Pestellinger. No se acabó nunca. La vida de Eric cambió. La sonrisa desapareció y, para serte sincero, cuando le veía solo en los pasillos después en el instituto, tenía la sensación de que no volvería a sonreír.

Mike no dijo nada, pero conocía una historia parecida. Todas las infancias tienen una, su propio Eric Hellinger o Yasmin Novak.

—La cosa no mejora, Mike. Así que he puesto la casa a la venta. No quiero mudarme. Pero no sé qué más hacer.

—Si Tia o yo podemos ayudar... —empezó Mike.

—Os lo agradezco. Y os agradezco que dejéis que Jill pase la noche aquí. Es muy importante para Yasmin. Y para mí. Así que gracias.

—Encantados.

—Jill dijo que esta noche llevabas a Adam al partido de hockey.

—Ése es el plan.

—Entonces no te entretendré. Gracias por escucharme.

—De nada. ¿Tienes mi móvil?

Guy asintió. Mike dio una palmadita en el hombro a Guy y volvió al coche.

Así era la vida, un maestro pierde los nervios diez segundos y lo cambia todo para una niña. Es una locura cuando lo piensas. También hizo que Mike pensara en Adam.

¿Le habría ocurrido algo parecido a su hijo? ¿Un único incidente, quizá algo muy ínfimo, había desviado a Adam del camino?

Mike pensó en aquellas películas en que los protagonistas viajan a través del tiempo, en las que vuelven atrás y cambian una cosa y entonces todo lo demás cambia también, como un efecto dominó. Si Guy pudiera volver atrás en el tiempo y no dejar ir a la escuela a Yasmin aquel día, ¿sería todo igual? ¿Sería más feliz Yasmin, o al obligarla a mudarse y quizá aprender una lección sobre lo crueles que pueden ser las personas, acabaría siendo mejor al final?

¿Quién demonios podía saberlo?

La casa seguía vacía cuando Mike llegó. No había rastro de Adam. Ni había llegado ningún mensaje de él.

Pensando todavía en Yasmin, Mike fue a la cocina. La nota que había dejado seguía sobre la mesa, intacta. Había docenas de fotografías en la nevera, casi todas en marcos de imán. Mike encontró una de Adam y de él del año anterior, cuando fueron al parque de

Six Flags Great Adventure. A Mike le aterraban las grandes atracciones, pero su hijo le había convencido para que subiera a algo acertadamente bautizado como Hielasangre. Mike se lo pasó en grande.

Cuando bajaron, padre e hijo posaron para una foto tonta con un tipo disfrazado de Batman. Los dos tenían el pelo revuelto por la velocidad, un brazo en el hombro de Batman y una sonrisa boba en la cara.

Todo eso había ocurrido tan sólo unos meses atrás, el verano anterior.

Mike recordó cuando estaba sentado en la atracción, esperando a que se pusiera en marcha, con el corazón acelerado. Miró a Adam, que le sonrió maliciosamente y dijo: «Agárrate fuerte» y entonces, justo entonces, retrocedió un poco más de una década, cuando Adam tenía cuatro años y estaban en el mismo parque y había una multitud entrando en el espectáculo del especialista, una auténtica multitud, y Mike tenía a su hijo cogido de la mano y le dijo «no te sueltes», y sintió que la manita apretaba su mano, pero la multitud era cada vez mayor y la manita resbaló y Mike sintió aquel pánico terrible, como si una ola le hubiera golpeado en la playa y se estuviera llevando a su hijo con la marea. La separación duró sólo unos segundos, diez como mucho, pero Mike nunca olvidaría cómo le había hervido la sangre y el terror que experimentó en aquel breve momento.

Mike la miró un minuto largo. Después cogió el teléfono y volvió a llamar al móvil de Adam.

—Por favor, hijo, llámame a casa. Estoy preocupado por ti. Estoy contigo, siempre, pase lo que pase. Te quiero. Llámame, ¿de acuerdo?

Colgó y esperó.

Adam escuchó el último mensaje de su padre y casi se echó a llorar.

Pensó en llamarle. Pensó en marcar el número de su padre y pedirle que fuera a buscarlo y después podrían ir al partido de los Rangers con el tío Mo y quizá Adam se lo contaría todo. Tenía el móvil en la mano. El número de su padre estaba en la tecla rápida uno. Su dedo planeó sobre la tecla. Sólo tenía que apretarla.

Detrás de él se oyó una voz:

—¿Adam?

Apartó el dedo.

—Vamos.

11

Betsy Hill contempló cómo su marido, Ron, metía el Audi en el garaje. Seguía siendo un hombre muy guapo. Los cabellos canosos eran cada vez más grises, pero sus ojos azules, tan parecidos a los del hijo fallecido, todavía brillaban y la piel de su rostro seguía lisa. Al contrario que muchos de sus colegas, no había desarrollado barriga, hacía ejercicio y vigilaba lo que comía.

La foto que había sacado de la página de MySpace estaba sobre la mesa, delante de ella. Se había pasado la última hora sentada sin saber qué hacer. Los gemelos estaban con la hermana de Betsy. No quería que estuvieran en casa mientras solucionaba esto.

Oyó abrirse la puerta del garaje y después la voz de Ron gritando:

—¿Bets?

—Estoy en la cocina, cariño.

Ron entró en la habitación con una sonrisa. Hacía mucho tiempo que no le veía sonreír y, en cuanto lo vio, Betsy escondió la foto debajo de una revista, fuera de la vista. Quería proteger aquella sonrisa, ni que fuera sólo unos minutos.

—Hola —dijo él.

—Hola, ¿cómo te ha ido?

—Bien, bien. —Seguía sonriendo—. Tengo una sorpresa.

—¿Ah, sí?

Ron se inclinó, la besó en la mejilla y tiró un folleto sobre la mesa de la cocina. Betsy lo cogió.

—Un crucero de una semana —dijo él—. Mira el itinerario, Bets. He marcado la página con un post-it.

Ella volvió la página y miró. El crucero salía de Miami Beach y llegaba a las Bahamas, a St. Thomas y a una isla privada propiedad de la naviera.

—El mismo itinerario —dijo Ron—. Exactamente el mismo itinerario que en nuestra luna de miel. El barco es diferente, claro. Aquel viejo buque ya no navega. Éste es nuevo. He reservado la primera cubierta, una cabina con terraza. Y he encontrado a alguien para que cuide a Bobby y a Kari.

—No podemos dejar solos a los gemelos una semana.

—Claro que podemos.

—Todavía son demasiado vulnerables, Ron.

La sonrisa empezó a desvanecerse.

—Estarán perfectamente.

«Quiere ponerle fin a esto», pensó ella. «No es que me parezca mal. La vida sigue. Ésta es su manera de afrontarlo». Quería acabar con esto. Y algún día, estaba segura de que también querría acabar con ella. Quizá se quedaría por los gemelos, pero todos los buenos recuerdos: el primer beso frente a la biblioteca, la noche en la playa, el espectacular crucero de luna de miel a pleno sol, los dos arrancando aquel horrible papel pintado de su primera casa, los días en el mercado de granjeros cuando se reían con tantas ganas que se les caían las lágrimas, todo eso se había esfumado.

Cuando Ron la veía, veía a su hijo muerto.

—¿Bets?

Ella asintió.

—Creo que tienes razón.

Él se sentó a su lado y le cogió la mano.

—Hoy he hablado con Sy. Necesitan un director en la nueva oficina de Atlanta. Sería una gran oportunidad.

Quiere salir corriendo, volvió a pensar ella. Por ahora quiere que ella vaya con él, pero ella siempre le provocará dolor.

—Te quiero, Ron.

—Yo también te quiero, cielo.

Quería que fuera feliz. Quería dejarle marchar porque Ron sí tenía esta capacidad. Necesitaba huir. No podía afrontarlo. No podía huir con ella. Siempre le recordaría a Spencer y aquella horrible noche en la azotea del instituto. Pero ella lo amaba, lo necesitaba. Aunque fuera egoísta, le aterraba la idea de perderlo.

—¿Qué piensas de lo de Atlanta? —preguntó él.

—No lo sé.

—Te encantará.

Ella había pensado en mudarse, pero Atlanta estaba muy lejos. Ella había vivido toda la vida en Nueva Jersey.

—Son muchas cosas de golpe —dijo Ron—. Iremos paso a paso. Primero el crucero, ¿de acuerdo?

—De acuerdo.

Quiere estar en cualquier parte menos aquí. Quiere volver atrás. Ella lo intentaría, pero no lo conseguiría. No se puede volver atrás. Jamás. Menos aún teniendo a los gemelos.

—Voy a cambiarme —dijo Ron.

Volvió a besarla en la mejilla. Sus labios estaban fríos. Como si ya se hubiese marchado. Le perdería. Tardaría tres meses o dos años, pero el único hombre al que había amado la dejaría. Sentía cómo se alejaba de ella incluso mientras la besaba.

—¿Ron?

Él se detuvo con una mano en la barandilla de la escalera. Cuando miró hacia atrás, fue como si lo hubieran pillado, como si hubiera perdido una oportunidad de huir limpiamente. Se le hundieron los hombros.

—Quiero enseñarte algo —dijo Betsy.

Tia estaba en una sala de reuniones del Boston Four Season's, mientras Brett, el gurú de la informática de la oficina, aporreaba su ordenador portátil. Miró el identificador de llamadas y vio que era Mike.

—¿A punto de ir al partido?

—No —dijo él.

—¿Qué ha ocurrido?

—Adam no está en casa.

—¿No ha venido a casa?

—Ha venido, ha estado un rato en su habitación y después se ha ido.

—¿Ha dejado sola a Jill?

—Sí.

—No es propio de él.

—Lo sé.

—Aunque haya sido muy irresponsable últimamente, lo de dejar a su hermana sola...

—Lo sé.

Tia pensó un momento.

—¿Le has llamado al móvil?

—Por supuesto que le he llamado al móvil. ¿Crees que soy estúpido?

—Eh, no la tomes conmigo —dijo Tia.

—Pues no me hagas preguntas estúpidas. Por supuesto que le he llamado. Le he llamado varias veces. Incluso he dejado mensajes desesperados pidiendo que me llamara.

Tia vio que Brett fingía no estar escuchando. Se apartó de él.

—Lo siento —dijo—. No pretendía...

—Yo tampoco. Los dos estamos nerviosos.

—¿Qué podemos hacer?

—¿Qué podemos hacer? —dijo Mike—. Yo esperaré aquí.

—¿Y si no viene a casa?

Hubo un silencio.

—No quiero que vaya a esa fiesta —dijo Mike.

—Yo tampoco.

—Pero si voy y me lo llevo...

—Sería muy raro.

—¿Tú qué opinas? —preguntó Mike.

—Creo que deberías ir y llevártelo. Puedes intentar ser sutil.

—¿Cómo se hace eso?

—Ni idea. La fiesta no empezará hasta dentro de dos horas probablemente. Podemos pensarlo.

—Sí, bueno. A lo mejor tengo suerte y lo encuentro antes.

—¿Has llamado a casa de sus amigos? ¿A Clark y a Olivia?

—Tia.

—Vale, por supuesto que has llamado. ¿Quieres que vuelva?

—¿Para hacer qué?

—No lo sé.

—Aquí no podrías hacer nada. Puedo encargarme yo solo. No debería ni haberte llamado.

—Sí, sí debías llamarme. No intentes protegerme de estas cosas. No quiero que me mantengas al margen.

—No lo haré, no te preocupes.

—Llámame en cuanto sepas algo de él.

—Descuida.

Tia colgó.

Brett levantó la cabeza del ordenador.

—¿Problemas?

—¿Estabas escuchando?

Brett se encogió de hombros.

—¿Por qué no echas un vistazo a su informe de E-SpyRight?

—Le diré a Mike que lo revise más tarde.

—Puedes hacerlo desde aquí.

—Creía que sólo podía sacarlo con mi ordenador.

—No. Puedes acceder a él en cualquier parte con conexión a Internet.

Tia arrugó el entrecejo.

—No parece muy seguro.

—Sigues necesitando la identificación y la contraseña. Sólo tienes que ir a la página de E-SpyRight y entrar. A lo mejor tu hijo ha recibido un mensaje o algo.

Tia se lo pensó.

Brett se acercó al portátil y tecleó algo. Lo giró hacia ella. La página de E-SpyRight estaba en la pantalla.

—Voy a buscar un refresco abajo —dijo—. ¿Te subo algo?

Ella negó con la cabeza.

—Todo tuyo —dijo Brett.

Brett fue hacia la puerta. Tia se sentó en la silla y empezó a teclear. Sacó el informe y pidió todo lo que se hubiera recibido aquel día. No había casi nada, sólo una conversación de mensajería instantánea con el misterioso CeJota8115.

CeJota8115: ¿Qué pasa?
HockeyAdam1117: Su madre me ha abordado después de clase.
CeJota8115: ¿Qué ha dicho?
HockeyAdam1117: Sabe algo.
CeJota8115: ¿Qué le has dicho?
HockeyAdam1117: Nada. He salido corriendo.
CeJota8115: Hablaremos esta noche.

Tia volvió a leerlo. Después cogió el móvil y apretó la tecla de marcado rápido.

—¿Mike?

—¿Qué?

—Encuéntralo. Encuéntralo cueste lo que cueste.

Ron sujetaba la fotografía.

La veía, pero Betsy se daba cuenta de que había dejado de mirarla. Su lenguaje corporal no presagiaba nada bueno. Se agitaba y se ponía cada vez más tenso. Dejó la foto sobre la mesa y cruzó los brazos. Volvió a cogerla.

—¿Qué cambia esto? —preguntó.

Se puso a parpadear rápidamente, como un niño pequeño cuando no encuentra una palabra especialmente difícil. Verlo así aterrorizó a Betsy. Hacía años que Ron no parpadeaba así. Su suegra le había explicado que Ron había recibido muchas palizas cuando hacía segundo y que se lo había ocultado. Fue entonces cuando empezó el parpadeo. Con la edad había mejorado. Ahora apenas le sucedía. Betsy ni siquiera le había visto parpadear después de enterarse de lo de Spencer.

Ojalá hubiera podido recuperar la foto. Ron había llegado a casa con deseos de conectar con ella y ella le había dado una bofetada.

—No estaba solo aquella noche —dijo ella.

—¿Y?

—¿No has oído lo que he dicho?

—Quizá salió primero con sus amigos. ¿Y qué?

—¿Por qué no han dicho nada?

—¿Quién sabe? Quizá porque tenían miedo, quizá porque Spencer les pidió que no lo contaran, o quizá, seguramente, te equivocas de día. Quizá los vio sólo un momento y después se fue. Quizá esta foto se sacó ese día, pero mucho antes.

—No. He hablado con Adam Baye en el instituto...

—¿Que has hecho qué?

—Le he esperado a la salida de clase. Le he enseñado la foto.

Ron meneó la cabeza.

—Ha huido de mí. Está claro que pasa algo.

—¿Como qué?

—No lo sé. Pero recuerda que Spencer tenía un golpe en el ojo cuando la policía lo encontró.

—Ya nos lo explicaron. Probablemente se desmayó y cayó de bruces.

—O quizá alguien le golpeó.

La voz de Ron bajó de tono.

—Nadie le golpeó, Bets.

Betsy no dijo nada. El parpadeo empeoró. Las lágrimas empezaron a resbalar por las mejillas de Ron. Ella quiso tocarle, pero él se apartó.

—Spencer mezcló pastillas y alcohol. ¿Lo entiendes o no, Betsy?

—No dijo nada.

—Nadie le obligó a robar esa botella de vodka de nuestro armario. Nadie le obligó a tomarse esas pastillas de mi botiquín. Donde yo las había dejado. A la vista de todos. Lo sabes, ¿no? Era mi frasco de pastillas, sí, me lo dejé fuera. Las pastillas que sigo pidiendo que me receten a pesar de que debería haber superado el dolor y dejarlas, ¿no?

—Ron, no es eso...

—¿No es qué? ¿Te crees que no me doy cuenta?

—¿De qué te das cuenta? —preguntó. Pero ya lo sabía—. No te culpo, lo juro.

—Sí me culpas.

Ella negó con la cabeza. Pero él ya no lo vio porque se había levantado y había salido por la puerta.

12

Nash estaba preparado para actuar.

Esperaba en el aparcamiento del Palisades Mall en Nyack. El centro comercial era una enormidad típica americana. El Mall of America en las afueras de Minneapolis era más grande, tal vez, pero este centro comercial era más nuevo, lleno de gigantescas megatiendas en un megacentro, y no esas tiendecitas elegantes típicas de los ochenta. Tenía *outlets*, amplias franquicias de librerías, un cine IMAX, quince multicines, un Best Buy de informática, un Staples de electrónica, una noria. Los pasillos eran anchos. Todo era grandioso.

Reba Cordova había entrado en los almacenes Target.

Aparcó su Aberdeen Acura MDX verde lejos de la entrada. Esto ayudaría, pero seguía siendo arriesgado. Aparcaron la furgoneta junto a su Acura, por el lado del conductor. Nash había urdido el plan. Pietra estaba dentro siguiendo a Reba Cordova. Nash también había entrado un momento en el Target para comprar una cosa.

Ahora esperaba el mensaje de Pietra.

Había pensado en ponerse el bigote, pero decidió que no, que allí desentonaría. Nash necesitaba parecer sincero y de fiar. Los bigotes no producían esa impresión. Los bigotes, sobre todo el mostacho poblado que había utilizado con Marianne, se comen la cara. Si pides una descripción, pocos testigos ven más allá del bigote. Era por eso por lo que normalmente eran útiles.

Pero esta vez no.

Nash permaneció en el coche y se preparó. Se arregló los cabellos con el retrovisor y se pasó la máquina de afeitar por la cara.

A Cassandra le gustaba cuando estaba recién afeitado. La barba de Nash tenía tendencia a cerrarse y a las cinco de la tarde a ella ya le rascaba.

—Guapo, aféitate, hazlo por mí —decía Cassandra con aquella mirada de soslayo que a Nash le producía cosquillas en los dedos de los pies—. Después te llenaré la cara de besos.

Pensaba en esto. Pensaba en su voz. Todavía le dolía. Ya hacía tiempo que había asumido que le dolería siempre. Se vive con el dolor. El hueco siempre estaría allí.

Se sentó en el asiento del conductor y observó a la gente que cruzaba el aparcamiento del centro comercial en todas direcciones. Estaban todos vivos y respirando, pero Cassandra estaba muerta. Sin duda su belleza ya se habría descompuesto aunque costara de imaginar.

Su teléfono vibró. Un mensaje de Pietra.

En la caja. Ya sale.

Se frotó los ojos rápidamente con los dedos índice y pulgar y bajó del coche. Abrió la puerta trasera de la furgoneta. Su compra, una sillita de coche plegable Cosco Scenera 5-Point, la más barata de la tienda, a cuarenta dólares, estaba fuera de la caja.

Nash miró detrás de él.

Reba Cordova empujaba un carro de la compra rojo con varias bolsas de plástico dentro. Parecía apresurada y feliz, como tantas almas de los barrios residenciales. Pensó en esto, en su felicidad, en si sería real o autoimpuesta. Tenían todo lo que querían. La casa bonita, dos coches, seguridad económica, hijos. Se preguntó si esto era todo lo que necesitaban las mujeres. Pensó en los hombres que trabajaban en los despachos para ofrecerles esta vida y si también se sentían así.

Detrás de Reba Cordova, podía ver a Pietra. Se mantenía a distancia. Nash echó un vistazo alrededor. Un hombre con sobrepeso y los cabellos hippies, barba desordenada y una camiseta teñida se subió los vaqueros de fontanero y fue hacia la entrada. Asqueroso. Nash le había visto dar vueltas con su Chevy Caprice hecho polvo, demorándose hasta encontrar un espacio más cercano que le ahorrara caminar diez segundos. La América gorda.

Nash había situado la puerta lateral de la furgoneta cerca del lado del conductor del Acura. Se inclinó y se puso a manosear el asiento de coche. El espejo lateral del conductor estaba colocado de modo que pudiera verla acercarse. Reba apretó su control remoto y el maletero se abrió. Él espero a que la mujer se acercara.

—¡Mierda! —gritó.

Gritó lo bastante fuerte para que Reba le oyera, pero en un tono más divertido que enfadado. Se puso de pie y se rascó la cabeza como si estuviera confundido. Miró a Reba Cordova y sonrió de la forma menos amenazadora posible.

—Una sillita de coche —dijo.

Reba Cordova era una mujer bonita con rasgos pequeños de muñeca. Le miró y le dedicó un gesto comprensivo con la cabeza.

—¿Quién ha escrito estas instrucciones de instalación? —siguió él—. ¿Unos ingenieros de la NASA?

Reba sonrió, compasivamente.

—Es ridículo, sí.

—Del todo. El otro día estaba montando el parque de Roger. Roger es mi hijo de dos años. ¿Tiene usted uno? Me refiero al parque.

—Por supuesto.

—En teoría era fácil de desmontar y plegar, pero bueno, Cassandra, que es mi esposa, dice que no tengo remedio.

—Mi marido tampoco.

116

Él rió. Ella rió. Nash pensó que tenía una risa simpática. Se preguntó si el marido de Reba la apreciaba, si era un hombre divertido y le gustaba que su esposa de rasgos de muñeca se riera y si todavía se maravillaba al oírla.

—No querría molestarla —dijo, siguiendo con el papel de buena persona, con las manos a la vista—, pero debo recoger a Roger en la guardería y, bueno, Cassandra y yo somos paranoicos de la seguridad.

—Oh, yo también.

—Yo nunca lo llevaría sin sillita de coche y olvidé cambiar la del otro coche y por eso me he parado aquí a comprar una..., bueno, ya sabe de lo que le hablo.

—Lo sé.

Nash levantó el manual y meneó la cabeza.

—¿Le importaría echar un vistazo?

Reba dudó. Nash lo vio. Una reacción primitiva, más bien un reflejo. Al fin y al cabo era un desconocido. Tanto la biología como la sociedad nos preparan para temer a los desconocidos. Pero la evolución también nos ha dado sutilezas sociales. Estaban en un aparcamiento público y él parecía un buen hombre, un padre y todo eso, y tenía una sillita y, francamente, sería descortés decir que no.

Estas cavilaciones duraron apenas unos segundos, no más que dos o tres, y al final la educación triunfó sobre la supervivencia.

Sucedía a menudo.

—Claro.

Reba guardó sus bultos en el maletero del coche y se acercó a la furgoneta. Nash metió la cabeza en su propio vehículo.

—Para mí que es esta cinta de aquí...

Reba se acercó más. Nash se apartó para dejarle sitio. Echó un vistazo alrededor. El tipo gordo con la barba de forajido y la camiseta teñida seguía balanceándose hacia la entrada, pero no se enteraría de nada que no incluyera un dónut. A veces es mejor esconderse a la vista de todos. No dejarse llevar por el pánico, no apresurarse y no armar jaleo.

Reba Cordova se inclinó hacia el interior del coche y esto la condenó.

Nash miró su nuca desnuda. Tardó unos segundos. Metió la mano y apretó el punto detrás de su lóbulo con una mano, mientras le tapaba la boca con la otra. El gesto le cortó eficazmente el paso de la sangre hacia el cerebro.

Agitó las piernas débilmente, pero sólo unos segundos. Él apretó con más fuerza y Reba Cordova se inmovilizó. La metió dentro, saltó detrás de ella y cerró la puerta. Pietra le siguió. Cerró la puerta del coche de Reba. Nash cogió las llaves de la mano de Reba. Con el mando cerró su coche. Pietra fue al asiento del conductor de la furgoneta.

La puso en marcha.

—Espera —dijo Nash.

Pietra se volvió.

—¿No deberíamos marcharnos enseguida?

—Calma.

Pensó un momento.

—¿Qué pasa?

—Yo conduciré la furgoneta —dijo—. Quiero que tú te lleves su vehículo.

—¿Qué? ¿Por qué?

—Porque si lo dejamos aquí, sabrán que fue aquí donde se la llevaron. Si nos llevamos su coche, podríamos confundirlos.

Le lanzó las llaves. Después utilizó unas bridas de plástico para atar a Reba. Le metió un trapo en la boca. Ella forcejeó.

Él le cogió la delicada cara con ambas manos, casi como si estuviera a punto de besarla.

—Si te escapas —dijo, mirando aquellos ojos de muñeca—, me llevaré a Jamie. Y no te gustará. ¿Me has entendido?

El nombre de su hija hizo que Reba se quedara paralizada.

Nash pasó al asiento delantero. A Pietra le dijo:

—Sígueme y conduce con normalidad.

Y se pusieron en camino.

Mike intentaba relajarse con su iPod. Aparte del hockey, no tenía otras vías de escape. No había nada que lo relajara de verdad. Le gustaba la familia, le gustaba el trabajo, le gustaba el hockey. El hockey no le duraría mucho. Los años empezaban a pasar factura. Costaba reconocerlo. Gran parte de su trabajo consistía en estar de pie en un quirófano muchas horas seguidas. Años antes, el hockey le había ayudado a mantenerse en forma. Probablemente todavía era bueno para la salud cardiovascular, pero su cuerpo se resentía. Las articulaciones le dolían. Los tirones musculares y los esguinces menores se producían con más frecuencia y tardaban más en curarse.

Por primera vez Mike sentía que estaba en la bajada de la montaña rusa de la vida, los últimos nueve hoyos de la vida, como lo llamaban sus amigos del golf. Lo sabes, está claro. Cuando cumples treinta y cinco o cuarenta, sabes que en cierto modo ya no eres el espécimen físico que fuiste. Pero la negación es un arma muy poderosa. A la tierna edad de cuarenta y seis años, supo que hiciera lo que hiciera el descenso no sólo continuaría sino que se aceleraría.

Un alegre pensamiento.

Los minutos pasaban lentamente. No se molestó en volver a llamar a Adam. Recibiría los mensajes o no. En su iPod, Mat Kearney formulaba la pregunta musical correcta: «¿Adónde vamos ahora?». Intentó cerrar los ojos, fundirse con la música, pero no había manera. Se puso a caminar. Esto tampoco sirvió. Se planteó buscarlo dando una vuelta en coche, pero le pareció una estupidez. Miró su palo de hockey. Tal vez tirar a la portería de fuera le relajaría.

Sonó su móvil. Lo cogió sin mirar el nombre del identificador.

—¿Diga?

—¿Se sabe algo?

Era Mo.

—No.

—Voy para allá.

—Vete al partido.

—No.

—Mo...

—Le daré las entradas a otro amigo.

—No tienes otros amigos.

—Bueno, eso es verdad —dijo Mo.

—Mira, démosle media hora más. Deja las entradas en la taquilla.

Mo no contestó.

—¿Mo?

—¿Hasta qué punto quieres encontrarlo?

—¿A qué te refieres?

—¿Te acuerdas de cuando te pedí que me dejaras ver tu móvil?

—Sí.

—Tu modelo tiene GPS.

—No sé si te sigo.

—GPS. De Sistema de Posicionamento Global.

—Ya sé lo que significa, Mo. ¿A qué te refieres con mi móvil?

—Muchos móviles nuevos vienen con chips de GPS incorporados.

—¿Como cuando en la tele hacen triangulaciones con las antenas de las torres?

—No. Eso es para la tele. Además es tecnología obsoleta. Empezó hace unos años con un invento llamado localizador personal SIDSA. Se utilizaba básicamente para pacientes de Alzheimer. Lo metías en el bolsillo del tipo y tenía el tamaño de una baraja de cartas y si la persona en cuestión se perdía, podías localizarla. Después uFindKid lanzó algo parecido con móviles para niños. Y ahora lo incorporan a casi todos los móviles de todas las compañías.

—¿El móvil de Adam tiene GPS?

—Como el tuyo, sí. Puedo darte la dirección de la página. Entras, pagas la tarifa con tarjeta de crédito, clicas y verás un mapa como en un localizador de GPS, como un callejero, con nombres de calles y todo. Te dirá exactamente dónde está el teléfono.

Mike no dijo nada.

—¿Has oído lo que te he dicho?

—Sí.

—¿Y?

—Me pongo manos a la obra.

Mike colgó. Entró en la red y buscó la dirección de su compañía de móvil. Introdujo el número de móvil, y tecleó una contraseña. Encontró el programa de GPS, clicó sobre el hipervínculo y aparecieron un puñado de opciones. Ofrecían un mes de servicio de GPS por 49,99 dólares, seis meses por 129,99 dólares y un año por 199,99 dólares. Mike estaba tan atontado que evaluó las alternativas, calculando automáticamente qué le salía más a cuenta, y después sacudió la cabeza y apretó sobre la opción mensual. No quería pensar que todavía estaría haciendo esto dentro de un año, por mucho que saliera más barato.

Tardó unos minutos más en recibir la aprobación y después apareció otra lista de opciones. Mike clicó sobre el mapa. Todos los Estados Unidos aparecieron con un punto sobre su estado de residencia, Nueva Jersey. Vaya, qué práctico. Clicó sobre el icono de ZOOM, una lupa de aumento, y lentamente y casi teatralmente, el mapa se fue detallando, primero la región, después el estado, después la ciudad y, finalmente, la propia calle.

El localizador de GPS colocó un gran punto rojo justo en una calle no muy alejada de donde estaba Mike. Había un recuadro que decía DIRECCIÓN MÁS CERCANA. Mike clicó encima, pero no era realmente necesario. Ya conocía la dirección.

Adam estaba en casa de los Huff.

13

Las nueve de la noche. La oscuridad había envuelto la casa de los Huff.

Mike paró junto a la acera al otro lado de la calle. Había luces dentro de la casa. En la entrada había dos coches. Pensó en cómo enfocar el asunto. Se quedó en el coche y de nuevo probó a llamar a Adam. No obtuvo respuesta. El teléfono fijo de los Huff no estaba en la guía, probablemente porque Daniel Huff era policía. Mike no tenía el móvil de su hijo DJ.

No tenía alternativa.

Intentó pensar en cómo explicaría su presencia sin descubrir su mano. No se le ocurría nada.

¿Ahora qué?

Pensó en volver a casa. El chico era menor. Beber era peligroso, sí, pero ¿no había hecho Mike lo mismo cuando tenía su edad? En el bosque bebían cerveza. En casa de Pepe Feldman hacían fiestas de chupitos. Él y sus amigos no estaban muy metidos en drogas, pero él había frecuentado la casa de su amigo Weed —pista para los padres: si a tu hijo lo apodan «Weed»,* probablemente tenga poco que ver con actividades legítimas de jardinería— cuando sus padres estaban fuera de la ciudad.

* *Weed* significa literalmente «hierbajo», pero en argot significa «marihuana» (*N. de la T.*).

Mike había sabido volver al camino. ¿Habría sido un adulto más maduro si sus padres se hubieran entrometido así?

Mike miró la puerta. Quizá sería mejor esperar. Quizá debería dejarle beber, divertirse, lo que fuera, y esperar fuera y cuando saliera, Mike podría observarle, asegurarse de que estaba bien. Así no pondría en evidencia a su hijo ni perdería su confianza.

¿Qué confianza?

Adam había dejado sola a su hermana. Adam se negaba a devolverle las llamadas. Y peor aún —por la parte que le tocaba a Mike— ya estaba espiando como un poseso. Él y Tia fisgaban en su ordenador. Se entrometían de la forma más invasiva posible.

Recordó la canción de Ben Folds: «Si no puedes confiar tú, no pueden confiar en ti».

Todavía estaba decidiendo cómo enfocarlo cuando se abrió la puerta principal de los Huff. Mike se deslizó hacia abajo en el asiento, y se sintió como un imbécil. Pero no vio a ningún chico saliendo de la casa. Era el capitán Daniel Huff de la policía de Livingston.

El padre que se suponía que no estaba.

Mike no sabía qué hacer. Pero no importaba realmente. Daniel Huff caminaba con decisión y en línea recta hacia Mike. No dudaba. Huff tenía un destino claro.

El coche de Mike.

Mike se incorporó. Daniel Huff le miró. No le saludó ni sonrió; tampoco frunció el ceño ni parecía aprensivo. Sería porque Mike sabía a qué se dedicaba Huff, pero le pareció un policía que le acabara de parar y mantuviera una expresión neutra como si esperara que reconocieras que ibas demasiado deprisa o tenías un cargamento de drogas en el maletero.

Cuando Huff estuvo cerca, Mike bajó la ventanilla y forzó una sonrisa.

—Hola, Dan —dijo Mike.

—Mike.

—¿Iba demasiado deprisa, agente?

Huff sonrió forzadamente ante un chiste tan malo. Llegó hasta el coche.

—Permiso y papeles del coche, por favor.

Los dos rieron, aunque no les pareciera la broma especialmente hilarante. Huff apoyó las manos en las caderas. Mike intentó decir algo. Sabía que Huff esperaba una explicación. Pero Mike no estaba seguro de querer darle ninguna.

Las risas se acabaron y pasaron unos segundos de incomodidad, hasta que Daniel Huff fue al grano.

—Te he visto aparcado aquí, Mike.

Calló y Mike dijo:

—Ya.

—¿Va todo bien?

—Sí.

Mike intentó no enfadarse. Eres poli, ¿y qué? ¿Quién aborda a los amigos en la calle así si no es un pedante con complejo de superioridad? Aunque por otro lado, sí era raro ver a un conocido realizando algo parecido a una vigilancia frente a tu domicilio.

—¿Te apetece entrar?

—Estoy buscando a Adam.

—¿Por eso estás aquí aparcado?

—Sí.

—¿Y por qué no has llamado a la puerta?

Ni que fuera Colombo.

—Primero quería hacer una llamada.

—No te he visto llamar con el móvil.

—¿Cuánto hace que me observas, Dan?

—Unos minutos.

—El coche tiene teléfono. Un manos libres. Es la ley, ¿no?

—Cuando estás aparcado no hace falta. Cuando estás aparcado, puedes llevarte el teléfono al oído.

Mike se estaba cansando de aquel baile.

—¿Adam está con DJ?

—No.

—¿Estás seguro?

Huff arrugó la frente. Mike aprovechó el silencio.

—Creía que los chicos habían quedado aquí esta noche —dijo Mike.

—¿Qué te ha hecho pensar eso?

—Creía que era lo que habían dicho. Que tú y Marge estabais fuera y que habían quedado aquí.

Huff arrugó aún más la frente.

—¿Que yo estaría fuera?

—El fin de semana. Algo así.

—¿Y creías que dejaría que unos adolescentes se reunieran en mi casa sin supervisión?

Aquello no iba por buen camino.

—¿Por qué no llamas a Adam?

—Le he llamado. Parece que su teléfono no funciona. Se olvida siempre de cargarlo.

—¿Y has decidido venir?

—Así es.

—¿Y te has sentado en el coche y no has llamado?

—Mira, Dan, ya sé que eres policía, pero no me atosigues, por favor. Sólo estoy buscando a mi hijo.

—Aquí no está.

—¿Y DJ? Tal vez él sepa dónde está Adam.

—Tampoco está aquí.

Esperó a que Huff se ofreciera a llamar a su hijo. No lo hizo. Mike no quiso insistir. Ya había ido demasiado lejos. Si habían planeado celebrar una fiesta de alcohol y drogas en casa de los Huff, la habían desconvocado. No quería seguir hablando con aquel hombre hasta que supiera más cosas. Huff nunca le había caído bien y ahora menos aún.

De todos modos, ¿qué explicación tenía lo del GPS?

—Me he alegrado de verte, Mike.

—Lo mismo te digo.

—Si ves a Adam...

—Le diré que te llame. Que pases una buena noche. Conduce con cuidado.

—«Los bigotes de los gatitos» —dijo Nash.

Pietra estaba otra vez al volante. Nash la había hecho seguirle durante aproximadamente cuarenta y cinco minutos. Dejaron el monovolumen en un aparcamiento cerca de un Ramada, en East Hanover. Cuando lo encontraran, lo primero que pensarían era que Reba había desaparecido allí. La policía se preguntaría por qué una mujer casada estaba en el aparcamiento de un hotel tan cerca de su casa. Pensarían que tenía una aventura con un hombre. Su marido insistiría en que era imposible.

Finalmente, como en el caso de Marianne, descubrirían la verdad. Pero ganarían tiempo.

Se llevaron lo que Reba había comprado en el Target. Dejarlo en el coche habría sido una pista para la policía. Nash registró las bolsas. Había comprado ropa interior, libros y algunas películas en DVD para toda la familia.

—¿Has oído lo que he dicho, Reba? —Levantó la caja del DVD—. «Los bigotes de los gatitos.»

Reba estaba atada como un cerdo. Sus rasgos de muñeca seguían pareciendo delicados, de porcelana. Nash le había retirado la mordaza. Le miró y gimió.

—No te resistas —dijo él—. Sólo conseguirás que te duela más. Y ya sufrirás bastante dentro de poco.

Reba tragó saliva.

—¿Qué... qué quiere?

—Te estoy preguntando por la película que has comprado. —Nash levantó la funda del DVD—. *Sonrisas y lágrimas*. Un clásico.

—¿Quién es usted?

—Si me haces una pregunta más, empezaré a hacerte daño inmediatamente. Esto significa que sufrirás más y morirás antes. Y si me haces enfadar, cogeré a Jamie y le haré lo mismo a ella. ¿Me comprendes?

Los ojitos parpadearon como si él la hubiera abofeteado. Se le saltaron las lágrimas.

—Por favor...

—Te acuerdas de Sonrisas y lágrimas, ¿sí o no?

Ella intentó parar de llorar y reprimir las lágrimas.

—¿Reba?

—Sí.

—¿Sí qué?

—Sí —logró decir ella—. Me acuerdo.

Nash le sonrió.

—Y de la frase «los bigotes de los gatitos». ¿Te acuerdas?

—Sí.

—¿De qué canción era?

—¿Qué?

—La canción. ¿Recuerdas el título de la canción?

—No lo sé.

—Claro que sí, Reba. Piensa un poco.

Lo intentó, pero él sabía que el miedo podía tener un efecto paralizante.

—Estás confundida —dijo Nash—. No pasa nada. Es de la canción «My favourite things». ¿Te acuerdas ahora?

Ella asintió. Después se acordó y dijo:

—Sí.

Nash sonrió complacido.

—Timbres —dijo.

Ella parecía totalmente perdida.

—¿No te acuerdas de esta parte? Julie Andrews está sentada con todos los niños y tienen pesadillas o les asustan los truenos o yo qué sé y ella intenta consolarlos y les dice que piensen en sus cosas favoritas. Para que se olviden del miedo. Te acuerdas, ¿no?

Reba empezó a llorar otra vez, pero logró asentir con la cabeza.

—Y cantan «Timbres». Nada más y nada menos que timbres. Es la monda. Podría preguntar a un millón de personas que enumerara sus cinco cosas favoritas en el mundo y nadie, absolutamente nadie, diría timbres. Por Dios, imagínate: «¿Mi cosa favorita? Bueno, por supuesto, los timbres. Sí, señor, ésa es mi cosa favorita. Un timbre de las narices. Sí, cuando me apetece darme una alegría, cuando quiero un subidón, llamo a un timbre. Es el no va más. ¿Sabes lo que me pone? Uno de esos timbres que suenan como una campana. Sí, ésos son el súmmum de los timbres».

Nash calló, soltó una risita y meneó la cabeza.

—Podrían ponerlo en el concurso de la tele, el de las familias, ¿eh? Las diez primeras respuestas en el tablero, tus cosas favoritas, y vas tú y dices «timbres» y Richard Dawson se da la vuelta y dice: «las encuestas dicen...».

Nash soltó un zumbido y formó una X con los brazos.

Se rió y Pietra también.

—Por favor —dijo Reba—. Por favor, dígame lo que quiere.

—Ya llegaremos a eso, Reba. Llegaremos. Pero te daré una pista.

Ella esperó.

—¿El nombre de Marianne te dice algo?

—¿Qué?

—Marianne.

—¿Qué pasa con ella?

—Te mandó algo.

La expresión de terror se multiplicó.

—No me haga daño, por favor.

—Lo lamento, Reba. Voy a hacerte daño. Voy a hacerte muchísimo daño.

Y entonces se trasladó a la parte posterior de la furgoneta y cumplió su palabra.

14

Cuando Mike llegó a casa, cerró la puerta de golpe y se dirigió al ordenador. Quería buscar la página del GPS y ver exactamente dónde estaba Adam. Lo pensó un momento. El GPS era aproximado, no exacto. ¿Podía estar Adam en el vecindario? ¿Quizá una calle más abajo? ¿En el bosque o en el patio trasero de los Huff?

Estaba a punto de teclear la página cuando oyó que llamaban a la puerta. Suspiró, se levantó y miró por la ventana. Era Susan Loriman.

Abrió la puerta. Llevaba el cabello suelto y no iba maquillada, y de nuevo Mike se detestó por pensar que era una mujer muy atractiva. Hay mujeres que tienen algo. No se puede definir exactamente qué. La cara y el cuerpo son bonitos, a veces espectaculares, pero hay algo intangible, aquello que hace que a un hombre le tiemblen las rodillas. Mike nunca haría nada al respecto, pero si no lo reconocías como lo que era y eras consciente de que existía, podía ser aún más peligroso.

—Hola —dijo ella.

—Hola.

No entró. Esto daría que hablar en el vecindario si algún vecino estaba observando y en un barrio como aquél era probable que alguno lo estuviera haciendo. Susan se quedó en el escalón, con los brazos cruzados, como si fuera una vecina que pedía una taza de azúcar.

—¿Sabes por qué te he llamado? —preguntó Mike.

Ella negó con la cabeza.

Mike se planteó cómo enfocar el asunto.

—Como sabes, necesitamos hacer la prueba a los parientes más cercanos biológicamente a tu hijo.

—De acuerdo.

Mike pensó en el rechazo de Daniel Huff, en el ordenador del piso de arriba, en el GPS del móvil de su hijo. Mike deseaba decírselo con delicadeza, pero no tenía tiempo para sutilezas.

—Esto significa que necesitamos hacer la prueba al padre biológico de Lucas —dijo.

Susan parpadeó como si la hubiera abofeteado.

—No quería soltártelo así...

—Le habéis hecho la prueba a su padre. Habéis dicho que no era compatible.

Mike la miró.

—A su padre biológico —repitió.

Ella parpadeó y retrocedió un paso.

—¿Susan?

—¿No es Dante?

—No. No es Dante.

Susan Loriman cerró los ojos.

—Oh, Dios mío —exclamó—. No puede ser.

—Pues sí.

—¿Estás seguro?

—Sí. ¿No lo sabías?

Ella no dijo nada.

—¿Susan?

—¿Vas a decírselo a Dante?

Mike no sabía qué responder.

—No lo creo.

—¿Qué no crees?

—Todavía estamos discutiendo las implicaciones éticas y legales del asunto.

—No podéis decírselo. Se pondrá como loco.

Mike esperó.

—Le quiere mucho. No podéis arrebatárselo.

—Nuestra única preocupación es el bienestar de Lucas.

—¿Y crees que decirle a Dante que no es su padre le ayudará?

—No, pero escúchame, Susan. Nuestra principal preocupación es la salud de Lucas. Es nuestra prioridad. Esto pasa por encima de cualquier otra preocupación. Ahora esto significa encontrar al mejor donante posible para el trasplante. De modo que no te lo estoy diciendo para husmear o para romper una familia, te lo digo como médico. Tenemos que hacer una prueba al padre biológico.

Ella bajó la cabeza. Tenía los ojos húmedos. Se mordió el labio inferior.

—¿Susan?

—Necesito pensar —dijo.

En circunstancias normales, Mike habría insistido, pero entonces no creyó que hubiera motivos. Esta noche no sucedería nada y él ya tenía bastantes preocupaciones.

—Necesitamos hacerle la prueba al padre.

—Déjame que lo piense.

—De acuerdo.

Le miró con ojos tristes.

—No se lo digas a Dante, Mike, por favor.

No esperó a que le respondiera. Se volvió y se marchó. Mike cerró la puerta y se fue arriba. La pobre llevaba dos semanas espantosas. «Susan Loriman, tu hijo puede tener una enfermedad mortal y necesita un trasplante. ¡Ah, y tu marido está a punto de saber que su hijo no es suyo! ¿Qué más? ¡Nos vamos a Disneylandia!»

La casa estaba muy silenciosa. Mike no estaba acostumbrado. Intentó recordar la última vez que había estado en ella solo, sin niños y sin Tia, pero no encontró respuesta. A él le gustaba estar solo. Tia era todo lo contrario. Siempre quería tener gente alrededor. Procedía de una gran familia y no soportaba estar sola. Mike normalmente disfrutaba de la soledad.

Volvió al ordenador y clicó sobre el icono. Había guardado el sitio del GPS. Una cookie había archivado el nombre de registro, pero necesitó introducir la contraseña. Así lo hizo. Tenía una voz en la cabeza que le gritaba que lo dejara correr. Adam tenía que hacer su vida. Tenía que vivir y aprender de sus propios errores.

¿Estaba siendo demasiado protector para compensar su propia infancia?

El padre de Mike nunca estaba en casa. No era culpa suya, evidentemente. Era un inmigrante de Hungría, que huyó en 1956, justo antes de que Budapest cayera. Su padre, Antal Baye —pronunciado *bye* y no *bay*, y era de origen francés aunque nadie había podido rastrear el árbol genealógico hasta tan lejos— no hablaba una palabra de inglés cuando llegó a Ellis Island. Empezó como lavaplatos, ahorró lo suficiente para abrir un pequeño restaurante cerca de la autopista McCarter en Newark, trabajó sin parar siete días a la semana, y construyó una vida para sí mismo y para su familia.

El restaurante servía tres comidas, vendía libros de cómics y cromos de béisbol, periódicos y revistas, cigarros y tabaco. Los billetes de lotería eran un buen negocio, pero a Antal nunca le gustó venderlos. Creía que hacían un mal servicio a la sociedad, que animaban a la clientela trabajadora a tirar su dinero en falsos sueños. No le importaba vender tabaco, porque esto era una opción personal y sabías dónde te metías. Pero lo de vender un sueño falso de dinero fácil le fastidiaba.

Su padre nunca tuvo tiempo para los partidos de hockey de alevines de Mike, por descontado. Los hombres como él no hacían estas cosas. Le interesaba todo de su hijo, le preguntaba constantemente por el deporte, quería saber todos los detalles, pero su horario laboral no le permitía ninguna clase de actividad de ocio, y mucho menos sentarse a mirar. La única vez que había ido, cuando Mike tenía nueve años y jugaba un partido al aire libre, su padre, agotado por el trabajo, se quedó dormido apoyado en un árbol. Aquel día Antal también llevaba su delantal de trabajo, con manchas de grasa de los bocadillos de panceta de la mañana que habían salpicado su blancura.

Así era como Mike veía siempre a su padre, con aquel delantal blanco, detrás de la barra, vendiendo caramelos a los niños, vigilando a los ladronzuelos y preparando con rapidez bocadillos y hamburguesas.

Cuando Mike tenía doce años, su padre intentó impedir que un gamberro del barrio le robara. El gamberro disparó contra su padre y le mató. Así, sin más.

El restaurante se cerró. Su madre se refugió en la botella y no salió hasta que un Alzheimer precoz la devoró hasta el punto de que no notaba la diferencia entre la enfermedad y la embriaguez del alcohol. Ahora vivía en una residencia en Caldwell. Mike la visitaba una vez al mes. Su madre no tenía ni idea de quién era. A veces le llamaba Antal y le preguntaba si quería que le preparara una ensalada de patatas para el almuerzo de los clientes.

Así era la vida. Tomar decisiones difíciles, dejar tu casa y a las personas queridas, abandonar todo lo que tienes, viajar por medio mundo hasta una tierra desconocida, construir una vida para ti y entonces una escoria inútil le ponía fin apretando un gatillo.

Aquella rabia temprana acabó concentrándose en el joven Mike. O la canalizaba o la interiorizaba. Se volvió mejor jugador de hockey. Se volvió mejor estudiante. Estudió y trabajó mucho y se mantuvo ocupado, porque cuando estás ocupado no piensas en lo que podría haber pasado.

Apareció el mapa en el ordenador. Esta vez el punto rojo parpadeaba. Esto significaba, y Mike lo sabía por la pequeña introducción, que la persona estaba en movimiento, probablemente en un coche. Para conservar energía, en lugar de parpadear todo el rato, daba una señal cada tres minutos. Si la persona dejaba de moverse durante cinco minutos, el GPS se paraba, y volvía a ponerse en marcha cuando percibía movimiento.

Su hijo estaba cruzando el George Washington Bridge.

¿Por qué estaría haciendo Adam esto?

Mike esperó. Estaba claro que Adam iba en coche. ¿El coche de quién? Mike observó el parpadeo rojo cruzando el Cross Bronx Expressway y bajando por Major Deegan, hasta el Bronx. ¿Adónde iba? No tenía sentido. Veinte minutos después, el punto rojo paró de moverse en Tower Street. Mike no conocía en absoluto aquella zona.

¿Y ahora qué?

¿Quedarse mirando el punto rojo? Esto tampoco tenía mucho sentido. Pero si se marchaba e intentaba localizar a Adam, él podía moverse otra vez.

Mike contempló el punto rojo.

Clicó sobre el icono que le diría la dirección. Le salió 128 Tower Street. Clicó sobre el vínculo de la dirección. Era una residencia. Pidió una visión de satélite, esto era cuando el mapa se convertía exactamente en lo que su nombre insinuaba: una foto de un satélite sobre la calle. Le mostró muy poco, la parte de arriba de los edificios en medio de una calle de una ciudad. Bajó por la calle y clicó en los vínculos de direcciones. No salió gran cosa.

¿Qué o a quién iba a visitar?

Pidió el número de teléfono de 128 Tower Street. Era una finca de pisos y no tenía. Necesitaba un número de apartamento.

¿Ahora qué?

Tocó el Callejero. La dirección de INICIO o por defecto se llamaba «home», hogar. Una palabra tan simple que de repente parecía tan cálida y personal. El borrador le dijo que tardaría cuarenta y nueve minutos en llegar.

Decidió ir a ver qué encontraba.

Mike cogió el portátil con la batería incorporada. Su plan era que, si Adam ya no estaba allí, conduciría hasta que pirateara la red sin cable de alguien y volvería a buscar la situación de Adam en el GPS.

Dos minutos después, Mike subió al coche y se marchó.

15

Al parar en Tower Street, no muy lejos de donde el GPS había dicho que estaba Adam, Mike escrutó la manzana buscando a su hijo o alguna cara o vehículo conocido. ¿Alguno de ellos ya conducía? Creía que Olivia Burchell sí. ¿Ya había cumplido diecisiete? No estaba seguro. Quería mirar el GPS, comprobar si Adam seguía en aquella zona. Aparcó y miró su portátil. No detectó ninguna red.

La multitud que pasaba junto a la ventana de su coche era joven y vestía de negro, con caras pálidas, pintalabios oscuros y máscara de ojos. Llevaban cadenas y tenían raros piercings faciales (y probablemente corporales) y, evidentemente, los consabidos tatuajes, la mejor manera de demostrar que eres independiente y enrollado: haciendo lo mismo que hacen tus amigos. Nadie está cómodo en su propia piel. Los chicos pobres quieren parecer ricos, con zapatillas de deporte caras y joyas y cosas así. Los ricos quieren parecer pobres, pandilleros, disculpándose por su blandura y lo que consideran excesos de sus padres, que, sin ninguna duda, ellos emularán algún día. ¿O lo que sucedía aquí era menos espectacular? ¿Simplemente la hierba era más verde al otro lado? Mike no estaba seguro.

De todos modos se alegraba de que a Adam sólo le hubiera dado por la ropa negra. Por ahora, ni piercings, ni tatuajes ni maquillaje. Por ahora.

Los emos —ya no se llamaban góticos, según Jill, aunque su

amiga Yasmin había insistido en que eran dos entidades distintas y esto provocó un acalorado debate— dominaban aquella zona concreta. Pastaban por ahí con la boca abierta, los ojos inexpresivos y malas posturas. Algunos hacían cola frente a un club nocturno en una esquina, otros frecuentaban un bar u otro. Había un lugar que anunciaba «disco 24 horas seguidas» y Mike no pudo evitar preguntarse si sería cierto, si realmente abrirían cada día, incluso a las cuatro de la tarde o a las dos de la madrugada. ¿Y el día de Navidad por la mañana o el 4 de julio? ¿Y quiénes serían los pobres infelices que trabajaban o frecuentaban un local así a esas horas?

¿Podría ser que Adam estuviera dentro?

No había manera de saberlo. En las calles había docenas de locales como ése. Montaban guardia tipos enormes con auriculares a los que normalmente se asocia con el Servicio Secreto o con los empleados de las tiendas Old Navy. Antes sólo algunos clubes tenían gorilas. Ahora parecía que todos los locales tenían al menos dos tíos cachas en la puerta, siempre con una camiseta negra ajustada que dejaba a la vista unos bíceps hinchados, siempre con la cabeza rapada como si los cabellos fueran un signo de debilidad.

Adam tenía dieciséis años. Aquellos locales no debían permitir la entrada a nadie que no tuviera veintiún años. Era poco probable que Adam, ni siquiera con un carné falso, pudiera entrar. Pero ¿quién sabe? Quizá había un club en aquel barrio que era famoso por hacer la vista gorda. Esto explicaría por qué Adam y sus amigos habían ido tan lejos. Satin Dolls, el famoso club para caballeros que se utilizó para el Bada Bing! de *Los Soprano*, estaba a poca distancia de esta casa. Pero a Adam no le permitirían entrar.

Tenía que ser por eso por lo que había ido hasta tan lejos.

Mike siguió calle abajo con el portátil al lado, en el asiento del pasajero. Se paró en una esquina y apretó REDES INALÁMBRICAS. Aparecieron dos, pero ambas con sistema de seguridad. No pudo entrar. Mike avanzó cien metros más y lo intentó de nuevo. La ter cera vez tuvo suerte. Apareció la red «Netgear» sin ningún sistema de seguridad. Mike apretó rápidamente la tecla de CONEXIÓN y entró en Internet.

Ya tenía la página del GPS archivada en los favoritos y no le costó abrirla y teclear una contraseña sencilla: ADAM. Esperó.

Apareció el mapa. El punto rojo no se había movido. Según la notificación, el GPS sólo daba una localización con un margen de doce metros. De modo que era difícil precisar con exactitud dónde estaba Adam, pero sin duda estaba cerca. Mike cerró el ordenador.

Bueno, ¿ahora qué?

Encontró un hueco delante y aparcó. El barrio podía calificarse compasivamente de mugriento. Había más ventanas tapadas con tablones que con algo parecido a una familia convencional detrás. Todos los ladrillos parecían de un marrón embarrado y en distintos estadios de desintegración o derrumbamiento. El olor a sudor y algo más difícil de definir impregnaban el ambiente. Los escaparates de las tiendas tenían las persianas de metal llenas de sucios grafitis bajadas a modo de protección. Mike sentía el calor de su propia respiración en la garganta. Todos parecían estar sudando.

Las mujeres llevaban camisetas de tirantes y pantalones muy cortos, y a riesgo de parecer un anticuado sin remedio y políticamente incorrecto, no estaba seguro de si eran adolescentes de marcha o profesionales.

Bajó del coche. Una mujer alta y negra se le acercó y dijo:

—Eh, guapo, ¿quieres divertirte con Latisha?

Tenía la voz grave. Las manos grandes. Mike ya no estaba seguro de que fuera una mujer.

—No, gracias.

—¿Seguro? Te abriría nuevos mundos.

—No tengo ninguna duda, pero mis mundos están ya bastante abiertos.

Unos pósteres de grupos de los que nadie había oído hablar, con nombres como Frotis y Gonorrea Pus, empapelaban todos los huecos. En un escalón, una madre mecía a su bebé en la cadera, con la cara brillante de sudor, y una bombilla solitaria detrás de ella. Mike vio un aparcamiento improvisado en un callejón abandonado. El rótulo decía TODA LA NOCHE, 10 DÓLARES. Un hombre hispano, con una camiseta de tirantes y pantalones cortados, estaba de pie en la entrada, contando dinero. Vio a Mike y dijo:

—¿Desea algo?

—Nada.

Mike siguió adelante. Encontró la dirección que le mostraba el GPS. Era una residencia sin ascensor atrapada entre dos ruidosos bares. Miró dentro y vio una docena de timbres. Sin nombres en los timbres, sólo números y letras que indicaban los pisos.

¿Ahora qué?

No tenía ni idea.

Podía esperar aquí a Adam. Pero ¿de qué le serviría? Eran las diez de la noche. Los locales empezaban a llenarse. Si su hijo estaba de fiesta y le había desobedecido descaradamente, podían pasar horas antes de que saliera. ¿Y entonces qué? Mike saltaría frente a Adam y sus amigos y diría: «¡Ajá, te pillé!». ¿Serviría de algo? ¿Cómo explicaría Mike su presencia?

¿Qué querían sacar Mike y Tia con aquello?

Éste era otro de los problemas de espiar. Olvidemos por un momento la evidente vulneración de la intimidad. Estaba el tema de la autoridad. ¿Qué haces cuando descubres que ocurre algo? ¿Intervenir y perder la confianza de tu hijo no es tan perjudicial como una noche de desmadre y alcohol?

Depende.

Mike quería asegurarse de que su hijo estaba a salvo. Nada más. Recordó lo que había dicho Tia de que su obligación era conducirlos a salvo hasta la edad adulta. Era cierto en parte. Los años de la adolescencia estaban repletos de angustia, impulsados por las hormonas, rebosantes de emociones. Y un día se acababa y eras un adulto, y todo ocurría con mucha rapidez. No podías decirle esto a un adolescente. Si pudieras transmitir una ínfima parte de sabiduría a un adolescente, sería muy fácil. Esto también pasará, y pasará muy pronto. No te escucharían, por supuesto, porque ésta es la gracia y la miseria de la juventud.

Pensó en los mensajes instantáneos de Adam con CeJota8115. Pensó en la reacción de Tia y su propio instinto. No era una persona religiosa y no creía en poderes psíquicos ni nada por el estilo, pero no le gustaba ir en contra de lo que describiría como ciertas vibraciones, tanto en su vida personal como profesional. Había momentos en que las cosas sencillamente se torcían. Podía tratarse de un diagnóstico médico o de qué ruta seguir en un viaje largo en coche. Era algo en el ambiente, un crujido, un silencio, pero Mike había aprendido que era preferible no ignorarlo.

En ese momento todas las vibraciones estaban gritando que su hijo tenía graves problemas.

Debía encontrarlo.

¿Cómo?

No tenía ni idea. Siguió subiendo por la calle. Varias prostitutas se le ofrecieron. La mayor parte parecían varones. Un tipo con un traje de ejecutivo afirmaba «representar» un surtido de damas «ardientes» y Mike sólo tenía que darle una lista de atributos físicos y deseos y el presunto representante le facilitaría la pareja o parejas adecuadas. De hecho, Mike escuchó el discurso del vendedor antes de rechazarlo.

No dejaba de mirar a todas partes. Algunas chicas jóvenes ponían mala cara cuando sentían su mirada. Mike se dio cuenta de que probablemente era la persona más mayor de aquella calle tan poblada. Notó que todos los clubes hacían esperar a la clientela al menos unos minutos. Uno tenía una lastimosa cuerda de terciopelo de un metro de longitud aproximadamente, y el tipo hacía que todos los que querían entrar esperaran detrás de ella al menos diez segundos antes de abrir la puerta.

Mike estaba doblando a la derecha cuando algo le llamó la atención.

Una chaqueta universitaria.

Dio la vuelta rápidamente y vio al hijo de los Huff caminando en dirección contraria.

O al menos parecía DJ Huff. Llevaba la chaqueta universitaria que el chico no se quitaba nunca. Por lo tanto quizá sí era él. Lo más probable.

No, pensó Mike, estaba seguro. Era DJ Huff.

Había desaparecido por una calle lateral. Mike se ajustó al ritmo del chico y le siguió. Cuando le perdió de vista empezó a trotar.

—¡Calma, abuelo!

Había tropezado con un chico con la cabeza rapada y una cadena colgando del labio inferior. Sus colegas rieron por lo de abuelo. Mike frunció el ceño y pasó por su lado. La calle estaba llena a reventar, a cada paso parecía haber más gente. Al llegar a la siguiente travesía, los siniestros góticos —perdón, emos— parecieron disminuir en favor de los hispanos. Mike oyó hablar español. La piel blanca de polvos de talco había pasado a tonalidades oliváceas. Los hombres llevaban camisas de vestir desabrochadas hasta la cintura para que se viera la camiseta blanca y brillante de canalé de debajo. Las mujeres eran unas salseras sexis que llamaban «coños» a sus hombres y llevaban trajes tan ceñidos que parecían más bien fundas para salchichas que ropa.

Delante Mike vio a DJ Huff entrando en otra calle. Parecía que llevara un móvil pegado a la oreja. Mike se apresuró para atraparlo... pero ¿qué haría entonces? Otra vez. Detenerlo y decir «¡Ajá!». Quizá sí. Quizá sólo le seguiría, vería qué estaba haciendo. Mike no sabía qué estaba ocurriendo, pero no le hacía ninguna gracia. Empezaba a sentir escalofríos de miedo en la nuca.

Dobló a la derecha.

Y el chico de los Huff no se veía por ninguna parte.

Mike se paró. Intentó calcular la velocidad y cuánto tiempo había pasado. Había un local a media manzana de distancia. Era la única puerta visible. A la fuerza DJ Huff tenía que haber entrado allí. La cola era larga, la más larga que había visto Mike. Tenía que haber cientos de chicos. Era una mezcla de emos, hispanos, afroamericanos, incluso un puñado de lo que se solía llamar yupis.

¿Huff no tendría que hacer cola?

Tal vez no. Había un guardaespaldas enorme detrás de una cuerda de terciopelo. Una limusina muy larga paró enfrente. Dos chicas de piernas largas bajaron. Un hombre palmo y medio más bajo que las chicas patilargas se colocó entre ellas como si fueran un derecho adquirido. El guardia armario abrió la cuerda de terciopelo, de unos tres metros, y los dejó entrar.

Mike corrió hacia la entrada. El gorila —un negro grandote con brazos del diámetro de una secuoya mediana— miró a Mike con expresión aburrida, como si fuera un objeto inanimado. Tal vez una silla. Una cuchilla de afeitar desechable.

—Necesito entrar —dijo Mike.

—Nombre.

—No estoy en ninguna lista.

El gorila lo miró un momento más.

—Creo que mi hijo podría estar dentro. Es menor.

El gorila no dijo nada.

—Mire —dijo Mike—. No quiero problemas...

—Entonces póngase a la cola. Aunque no creo que consiga entrar.

—Esto es una emergencia. Su amigo ha entrado hace un par de segundos. Se llama DJ Huff.

El gorila se acercó un paso más. Primero su torso, grande como para utilizarlo de pista de squash, y después el resto.

—Voy a tener que pedirle que se aparte.

142

—Mi hijo es menor.

—Ya le he oído.

—Tengo que sacarlo o podría haber complicaciones.

El gorila se pasó la mano de guante de béisbol por la calva negra y pulcramente afeitada.

—Complicaciones, dice.

—Sí.

—Vaya, ahora sí que me ha puesto nervioso.

Mike cogió la cartera y sacó un billete.

—No se moleste —dijo el gorila—. No entrará.

—No lo comprende.

El gorila dio otro paso. Su torso estaba casi contra la cara de Mike. Mike cerró los ojos, pero no retrocedió. El entrenamiento de hockey, no retroceder nunca. Abrió los ojos y miró fijamente al hombretón.

—Retroceda —dijo Mike.

—Tendrá que apartarse, ahora.

—He dicho que retroceda.

—No pienso moverme.

—He venido a llevarme a mi hijo.

—Aquí no hay ningún menor.

—Quiero entrar.

—Pues póngase a la cola.

Mike mantuvo los ojos fijos en los del hombretón. Ninguno de los dos se movió. Parecían luchadores, aunque en diferentes clases de peso, que recibieran instrucciones en el centro del ring. Mike sintió un chisporroteo en el ambiente. Sintió un cosquilleo en las extremidades. Sabía pelear. No se llega tan lejos en el hockey sin saber utilizar los puños. Se preguntó si aquel tipo sería de verdad o sólo un despliegue de músculos.

—Voy a entrar —dijo Mike.

—¿En serio?

—Tengo amigos en el departamento de policía —dijo Mike,

un farol—. Harán una redada. Si encuentran menores, los hundirán.

—Vaya, vaya, qué miedo me da.

—Apártese de mi camino.

Mike se movió hacia la derecha. El gran guardaespaldas le siguió, obstruyéndole el paso.

—¿Se da cuenta —dijo el grandullón— de que estamos a punto de pegarnos?

Mike conocía la norma de oro: nunca demuestres miedo.

—Sí.

—Se hace el duro, ¿eh?

—¿Preparado?

El gorila sonrió. Tenía unos dientes impresionantes, de un blanco perlado en contraste con la piel negra.

—No. ¿Quiere saber por qué? Porque aunque fuera más duro de lo que yo creo, cosa que dudo, tengo a Reggie y a Tyrone aquí. —Señaló con el pulgar a dos tipos grandotes vestidos de negro—. No nos han puesto aquí para probar nuestra virilidad avasallando a un pobre tonto, de modo que no necesitamos pelear limpio. Si usted y yo nos pegamos —lo dijo imitando burlonamente el tono de Mike—, tomarán parte. Reggie tiene una porra eléctrica de la policía. ¿Me entiende?

El gorila cruzó los brazos, y entonces fue cuando Mike vio los tatuajes.

Tenía una gran letra D en el antebrazo.

—¿Cómo se llama? —preguntó Mike.

—¿Qué?

—Cómo se llama —repitió Mike—. Su nombre.

—Anthony.

—¿Y su apellido?

—¿Y a usted qué le importa?

Mike señaló el tatuaje.

—La D tatuada.

144

—Eso no tiene nada que ver con mi nombre.

—¿Dartmouth?

Anthony el gorila se le quedó mirando. Después asintió lentamente.

—¿Y usted?

—*Vox clamantis in deserto* —dijo Mike, repitiendo el lema de la universidad.

Anthony dio la traducción:

—Una voz llorando en el desierto. —Sonrió—. Nunca lo entendí.

—Yo tampoco —dijo Mike—. ¿Juega?

—A fútbol. Universitario. ¿Y usted?

—Hockey.

—¿Universitario?

—Y mejor jugador aficionado nacional —dijo Mike.

Anthony arqueó una ceja, impresionado.

—¿Tiene hijos, Anthony?

—Tengo uno de tres años.

—Si supiera que su hijo está en un lío, ¿Reggie, Tyrone y usted mismo le impedirían entrar?

Anthony soltó un gran suspiro.

—¿Por qué está tan seguro de que su hijo está dentro?

Mike le contó que había visto a DJ Huff con la chaqueta universitaria.

—¿Ese chaval? —Anthony sacudió la cabeza—. No ha entrado aquí. ¿Se cree que dejaría entrar a un pringado de instituto con una chaqueta universitaria? Ha entrado en el callejón.

Señaló una calle a unos diez metros.

—¿Sabe adónde va a parar? —preguntó Mike.

—No tiene salida, creo. No he ido nunca. No tengo ninguna razón para ir. Es para yonquis y similares. Oiga, necesito que me haga un favor.

Mike esperó.

145

—Todos miran cómo nos las tenemos. Si le dejo marchar, pierdo credibilidad y yo vivo de eso. ¿Sabe por dónde voy?

—Sí.

—O sea que voy a cerrar los puños y usted se largará aterrado como una niña. Puede irse corriendo al callejón si quiere. ¿Me ha entendido?

—¿Puedo pedirle una cosa primero?

—¿Qué?

Mike sacó la cartera.

—Ya se lo he dicho —dijo Anthony—, no quiero.

Mike le enseñó una foto de Adam.

—¿Ha visto a este chico?

Anthony tragó saliva con dificultad.

—Es mi hijo. ¿Le ha visto?

—No está aquí.

—No es lo que le he preguntado.

—No le he visto nunca. ¿Y ahora?

Anthony agarró a Mike de la solapa y cerró el puño. Mike se encogió y gritó.

—No, por favor, lo siento, ¡ya me voy!

Se apartó y Anthony lo soltó. Mike echó a correr. Detrás de él oyó que Anthony gritaba:

—Sí, tío, ya puedes correr...

Algunos clientes aplaudieron. Mike corrió toda la manzana y giró en el callejón. Casi tropezó con una hilera de contenedores. Sintió que rompía cristales con los zapatos. Se paró de golpe, miró adelante, y vio a otra prostituta. O al menos se imaginó que era una prostituta. Estaba apoyada en un contenedor marrón como si formara parte de él, como si fuera una extremidad más, como si después de que el contenedor desapareciera ella pudiera caerse para no levantarse más. Su peluca era de un tono púrpura y parecía recién salida de un armario de David Bowie en 1974. O quizá de la basura de Bowie. Parecía poblada de chinches.

La mujer le dedicó una sonrisa desdentada.

—Hola, encanto.

—¿Has visto pasar a un chico?

—Por aquí pasan muchos chicos, corazón.

Su voz había subido de tono y podía calificarse de lánguida. Era esmirriada y pálida, y aunque no llevaba la palabra «yonqui» tatuada en la frente, podía muy bien serlo.

Mike buscó una salida. No había ninguna. No había salida, ni puertas. Vio varias escaleras de incendios, pero parecían muy oxidadas. Si Huff había entrado aquí, ¿cómo había salido? ¿Adónde había ido? ¿O se había escabullido mientras él discutía con Anthony? ¿O Anthony le había mentido para deshacerse de él?

—¿Buscas al chico de instituto, cariño?

Mike se paró y se volvió a mirar a la yonqui.

—El chico de instituto. ¿Ese jovencito tan guapo? Vaya, encanto, me excito sólo con hablar de él.

Mike dio un paso vacilante hacia ella, casi temeroso de que un paso mayor pudiera causar una vibración que la hiciera desmoronarse y desaparecer entre los escombros que ya tenía a sus pies.

—Sí.

—Bueno, ven y te diré dónde está.

Otro paso.

—Más cerca, encanto. No muerdo. A menos que sea lo que tú quieres.

Su risa era un cacareo estremecedor. El puente de los dientes frontales le cayó al abrir la boca. Estaba mascando chicle —Mike lo olía—, pero no tapaba del todo el mal aliento de su dentadura podrida.

—¿Dónde está?

—¿Tienes dinero?

—Mucho, si me dices dónde está.

—Déjame verlo.

A Mike no le hizo gracia, pero no sabía qué más podía hacer. Sacó un billete de veinte dólares. Ella alargó una mano huesuda. A Mike la mano le recordó un viejo libro de cómics llamado *Cuentos desde la cripta*, el esqueleto que sacaba la mano del ataúd.

—Habla primero —dijo él.

—¿No confías en mí?

Mike no tenía tiempo. Rompió el billete y le dio la mitad. Ella lo cogió y suspiró.

—Te daré la otra mitad cuando hables —dijo Mike—. ¿Dónde está?

—Bueno, encanto —dijo ella—, está justo detrás de ti.

Mike se estaba volviendo cuando algo le golpeó en el hígado.

Un buen puñetazo en el hígado puede quitarte toda la fuerza y dejarte temporalmente paralizado. Mike lo sabía. Éste no llegó a tanto, pero estuvo muy cerca. El dolor fue espantoso. Se le abrió la boca, pero no le salió ningún sonido. Cayó sobre una rodilla. Desde un lado llegó un segundo golpe que le dio en la oreja. Algo duro rebotó dentro de su cabeza. Mike intentó razonar, intentó esquivar el ataque, pero otro golpe, esta vez una patada, le dio debajo de las costillas. Mike cayó de espaldas.

El instinto tomó el mando.

«Muévete», pensó.

Mike rodó y sintió que algo afilado se clavaba en su brazo. Seguramente un cristal roto. Intentó apartarse arrastrándose. Pero otro golpe le cayó sobre la cabeza. Casi sintió que el cerebro se le movía hacia la izquierda. Una mano le agarró el tobillo.

Mike pataleó. Su talón tocó algo blando y flexible. Una voz gritó:

—¡Mierda!

Alguien saltó encima de él. Mike había participado en peleas, pero siempre en el hielo. Aun así había aprendido cuatro cosas. Por ejemplo, no das puñetazos si no es necesario. Los puñetazos destrozan las manos. A distancia sí puedes hacerlo. Pero esta pelea era de cerca. Dobló el brazo y lo balanceó a ciegas. Su antebrazo tocó algo. Se oyó un crujido y un chapoteo y brotó sangre. Mike comprendió que había acertado una nariz.

Recibió otro golpe e intentó rodar. Pataleó con fuerza. Estaba oscuro, y la noche se llenó de gruñidos de agotamiento. Echó hacia atrás la cabeza, intentó dar un cabezazo.

—¡Socorro! —gritó Mike—. ¡Socorro! ¡Policía!

Logró ponerse de pie. No veía las caras. Pero había más de una persona. Y más de dos, creía. Todos se le echaron encima a la vez. Mike se estrelló contra los contenedores. Los cuerpos, el suyo incluido, se revolcaron por el suelo. Mike peleó con fuerza, pero los tenía a todos encima. Logró arañar una cara. Se le rasgó la camisa.

Y entonces Mike vio una navaja.

Esto lo dejó helado. No supo durante cuánto tiempo, pero fue suficiente. Vio la hoja y se paralizó, y entonces sintió el golpe sordo en un lado de la cabeza. Cayó hacia atrás, y su cráneo golpeó contra el asfalto. Alguien le inmovilizó los brazos. Otro le cogió las piernas. Sintió un golpe en el pecho. Después los golpes parecieron llegar de todas partes. Mike intentó moverse, intentó protegerse, pero sus brazos y piernas no le obedecían.

Sentía que se estaba deslizando en la inconsciencia. Se rendía.

Los golpes se detuvieron. Mike sintió que el peso sobre su pecho disminuía. Alguien se había levantado o lo habían hecho caer. Tenía las piernas libres.

Mike abrió los ojos, pero sólo vio sombras. Una última patada, con los dedos de los pies, le dio en un lado de la cabeza. Todo fue oscureciéndose hasta que no vio nada en absoluto.

16

A las tres de la madrugada, Tia intentó llamar a Mike otra vez.

No obtuvo respuesta.

El Boston Four Seasons era precioso y a ella le encantaba su habitación. Tia disfrutaba en los hoteles elegantes. ¿Y quién no? Le encantaban las sábanas, el servicio de habitaciones y cambiar los canales de la televisión sola. Había trabajado sin parar hasta medianoche, concentrándose en la preparación de la deposición del día siguiente. Tenía el móvil en el bolsillo, en modo vibración. Como no sonaba, Tia lo sacó y comprobó si estaba cargado y que no se le hubiera pasado por alto la vibración.

Pero no había llamadas.

¿Dónde se habría metido Mike?

Le llamó, por supuesto. Le llamó a casa. Llamó al móvil de Adam. Estaba a punto de dejarse llevar por el pánico, pero se esforzó por no abandonarse a él del todo. Adam era una cosa. Mike era otra. Mike era un adulto. Era absurdamente competente. Ésta fue una de las cosas que le habían atraído de él al principio. Por antifeminista que pareciera, Mike Baye la hacía sentir segura, acogida y totalmente protegida. Era una roca.

Tia no sabía qué hacer.

Podía coger el coche y volver a casa. Tardaría cuatro horas, quizá cinco. Estaría en casa por la mañana. Pero ¿qué haría exactamente cuando llegara? Debería llamar a la policía, pero ¿la escucharían a aquellas horas y realmente harían algo?

Las tres. Sólo se le ocurría una persona a quien pudiera llamar.

Tenía su teléfono en la BlackBerry, aunque nunca lo había utilizado. Ella y Mike compartían un programa de Microsoft Outlook que contenía una agenda de direcciones y teléfonos, más un calendario, para ambos. Sincronizaban las BlackBerrys el uno con el otro y así, en teoría, conocían los compromisos de cada uno. También significaba que cada uno estaba enterado de los contactos profesionales y personales del otro.

Y así quedaba claro que no tenían secretos, ¿no?

Reflexionó un momento, sobre los secretos y pensamientos íntimos, sobre nuestra necesidad de tenerlos, y sobre el miedo que le daban a ella, como madre y esposa. Pero ahora no tenía tiempo para eso. Encontró el número y apretó la tecla ENVIAR.

Si Mo estaba durmiendo, lo disimuló muy bien.

—Diga.

—Soy Tia.

—¿Qué pasa?

Le notó el miedo en la voz. No tenía esposa ni hijos. En cierto sentido sólo tenía a Mike.

—¿Sabes algo de Mike?

—Desde las ocho y media no. —Después repitió—: ¿Qué pasa?

—Estaba buscando a Adam.

—Lo sé.

—Hemos hablado sobre las nueve, más o menos. Desde entonces no sé nada de él.

—¿Le has llamado al móvil?

Entonces Tia supo cómo se había sentido Mike cuando ella le había hecho una pregunta igual de idiota.

—Claro.

—Ya me estoy vistiendo —dijo Mo—. Iré a vuestra a casa, a ver. ¿Todavía escondéis la llave en aquella piedra de pega junto a la verja?

—Sí.

—Bien. Voy para allá.

—¿Crees que debería llamar a la policía?

—Es mejor que esperes a que esté en tu casa. Veinte o treinta minutos como mucho. A lo mejor se ha dormido mirando la tele o algo así.

—¿Lo crees de verdad, Mo?

—No. Te llamaré en cuanto llegue.

Colgó. Tia sacó las piernas de la cama. De repente la habitación había perdido su encanto. No le gustaba nada dormir sola, aunque fuera en hoteles de lujo, con sábanas de hilo. Necesitaba a su marido a su lado. Siempre. Era raro que pasaran una noche separados y le echaba más de menos de lo que quería reconocer. Mike no era exactamente un hombre grande, pero era consistente. Le gustaba la calidez de su cuerpo al lado de ella, la forma en que le besaba la frente cuando se levantaba, la forma en que apoyaba la mano en su espalda mientras dormía.

Recordaba una noche en la que Mike estaba sin aliento. Después de insistir, reconoció que sentía una opresión en el pecho. Tia, que deseaba mostrarse fuerte para su marido, casi se desmayó al oírlo. Acabó por ser una indigestión grave, pero ella lloró como una magdalena sólo de pensarlo. Se imaginó a su marido agarrándose el pecho y cayendo al suelo. Y lo supo. Supo entonces y allí que algún día aquello podía pasar, quizá no en treinta, cuarenta o cincuenta años, pero pasaría, esto o algo igual de horrible, porque esto es lo que les pasa a todas las parejas, bien avenidas o no, y supo que ella no sobreviviría si algo le sucedía a él. A veces, por la noche, Tia le observaba dormir y susurraba, tanto a Mike como a los poderes celestiales: «Prométeme que yo me iré primero. Prométemelo».

Llama a la policía.

Pero ¿qué harían? Por ahora nada. En la tele el FBI se ponía enseguida manos a la obra. Tia sabía por un curso de reciclaje en ley penal que un adulto de más de dieciocho años no se declaraba desaparecido tan pronto, a menos que hubiera pruebas fehacientes de que había sido secuestrado o de que corría un peligro físico.

No tenía nada.

Además, si llamaba ahora, lo más que podía esperar era que un agente pasara por su casa. Encontraría a Mo. Esto podría provocar un malentendido.

Espera esos veinte o treinta minutos.

Tia quería llamar a casa de Guy Novak y hablar con Jill, sólo para oír su voz, para tranquilizarse. Maldita sea. Tia estaba tan contenta con este viaje y con su lujosa habitación, poniéndose el gran albornoz y utilizando el servicio de habitaciones, y ahora lo único que anhelaba era su rutina doméstica. Esa habitación no tenía vida alguna, no era acogedora. La sensación de soledad la hizo estremecer. Tia se levantó y bajó el aire acondicionado.

Era todo tan frágil, ése era el problema. Está claro, pero en general lo negamos, preferimos no pensar en lo fácilmente que puede partirse nuestra vida en dos, porque cuando lo reconocemos, nos volvemos locos. Los que tienen miedo todo el tiempo, los que necesitan medicarse para funcionar, es porque entienden la realidad, lo fina que es la línea. No es que no puedan aceptar la verdad, es que no pueden negarla.

Tia era así. Lo sabía y se esforzaba mucho para dominarse. De repente envidió a su jefa, Hester Crimstein, por no tener a nadie. Quizá era lo mejor. Sin duda, en general, era más sano tener a personas a las que querer más que a ti misma. Lo sabía. Pero a cambio experimentabas ese miedo horroroso a perderlo todo. Dicen que las posesiones te poseen. No es eso. Los seres amados te poseen. Eres su rehén para siempre, si son tan importantes para ti.

El reloj no avanzaba.

Tia esperó. Encendió el televisor. Los anuncios dominaban el panorama nocturno. Anuncios de aparatos de entrenamiento, empleos y escuelas. Por lo visto las únicas personas que veían la tele a aquellas horas absurdas no tenían ninguna de esas cosas.

Por fin sonó el móvil poco antes de las cuatro de la madrugada. Tia lo cogió a toda prisa, vio el número de Mo en la pantalla y contestó.

—Diga.

—Ni rastro de Mike —dijo Mo—. Y de Adam tampoco.

En la puerta de Loren Muse decía INVESTIGADORA JEFE DEL CONDADO DE ESSEX. Se paraba y lo leía en silencio cada vez que abría la puerta. Su despacho estaba en la esquina derecha. Sus detectives tenían mesas en el mismo piso. El despacho de Loren tenía ventanas y ella nunca cerraba la puerta. Quería sentirse una más y al mismo tiempo por encima de ellos. Cuando necesitaba intimidad, que no sucedía a menudo, utilizaba una de las salas de interrogatorio de las que abundaban en la comisaría.

Cuando llegó a las seis y media sólo había dos detectives y los dos estaban preparados para marcharse en cuanto llegara el cambio de turno de las siete. Loren miró el tablón para asegurarse de que no había homicidios nuevos. No había ninguno. Esperaba tener los resultados del Centro de Información Nacional sobre las huellas de su desconocida, la falsa prostituta del depósito. Miró el ordenador. Por ahora nada.

La policía de Newark había localizado una cámara de vigilancia en funcionamiento no muy lejos del escenario del asesinato de la desconocida. Si habían transportado el cadáver en un coche —y no había ninguna razón para pensar que lo había llevado alguien a cuestas— podía ser que el vehículo saliera en la cinta. Por supuesto, decidir de cuál de ellos se trataba sería una tarea infernal. Seguramente saldrían centenares de vehículos y ella dudaba que ninguno llevara un rótulo detrás que dijera «CADÁVER EN EL MALETERO».

Volvió a mirar en el ordenador y, sí, le habían descargado las imágenes. La oficina estaba en silencio, así que pensó, ¿por qué no? Estaba a punto de apretar la tecla ENTER cuando alguien llamó suavemente a su puerta.

—¿Tienes un segundo, jefa?

Clarence Morrow estaba en el umbral de la puerta y asomaba la cabeza. Era negro, se acercaba a la sesentena, y tenía un bigote tosco canoso en una cara en la que todo parecía un poco hinchado, como si hubiera participado en una pelea. Era agradable y, a diferencia de los demás hombres de la división, nunca blasfemaba ni bebía.

—Claro, Clarence, ¿qué hay?

—Estuve a punto de llamarte anoche.

—¿Ah, sí?

—Creía haber descubierto el nombre de tu desconocida.

Esto hizo que Loren se incorporara un poco.

—¿Pero?

—Recibimos una llamada del departamento de policía de Livingston sobre un tal señor Neil Cordova. Vive en el pueblo y tiene una cadena de barberías. Casado, dos hijos, sin antecedentes. Dijo que su esposa, Reba, había desaparecido y, bueno, aproximadamente se ajustaba a la descripción de tu desconocida.

—¿Pero? —repitió Muse.

—Pero ella desapareció ayer, después de que encontráramos el cuerpo.

—¿Estás seguro?

—Del todo. El marido dijo que la había visto por la mañana antes de ir a trabajar.

—Podría estar mintiendo.

—No lo creo.

—¿Alguien lo ha investigado?

—Al principio, no. Pero esto es lo raro. Cordova conocía a alguien de la policía de su pueblo. Ya sabes cómo funcionan en esos sitios. Todos conocen a alguien. Encontraron su coche. Estaba aparcado en el Ramada de East Hanover.

—Ah —dijo Muse—. Un hotel.

—Sí.

—¿Así que la señora Cordova no había desaparecido?

—Bueno —dijo Clarence, rascándose la barbilla—, esto es lo raro.

—¿Qué?

—Evidentemente el poli de Livingston pensó lo mismo que tú. La señora Cordova se reunió con un amante y se le hizo tarde para volver a casa. Por eso me llamó, el policía de Livingston. No quería ser él el que diera a su amigo, el marido, esta noticia. Y me pidió que lo hiciera yo. Como un favor.

—Sigue.

—Así que yo llamé a Cordova. Le expliqué que encontramos el coche de su esposa en un aparcamiento de un hotel cercano. Me dijo que era imposible. Le dije que está allí todavía si quería comprobarlo. —Se paró—. Mierda.

—¿Qué?

—¿Debería habérselo dicho? Pensándolo bien... Podría ser una invasión de la intimidad de la esposa habérselo dicho. Supongamos que se presenta con una pistola o algo así. Vaya, no lo pensé bien. —Clarence arrugó la cara bajo el mostacho tosco—. ¿Debería haberme callado lo del coche, jefa?

—No te preocupes.

—De acuerdo, bueno. El tal Cordova se niega a creer lo que insinúo.

—Como todos los hombres.

—Sí, por supuesto, pero después va y dice algo interesante. Dice que le entró el pánico cuando ella no fue a recoger a la hija de nueve años a una clase especial de patinaje sobre hielo en Airmont. No era propio de ella. Dijo que ella tenía pensado pasar por el Palisades Mall de Nyack, dijo que le gusta comprar cosas para las niñas en el Target, y que después iría a recoger a la hija.

—¿Y no se presentó?

—No. Al no presentarse la madre, los de la pista de patinaje llamaron al móvil del padre. Cordova fue a recoger a la niña. Pensó que quizá su esposa había encontrado un atasco o algo. Hubo un accidente en la 287 a primera hora y, por lo visto, solía olvidarse de cargar el móvil, o sea que se preocupó, pero no perdió la cabeza cuando no pudo localizarla. Pero, al pasar el tiempo, se fue preocupando cada vez más.

Muse reflexionó.

—Si la señora Cordova se reunió con un amante en un hotel, quizá se olvidó de recoger a su hija.

—Estoy de acuerdo, si no fuera por un detalle. Cordova ya había entrado en la red y había comprobado la tarjeta de crédito de su esposa. Había estado en el Palisades Mall aquella tarde. Efectivamente, compró cosas en el Target. Se gastó cuarenta y siete dólares y ochenta centavos.

—Mmm... —Muse indicó a Clarence que se sentara y él obedeció—. De modo que va hasta el Palisades Mall y después vuelve a retroceder para encontrarse con su amante, y se olvida de que su hija está dando clases de patinaje al lado del centro comercial. —Le miró—. Es bastante raro.

—Deberías haber oído su voz, jefa. La del marido. Estaba angustiadísimo.

—Podrías investigar en el Ramada, a ver si alguien la reconoce.

—Ya lo he hecho. Le pedí al marido que escaneara una foto y la mandara por correo electrónico. Nadie recuerda haberla visto.

—Esto no significa mucho. Seguramente ha cambiado el turno y ella podría haber entrado a hurtadillas después de que su amante se registrara. Pero ¿su coche sigue allí?

—Sí. Y eso es muy raro. Que el coche siga allí. Tienes tu aventura, subes a tu coche y vuelves a casa o donde sea. Aunque fuera una aventura, ¿no te parece que ahora ya hay algo que no anda bien? Como que la han secuestrado o ha habido violencia...

—... o ha huido con él.

—Sí, eso también podría ser. Pero es un buen coche. Acura MDX, nuevo de hace cuatro meses. ¿No te lo llevarías?

Muse se lo pensó y se encogió de hombros.

—Me gustaría investigarlo, si te parece —dijo Clarence.

—Adelante. —Se lo pensó un poco más—. Hazme un favor. Mira si ha habido otra denuncia de desaparición en Livingston o en la zona. Aunque fuera breve, aunque los policías no le dieran demasiada importancia.

—Ya lo he hecho.

—¿Y?

—Nada. Bueno, una mujer llamó para denunciar que su marido y su hijo habían desaparecido. —Miró su libreta—. Se llama Tia Baye. Su marido Mike, y su hijo Adam.

—¿Lo están investigando?

—Supongo, no lo sé seguro.

—Si no fuera porque ha desaparecido también el hijo —dijo Muse—, se podría pensar que ese tal Baye había huido con la señora Cordova.

—¿Quieres que investigue si existe una relación?

—Como quieras. Si es así, entonces no se trata de un delito. Dos adultos en sus cabales pueden desaparecer juntos una temporada.

—Sí, de acuerdo. Pero jefa.

A Muse le encantaba que la llamara así: jefa.

—Dime.

—Tengo la sensación de que hay algo más.

—Pues a por ello, Clarence. Ya me informarás.

17

En un sueño se oye un pitido y después las palabras: «Lo siento mucho, papá...».

En realidad Mike oía a alguien hablando en español en la oscuridad.

Él sabía bastante español —no puedes trabajar en un hospital en la calle 168 si no hablas al menos un poco de español médico— y por eso reconoció que la mujer rezaba fervorosamente. Mike intentó volver la cabeza, pero no se movió. No importaba. Estaba todo negro. Le retumbaba la cabeza en las sienes mientras la mujer repetía su plegaria una y otra vez.

Mientras tanto, Mike repetía su propio mantra: «Adam. ¿Dónde está Adam?».

Lentamente Mike fue consciente de que tenía los ojos cerrados. Intentó abrirlos. Esto no sucedió inmediatamente. Escuchó un poco más e intentó centrarse en los párpados, en el simple acto de levantarlos. Tardó un poco, pero finalmente logró parpadear. El retumbo en las sienes aumentó a la categoría de martillazos. Alargó una mano y se tocó un lado de la cabeza, intentando contener así el dolor.

Miró la luz fluorescente del techo blanco con los ojos entrecerrados. La oración en español continuó. Un olor familiar empapaba el ambiente, una combinación de limpiadores potentes, funciones corporales, flora marchita y absolutamente ninguna circulación natural de aire. La cabeza de Mike cayó hacia la izquierda. Vio la espalda de una mujer inclinada sobre la cama. Sus dedos se deslizaban sobre las cuentas de un rosario. Su cabeza parecía descansar en el pecho de un hombre. Alternaba los sollozos con la oración, y los mezclaba.

Mike intentó alargar una mano y decirle algo consolador. Era médico a fin de cuentas. Pero tenía una sonda en el brazo y poco a poco tomó conciencia de que era un paciente. Intentó recordar qué había ocurrido, cómo podía haber acabado allí. Tardó un poco. Tenía el cerebro embarrado. Se esforzó por despejarlo.

Se había despertado con una horrible sensación de inquietud. Había intentado apartarla, pero para recordar mejor la dejó volver. Y en cuanto lo hizo, le vino a la cabeza aquel mantra, esta vez con una sola palabra: «Adam».

El resto llegó en una oleada. Había salido a buscar a Adam. Habló con el gorila, Anthony. Entró en el callejón. Allí estaba la mujer horripilante con la peluca espantosa...

Había una navaja.

¿Le habían apuñalado?

No lo creía. Se giró hacia el otro lado. Otro paciente. Un negro con los ojos cerrados. Mike buscó a su familia, pero no había nadie con él. Esto no debería sorprenderlo, seguramente sólo había estado fuera un rato. Tendrían que llamar a Tia. Estaba en Boston. Tardaría en llegar. Jill estaba en casa de Novak. ¿Y Adam...?

En las películas, cuando un paciente se despierta así, es en una habitación privada y el médico y la enfermera ya están allí, como si hubieran estado esperando toda la noche, sonriéndole y dispuestos a dar explicaciones. No había ningún personal sanitario a la vista. Mike conocía el percal. Buscó el timbre para llamar a la enfermera, lo encontró enrollado en la cabecera de la cama y apretó.

La enfermera tardó un buen rato en acudir. Mike no tenía ni

idea de cuánto. El tiempo pasaba lentamente. La voz de la mujer que oraba fue desvaneciéndose. Se levantó y se secó los ojos. Mike pudo ver al hombre de la cama. Mucho más joven que la mujer. Madre e hijo, imaginó. Se preguntó qué los había llevado allí.

Miró por la ventana, por detrás de la mujer. Las cortinas estaban abiertas y había luz solar.

Era de día.

Perdió el conocimiento de noche. Hacía horas. O tal vez días. ¿Cómo iba a saberlo? Iba a llamar otra vez cuando pensó que no serviría de nada. Empezó a ser presa del pánico. El dolor de la cabeza iba en aumento, alguien le estaba atizando la sien con un martillo.

—Vaya, vaya.

Se volvió hacia la puerta. Entró la enfermera, una mujer gorda con gafas de leer colgadas sobre los pechos enormes. La chapa con su nombre decía BERTHA BONDY. Miró a Mike y frunció el ceño.

—Bienvenido al mundo libre, dormilón. ¿Cómo se encuentra?

Mike tardó un par de segundos en encontrar la voz.

—Como si me hubiera atropellado un camión.

—Probablemente habría sido mejor que lo que estaba haciendo. ¿Tiene sed?

—Estoy seco.

Bertha asintió y cogió un vaso lleno de hielo. Lo inclinó hacia sus labios. El hielo tenía un sabor medicinal, pero sentaba de maravilla en la boca.

—Está en el Bronx-Lebanon-Hospital —dijo Bertha—. ¿Recuerda lo que ocurrió?

—Alguien me agredió. Unos cuantos, creo.

—Mmm, mmm. ¿Cómo se llama?

—Mike Baye.

—¿Me deletrea el apellido, por favor?

Se lo deletreó, imaginando que le estaba haciendo una prueba cognitiva, así que dio más información.

—Soy médico —dijo—. Soy cirujano de trasplantes en el New York Presbyterian.

Ella frunció más el ceño, como si le hubiera dado una respuesta equivocada.

—¿En serio?

—Sí.

Más ceño fruncido.

—¿He aprobado? —preguntó Mike.

—¿Aprobado?

—La prueba cognitiva.

—No soy médico. Vendrá dentro de un rato. Le hemos preguntado su nombre porque no sabíamos quién era. Llegó sin cartera, sin móvil, sin llaves, nada. Quien le agredió se lo llevó todo.

Mike estaba a punto de decir algo más, pero una punzada de dolor le atravesó el cráneo. Lo capeó, lo aguantó, contó hasta diez mentalmente. Cuando se le pasó, volvió a hablar.

—¿Cuánto tiempo he estado inconsciente?

—Toda la noche. Seis o siete horas.

—¿Qué hora es?

—Las ocho de la mañana.

—Así que no se lo han notificado a mi familia.

—Ya se lo he dicho. No sabíamos quién era.

—Necesito un teléfono. Tengo que llamar a mi esposa.

—¿A su esposa? ¿Está seguro?

Mike tenía la cabeza embotada. Seguramente le habían dado alguna medicación que le impedía comprender por qué la enfermera le había hecho una pregunta tan estúpida.

—Claro que estoy seguro.

Bertha se encogió de hombros.

—Tiene un teléfono junto a la cama, pero tengo que pedir que se lo conecten. Seguramente necesitará ayuda para marcar.

—Imagino que sí.

—Ah, ¿tiene seguro médico? Tenemos que rellenar unos formularios.

Mike casi sonrió. Lo primero es lo primero.

—Sí, tengo seguro.

—Le mandaré a alguien de administración para que pueda tomarle los datos. Pronto vendrá el médico para hablar de sus heridas.

—¿Son muy graves?

—Le dieron una buena paliza y como ha estado inconsciente tanto tiempo, está claro que tenía conmoción y trauma craneal. Pero dejaré que el doctor le dé los detalles, si no le importa. Miraré si puede venir pronto.

Mike lo entendía: las enfermeras de planta no debían dar el diagnóstico.

—¿Tiene mucho dolor? —preguntó Bertha.

—Medio.

—Le han puesto analgésicos, o sea que antes de mejorar empeorará. Le pondré una bomba de morfina.

—Gracias.

—Vuelvo enseguida.

Fue hacia la puerta. Mike pensó en otra cosa.

—¿Enfermera?

Ella se volvió a mirarlo.

—¿No hay algún policía que quiera hablar conmigo?

—¿Disculpe?

—Me agredieron y, por lo que me ha dicho, me robaron. ¿No interesa eso a la policía?

Ella cruzó los brazos.

—¿Y qué se creía? ¿Que estarían aquí esperando a que se despertara?

No le faltaba razón: como el médico de la tele.

Entonces Bertha añadió:

—La mayoría de la gente no quiere denunciar esta clase de cosas.

—¿Qué clase de cosas?

Ella volvió a fruncir el ceño.

—¿Quiere que llame a la policía?

—Prefiero llamar a mi esposa primero.

—Sí —dijo ella—. Sí, yo también creo que es mejor.

Mike buscó el mando de la cama. El dolor le atravesó la caja torácica. Se le pararon los pulmones. Manoseó el mando y apretó el botón de arriba. Su cuerpo se curvó con la cama. Intentó incorporarse un poco más. Lentamente buscó el teléfono. Se lo llevó al oído. Todavía no estaba conectado.

Tia estaría aterrada.

¿Habría vuelto Adam ya a casa?

¿Quién le había agredido?

—¿Señor Baye?

La enfermera Bertha estaba otra vez en la puerta.

—Doctor Baye —corrigió Mike.

—Oh, qué tonta, lo olvidé.

Mike no lo había dicho por pedantería, sino porque creía que hacer saber que eres médico en un hospital tiene que tener ventajas a la fuerza. Si a un policía le paran por exceso de velocidad, siempre le dice al otro policía cómo se gana la vida. Digamos que «daño no puede hacer».

—He encontrado a un agente que está aquí por otro asunto —dijo—. ¿Quiere hablar con él?

—Sí, gracias, pero ¿podría conectar el teléfono?

—Enseguida tendrá línea.

El agente uniformado entró en la habitación. Era un hombre bajito, hispano y con un bigote fino. Mike le echó treinta y pocos años. Se presentó como agente Gutiérrez.

—¿De verdad quiere presentar una denuncia? —preguntó.

—Por supuesto.

Él también frunció el ceño.

—¿Qué?

—Soy el agente que le trajo.

—Gracias.

—De nada. ¿Sabe dónde le encontramos?

Mike lo pensó un momento.

—Probablemente en aquel callejón, junto al club. No me acuerdo del nombre de la calle.

—Así es.

Miró a Mike y esperó. Mike por fin lo entendió.

—Sé lo que piensa —dijo Mike.

—¿Qué pienso?

—Que una puta me la pegó.

—¿Se la pegó?

Mike intentó encogerse de hombros.

—Veo mucho la tele.

—Bueno, no soy dado a sacar conclusiones, pero esto es lo que sé. Le encontraron en un callejón frecuentado por prostitutas. Tiene veinte o treinta años más que los habituales de los clubes de la zona. Está casado. Le asaltaron, le robaron y le pegaron una paliza, como he visto otras veces cuando a un tipo —dibujó unas comillas con los dedos— se la pega una puta o su chulo.

—No fui buscando prostitutas —dijo Mike.

—No, no, claro, seguro que fue por las vistas. Es un bonito lugar. Y no me haga hablar de las delicias de los aromas. Por mí no hace falta que se explique. Ya imagino el encanto.

—Estaba buscando a mi hijo.

—¿En aquel callejón?

—Sí. Vi a un amigo suyo... —El dolor volvió. Ya se imaginaba cómo acabaría aquello. Tardaría mucho en explicarse. ¿Y después qué? ¿Qué descubriría aquel policía de todos modos?

Necesitaba hablar con Tia.

—Ahora mismo estoy sufriendo mucho —dijo Mike.

Gutiérrez asintió.

—Lo comprendo. Le dejo mi tarjeta. Llame si quiere seguir hablando o presentar una denuncia, ¿de acuerdo?

Gutiérrez dejó la tarjeta en la mesita y salió de la habitación. Mike no le hizo caso. Aguantó el dolor, cogió el teléfono y marcó el móvil de Tia.

18

Loren Muse miraba la cinta de vigilancia de la calle cercana adonde habían tirado el cadáver de la desconocida. Nada le llamó la atención, pero en realidad ¿qué se esperaba? A aquella hora pasaron varias docenas de vehículos por el aparcamiento. No se podía eliminar ninguna posibilidad. El cuerpo podía estar en el maletero del coche más pequeño.

Aun así siguió mirando y esperando y, cuando la cinta llegó al final, se llevó un gran chasco por las molestias.

Clarence llamó y asomó la cabeza otra vez.

—No te lo vas a creer, jefa.

—Te escucho.

—Primero, olvídate del hombre desaparecido. El tal Baye. ¿Sabes dónde estaba?

—¿Dónde?

—En el hospital del Bronx. Su esposa estaba fuera por trabajo y él va y se hace atracar por una puta.

Muse hizo una mueca.

—¿Un tipo de Livingston que busca una puta en aquella zona?

—Qué puedo decir, a algunos les gusta la escoria. Pero ésta no es la gran noticia. —Clarence se sentó sin ser invitado, lo que no era propio de él. Llevaba las mangas de la camisa arremangadas y en su cara carnosa había un indicio de sonrisa—. El Acura MDX de los Cordova sigue en el aparcamiento del hotel. La policía local abrió la puerta. Ella no estaba dentro. Así que retrocedí.

—¿Retrocediste?

—Al último sitio donde sabemos que estuvo. El Palisades Mall. Es un centro comercial enorme y tienen un buen sistema de seguridad. Así que he llamado.

—¿Al jefe de seguridad?

—Sí, y escucha esto: ayer, sobre las cinco, un hombre fue a decirles que había visto a una mujer con un Acura MDX ir a su coche, descargar unas compras, y después acercarse a una furgoneta blanca de un hombre, aparcada al lado. Dice que ella entró en la furgoneta, sin que la forzaran ni nada, pero que después se cerró la puerta. El hombre no pensó que pasara nada pero después llegó otra mujer y se metió en el Acura de la mujer. Y los dos coches se marcharon juntos.

Muse se echó hacia atrás.

—¿La furgoneta y el Acura?

—Así es.

—¿Y otra mujer conducía el Acura?

—Así es. Pero bueno, el hombre informó a la oficina de seguridad y los guardias no le hicieron mucho caso. ¿Qué iban a hacer, de todos modos? Lo archivaron y basta. Pero cuando llamé yo, se acordaron y sacaron el informe. En primer lugar, todo aquello tuvo lugar frente al Target. El hombre fue a presentar la denuncia a las cinco y cuarto. Sabemos que Reba Cordova pagó las compras en el Target a las cuatro cincuenta y dos. El recibo lleva la hora impresa.

Empezaban a sonar campanas, pero Muse no estaba muy segura de hacia dónde llevaban.

—Llama al Target —dijo—. Seguro que tienen cámaras de vigilancia.

—Ya nos estamos coordinando con la sede de Target. Probablemente tardará un par de horas, no más. Otra cosa. Puede que sea importante y puede que no. Sabemos lo que compró en el Target. Unas películas en DVD, ropa interior de niño, ropa... cosas para críos.

—No la clase de cosas que compras si piensas fugarte con un ligue.

—Exactamente, a menos que te lleves a los niños, que no lo hizo. Y, además, abrimos su Acura en el hotel, y no hay bolsas de Target dentro. El marido registró la casa, por si había pasado por allí. Tampoco encontró nada de Target.

Muse sintió un escalofrío en la nuca.

—¿Qué? —preguntó él.

—Quiero el informe de la oficina de seguridad. Consigue el teléfono del hombre, del que informó de que la mujer había subido en una furgoneta. A ver qué más recuerda: vehículos, descripciones de los pasajeros, todo. Seguro que el guardia de seguridad no le preguntó nada. Quiero saberlo todo.

—De acuerdo.

Hablaron un par de minutos, pero la cabeza de Muse ya daba vueltas y tenía el pulso acelerado. Cuando Clarence salió, Muse levantó el teléfono y marcó el móvil de su jefe, Paul Copeland.

—Hola.

—¿Dónde estás? —preguntó Muse.

—Acabo de dejar a Cara.

—Tengo que hablar contigo, Cope.

—¿Cuándo?

—Cuanto antes mejor.

—He quedado con mi futura esposa en un restaurante para acabar el plano de los asientos de la boda.

—¿El plano de los asientos?

—Sí, Muse. El plano de los asientos. Es esa cosa que dice a los invitados dónde van a sentarse.

—¿Y a ti te importa eso?

—Ni por asomo.

—Pues déjaselo a Lucy.

—Claro, como si no lo hiciera de todos modos. Me hace ir a

169

todas partes, pero no me deja hablar. Dice que soy un regalo para la vista.

—Es que lo eres, Cope.

—Sí, pero también tengo cerebro.

—Ésa es precisamente la parte de ti que necesito —dijo Muse.

—¿Por qué? ¿Qué ha pasado?

—Tengo una de mis absurdas corazonadas, y necesito que me digas que he dado con algo o que he metido la pata.

—¿Es más importante que quién se sienta en la misma mesa que los tíos Carol y Jerry?

—No, sólo es un homicidio.

—Haré un sacrificio. Voy para allá.

El sonido del teléfono despertó a Jill.

Estaba en el dormitorio de Yasmin. Yasmin intentaba por todos los medios llevarse bien con las otras niñas fingiendo que estaba más loca que nadie por los chicos. Tenía un póster de Zac Efron, el guaperas de *High School Musical* en una pared, y otro de los gemelos Sprouse en *The Suite Life*. Tenía uno de Miley Cyrus en *Hannah Montana*, que es una chica, sí, y no un guaperas, pero vaya. Todo parecía más bien desesperado.

La cama de Yasmin estaba cerca de la puerta, mientras que Jill dormía junto a la ventana. Ambas camas estaban cubiertas de peluches. Una vez Yasmin le dijo a Jill que lo mejor del divorcio era la competencia de los padres por mimarla: ambos exageraban con los regalos. Yasmin sólo veía a su madre cuatro o cinco veces al año, pero no paraba de mandarle cosas. Tenía al menos dos docenas de ositos, uno de ellos vestido de animadora y otro, junto a la almohada de Jill, que estaba disfrazado de estrella del pop con pantalones cortos de strass, un top con el ombligo al aire y un auricular alrededor de la cara peluda. Una tonelada de animales, entre ellos tres hipopótamos, estaban tirados en el suelo. Amontonadas sobre la mesita había ejemplares atrasados de *J-14*, *Teen*

People y *Popstar!* La alfombra era de lana gruesa, algo que sus padres le habían dicho que había pasado de moda en los setenta pero parecía estar volviendo con fuerza en los dormitorios de los adolescentes. Sobre la mesa tenía un iMac nuevo y reluciente.

Yasmin era buena con los ordenadores. Lo mismo que Jill.

Jill se sentó. Yasmin parpadeó y la miró. A lo lejos, Jill oía una voz hablando por teléfono. El señor Novak. En la mesita había un reloj de Homer Simpson. Eran las siete y cuarto.

Era temprano para llamar, pensó Jill, sobre todo en fin de semana.

Las niñas se habían quedado levantadas hasta tarde la noche anterior. Primero salieron a cenar y a tomar un helado con el señor Novak y la pesada de su nueva novia, Beth, que debía de tener cuarenta años y le reía todas las gracias, como hacían las niñas tontas de la escuela para gustar a los chicos. Antes Jill creía que era algo que se superaba con la edad. Pero al parecer no.

Yasmin tenía un televisor de plasma en su habitación. Su padre les dejó ver todas las películas que quisieron. «Es fin de semana», las dijo Guy Novak con una gran sonrisa. «Disfrutad». Así que prepararon palomitas en el microondas y vieron una película para mayores de trece años y otra para mayores de dieciocho que habría puesto los pelos de punta a los padres de Jill.

Jill saltó de la cama. Tenía que hacer pipí, pero estaba preocupada por lo que había sucedido la noche pasada, por lo que podía haber pasado y por si su padre habría encontrado a Adam. Estaba preocupada. Ella también había llamado a Adam. Que se ocultara de sus padres tenía un pase, pero nunca se le habría ocurrido que no respondiera a las llamadas y mensajes de su hermana. Adam siempre le respondía.

Pero esta vez no.

Y esto todavía preocupaba más a Jill.

Comprobó su móvil.

—¿Qué haces? —preguntó Yasmin.

—Miraba si Adam me había llamado.

—¿Te ha llamado?

—No. Nada de nada.

Yasmin calló.

Llamaron suavemente a la puerta y después se abrió. El señor Novak asomó la cabeza y susurró.

—Eh, ¿por qué estáis despiertas, chicas?

—Nos ha despertado el teléfono —dijo Yasmin.

—¿Quién era? —preguntó Jill.

El señor Novak la miró.

—Era tu madre.

Jill se puso tensa.

—¿Qué ha pasado?

—No ha pasado nada, cielo —dijo el señor Novak, pero Jill vio que era una gran mentira—. Me ha pedido si podías quedarte hoy. Después podríamos ir al centro comercial o al cine. ¿Qué os parece?

—¿Por qué quiere que me quede? —preguntó Jill.

—No lo sé. Sólo ha dicho que había surgido algo y me ha pedido este favor. Pero me ha pedido que te diga que te quiere y que no pasa nada.

Jill no dijo nada. Estaba mintiendo. Lo sabía. Yasmin también. Jill miró a Yasmin. No serviría de nada insistir. No les diría nada. Las protegía porque sus cerebros de once años no podían soportar la verdad o cualquier otra tontería que los adultos utilizaran como excusa para mentir.

—Voy a salir un rato —dijo el señor Novak.

—¿Adónde? —preguntó Yasmin.

—A la oficina. Necesito recoger unas cosas. Pero acaba de llegar Beth. Está abajo viendo la tele, por si necesitáis algo.

Yasmin hizo una mueca burlona.

—¿Acaba de llegar?

—Sí.

—Como si no hubiera dormido aquí, ¿no? Por Dios, papá, ¿cuántos años crees que tenemos?

Él puso mala cara.

—Ya está bien, señorita.

—Como quieras.

Él cerró la puerta. Jill se sentó en la cama y Yasmin fue a su lado.

—¿Qué crees que habrá ocurrido? —preguntó Yasmin.

Jill no contestó, pero no le gustaba el derrotero que estaban tomando sus pensamientos.

Cope entró en el despacho de Muse. Ella pensó que estaba bastante de buen ver con su traje nuevo azul marino.

—¿Tienes rueda de prensa? —preguntó Muse.

—¿Cómo lo has adivinado?

—Llevas un traje chulo.

—¿La gente todavía dice «chulo»?

—Deberían.

—Totalmente de acuerdo. Soy la viva imagen de la chulería. Estoy chulísimo. El Hombre Chulo. El Chuletón.

Loren Muse levantó una hoja de papel.

—Mira lo que acaba de llegar a mi despacho.

—Cuenta.

—La carta de dimisión de Frank Tremont. Ha decidido jubilarse.

—Menuda pérdida.

—Sí.

Muse lo miró.

—¿Qué?

—Tu montaje de ayer con el periodista.

—¿Qué pasa?

—Fue un pelo condescendiente —dijo Muse—. No necesito que me rescates.

—No te rescataba. Más bien te tendí una trampa.

—¿Qué quieres decir?

—O bien tenías pelotas para dejar a Tremont a la altura del betún, o no las tenías. Uno de los dos iba a quedar como un imbécil.

—O él o yo, ¿no?

—Exactamente. La verdad es que Tremont es un chivato y una terrible distracción en esta oficina. Quería que se largara por razones egoístas.

—Supongamos que yo no tuviera pelotas.

Cope se encogió de hombros.

—Entonces serías tú la que estaría presentando la carta de dimisión.

—¿Estabas dispuesto a correr ese riesgo?

—¿Qué riesgo? Tremont es un gandul idiota. Si él podía contigo, no mereces ser la jefa.

—*Touchée.*

—Basta. No me has llamado para hablar de Frank Tremont. ¿Qué ha ocurrido?

Muse le contó la desaparición de Reba Cordova, el testigo del Target, la furgoneta, el aparcamiento en el Ramada de East Hanover. Cope permaneció en silencio mirándola con sus ojos grises. Tenía unos ojos hermosos, de los que cambian de color con la luz. Loren Muse estaba medio enamorada de Paul Copeland, pero en realidad también había estado medio enamorada de su predecesor, que era bastante mayor y no se parecía en nada a Paul. Tal vez lo suyo eran las figuras autoritarias.

El enamoramiento era inofensivo, más una admiración que un anhelo real. Él no la mantenía despierta por las noches ni la hacía sufrir ni se introducía en sus fantasías sexuales o de cualquier otra clase. Le gustaba el atractivo de Paul Copeland sin codiciarlo para ella. Deseaba estas cualidades en todos los hombres con los que salía, aunque Dios sabe que no las había encontrado nunca.

174

Muse conocía el pasado de su jefe, el horror que había vivido, el infierno que había experimentado hacía poco por unos recientes descubrimientos. Incluso le había ayudado a discernirlo. Como tantos otros hombres que conocía, Paul Copeland no estaba intacto, pero a él le sentaba bien. En el mundo de la política —porque su cargo era esto, un nombramiento político— hay muchos hombres ambiciosos pero que no han conocido el sufrimiento. Cope sí. Como fiscal, esto le hacía más comprensivo y menos proclive a aceptar las excusas de la defensa.

Muse presentó todos los datos de la desaparición de Reba sin teorías. Él la miró a los ojos y asintió lentamente.

—Déjame adivinar —dijo Cope—. Crees que lo de Reba Cordova está relacionado de alguna manera con tu desconocida.

—Sí.

—¿En qué piensas? ¿Un asesino en serie?

—Podría ser, aunque normalmente los asesinos en serie trabajan solos. Con este asesino participó una mujer.

—De acuerdo, oigamos por qué crees que están relacionados.

—Primero el modus operandi.

—Dos mujeres blancas de una edad aproximada —dijo Cope—. A una la encontramos vestida como una puta en Newark. La otra todavía no sabemos dónde está.

—Esto es una parte pero hay algo más que me llamó la atención. Que se haya utilizado engaño y distracción.

—No te sigo.

—Tenemos a dos mujeres blancas de clase media de cuarenta y pocos años que desaparecen con..., pongamos, veinticuatro horas de diferencia. Ésta es una semejanza curiosa. Pero más que esto, en el primer caso, con nuestra desconocida, sabemos que el asesino se molestó en montar una escena para despistarnos, ¿no?

—Sí.

—Bien, pues ha hecho lo mismo con Reba Cordova.

—¿Aparcando su coche en un hotel?

Muse asintió.

—En ambos casos, se esforzó por desviar nuestra atención con falsas pistas. En el caso de la desconocida, lo montó para que pensáramos que era una prostituta. En el caso de Reba Cordova, hizo que pareciera que era una mujer que engañaba a su marido y había huido con su amante.

—Eh —exclamó Cope con una mueca—. Es poca cosa.

—Sí. Pero es algo. No es por ser racista, pero ¿cuántas veces pasa que una mujer guapa y con familia, en un pueblo como Livingston, huya con su amante?

—Sucede a veces.

—Puede ser, pero lo planificaría mejor, ¿no te parece? No iría a un centro comercial cerca de donde su hija está aprendiendo a patinar y compraría ropa interior de niño para entonces tirarla y marcharse con su amante. Además, tenemos al testigo, un tal Stephen Errico, que la vio entrar en una furgoneta en el Target. Y vio marcharse a otra mujer.

—Si esto es realmente lo que sucedió.

—Sucedió.

—De acuerdo, pero aun así. ¿En qué más relacionas a Reba Cordova con nuestra desconocida?

Muse arqueó una ceja.

—He guardado lo mejor para el final.

—Gracias a Dios.

—Volvamos a Stephen Errico.

—¿El testigo del centro comercial?

—Bien. Errico presenta una denuncia. Por sí misma no culpo a los guardias de seguridad del Palisades, no parece importante. Pero le he investigado en la red. Tiene un blog con su fotografía: es un tipo gordo con barba poblada y camiseta de los Grateful Dead. Cuando hablé con él, me quedó claro que era un pirado de las conspiraciones. A Errico le gusta incluso implicarse en el asunto. Ya sabes, el tío que va al centro comercial con la esperanza de ver a un ladronzuelo.

—Sí.

—Pero esto también representa que es increíblemente concreto. Errico dijo que había visto a una mujer que coincidía con la descripción de Reba Cordova entrando en una furgoneta blanca Chevy. Pero, mejor aún, apuntó la matrícula de la furgoneta.

—¿Y?

—La he buscado. Pertenece a una mujer llamada Helen Kasner de Scarsdale, Nueva York.

—¿Tiene una furgoneta blanca?

—Sí, y ayer estaba en el Palisades Mall.

Cope asintió, viendo a dónde quería ir a parar.

—¿Y tú te imaginas que alguien cambió la matrícula con la señora Kasner?

—Así es. El truco más viejo del mundo, pero sigue siendo efectivo. Robas un coche, cometes un delito, y después cambias las matrículas, por si alguien te ha visto. Más engaño. Pero muchos delincuentes no se dan cuenta de que el método más eficaz para cambiar matrículas es hacerlo con un vehículo de la misma marca que el tuyo. Confunde aún más.

—Y tú piensas que la furgoneta del aparcamiento del Target era robada.

—¿No estás de acuerdo?

—Supongo que sí —dijo Cope—. Sin duda añade peso a la versión del señor Errico. Entiendo que debamos estar preocupados por Reba Cordova. Pero sigo sin ver cómo se relaciona con nuestra desconocida.

—Echa un vistazo a esto.

Dio la vuelta a la pantalla del ordenador en dirección a él. Cope volvió su atención a la pantalla.

—¿Qué es?

—Una cinta de seguridad de un edificio cercano al escenario

del crimen de la desconocida. Los estaba mirando esta mañana, pensando que era una absoluta pérdida de tiempo. Pero ahora...

—Muse tenía la cinta preparada. Apretó la tecla PLAY. Apareció una furgoneta blanca. Apretó PAUSA y la imagen se congeló.

Cope se acercó más.

—Una furgoneta blanca.

—Una furgoneta blanca Chevy, sí.

—Debe de haber millones de furgonetas blancas Chevy matriculadas en Nueva York y Nueva Jersey —dijo Cope—. ¿Se puede ver la matrícula?

—Sí.

—¿Y puedo suponer que es la de la furgoneta que pertenece a la señora Kasner?

—No.

Cope arrugó los ojos.

—¿No?

—No. Es un número completamente diferente.

—Entonces ¿qué es tan importante?

Muse señaló la pantalla.

—Esta matrícula, JYL-419, pertenece a un tal señor David Pulkingham de Armonk, Nueva York.

—¿El señor Pulkingham también es propietario de una furgoneta blanca?

—Sí.

—¿Podría ser nuestro hombre?

—Tiene setenta y tres años y no tiene antecedentes.

—¿O sea que supones otro cambio de matrícula?

—Sí.

Clarence Morrow asomó la cabeza en el despacho.

—¿Jefa?

—Sí.

Vio a Paul Copeland y se puso derecho como si fuera a saludar.

—Buenos días, señor fiscal.

178

—Hola, Clarence.

Clarence esperó.

—No pasa nada —dijo Muse—. ¿Qué tienes?

—Acabo de hablar con Helen Kasner.

—¿Y qué?

—La he hecho salir a ver la matrícula. Tenías razón. Le habían cambiado la matrícula, pero ella no lo había notado.

—¿Algo más?

—Sí, lo mejor. La matrícula que lleva ahora el coche. —Clarence señaló la furgoneta blanca de la pantalla—. Pertenece al señor David Pulkingham.

Muse miró a Cope, sonrió y levantó las manos al cielo.

—¿Suficiente relación?

—Sí —dijo Cope—. Eso me sirve.

19

—Vamos —susurró Yasmin.

Jill miró a su amiga. El bigotito en la cara, el causante del problema, había desaparecido, pero por alguna razón Jill seguía viéndolo. La madre de Yasmin había acudido desde donde fuera que viviera ahora —en el sur, en Florida, quizá— y la había llevado a la consulta de un gran médico que le había aplicado electrólisis. Esto había mejorado su aspecto, pero no había ayudado a que la escuela fuera menos horrible.

Estaban sentadas a la mesa de la cocina. Beth, «novia de la semana» como la llamaba Yasmin, había intentado quedar bien con un sabroso desayuno de tortilla y salchichas, más las «legendarias tortitas» de Beth, pero las niñas habían pasado, con gran desilusión de Beth, y habían preferido panqueques congelados con virutas de chocolate.

—Bueno, chicas, que aproveche —dijo Beth con los dientes apretados—. Voy a sentarme fuera a tomar el sol.

En cuanto Beth salió por la puerta, Yasmin se levantó de la mesa y se acercó a la ventana panorámica. Beth no estaba a la vista. Yasmin miró a la izquierda, después a la derecha, y sonrió.

—¿Qué pasa? —preguntó Jill.

—Ven a ver —dijo Yasmin.

Jill se levantó y fue al lado de su amiga.

—Mira, en la esquina, detrás del árbol grande.

—No veo nada.

—Fíjate bien —dijo Yasmin.

Jill tardó un poco, pero finalmente vio algo gris y humeante y entendió a qué se refería Yasmin.

—¿Beth está fumando?

—Sí. Se esconde detrás de un árbol y fuma.

—¿Por qué se esconde?

—Quizá le preocupe fumar delante de dos jovencitas impresionables —dijo Yasmin con una sonrisa maliciosa—. O quizá no quiera que mi padre lo sepa. No soporta a los fumadores.

—¿Te vas a chivar?

Yasmin sonrió y se encogió de hombros.

—¿Quién sabe? Nos hemos chivado de todas, ¿no? —Hurgó en un bolso y Jill jadeó.

—¿Es el bolso de Beth?

—Sí.

—No deberíamos curiosear.

Yasmin hizo una mueca y siguió hurgando.

Jill se acercó más y miró.

—¿Algo interesante?

—No. —Yasmin lo dejó—. Ven, quiero enseñarte algo.

Dejó el bolso en la encimera y subió la escalera. Jill la siguió. Había una ventana en el baño del rellano. Yasmin orinó rápidamente. Jill también. Beth estaba detrás del árbol —ahora la veían con claridad— y chupaba el cigarrillo como si estuviera bajo el agua y por fin hubiera encontrado un salvavidas. Aspiraba con fuerza, cerrando los ojos, y las arrugas de su cara se suavizaban.

Yasmin se apartó sin decir nada. Hizo una señal a Jill para que la siguiera. Entraron en la habitación de su padre. Yasmin fue directamente a su mesita de noche y abrió el cajón.

Jill no estaba precisamente asombrada. De hecho, ésta era una de las cosas que tenían en común. A ambas les gustaba explorar. Todos los niños lo hacen más o menos, imaginaba Jill, pero en su casa su padre la llamaba «Harriet la Espía». Siempre estaba metiendo la nariz donde no debía. Cuando Jill tenía ocho años encontró unas fotos viejas en un cajón de su madre. Estaban escondidas detrás, bajo un montón de postales antiguas y pastilleros que había comprado en un viaje a Florencia en unas vacaciones de verano de la universidad.

En una foto había un chico que parecía de la edad de Jill —ocho o nueve años—. Estaba junto a una niña uno o dos años menor. Jill se dio cuenta inmediatamente de que la niña era su madre. Dio la vuelta a la foto. Alguien había escrito con una letra elegante: «Tia y Davey» y el año.

Nunca había oído hablar de ningún Davey. Pero aprendió algo. Su fisgoneo le había enseñado una valiosa lección. A los padres también les gusta tener secretos.

—Mira —dijo Yasmin.

Jill miró dentro del cajón. El señor Novak tenía una tira de condones encima.

—Puaf, qué asco.

—¿Crees que los ha utilizado con Beth?

—No quiero ni pensarlo.

—¿Y yo qué? Es mi padre.

Yasmin cerró el cajón y abrió el de abajo. De repente su voz se convirtió en un susurro.

—¿Jill?

—¿Qué?

—Echa un vistazo.

Yasmin metió la mano por debajo de unos jerséis viejos, una caja de metal, algunos calcetines, y se paró. Sacó algo fuera y sonrió.

Jill saltó hacia atrás.

—¿Qué es...?

—Es una pistola.

—¡Ya sé que es una pistola!

—Y está cargada.

—Guárdala. No me puedo creer que tu padre tenga un arma cargada.

—Como muchos padres. ¿Quieres que te enseñe cómo sc le quita el seguro?

—No.

Pero Yasmin lo hizo de todas maneras. Las dos miraron el arma con respeto. Yasmin se la pasó a Jill. Primero Jill levantó la mano para rechazarla, pero algo de su forma y su color la cautivó. Se la puso en la palma de la mano. Se maravilló con su peso, con su frialdad, con su simplicidad.

—¿Puedo decirte algo? —preguntó Yasmin.

—Claro.

—Prométeme que no lo dirás.

—Por supuesto que no lo diré.

—Cuando la encontré me imaginaba que la usaba para matar al señor Lewiston.

Jill dejó el arma con cuidado.

—Era como si lo viera. Entraba en la clase. La guardaba en la mochila. A veces pienso en esperar hasta después de clase, y dispararle cuando no haya nadie más, limpiar mis huellas de la pistola, y marcharme sin que nadie me vea. O iría a su casa... sé dónde vive, en West Orange, y le mataría allí y nadie sospecharía de mí. Y otras veces pienso en hacerlo en plena clase, cuando estén todos, para que lo vean todos los alumnos, y quizá también les dispararía a ellos, pero después enseguida pensé que no, que eso sería demasiado Columbine y yo no soy una gótica marginada.

—¿Yasmin?

—¿Sí?

—Me estás asustando.

Yasmin sonrió.

—Sólo fue una idea pasajera. Inofensiva. No pienso hacer nada de nada.

Silencio.

—Pagará —dijo Jill—. Ya lo sabes, ¿no? ¿El señor Lewiston?

—Lo sé —dijo Yasmin.

Oyeron un coche que paraba en la entrada. El señor Novak había vuelto. Yasmin recogió el arma con calma, la dejó en el fondo del cajón, y lo ordenó todo como antes. Se tomó su tiempo, sin prisas, incluso cuando se abrió la puerta de la casa y oyó que su padre gritaba:

—¿Yasmin? ¿Niñas?

Yasmin cerró el cajón, sonrió y fue hacia la puerta.

—Ya vamos, papá.

Tia no se molestó en recoger sus cosas.

En cuanto colgó después de hablar con Mike, bajó corriendo al vestíbulo. Brett todavía se frotaba los ojos de sueño, y sus cabellos despeinados le daban el aspecto de los que no tienen ninguna preocupación en el mundo. Se había ofrecido a acompañarla en coche al Bronx. La furgoneta de Brett estaba cargada con su equipo informático y olía a porros, pero él mantuvo el pie apretado sobre el acelerador. Tia se sentó a su lado y realizó algunas llamadas. Despertó a Guy Novak y le explicó rápidamente que Mike había tenido un accidente y le pidió que se quedara con Jill unas horas más. Él se había mostrado educadamente comprensivo y había aceptado inmediatamente.

—¿Qué le digo a Jill? —preguntó Guy Novak.

—Dile sólo que ha surgido algo. No quiero que se preocupe.

—Entendido.

—Gracias, Guy.

Tia se puso a mirar fijamente la carretera como si eso pudiera hacer más corto el viaje. Intentó hacer conjeturas sobre lo sucedido. Mike le había dicho que había utilizado un GPS de móvil. Localizó a Adam en un extraño lugar del Bronx. Fue hasta allí, creyó haber visto al chico de los Huff y después lo habían agredido.

Adam seguía desaparecido, o quizá, como la última vez, sólo había decidido esfumarse durante un día o dos.

Llamó a casa de Clark. Habló también con Olivia. Ninguno de los dos había visto a Adam. Llamó a casa de los Huff, pero no contestaron. Durante la noche e incluso por la mañana, preparar la deposición la había mantenido parcialmente alejada del terror, al menos hasta que Mike había llamado del hospital. Se acabó. El miedo hizo su aparición y se había apoderado de ella. Se agitó en el asiento.

—¿Cómo estás? —preguntó Brett.

—Bien.

Pero no estaba bien. No cesaba de recordar la noche en que Spencer Hill había desaparecido y se había suicidado. Recordaba haber recibido la llamada de Betsy... «¿Ha visto Adam a Spencer...?».

El pánico en la voz de Betsy. El miedo en estado puro. No era ansiedad. Estaba angustiada y, al final, se había justificado cada segundo de angustia.

Tia cerró los ojos. De repente le costaba respirar. Sintió que el pecho le dolía. Respiró hondo.

—¿Quieres que abra una ventana? —preguntó Brett.

—Estoy bien.

Se serenó y llamó al hospital. Logró dar con el médico, pero no se enteró de nada que no supiera ya. A Mike le habían dado una paliza y le habían robado. Por lo que pudo deducir, un grupo de hombres había atacado a su marido en un callejón. Había sufrido una conmoción grave y había estado inconsciente varias horas, pero ahora estaba descansando cómodamente y se pondría bien.

Llamó a Hester Crimstein a casa. Su jefa expresó una moderada preocupación por el marido y el hijo de Tia y una gran preocupación por su caso.

—Tu hijo ya había huido una vez, ¿no? —preguntó Hester.

—Una vez.

—Pues probablemente es lo que ha vuelto ocurrir.

—Podría ser algo más.

—¿Como qué? —preguntó Hester—. A ver, ¿a qué hora era la deposición?

—A las tres.

—Pediré un aplazamiento. Si no me lo conceden, tendrás que volver.

—Bromeas, ¿no?

—Por lo que me has dicho, aquí no puedes hacer nada. Puedes tener acceso telefónico todo el rato. Te dejaré el jet privado para que puedas salir de Teterboro.

—Estamos hablando de mi familia.

—Sí, y yo estoy hablando de que los dejes sólo unas pocas horas. No vas a hacer nada que los haga sentir mejor, sólo estar ahí. Por otra parte, yo tengo a un hombre inocente que puede acabar condenado a veinticinco años de cárcel si la fastidiamos.

Tia estaba deseando dimitir sin más, pero algo la contuvo y la calmó lo suficiente para decir:

—Veamos si nos conceden un aplazamiento.

—Volveré a llamarte.

Tia colgó, y miró el teléfono que tenía en la mano como si fuera una extraña excrecencia nueva. ¿Realmente todo aquello estaba pasando?

Cuando llegó a la habitación de Mike, Mo ya estaba allí. Él cruzó la habitación rápidamente, con los puños cerrados a los lados.

—Está bien —dijo Mo, en cuanto ella entró—. Acaba de dormirse.

Tia cruzó la habitación. Había dos camas más, ambas con pacientes. En aquel momento no tenían visitas. Cuando Tia vio la cara de Mike, sintió como si le hubieran clavado un bloque de cemento en el estómago.

—Oh, cielo santo...

Mo se puso detrás de ella y le colocó las manos en los hombros.

—Tiene peor aspecto de lo que es.

Tia esperaba que tuviera razón. No había imaginado qué esperar, pero ¿esto? Mike tenía el ojo derecho hinchado y cerrado. En una mejilla tenía un corte como de cuchilla de afeitar y en la otra le estaba saliendo un cardenal. Tenía el labio partido. Un brazo estaba bajo la manta, pero Tia podía ver dos grandes magulladuras en el otro antebrazo.

—¿Qué le han hecho? —susurró.

—Están muertos —dijo Mo—. ¿Me has oído? Voy a localizarlos y no voy a darles una paliza, los voy a matar.

Tia puso una mano en el antebrazo de su marido. Su marido. Su precioso, guapo y fuerte marido. Se había enamorado de aquel hombre en Dartmouth. Había compartido la cama con él, había tenido hijos, le había elegido como compañero en la vida. No es algo en lo que pienses a menudo, pero es así. Eliges a un ser humano para compartir la vida, y es realmente aterrador cuando lo piensas. ¿Cómo había permitido que se distanciaran, ni que fuera un poco? ¿Cómo había permitido que la rutina se impusiera y no lo había intentado todo, en todos los segundos de su vida juntos, para que fuera aún mejor, aún más apasionada?

—Te quiero mucho —susurró.

Mike parpadeó y abrió los ojos. Tia también vio miedo en los de su marido, y quizá esto fue lo peor. En todo el tiempo que hacía que conocía a Mike, nunca le había visto tener miedo. Tampoco le había visto llorar. Suponía que sí lloraba, pero era de los que no lo mostraban. Quería ser el fuerte de la familia, por pasado de moda que sonara, y ella también lo quería así.

20

Dolly Lewiston vio pasar otra vez el coche por delante de su casa. Redujo la velocidad. Como la otra vez. Y como la vez anterior.

—Es él otra vez —dijo.

Su marido, un profesor de quinto curso llamado Joe Lewiston, no levantó la cabeza. Estaba corrigiendo exámenes con una concentración un poco exagerada.

—¿Joe?

—Te he oído, Dolly —dijo bruscamente—. ¿Qué quieres que haga?

—No tiene derecho a hacer esto. —Observó cómo el coche se alejaba disolviéndose en la distancia—. Quizá deberíamos llamar a la policía.

—¿Y qué les decimos?

—Que nos está acosando.

—Pasa en coche por una calle. No es ilegal.

—Reduce la velocidad.

—Eso tampoco es ilegal.

—Puedes explicarles lo que pasó.

Él soltó una risita burlona, y siguió mirando los exámenes.

—Seguro que la policía se mostraría muy comprensiva.

—Nosotros también tenemos una hija.

De hecho, ella misma había estado viendo a la pequeña Allie, su hija de tres años, por el ordenador. La web de K-Little Gym permitía que vieras a tus hijos con una webcam desde tu casa —merendando, jugando a construcciones, leyendo, trabajando solos, cantando, todo— y así saber siempre cómo estaban. Por eso Dolly había elegido K-Little.

Ella y Joe trabajaban como maestros de escuela elemental. Joe enseñaba en la escuela Hillside en quinto curso. Ella a los de segundo en Paramus. Dolly Lewiston deseaba dejar el trabajo, pero necesitaban los dos sueldos. A su marido le seguía gustando enseñar, pero Dolly había perdido el entusiasmo en algún punto del camino. Algunas personas notaron que había perdido su pasión por la enseñanza más o menos cuando nació Allie, pero ella creía que era algo más. De todos modos, hacía su trabajo y lidiaba con los padres gruñones, aunque lo único que deseaba hacer era ver la web de K-Little y asegurarse de que su hija estuviera bien.

Guy Novak, el hombre del coche que pasaba frente a su casa, no había podido ver a su hija o comprobar que estaba bien. Así que, en cierto modo, entendía perfectamente lo que hacía y se solidarizaba con su frustración. Pero esto no significaba que fuera a permitirle que perjudicara a su familia. En el mundo se trata a menudo de nosotros o de ellos, y ella tenía claro que su familia era lo primero.

Se volvió a mirar a Joe. Tenía los ojos cerrados y la cabeza baja.

Se situó detrás de él y le puso la mano en el hombro. Él se estremeció con el contacto. El estremecimiento duró un segundo, no más, pero ella sintió que le atravesaba todo el cuerpo. Joe había estado muy tenso las últimas semanas. Dolly no movió la mano, no la apartó y él se relajó finalmente. Le masajeó los hombros. Antes le gustaba que lo hiciera. Tardó un poco pero los hombros se ablandaron.

—Todo se arreglará —dijo.

—Perdí los nervios.

—Lo sé.

—Fui demasiado lejos, como hago siempre, y entonces...

—Lo sé.

189

Lo sabía. Era lo que hacía tan buen profesor a Joe Lewiston. Sentía pasión. Tenía embobados a sus alumnos, les contaba chistes, a veces cruzaba la línea del decoro pero los niños estaban encantados con él. Hacía que prestaran atención y aprendieran más. Al principio algunos padres se habían inquietado con las payasadas de Joe, pero tenía suficientes defensores para protegerse. La gran mayoría de padres procuraban que sus hijos fueran a la clase del señor Lewiston. Les gustaba que fueran contentos a la escuela y tuvieran un maestro que mostraba un sincero entusiasmo y no sólo un comportamiento rutinario. No como Dolly.

—Le hice daño a esa niña —dijo Joe.

—No pretendías hacerle daño. Todos los niños y todos los padres siguen apreciándote.

Él no dijo nada.

—Lo superará. Todo esto pasará, Joe. Se arreglará.

A Joe le empezó a temblar el labio inferior. Se estaba desmoronando. Por mucho que lo amara, por mucho que supiera que su marido era mejor maestro y mejor persona de lo que nunca sería ella, Dolly también sabía que su marido no era precisamente el más fuerte de los hombres. La gente creía que lo era. Procedía de una familia numerosa, y era el menor de seis hermanos, pero su padre había sido demasiado dominante. Menospreció a su hijo más pequeño y más bueno y Joe encontró una vía de escape siendo el más divertido y gracioso. Joe Lewiston era el hombre más bueno que Dolly hubiera conocido, pero también era débil.

A ella no le importaba. Le tocaba a Dolly ser la fuerte. Ella se encargaba de sostener a su marido y mantener unida la familia.

—Siento haber perdido los nervios —dijo Joe.

—No te preocupes.

—Tienes razón. Esto pasará.

—Claro que sí. —Le besó el cuello y después detrás de la oreja. Su punto favorito. Lo lamió y empezó a girar delicadamente. Esperó a oír un gemido. No lo oyó. Dolly susurró:

—¿Por qué no dejas de corregir exámenes un ratito, eh?

Él se apartó, sólo un poco.

—Es que, de verdad, debo terminar.

Dolly se incorporó y dio un paso atrás. Joe Lewiston vio lo que había hecho e intentó arreglarlo.

—Pero te tomo la palabra, ¿eh? —dijo.

Esto era lo que solía decir ella cuando no estaba de humor. De hecho, en general era lo que decía la esposa, ¿no? En este ámbito él siempre había sido el agresivo —sin debilidades—, pero en los últimos meses, desde la metedura de pata, nunca tan bien dicho, se había vuelto diferente.

—Claro —dijo ella.

Dolly se volvió.

—¿Adónde vas? —preguntó Joe.

—Vuelvo enseguida —dijo Dolly—. Tengo que pasar por la tienda y después recogeré a Allie. Termina de corregir los exámenes.

Dolly Lewiston corrió arriba, se conectó, buscó la dirección del domicilio de Guy Novak y la forma de llegar. También comprobó los mensajes de la escuela en su dirección de correo —siempre había algún padre que se quejaba de algo—, pero no funcionaba desde hacía dos días. Seguía inaccesible.

—Mi correo todavía está averiado —gritó.

—Le echaré un vistazo —dijo él.

Dolly imprimió la dirección de Guy Novak, dobló el papel en cuatro y se lo guardó en el bolsillo. Al salir, besó a su marido en la cabeza. Él le dijo que la quería. Ella dijo que también.

Cogió las llaves y fue a por Guy Novak.

Tia lo podía ver en sus caras: la policía no se creía la desaparición de Adam.

—Creía que podrían poner una Alerta Amber o algo así —dijo Tia.

Eran dos policías que eran casi cómicos juntos. Uno era un hispano diminuto con uniforme llamado Gutiérrez. El otro era una negra alta que se presentó como detective Clare Schlich.

Schlich era la que respondía a sus preguntas:

—Su hijo no cumple los criterios de la Alerta Amber.

—¿Por qué no?

—Tiene que haber alguna prueba de que ha sido secuestrado.

—Pero tiene dieciséis años y ha desaparecido.

—Sí.

—¿Qué prueba necesitaría?

Schlich se encogió de hombros.

—Un testigo estaría bien.

—No todos los secuestros tienen testigos.

—Es cierto, señora. Pero necesita alguna prueba de un secuestro o de peligro de daño físico. ¿Tiene alguna prueba?

Tia no los habría calificado de groseros; «condescendientes» era una palabra más acertada. Anotaron la información como es debido. No se burlaron de su preocupación, pero no tenían intención de dejarlo todo y dedicar hombres a aquel caso. Clare Schlich dejó clara su postura con preguntas y aclaraciones sobre lo que Mike y Tia le habían contado:

«¿Vigilaban el ordenador de su hijo?»

«¿Activaron el GPS del móvil de su hijo?»

«¿Estaban tan preocupados por su comportamiento que le siguieron hasta el Bronx?»

«¿Había huido antes alguna vez?»

Así. En cierto modo, Tia no culpaba a los dos policías, pero ella sólo podía ver que Adam había desaparecido.

Gutiérrez ya había hablado antes con Mike.

—¿Ha dicho que vio a Daniel Huff Junior, DJ Huff, en la calle? ¿Que podría haber salido con su hijo?

—Sí.

—Acabo de hablar con su padre. Es policía, ¿lo sabía?

192

—Lo sé.

—Ha dicho que su hijo estuvo en casa toda la noche.

Tia miró a Mike. Vio que algo explotaba dentro de sus ojos. Sus pupilas se redujeron a alfileres. Había visto antes aquella mirada. Le puso una mano en el brazo, pero no lo calmó.

—Miente —dijo Mike.

El policía se encogió de hombros. Tia vio que la cara hinchada de Mike se oscurecía. Él la miró, miró a Mo y dijo:

—Nos vamos.

El médico quería que Mike se quedara un día más, pero él no pensaba quedarse. Tia sabía que no valía la pena representar el papel de esposa preocupada. Sabía que Mike se recuperaría de sus heridas físicas. Era absurdamente resistente. Aquélla era su tercera conmoción: las dos primeras las había sufrido en la pista de hockey. Mike había perdido algunos dientes, le habían dado más puntos en la cara de lo que sería normal y se había roto la nariz dos veces y la mandíbula una vez y nunca, ni una sola vez, se había perdido un partido. En la mayoría de los casos había acabado de jugar el partido después de lesionarse.

Tia también sabía que no valía la pena discutir de esto con su marido, y tampoco le apetecía. Quería que se levantara de la cama y buscara a su hijo. Le haría más daño no hacer nada, y lo sabía.

Mo ayudó a Mike a sentarse. Tia le ayudó a vestirse. Tenía la ropa manchada de sangre. A Mike le daba igual. Se levantó. Estaban casi fuera de la habitación cuando Tia sintió que su móvil vibraba. Rogó que fuera Adam. No lo era.

Hester Crimstein no se molestó en saludar.

—¿Sabes algo de tu hijo?

—Nada. La policía no hará nada porque le considera un fugado.

—¿No lo es?

Esto hizo parar a Tia.

—No lo creo.

193

—Brett me ha dicho que le espiáis —dijo Hester.

Brett era un bocazas, pensó Tia. Qué bien.

—Vigilo su actividad en la red.

—Dilo como quieras.

—Adam no se fugaría de esta manera.

—Bueno, seguro que es la primera vez que una madre dice esto.

—Conozco a mi hijo.

—O esto —añadió Hester—. Malas noticias: no nos han dado el aplazamiento.

—Hester...

—Antes de que digas que no irás a Boston, escúchame. Ya tengo pedido un coche para recogerte. Está esperándote en la puerta del hospital.

—No puedo...

—Escúchame, Tia. Me lo debes. El chófer te llevará al aeropuerto de Teterboro, que no está lejos de tu casa. Tengo allí mi avión privado. Tienes móvil. Si surge algo, el chófer te acompañará. En el avión hay teléfono. Si te enteras de algo mientras estás en el avión, mi piloto puede llevarte en un tiempo récord. A lo mejor encuentran a Adam en Filadelfia, por decir algo. Te será útil tener un avión privado a tu disposición.

Mike miró a Tia inquisitivamente. Ella negó con la cabeza y le hizo señas para que se avanzaran. Así lo hicieron.

—Cuando llegues a Boston —siguió Hester—, haces la deposición. Si sucede algo durante la declaración, lo dejas inmediatamente y vuelves a casa con el avión privado. Es un vuelo de cuarenta y cinco minutos de Boston a Teterboro. Lo más probable es que tu hijo vuelva a casa contando cualquier excusa adolescente y que haya estado bebiendo con amigos. En cualquier caso, estarás en casa en cuestión de horas.

Tia se pellizcó el puente de la nariz.

—Lo que digo es lógico, ¿no?

—Lo es.

—Bien.

—Pero no puedo.

—¿Por qué no?

—No podría concentrarme.

—Oh, menuda tontería. Ya sabes lo que quiero que hagas con esta deposición.

—Quieres que flirtee. Mi marido está en el hospital...

—Le han dado el alta. Lo sé todo, Tia.

—Bien, mi marido ha sido agredido y mi hijo sigue desaparecido. ¿De verdad crees que estaré a la altura de flirtear en una deposición?

—¿A la altura? ¿A quién le importa si estás o no a la altura? Tienes que hacerlo y basta. Está en juego la libertad de una persona, Tia.

—Debes encontrar a otro.

Silencio.

—¿Es tu última palabra? —preguntó Hester.

—Mi última palabra —dijo Tia—. ¿Esto va a costarme el trabajo?

—Hoy no —dijo Hester—. Pero sí pronto. Porque ahora ya sé que no puedo confiar en ti.

—Trabajaré para recuperar tu confianza.

—No la recuperarás. No soy de las que dan segundas oportunidades. Tengo demasiados abogados trabajando para mí que no las necesitarán nunca. Te devolveré al trabajo aburrido hasta que lo dejes. Lástima. Creo que tienes potencial.

Hester Crimstein colgó el teléfono.

Salieron del hospital. Mike seguía mirando a su mujer.

—¿Tia?

—No quiero hablar de esto.

Mo los acompañó a casa.

—¿Qué hacemos ahora? —preguntó Tia.

Mike se tragó un analgésico.

—Quizá deberías recoger a Jill.

—De acuerdo. ¿Adónde vas tú?

—Para empezar —dijo Mike— quiero tener una pequeña charla con el capitán Daniel Huff sobre por qué ha mentido.

21

—Este tal Huff es poli, ¿no? —dijo Mo.

—Sí.

—Por lo tanto, no se dejará intimidar fácilmente.

Ya habían aparcado frente a la casa de Huff, casi exactamente donde Mike estaba la noche anterior antes de que todo explotara encima de él. No escuchó a Mo. Fue hacia la puerta como una tromba. Mo le siguió. Mike llamó y esperó. Llamó al timbre y esperó un momento.

No respondió nadie.

Mike dio la vuelta hacia la parte de atrás. Aporreó también aquella puerta. No hubo respuesta. Miró dentro colocando las manos al lado de la cara. Ningún movimiento. Incluso probó si la puerta estaba abierta. Estaba cerrada.

—¿Mike?

—Miente, Mo.

Volvieron al coche.

—¿Adónde? —preguntó Mo.

—Déjame conducir.

—No. ¿Adónde?

—A la comisaría. Al trabajo de Huff.

Era cerca, a menos de un par de kilómetros. Mike pensó en aquella ruta, en el corto trayecto que Daniel Huff recorría casi cada día para ir a trabajar. Qué suerte tener el trabajo tan cerca. Mike pensó en las horas perdidas en el coche para cruzar el puente y después se preguntó por qué pensaba en algo tan idiota y se dio cuenta de que respiraba con dificultad y que Mo lo miraba por el rabillo del ojo.

—¿Mike?

—¿Qué?

—Tienes que mantener la cabeza fría.

Mike frunció el ceño.

—Mira quién habla.

—Sí, mira quién habla. Puedes regocijarte con la ironía de que apele a tu sentido común o puedes darte cuenta de que si abogo por la prudencia, tiene que haber una razón poderosa. No puedes entrar en una comisaría para enfrentarte a un agente sin un poco de preparación.

Mike no dijo nada. La comisaría era una antigua biblioteca reformada, en una colina y con un aparcamiento espantoso. Mo se puso a dar vueltas buscando una plaza.

—¿Me has oído?

—Sí, Mo, te he oído.

Había plazas vacías delante.

—Déjame dar la vuelta hasta el aparcamiento de atrás.

—No tenemos tiempo —dijo Mike—. Yo me encargo de esto.

—Ni hablar.

Mike lo miró.

—Por Dios, Mike, tienes una pinta horrible.

—Si quieres hacerme de chófer, bien. Pero no eres mi canguro, Mo. Déjame aquí. De todos modos necesito hablar a solas con Huff. Tú le pondrías sobre aviso. Sólo puedo enfocarlo como una charla de padre a padre.

Mo paró el coche.

—Recuerda lo que acabas de decir.

—¿Qué?

—Padre a padre. Él también es padre.

—¿Y qué?

—Piénsalo.

Al levantarse Mike sintió dolor en las costillas. El dolor físico era algo curioso. Él tenía el umbral del dolor alto, y lo sabía. A veces incluso le parecía un consuelo. Le gustaba sentir dolor después de entrenarse a fondo. Le gustaba conseguir que le dolieran los músculos. Sobre el hielo, los demás intentaban intimidarte con fuertes entradas, pero a él le producían el efecto contrario. Cuando Mike recibía un buen golpe le salía el punto desafiante.

Esperaba que la comisaría estuviera tranquila. Sólo había estado en una ocasión, para pedir permiso para dejar el coche en la calle por la noche. Según las ordenanzas del pueblo era ilegal aparcar el coche en la calle a partir de las dos de la noche, pero estaban asfaltando su entrada y tuvo que ir a pedir permiso para dejar los coches fuera toda una semana. Entonces sólo había un policía en recepción y todas las demás mesas estaban vacías. En cambio ese día había al menos quince policías y todos en plena actividad.

—Buenos días.

El agente uniformado parecía demasiado joven para estar en la recepción. Tal vez éste era otro ejemplo de cómo nos influía la televisión, pero Mike siempre esperaba encontrar a un veterano curtido trabajando de cara al público, como el tipo que siempre decía a los demás «cuidaos ahí fuera» en *Hill Street Blues*. Ese chico parecía tener doce años. Él también miraba a Mike sin disimular la sorpresa y señalando su cara.

—¿Está aquí por esas magulladuras?

—No —dijo Mike.

Los demás agentes no paraban. Se pasaban papeles, se llamaban unos a otros y aguantaban teléfonos entre la cara y el cuello.

—He venido a ver al agente Huff.

—¿Se refiere al capitán Huff?

—Sí.

—¿Puedo preguntar de qué asunto se trata?

—Dígale que soy Mike Baye.

—Como ve, estamos bastante ocupados ahora mismo.

—Lo veo —dijo Mike—. ¿Ha pasado algo gordo?

El joven policía le miró expresivamente, como diciendo que no le concernía. Mike oyó algún comentario sobre un coche aparcado en un aparcamiento de un hotel Ramada, pero nada más.

—¿Por qué no se sienta mientras intento localizar al capitán Huff?

—Claro.

Mike se sentó en un banco. A su lado había un hombre trajeado, rellenando un formulario. Uno de los policías gritó:

—Ya hemos interrogado a todo el personal. Nadie recuerda haberla visto.

Mike se preguntó vagamente de qué estarían hablando, pero sólo para intentar calmarse.

Huff había mentido.

Mike no dejó de mirar al joven agente. Cuando el chico colgó, miró a Mike y éste supo que no iba a darle buenas noticias.

—¿Señor Baye?

—Doctor Baye —corrigió Mike. Esta vez puede que pareciera arrogante, pero a veces la gente trataba de otro modo a los médicos. No siempre. Pero a veces sí.

—Doctor Baye. Lo siento, pero esta mañana estamos muy ocupados. El capitán me ha pedido que le diga que le llamará en cuanto pueda.

—No puede ser —dijo Mike.

—¿Disculpe?

La comisaría era un espacio bastante abierto. Había una separación de quizá un metro de altura —¿por qué las tienen todas las comisarías? ¿A quién va a detener eso?— con una puertecita oscilante. Hacia el fondo, Mike veía una puerta que decía CAPITÁN en letras grandes. Caminó rápidamente, provocándose toda clase de dolores en sus costillas y su cara. Pasó de largo de la recepción.

—¿Señor?

—No se moleste, conozco el camino.

Abrió el pestillo y se encaminó apresuradamente hacia el despacho del capitán.

—¡Deténgase inmediatamente!

Mike no creía que el chico disparara, así que siguió caminando. Estaba frente a la puerta antes de que nadie lo interceptara. Cogió la manilla y la giró. No estaba cerrada. Abrió la puerta.

Huff estaba en su mesa hablando por teléfono.

—¿Qué coño...?

El agente joven de la recepción le siguió rápidamente, preparado para hacer un placaje, pero Huff le hizo un gesto para que se marchara.

—Tranquilo.

—Lo siento, capitán. Se ha colado.

—No te preocupes. Cierra la puerta, por favor.

El chico no parecía contento, pero obedeció. Una de las paredes era de cristal. Se quedó al otro lado mirando. Mike le miró furiosamente y después volvió su atención a Huff.

—Mentiste —dijo.

—Estoy ocupado, Mike.

—Vi a tu hijo antes de que me agredieran.

—No, no lo viste. Estaba en casa.

—Tonterías.

Huff no se puso de pie. No invitó a Mike a sentarse. Unió las manos detrás de la cabeza y se echó hacia atrás.

—En serio que ahora no tengo tiempo.

—Mi hijo estaba en tu casa. Después se fue al Bronx.

—¿Cómo lo sabes, Mike?

—El móvil de mi hijo tiene un GPS.

Huff arqueó las cejas.

—Vaya.

Seguramente ya lo sabía. Sus colegas de Nueva York se lo habrían dicho.

—¿Por qué mientes sobre esto, Huff?

—¿Qué precisión tiene ese GPS?

—¿Qué?

—Puede que no estuviera nunca con DJ. Puede que estuviera en casa de un vecino. Los Luberkin viven dos casas más abajo. O quién sabe, puede que estuviera en casa antes de que llegara yo. O quizá estaba por allí cerca y pensaba entrar, pero cambió de idea.

—¿Hablas en serio?

Llamaron a la puerta. Otro policía asomó la cabeza.

—Ha llegado el señor Cordova.

—Llévalo a la sala A —dijo Huff—. Iré enseguida.

El policía asintió y cerró la puerta. Huff se levantó. Era alto, y llevaba los cabellos peinados hacia atrás. Normalmente tenía la actitud calmosa típica de los policías, como cuando se habían encontrado frente a su casa la noche anterior. Todavía la tenía, pero el esfuerzo de mantenerla parecía estarlo consumiendo. Miró a Mike a los ojos. Mike no apartó la mirada.

—Mi hijo estuvo en casa toda la noche.

—Es mentira.

—Ahora debo irme. No pienso volver a hablar de esto contigo.

Se dirigió a la puerta, pero Mike se puso en medio.

—Necesito hablar con tu hijo.

—Apártate de mi camino, Mike.

—No.

—Tu cara.

—¿Qué pasa?

—Diría que ya te han cascado bastante —dijo Huff.

—¿Quieres ponerme a prueba?

Huff no dijo nada.

—Vamos, Huff. Ya estoy machacado. ¿Quieres volver a probar?

—¿Volver?

—Quizá estabas allí.

—¿Qué?

202

—Tu hijo estaba. Eso lo sé. Hagámoslo. Pero esta vez cara a cara. Uno contra uno. No un grupo de tíos agrediéndome cuando no me lo espero. Venga. Deja el arma y cierra la puerta de tu despacho. Di a tus colegas que nos dejen tranquilos. Veamos si eres tan duro como finges ser.

Huff sonrió a medias.

—¿Crees que eso te ayudará a encontrar a tu hijo?

Y entonces fue cuando Mike lo entendió, lo que le había dicho Mo. Él había hablado de pelear cara a cara y uno contra uno, pero lo que habría debido decir era lo que Mo había dicho: de padre a padre. Aunque recordarle esto a Huff no serviría de nada. Más bien al contrario. Mike intentaba salvar a su hijo y Huff hacía exactamente lo mismo. A Mike no le importaba nada DJ Huff y a Huff no le importaba nada Adam Baye.

Los dos estaban decididos a proteger a sus hijos. Huff pelearía para defenderlo. Ganara o perdiera, Huff no abandonaría a su hijo. Lo mismo que los demás padres —los de Clark o los de Olivia o cualquier otro— y éste había sido el error de Mike. Él y Tia estaban hablando con adultos que lanzarían una granada para proteger a su camada. Lo que necesitaban hacer era esquivar a los centinelas paternos.

—Adam ha desaparecido —dijo Mike.

—Lo comprendo.

—He hablado de esto con la policía de Nueva York. Pero ¿con quién hablo aquí para que me ayude a encontrar a mi hijo?

—Dile a Cassandra que la echo de menos —susurró Nash.

Y entonces, por fin, se acabó para Reba Cordova.

Nash fue a las unidades de almacenaje de U-Store-it de la Ruta 15, en el condado de Sussex.

Colocó la furgoneta con la parte trasera frente a la puerta del pequeño almacén tipo garaje. Había oscurecido. No había nadie a la vista y tampoco había nadie mirando. Nash había metido el cuerpo en un cubo de basura en previsión de la remota posibilidad de que alguien estuviera observando. Los almacenes eran estupendos para estas cosas. Recordaba haber leído sobre un secuestro en que los raptores habían tenido a su víctima encerrada en una de estas unidades. La víctima murió ahogada accidentalmente. Pero Nash conocía también otras historias, y algunas de ellas ponían los pelos de punta. Ves los pósteres de los desaparecidos, te preguntas qué habrá sido de ellos, de esos niños en los cartones de leche, de las mujeres que salieron un día de su casa tan contentas, y a veces, más a menudo de lo que te gustaría, están atados y amordazados e incluso con vida en lugares como éste.

Nash sabía que los policías creían que los delincuentes seguían una pauta concreta. Era posible —la mayoría de criminales eran idiotas—, pero Nash hacía todo lo contrario. Había pegado a Marianne para que no la reconocieran, pero esta vez no había tocado la cara de Reba. En parte fue por pura logística. Sabía que podía ocultar la identidad de Marianne. Pero no la de Reba. Para entonces su marido seguramente había denunciado la desaparición. Si hallaban un nuevo cadáver, aunque estuviera ensangrentado y machacado, la policía se daría cuenta de que las probabilidades de que fuera el de Reba Cordova eran elevadas.

Así que cambiaría la manera de actuar: no permitiría que encontraran el cadáver.

Ésta era la clave. Nash había abandonado el cadáver de Marianne donde pudieran encontrarlo, pero el de Reba sencillamente no aparecería. Nash había dejado el coche de la mujer en el aparcamiento del hotel. La policía creería que había ido para tener una aventura ilícita. Se centrarían en esto, lo investigarían y estudiarían su entorno para encontrar a un amante. A lo mejor Nash tenía un golpe de suerte. A lo mejor Reba sí tenía uno. Sin duda la policía se echaría encima de él. De todos modos, si no se hallaba el cadáver, no tendrían nada y probablemente darían por bueno que se había fugado. No hallarían la relación entre Reba y Marianne.

Así que la guardaría aquí. Al menos por el momento.

Pietra tenía otra vez una expresión vacua en los ojos. Hacía años había sido una joven y preciosa actriz en el país que antes se denominaba Yugoslavia. Hubo una limpieza étnica. Mataron a su marido y a su hijo ante sus ojos de la forma más horrible que pueda imaginarse. Pietra no fue tan afortunada: sobrevivió. Nash trabajaba de mercenario para los militares en aquella época. La rescató. O rescató lo que quedaba de ella. Desde entonces Pietra sólo volvía a la vida cuando tenía que actuar, como en el bar, cuando se llevó a Marianne. El resto del tiempo estaba vacía. Aquellos soldados serbios se lo habían llevado todo.

—Se lo prometí a Cassandra —dijo él—. Me comprendes, ¿no?

Pietra apartó la cabeza. Él le miró el perfil.

—Te sientes mal por ésta, ¿verdad?

Pietra no dijo nada. Metieron el cadáver de Reba en una mezcla de astillas de madera y estiércol. Serviría durante un tiempo. Nash no quería arriesgarse a robar otra matrícula. Sacó la cinta eléctrica negra y cambió la F por una E. Esto debería bastar. En un rincón del almacén tenía un montón de «disfraces» para la furgoneta. Un rótulo magnético anunciando Pinturas Tremesis. Otro que decía CAMBRIDGE INSTITUTE. Esta vez decidió poner una pegatina que había comprado en una reunión religiosa llamada El amor de Dios, en octubre pasado. La pegatina decía:

DIOS NO CREE EN ATEOS

Nash sonrió. Qué sentimiento tan bueno y devoto. Pero la clave era que te fijabas en ella. La pegó con cinta de dos caras para poder arrancarla fácilmente si lo deseaba. La gente leería la pegatina y se ofendería o se divertiría. De un modo u otro, se fijarían. Y cuando te fijas en esta clase de cosas, no te fijas en el número de la matrícula.

Subieron al coche.

Hasta que conoció a Pietra, Nash nunca se había tragado que los ojos fueran el espejo del alma. Pero en este caso saltaba a la vista. Tenía unos ojos preciosos, azules con chispas amarillas, y aun así podías ver que no había nada dentro de ellos, que algo había apagado la vela y que nunca volvería a encenderse.

—Debe hacerse, Pietra. Tú lo sabes.

Por fin ella habló.

—Tú disfrutas.

No era un tono sentencioso. Hacía demasiado que conocía a Nash para que éste le mintiera.

—¿Y qué?

Ella miró a otro lado.

—¿Qué sucede, Pietra?

—Sabes lo que le pasó a mi familia —dijo.

Nash no dijo nada.

—Vi cómo mi hijo y mi marido sufrían de una forma horrible. Y ellos me vieron sufrir a mí. Ésa fue su última visión antes de morir: yo sufriendo con ellos.

—Lo sé —dijo Nash—. Y dices que yo disfruto con esto. Pero normalmente tú también, ¿no?

Ella respondió sin vacilar.

—Sí.

La gente suele pensar que la víctima de actos de horrible violencia sentirá una repulsión natural ante futuros derramamientos de sangre, cuando es todo lo contrario. La verdad es que el mundo no funciona así. La violencia engendra violencia, pero no sólo en la forma evidente de la venganza. Al crecer, el niño que ha sufrido abusos puede que abuse de niños. El hijo traumatizado por el padre por maltratar a su madre es más que probable que un día pegue a su propia mujer.

¿Por qué? ¿Por qué los seres humanos no aprendemos las lecciones que deberíamos aprender? ¿De qué estamos hechos que hace que nos sintamos atraídos por lo que debería repugnarnos? Después de que Nash la salvara, Pietra había clamado venganza. Era en lo único en lo que pensó durante su recuperación. Tres semanas después de que le dieran de alta en el hospital, Nash y Pietra localizaron a uno de los soldados que había torturado a su familia. Lo agredieron cuando estaba solo. Nash lo ató y lo amordazó. Dio a Pietra unas tijeras de podar y la dejó sola con él. El soldado tardó tres días en morir. Al final del primer día, el soldado suplicaba a Pietra que lo matara. Pero no le mató.

Disfrutó de cada momento.

Al final, las personas suelen encontrar poca recompensa en la venganza. Se sienten vacías después de hacer algo tan horrible a otro ser humano, aunque crean que se lo merece. Pietra no. La experiencia sólo le hizo desear más. Y por eso en gran parte ahora estaba con él.

—¿Qué es diferente esta vez? —preguntó Nash.

Esperó. Ella se tomó su tiempo, pero finalmente lo dijo.

—La ignorancia —dijo Pietra en tono bajo—. No saber nunca. Infligir dolor... lo hacemos y no tengo problema. —Volvió a mirar el almacén—. Pero que un hombre tenga que pasar el resto de su vida preguntándose qué le pasó a la mujer que amaba. —Sacudió la cabeza—. Eso me parece peor.

Nash le puso una mano en el hombro.

—Ahora no se puede evitar. Lo comprendes, ¿no?

Ella asintió mirando fijamente delante.

—Pero ¿algún día?

—Sí, Pietra. Algún día. Cuando acabemos, le haremos saber la verdad.

22

Cuando Guy Novak paró el coche en la entrada de su casa, tenía las manos a las dos y diez. Apretaba el volante con tanta fuerza que tenía los nudillos blancos. Se quedó un rato así, con el pie en el freno, esperando sentir algo que no fuera su tremenda impotencia.

Miró su reflejo en el espejo retrovisor. Sus cabellos empezaban a clarear y había empezado a dejar que los que le quedaban le cayeran hacia la oreja. Todavía no era una forma descarada de taparse la calva, pero ¿no es esto lo que piensan todos? Esa parte va bajando tan lentamente que no te percatas de cuánto de un día para otro o de una semana para otra y, sin que te des cuenta, un día la gente empieza a burlarse de ti a tus espaldas.

Guy miró al hombre del espejo y no podía creer que fuera él. Sin embargo, los cabellos seguirían cayendo. Esto no tenía vuelta de hoja. Y eran mejor cuatro pelos que una calva reluciente.

Apartó una mano del volante, puso punto muerto y cerró el contacto. Echó otra mirada al hombre del retrovisor.

Lastimoso.

Aquello ni siquiera era un hombre. Pasar frente a una casa con el coche y reducir la velocidad, vaya, qué miedo. Échale huevos, Guy, ¿o tienes demasiado miedo de hacerle algo a ese cabronazo que ha destrozado la vida de tu hija?

¿Qué clase de padre eres? ¿Qué clase de hombre?

Un padre penoso.

Sí, claro, Guy protestó ante el director como un chiquillo chivato. El director se había mostrado muy solidario, pero no hizo nada. Lewiston seguía dando clase. Lewiston seguía volviendo a casa cada noche, donde besaba a su bonita esposa y probablemente levantaba a su hija en brazos y escuchaba sus risas. La esposa de Guy, la madre de Yasmin, se había marchado cuando la niña tenía menos de dos años. Casi todo el mundo culpaba a su ex por abandonar a su familia, pero la verdad era que Guy no era suficientemente hombre. Así que su ex había empezado a ligar y al cabo de un tiempo dejó de importarle que él lo supiera.

Ésa había sido su esposa. Él no había sido bastante fuerte para retenerla. Bueno, eso era una cosa.

Pero ahora estaban hablando de su hija.

Yasmin. Su preciosa hija. La única cosa viril que había hecho en toda su vida. Tener una hija. Educarla. Ser su cuidador principal.

¿Protegerla no era su obligación principal?

Buen trabajo, Guy.

Y ahora no era bastante hombre para luchar por ella. ¿Qué habría dicho el padre de Guy de haberlo sabido? Se habría reído y le habría mirado con una expresión que le habría hecho sentirse inútil. Le habría llamado miedica porque si le hubieran hecho algo así a alguien del entorno del viejo, George Novak le habría partido la cara.

Esto era lo que Guy deseaba hacer fervientemente.

Bajó del coche y subió por el paseo. Llevaba doce años viviendo allí. Recordaba cuando llevó a su ex de la mano al acercarse a la casa por primera vez, y la manera en que ella le sonreía. ¿Entonces ya se estaba acostando con otros sin que él lo supiera? Probablemente. Después de que se marchara, Guy se pasó años preguntándose si Yasmin sería realmente su hija. Intentaba apartar ese pensamiento, intentaba convencerse de que no importaba, intentaba ignorar la duda que lo consumía. Pero al final no pudo soportarlo más. Dos años atrás, Guy solicitó una prueba de paternidad con discreción. Tardó tres espantosas semanas en tener los resultados, pero al final valió la pena.

Yasmin era su hija.

Esto también podía sonar penoso, pero saber la verdad le hizo mejor padre. Se aseguró de que fuera feliz. Puso las necesidades de su hija por encima de las suyas. Amaba a Yasmin y la cuidaba y nunca la despreciaba como había hecho su padre con él.

Pero no la había protegido.

Se paró a mirar su casa. Si iba a ponerla en venta, no le iría mal una mano de pintura. También sería necesario recortar los setos.

—¡Hola!

La voz de la mujer era desconocida. Guy se volvió y entornó los ojos deslumbrado. Se quedó de piedra al ver a la esposa de Lewiston bajando de un coche. La mujer tenía la cara contorsionada de rabia. Se dirigió hacia él.

Guy se quedó quieto.

—¿Qué cree que está haciendo —dijo ella—, pasando frente a mi casa?

Guy, que nunca había sido bueno con las respuestas ingeniosas, contestó:

—Estamos en un país libre.

Dolly Lewiston no se detuvo. Se lanzó sobre él con tal rapidez que Guy temió que fuera a pegarle. De hecho, levantó las manos y retrocedió un paso. El enclenque patético de siempre. Atemorizado no sólo por defender a su hija, sino también por la esposa de su torturador.

La mujer se paró y agitó un dedo ante su cara.

—No se acerque a mi familia, ¿entendido?

Guy tardó un momento en reaccionar.

—¿Sabe lo que le hizo su marido a mi hija?

—Cometió un error.

—Se burló de una niña de once años.

—Sé lo que hizo. Fue una estupidez. Lo siente mucho. No tiene idea de cuánto.

—Ha hecho de la vida de mi hija un infierno.

—¿Y qué quiere? ¿Hacer lo mismo con la nuestra?

—Su marido debería dimitir —dijo Guy.

—¿Por una metedura de pata?

—Le ha robado la infancia a Yasmin.

—Se está poniendo melodramático.

—¿De verdad no se acuerda de lo que era ser el niño del que todos se burlan cada día? Mi hija era feliz. No perfecta, eso no. Pero era feliz. Y ahora...

—Mire, lo siento, de verdad. Pero quiero que no se acerque a mi familia.

—Si le hubiera pegado, si la hubiera abofeteado o algo así, se habría marchado, ¿no? Lo que le hizo a Yasmin fue peor.

Dolly Lewiston hizo una mueca.

—¿Habla en serio?

—No pienso olvidarlo.

Ella dio un paso más. Esta vez Guy no retrocedió. Sus caras estaban quizá a un palmo y medio de distancia, no más. La voz de ella se convirtió en un susurro.

—¿De verdad cree que un insulto es lo peor que le puede pasar? Él abrió la boca pero no le salió nada.

—Está acosando a mi familia, señor Novak. A mi familia. A las personas que amo. Mi marido cometió un error. Se disculpó. Pero usted sigue queriendo atacarnos. Y si es así, nos defenderemos.

—Si se refiere a una demanda...

Ella soltó una risita.

—Oh, no —dijo ella, todavía en un susurro—. No hablo de juicios.

—¿De qué entonces?

Dolly Lewiston ladeó la cabeza a la derecha.

—¿Alguna vez le han agredido físicamente, señor Novak?

—¿Es una amenaza?

—Es una pregunta. Ha dicho que lo que hizo mi marido era peor que una agresión física. Se lo aseguro, señor Novak. No lo es. Conozco a gente. Si hablo con ellos, si menciono que alguien intenta hacerme daño, vendrán aquí una noche mientras duerme. Mientras su hija duerme.

A Guy se le secó la boca. Intentó impedir que las rodillas se le volvieran de goma.

—Esto sí suena a amenaza, señora Lewiston.

—No lo es. Es un hecho. Si quiere atacarnos, no nos quedaremos de brazos cruzados. Iré a por usted con todas mis armas. ¿Me comprende?

Él no contestó.

—Hágase un favor, señor Novak. Preocúpese de cuidar a su hija, y deje en paz a mi marido. Olvídelo.

—No lo haré.

—Entonces el sufrimiento apenas ha empezado.

Dolly Lewiston se volvió y se marchó sin decir nada más. Guy Novak sintió que le fallaban las piernas. Se quedó quieto viendo cómo ella subía al coche y se marchaba. Ella no miró atrás, pero él podía ver que sonreía.

«Está loca», pensó Guy.

Pero ¿significaba esto que debía olvidarlo? ¿No lo había hecho toda su vida? ¿No era éste el problema desde el principio: que era un hombre que se dejaba avasallar?

Abrió la puerta de la casa y entró.

—¿Va todo bien?

Era Beth, su última novia. Se esforzaba demasiado para agradar. Todas lo hacían. Había tal escasez de hombres en su franja de edad que todas se esforzaban mucho por agradar y no parecer desesperadas y ninguna de ellas conseguía disimularlo del todo. Era lo que tenía la desesperación. Podías intentar disimularla, pero su olor lo impregnaba todo.

Guy deseaba poder pasar de esto. Deseaba que las mujeres también pudieran pasar de esto, y que llegaran a verle. Pero las cosas estaban así y todas sus relaciones se quedaban a un nivel superficial. Las mujeres deseaban más. Intentaban no ser insistentes y sólo esto ya parecía insistente. Las mujeres eran cuidadoras. Querían acercarse. Él no. Pero de todos modos aguantaban hasta que él rompía con ellas.

—Todo va bien —dijo Guy—. Siento haber tardado tanto.

—No te preocupes.

—¿Las niñas están bien?

—Sí. La madre de Jill ha venido a recogerla. Yasmin está en su habitación.

—De acuerdo. Bien.

—¿Tienes hambre, Guy? ¿Quieres que te prepare algo de comer?

—Sólo si tú también comes.

Beth se animó un poco y por algún motivo esto le hizo sentir culpable. Las mujeres con las que salía le hacían sentir al mismo tiempo inútil y superior. De nuevo, lo consumieron los sentimientos de autoodio.

Ella se acercó y le besó en la mejilla.

—Ve a descansar y yo prepararé algo.

—Perfecto, sólo tengo que echar un vistazo a mi correo.

Pero cuando Guy encendió el ordenador sólo tenía un mensaje nuevo. Venía de una cuenta anónima de Hotmail y el breve mensaje le heló la sangre en las venas.

Hazme caso, por favor. Tienes que esconder mejor tu pistola.

Tia casi deseaba haber aceptado la oferta de Hester Crimstein. Estaba en casa preguntándose si alguna vez se había sentido más inútil en toda su vida. Llamó a los amigos de Adam, pero nadie sabía nada. El miedo la volvía loca. Jill, que no era tonta cuando se trataba de sus padres, sabía que pasaba algo muy malo.

—¿Dónde está Adam, mamá?

—No lo sabemos, cielo.

—He llamado a su móvil —dijo Jill—. Pero no contesta.

—Lo sé. Le estamos buscando.

Miró a su hija a los ojos. Era tan madura. El segundo hijo crece de una forma muy diferente al primero. Se protege exageradamente al primero. Vigilas todos sus pasos. Crees que cada una de sus respiraciones forma parte de un plan divino. La tierra, la luna, las estrellas, el sol, todo gira en torno a tu primogénito.

Tia pensó en secretos, en pensamientos y miedos íntimos, y en cómo había intentado descubrir los de sus hijos. Se preguntó si la desaparición confirmaría que había estado en lo cierto o se equivocaba. Todos tenemos problemas, lo sabía. Tia tenía problemas de ansiedad. Obligaba a los niños a ponerse casco cuando practicaban cualquier deporte y gafas también, si hacía falta. Esperaba en la parada de autobús hasta que habían subido, incluso ahora que Adam era demasiado mayor para tratarlo así y no se lo habría permitido, así que se escondía y observaba. No le gustaba que cruzaran calles con mucho tráfico o fueran al centro de la ciudad con la bici. No le gustaba dejar que otros los acompañaran a la escuela porque las otras madres podían no ser conductoras tan prudentes como ella. Escuchaba todas las historias de tragedias infantiles: accidentes de coche, ahogamientos en piscinas, secuestros, accidentes aéreos, todo. Escuchaba y después se iba a casa y lo buscaba en la red y leía todos los artículos que encontraba y, aunque Mike suspirara e intentara tranquilizarla hablando de probabilidades para demostrarle que su ansiedad no tenía fundamento, no le servía de nada.

Las probabilidades escasas seguían afectando a alguien. Y ahora le estaba sucediendo a ella.

¿Realmente tenía un problema de ansiedad o Tia estaba en lo cierto desde el comienzo?

De nuevo sonó el teléfono de Tia y ella lo cogió rápidamente, esperando con todas sus fuerzas que fuera Adam. No era él. El número estaba oculto.

—¿Diga?

—¿Señora Baye? Soy la detective Schlich.

La policía alta del hospital. Otra vez la asaltó el miedo. Crees que dejarás de sentir más dolor, pero las puñaladas nunca te aturden del todo.

—Sí.

—Han encontrado el teléfono de su hijo en un contenedor, no muy lejos de donde atacaron a su marido.

—Entonces ¿estuvo allí?

—Bueno, sí, ya es lo que creíamos.

—Y alguien le robó el teléfono.

—Ésta es otra cuestión. La razón más plausible para tirar el móvil es que alguien, probablemente su hijo, vio a su marido allí y se dio cuenta de que le habían seguido.

—Pero no lo puede saber.

—No, señora Baye. No lo puedo saber.

—¿Esto hará que se tomen más en serio el caso?

—Siempre lo hemos tomado en serio —dijo Schlich.

—Ya sabe a qué me refiero.

—Sí. Mire, a esa calle la llamamos Callejón del Vampiro porque no hay nadie durante el día. Nadie. Así que esta noche, cuando abran los clubes y los bares, iremos y haremos algunas preguntas.

Faltaban horas para la noche.

—Si surge algo más, se lo comunicaremos.

—Gracias.

Tia estaba colgando el teléfono cuando vio el coche que paraba en su entrada. Se acercó a la ventana y vio a Betsy Hill, la madre de Spencer, bajando del vehículo y dirigiéndose a la puerta.

Ilene Goldfarb se despertó temprano aquella mañana y encendió la cafetera. Se puso la bata y las zapatillas y salió fuera a recoger el periódico. Su marido, Herschel, seguía durmiendo. Su hijo, Hal, había llegado tarde como corresponde a un adolescente en el último año de instituto. Hal ya había sido aceptado en Princeton, su alma máter. Había trabajado mucho para entrar allí. Ahora se divertía y a ella le parecía estupendo.

El sol de la mañana calentaba la cocina. Ilene se sentó en su silla favorita y recogió las piernas bajo el cuerpo. Apartó las revistas médicas. Las había a montones. No sólo era una cirujana de trasplantes famosa, sino que su marido era considerado el primer cardiólogo del norte de Nueva Jersey, y ejercía en el Valley Hospital de Ridgewood.

Ilene se tomó el café y leyó el periódico. Pensó en los placeres sencillos de la vida y en las pocas veces que se los permitía. Pensó en Herschel, arriba, en lo guapo que era cuando se conocieron en la facultad, cómo habían sobrevivido a los horarios inhumanos y a los rigores de la facultad, el internado, la residencia, la especialidad, el trabajo. Pensó en sus sentimientos hacia él, y en cómo se habían serenado con los años en algo que para ella era reconfortante, en que Herschel había querido hablar con ella hacía poco para insinuar una «separación de prueba» ahora que Hal estaba a punto de abandonar el nido.

—¿Qué nos queda? —Había preguntado Herschel, abriendo expresivamente las manos—. ¿Cuando piensas en nosotros como pareja, qué nos queda, Ilene?

Sola en la cocina, a pocos metros de donde su esposo desde hacía veinticuatro años le había hecho la pregunta, todavía sentía resonar sus palabras.

Ilene se había esforzado mucho y había trabajado como una loca, había ido a por todas, y lo había conseguido: una carrera increíble, una familia maravillosa, una casa grande, el respeto de colegas y amigos. Ahora su marido se preguntaba qué les quedaba.

¿Qué? El descenso había sido tan suave, tan gradual, que ella no había llegado a verlo. O no había querido verlo. O simplemente no había deseado más. ¿Cómo saberlo?

Miró hacia la escalera. Se sintió tentada de subir en ese preciso momento, meterse en la cama con Herschel y hacer el amor durante horas, como solían hacer hacía muchos años, y eliminar ese «qué nos queda» de su cabeza. Pero no logró levantarse. No podía. Así que leyó el periódico, tomó café y se secó los ojos.

—Hola, mamá.

Hal abrió la nevera y bebió directamente del envase de zumo de naranja. En otro momento Ilene le habría reprendido —lo había intentado durante años—, pero la verdad era que Hal era el único que bebía zumo de naranja y que se desperdiciaba demasiado tiempo en esta clase de cosas. Ahora se marchaba a la universidad. El tiempo que pasarían juntos acababa. ¿Para qué llenarlo de tonterías como ésa?

—Hola, mi vida. ¿Llegaste tarde?

Él bebió un poco más, y se encogió de hombros. Llevaba pantalones cortos y una camiseta gris. Tenía una pelota de baloncesto bajo el brazo.

—¿Vas a jugar al gimnasio del instituto? —preguntó ella.

—No, al Heritage. —Tomó otro trago y preguntó—: ¿Te encuentras bien?

—¿Yo? Sí, claro. ¿Por qué lo dices?

—Tienes los ojos rojos.

—Estoy bien.

—Y vi llegar a esos tipos.

Se refería a los agentes del FBI. Habían ido a hacerle preguntas sobre la consulta, sobre Mike, y sobre cosas que para ella no tenían ningún sentido. Normalmente habría hablado de ello con Herschel, pero ahora parecía más ocupado preparando el resto de su vida sin ella.

—Creía que estabas fuera —dijo.

—Me paré a recoger a Ricky y pasé por aquí al volver. Parecían polis o algo así.

Ilene Goldfarb no dijo nada.

—¿Lo eran?

—No tiene importancia. No te preocupes.

Lo dejó correr, botó la pelota y salió. Veinte minutos después, sonó el teléfono. Ilene miró el reloj. Las ocho. A esa hora la llamada tenía que ser del hospital, aunque no estuviera de guardia. Las recepcionistas a menudo cometían errores y mandaban los mensajes al médico equivocado.

Miró el identificador y vio que decía LORIMAN.

Ilene descolgó y contestó.

—Soy Susan Loriman —dijo la voz.

—Sí, buenos días.

—No quiero hablar de esto con Mike... —Susan Loriman calló como si buscara las palabras— de esta situación. De encontrar un donante para Lucas.

—Lo comprendo —dijo ella—. El martes tengo consulta, si le viene...

—¿Podría recibirme hoy?

Ilene estaba a punto de negarse. Lo último que deseaba ahora era proteger o ayudar a una mujer que se había metido en un lío como ése. Pero no se trataba de Susan Loriman, se recordó a sí misma. Se trataba de su hijo y el paciente de Ilene, Lucas.

—Imagino que sí.

23

Tia abrió la puerta antes de que Betsy Hill pudiera llamar y preguntó sin preámbulos:

—¿Sabes dónde está Adam?

La pregunta sobresaltó a Betsy Hill. Abrió mucho los ojos y se paró. Vio la cara de Tia y sacudió la cabeza rápidamente.

—No —dijo—, no tengo ni idea.

—Entonces ¿a qué has venido?

Betsy Hill negó con la cabeza.

—¿Adam ha desaparecido?

—Sí.

La cara de Betsy palideció. Tia sólo podía imaginar el horrible recuerdo que aquello le evocaba. ¿No había ya pensado Tia en lo parecido que era todo aquello a lo que le había ocurrido a Spencer?

—¿Tia?

—Sí.

—¿Habéis mirado en la azotea del instituto?

Donde hallaron a Spencer.

No hubo más palabras ni discusiones. Tia gritó a Jill que volvía enseguida —Jill pronto sería lo bastante mayor para dejarla sola a ratos y no se podía evitar— y entonces ambas mujeres corrieron hacia el coche de Betsy Hill.

Condujo Betsy. Tia estaba paralizada en el asiento del pasajero. Habían avanzado un par de calles cuando Betsy dijo:

—Ayer hablé con Adam.

Tia oyó las palabras, pero no las comprendió realmente.

—¿Qué?

—¿Sabes el recordatorio que crearon para Spencer en My-Space?

Tia intentó despejar la niebla y prestar atención. El recordatorio en MySpace. Recordaba que le habían hablado de él hacía meses.

—Sí.

—Había una foto nueva colgada.

—No comprendo.

—Se tomó justo antes de que Spencer muriera.

—Creía que estaba solo, la noche en que murió —dijo Tia.

—Yo también.

—Sigo sin comprender.

—Creo que Adam estaba con Spencer aquella noche —dijo Betsy Hill.

Tia se volvió a mirarla. Betsy Hill tenía los ojos fijos en la carretera.

—¿Y ayer hablaste de esto con él?

—Sí.

—¿Dónde?

—En el aparcamiento de la escuela.

Tia recordó los mensajes instantáneos con CeJota8115:

¿Qué pasa?

Su madre me ha abordado después de clase.

—¿Por qué no acudiste a mí? —preguntó Tia.

—Porque no quería oír tu explicación, Tia —dijo Betsy. Su voz tenía un punto de histeria—. Quería oír la de Adam.

El instituto, un edificio ancho de ladrillos sosos, se alzaba en la distancia. Betsy apenas había parado el coche cuando Tia ya había bajado y corría hacia el edificio de ladrillo. Recordaba que el cuerpo de Spencer había sido hallado en una de las azoteas más bajas, un escondrijo famoso para fumar desde tiempos inmemoriales. Una de las ventanas tenía un saliente. Los alumnos saltaban sobre él y de allí escalaban el canalón.

—Espera —gritó Betsy Hill.

Pero Tia estaba casi arriba. Aunque era sábado, había muchos coches en el aparcamiento. Todoterrenos y monovolúmenes. Había partidos de béisbol infantiles y revisiones de fútbol. Había padres en los márgenes con tazas de Starbucks en la mano, hablando por el móvil, sacando fotos con teleobjetivos, manoseando BlackBerrys. A Tia nunca le había gustado acudir a los actos deportivos de Adam porque, por mucho que se esforzara, se acababa involucrando demasiado. Detestaba a los padres prepotentes que vivían y respiraban para las proezas atléticas de sus hijos —le parecían a la vez mezquinos y dignos de compasión— y no quería parecerse en nada a ellos. Pero cuando era testigo de la competencia de su propio hijo, le preocupaba tanto la felicidad de Adam, que sus altos y bajos la consumían.

Tia se secó las lágrimas y siguió corriendo. Cuando llegó al saliente, se paró en seco.

Ya no estaba donde debía estar.

—Lo eliminaron después de hallar a Spencer —dijo Betsy, llegando detrás de ella—. Querían asegurarse de que los alumnos no pudieran volver a subir. Lo siento. Lo había olvidado.

Tia miró hacia arriba.

—Los niños siempre encuentran otra manera de subir —dijo.

—Lo sé.

Tia y Betsy buscaron otra manera de subir, pero no la encontraron. Corrieron hacia la entrada principal. La puerta estaba cerrada, así que la golpearon hasta que apareció un guardia con el nombre KARL bordado en el uniforme.

—Está cerrado —dijo Karl a través de la puerta de cristal.

—Tenemos que subir a la azotea —gritó Tia.

—¿A la azotea? —Frunció el ceño—. ¿Para qué quieren subir?

—Tiene que dejarnos pasar, por favor —suplicó Tia.

El guardia miró hacia la derecha y cuando vio a Betsy Hill, se sobresaltó. Sin duda la había reconocido. Sin añadir nada más, cogió las llaves y abrió la puerta.

—Por aquí —dijo.

Todos echaron a correr. A Tia le latía el corazón con tanta fuerza que estaba segura de que le estallaría dentro de la caja torácica. Todavía tenía los ojos llenos de lágrimas. Karl abrió una puerta y señaló el rincón. Había una escalera clavada a la pared, de las que normalmente se asocian a un submarino. Tia no dudó. Corrió hacia ella y trepó. Betsy Hill la siguió de cerca.

Llegaron a la azotea, pero estaban en el lado contrario del que querían estar. Tia corrió sobre la grava y el alquitrán, con Betsy pisándole los talones. Las azoteas estaban a distintos niveles. En un caso tuvieron que saltar casi un piso entero. Ambas saltaron sin dudar.

—Detrás de aquel rincón —gritó Betsy.

Dieron la vuelta hacia la azotea a la que querían llegar y se detuvieron.

No había ningún cuerpo.

Esto era lo principal. Adam no estaba. Pero sí había habido gente.

Había botellas de cerveza rotas. Había colillas y lo que parecían restos de canutos. ¿Cómo los llamaban? Tachas. Pero esto no fue lo que paralizó a Tia.

Había velas.

Docenas de velas. La mayoría estaban totalmente consumidas. Tia se acercó y las tocó. Los restos estaban casi todos endurecidos, pero uno o dos seguían estando maleables, como si se hubieran quemado hacía poco.

Tia se volvió. Betsy Hill estaba detrás de ella. No se movió. No lloró. Se quedó mirando las velas en silencio.

—¿Betsy?

—Allí es donde hallaron el cuerpo de Spencer —dijo.

Tia se puso en cuclillas, miró las velas, supo que le sonaban.

—Justo donde están las velas. En ese lugar concreto. Vine antes de que se llevaran a Spencer. Insistí en venir. Querían bajarlo, pero yo dije que no. Primero quería verlo. Quería ver dónde había muerto mi hijo.

Betsy dio un paso más. Tia no se movió.

—Utilicé el saliente, el que han eliminado. Uno de los agentes de policía intentó echarme una mano. Lo mandé a la mierda. Los hice retroceder a todos. Ron creía que me había vuelto loca. Intentó disuadirme, pero yo subí. Y Spencer estaba allí. Donde estás tú ahora. Estaba de costado. Tenía las piernas encogidas en posición fetal. Así era como dormía siempre. En posición fetal. Hasta los diez años se chupaba el dedo para dormir. ¿Miras a tus hijos mientras duermen, Tia?

Tia asintió.

—Creo que todos los padres lo hacen.

—¿Por qué crees que lo hacemos?

—Porque parecen muy inocentes.

—Quizá. —Betsy sonrió—. Pero yo creo que es porque podemos contemplarlos y maravillarnos y no nos sentimos raros. Si los miras así durante el día, se creerían que estás chiflada. Pero mientras duermen...

Se le quebró la voz. Echó un vistazo y dijo:

—Esta azotea es muy grande.

Tia estaba confundida con el cambio de tema.

—Eso parece.

—La azotea —repitió Betsy—. Es grande. Hay botellas rotas por todas partes.

Miró a Tia. Sin saber exactamente qué decir, se decidió por:

—Entendido.

—Los que quemaron estas velas —siguió Betsy— eligieron el punto exacto en el que encontraron a Spencer. No salió en el periódico. ¿Cómo lo sabían, entonces? Si Spencer estaba solo aquella noche, ¿cómo sabían dónde había muerto exactamente para encender las velas?

Mike llamó a la puerta.

Se quedó en el escalón y esperó. Mo se quedó en el coche. Estaban a menos de dos kilómetros de donde habían agredido a Mike la noche anterior. Deseaba volver al callejón, ver si podía recordar algo o deducir algo, lo que fuera. No tenía la más mínima pista. Se movía, indagaba y esperaba que algo le condujera más cerca de su hijo.

Sabía que esta parada probablemente era su mejor baza.

Llamó a Tia y le dijo que no había sacado nada de Huff. Tia le había contado su visita con Betsy Hill a la escuela. Betsy seguía en la casa.

—Adam ha estado más retraído desde el suicidio —dijo Tia.

—Lo sé.

—Puede que aquella noche sucediera algo más.

—¿Como qué?

Silencio.

—Betsy y yo tenemos que hablar —dijo Tia.

—Sé prudente, ¿de acuerdo?

—¿Qué quieres decir?

Mike no contestó, pero ambos lo sabían. La verdad era que, por horrible que pareciera, sus intereses y los de los Hill no eran del todo armónicos. Ninguno de los dos quería decirlo. Pero ambos lo sabían.

—Primero encontrémoslo —dijo Tia.

—Es lo que intento. Tú inténtalo a tu manera, y yo a la mía.

—Te quiero, Mike.

—Yo también te quiero.

Mike volvió a llamar. No hubo ninguna respuesta. Iba a llamar por tercera vez cuando se abrió la puerta. Anthony el gorila apareció en el umbral. Dobló sus brazos enormes y dijo:

—Está hecho un mapa.

—Gracias, muy amable.

—¿Cómo me ha encontrado?

—Entré en la red y busqué fotografías recientes del equipo de fútbol de Dartmouth. Se licenció el año pasado. Su dirección está en la página de alumnos.

—Qué listo —dijo Anthony con una sonrisita—. Los de Dartmouth somos muy listos.

—Me agredieron en el callejón.

—Sí, ya lo sé. ¿Quién cree que llamó a la policía?

—¿Usted?

Él se encogió de hombros.

—Vamos. Demos una vuelta.

Anthony salió y cerró la puerta. Iba vestido con ropa de deporte. Unos pantalones cortos y una de esas camisetas sin mangas ajustadas que se habían puesto de moda no sólo con tipos como Anthony, que podían permitírselas, sino con los de la edad de Mike que sencillamente no podían.

—Esto es sólo un trabajito de verano —dijo Anthony—. Lo del club. Pero me gusta. En otoño pienso ir a la facultad de derecho de Columbia.

—Mi esposa es abogada.

—Sí, lo sé. Y usted es médico.

—¿Cómo lo sabe?

Sonrió.

—Usted no es el único que puede utilizar sus relaciones universitarias.

—¿Me buscó en la red?

—No. Llamé al actual entrenador de hockey, un tipo llamado Ken Karl, que también había trabajado de entrenador defensivo en el equipo de fútbol. Le describí, le dije que afirmaba haber sido elegido mejor jugador aficionado nacional. Dijo «Mike Bayc» enseguida. Dice que era uno de los mejores jugadores de hockey que han pasado por la escuela. Todavía goza de cierta reputación.

—¿Significa esto que tenemos algo en común, Anthony?

El hombretón no contestó.

Bajaron los escalones. Anthony dobló a la derecha. Un hombre que venía en dirección contraria gritó: «¡Eh, Ant!», y los dos hombres realizaron un complicado apretón de manos antes de continuar.

—Cuénteme qué sucedió anoche —suplicó Mike.

—Tres o cuatro hombres le dieron una paliza brutal. Oí el jaleo. Cuando llegué, estaban huyendo. Uno de ellos tenía una navaja. Creía que se lo habían cargado.

—¿Les asustó usted?

Anthony se encogió de hombros.

—Gracias.

Otro encogimiento de hombros.

—¿Llegó a verlos?

—Las caras no. Pero eran blancos. Con muchos tatuajes. Vestidos de negro. Mugrientos, flacos y sin duda colocados a lo bestia. Muy rabiosos. Uno se agarraba la nariz y maldecía. —Anthony sonrió—. Creo que se la partió.

—¿Y fue usted quien llamó a la policía?

—Sí. No entiendo cómo no está en la cama. Creía que estaría fuera de circulación al menos una semana.

Siguieron caminando.

—Anoche, el chico de la chaqueta universitaria —dijo Mike—. ¿Le había visto antes?

Anthony no dijo nada.

—También reconoció a mi hijo.

Anthony paró. Sacó unas gafas que llevaba colgadas de la camiseta y se las puso. Le tapaban los ojos. Mike esperó.

—Nuestra gran conexión no llega tan lejos, Mike.

—Ha dicho que le sorprendía que no estuviera en cama.

—Y me sorprende.

—¿Quiere saber por qué?

Él se encogió de hombros.

—Mi hijo sigue desaparecido. Se llama Adam. Tiene dieciséis años, y creo que corre un gran peligro.

Anthony siguió caminando.

—Siento oírle decir eso.

—Necesito información.

—¿Le parece que soy las Páginas Amarillas? Yo vivo aquí. No hablo de las cosas que veo.

—No me venga con esa estupidez del código de la calle.

—Pues usted no me venga a mí con esa estupidez de que los «alumnos de Dartmouth se apoyan».

Mike puso una mano en el gran brazo del hombre.

—Necesito su ayuda.

Anthony se apartó y siguió caminando, ahora más rápido. Mike corrió detrás de él.

—No me marcharé, Anthony.

—No creía que fuera a marcharse —dijo él. Se detuvo-. ¿Le gustaba aquello?

—¿Qué?

—Dartmouth.

—Sí —dijo Mike—. Me gustaba mucho.

—A mí también. Era como otro mundo. Usted ya me entiende.

—Sí.

—En este barrio nadie conocía aquella escuela.

—¿Cómo acabó allí?

Él sonrió y se ajustó las gafas.

—¿Quiere decir un negrata de la calle como yo en la pura y blanca Dartmouth?

—Sí —dijo Mike—. Eso es exactamente lo que quiero decir.

—Era un buen jugador de fútbol, quizá muy bueno. Me reclutó la División 1A. Podría haber sido de los diez mejores.

—¿Pero?

—Pero yo conocía mis limitaciones. No era bastante bueno para ser profesional. ¿Qué sentido tenía entonces? Sin educación y un diploma de risa. Así que me fui a Dartmouth. Carrera gratis y un título en artes liberales. Pase lo que pase, siempre tendré un título de la Ivy League.

—Y ahora irá a la Universidad de Columbia.

—Así es.

—¿Y después? ¿Cuando se haya graduado?

—Me quedaré en el barrio. No he hecho esto para salir de aquí. Me gusta esto. Quiero mejorarlo.

—Está bien ser un tío legal.

—Sí, y está mal ser un chivato.

—No puede pasar de esto, Anthony.

—Sí, ya.

—En otras circunstancias, me encantaría seguir charlando de nuestra alma máter —dijo Mike.

—Pero tiene que salvar a su hijo.

—Así es.

—He visto a su hijo otras veces, creo. Bueno, a mí todos me parecen iguales, con esa ropa negra y las caras malhumoradas, como si el mundo les debiera algo y eso les cabreara. Me cuesta simpatizar con ellos. Aquí la gente se coloca para escapar. ¿De qué tienen que escapar esos mocosos?: ¿de una gran casa y unos padres que los adoran?

—No es tan sencillo —dijo Mike.

—Ya me lo imagino.

—Yo también salí de la nada. A veces creo que es más fácil. La ambición es natural cuando no tienes nada. Sabes lo que quieres.

Anthony no dijo nada.

—Mi hijo es un buen muchacho. Ahora lo está pasando mal. Mi obligación es protegerlo hasta que encuentre la forma de volver a su camino.

—Su obligación. No la mía.

—¿Le vio anoche, Anthony?

—Podría ser. No sé mucho. Es la verdad.

Mike se limitó a mirarlo.

—Hay un club para menores. Se supone que es un lugar seguro para los adolescentes. Tienen consejeros y terapeutas y cosas así, pero se dice que eso sólo es una fachada para desmadrarse.

—¿Dónde está?

—A dos o tres manzanas de mi club.

—Y al decir que «sólo es una fachada para desmadrarse», ¿a qué se refiere exactamente?

—¿A qué creo que me refiero? A drogas, alcohol y todo eso. Se rumorea que se juega con el control mental y tonterías así. Pero yo no me lo trago. Una cosa sí: si no se quieren líos es mejor no meter las narices en ese lugar.

—¿Por?

—Porque también tienen fama de ser muy peligrosos. Con conexiones mafiosas quizá. No lo sé. Pero nadie se mete con ellos. Por eso.

—¿Y cree que mi hijo lo frecuentaba?

—Si estaba en el barrio y tenía dieciséis años, sí. Sí, creo que lo más seguro es que fuera allí.

—¿Tiene nombre ese local?

—Club Jaguar, creo. Tengo la dirección.

Le dio la dirección a Mike y éste le dio su tarjeta.

—Están todos mi teléfonos —dijo Mike.

—Ya.

—Si ve a mi hijo...

—No soy un canguro, Mike.

—Claro. Mi hijo tampoco es un bebé.

Tia miraba la fotografía de Spencer Hill.

—¿Cómo puedes estar segura de que es Adam?

—No lo estaba —dijo Betsy Hill—. Pero luego hablé con él.

—Puede que se asustara al ver una foto de su amigo fallecido.

—Puede ser —dijo Betsy en un tono que significaba claramente: «Ni lo sueñes».

—¿Y estás segura de que esta foto se tomó la noche en que murió?

—Sí.

Tia asintió y las dos callaron un momento. Estaban otra vez en casa de los Baye. Jill estaba arriba viendo la tele. Les llegaban sonidos de *Hannah Montana*. Tia no se movió y Betsy tampoco.

—¿Qué crees que significa esto, Betsy?

—Todos dijeron que no habían visto a Spencer aquella noche. Que estaba solo.

—¿Y tú crees que esto significa que sí lo vieron?

—Sí.

Tia insistió un poco más.

—Y si no estaba solo, ¿qué significaría?

Betsy se lo pensó.

—No lo sé.

—Recibiste una nota de suicidio, ¿no?

—En el móvil. Cualquiera puede mandar un mensaje de texto.

Tia se dio cuenta de nuevo. En cierto sentido las dos madres estaban en bandos contrarios. Si lo que Betsy Hill decía de la fotografía era cierto, entonces Adam había mentido. Y si Adam había mentido, entonces ¿quién podía saber qué había ocurrido realmente aquella noche?

Por eso Tia no le habló de los mensajes instantáneos con CeJota8115, los de la madre que había abordado a Adam. Todavía no. Hasta que no supiera algo más.

—Pasé por alto algunas señales —dijo Betsy.

—¿Como cuáles?

Betsy Hill cerró los ojos.

—¿Betsy?

—Una vez lo espié. No fue realmente espiar, pero... Spencer estaba en el ordenador y cuando salió de su habitación, eché un vistazo. Para ver qué estaba mirando. Creo que no debería haberlo hecho, ¿sabes? No estuvo bien invadir su intimidad de aquella manera.

Tia no dijo nada.

—Pero, en fin, le di a la flecha negra, la que está arriba del buscador.

Tia asintió.

—Y... y había estado visitando páginas de suicidio. Había historias de niños que se habían suicidado. Cosas así. No miré mucho. Y nunca hice nada al respecto. Me quedé bloqueada.

Tia miró a Spencer en la fotografía. Buscó señales de que el chico estaría muerto a las pocas horas, como si esto pudiera vérsele en la cara. No vio nada, pero ¿qué significaba esto?

—¿Le has enseñado esta foto a Ron? —preguntó.

—Sí.

—¿Qué conclusión ha sacado?

—Se pregunta qué diferencia hay. Nuestro hijo se suicidó, dice, o sea que ¿adónde quieres ir a parar, Betsy? Cree que estoy haciendo esto para obtener alguna clase de conclusión.

—¿No es así?

—Conclusión —repitió Betsy, casi escupiendo la palabra como si le supiera mal en la boca—. ¿Se puede saber qué significa? Como si allí arriba hubiera una puerta y yo pudiera atravesarla y después cerrarla y Spencer se quedara al otro lado. No es eso lo que quiero, Tia. ¿Puedes imaginarte algo peor que obtener una conclusión?

Se callaron, y la fastidiosa risa de la película de Jill era lo único que oían.

—La policía cree que tu hijo se ha fugado —dijo Betsy—. Cree que el mío se suicidó.

Tia asintió.

—Pero supongamos que se equivocan. Supongamos que se equivocan con ambos.

24

Nash estaba en la furgoneta pensando en lo que haría a continuación.

La educación de Nash había sido normal. Sabía que a los psiquiatras les habría gustado poner en duda esta afirmación, y buscar algún abuso sexual o un exceso de conservadurismo religioso. Nash creía que no encontrarían nada. Sus padres y hermanos eran normales. Tal vez demasiado buenos. Le habían proporcionado todo lo que las familias hacen los unos por los otros. En retrospectiva, algunos podrían considerarlo un error, pero a las familias les cuesta mucho aceptar la realidad.

Nash era inteligente y, por consiguiente, pronto se dio cuenta de que él estaba lo que se podría denominar «tarado». Todos conocen el chiste de que una persona mentalmente inestable no puede saber, debido a su enfermedad, que es inestable. Pero era una tontería. Sí se puede y se puede tener una idea muy clara de la propia falta de cordura. Nash sabía que todos sus cables no estaban conectados o que tenía algún parásito en su sistema. Sabía que era diferente, que se salía de la norma. Esto no le hacía sentir necesariamente inferior, ni superior. Sabía que su cabeza iba a lugares muy oscuros y que se sentía a gusto en ellos. No sentía las cosas como los demás, no simpatizaba con las personas que sufrían de la forma que fingían simpatizar los demás.

Ésta era la palabra clave: «fingían».

Pietra estaba sentada a su lado.

232

—¿Por qué el hombre se cree tan especial? —preguntó él.

Ella no le contestó.

—Olvidemos que este planeta... no, este sistema solar, es tan insignificantemente pequeño que ni siquiera alcanzamos a comprenderlo. Intenta imaginar que estás en una gran playa. Imagina que coges un granito de arena. Sólo uno. Entonces miras arriba y abajo de esa playa larga que se extiende en ambas direcciones hasta el horizonte. ¿Crees que nuestro sistema solar es, en comparación con el universo, tan pequeño como ese grano de arena en relación con la playa?

—Ni idea.

—Pues, si lo pensaras, te equivocarías. Es mucho más pequeño. Intenta imaginar que sigues teniendo ese granito de arena en la mano. No sólo la playa donde estás tú, sino todas las playas del planeta, todas ellas, desde la costa de California y la Costa Este de Maine a Florida y en el océano Índico y las costas de África. Imagina toda esa arena, todas esas playas en todo el mundo, y mira el granito de arena que tienes en la mano, y nuestro sistema solar, por no hablar del planeta, sigue siendo mucho más pequeño que él en comparación con el resto del universo. ¿Puedes siquiera imaginar lo insignificantes que somos?

Pietra no dijo nada.

—Pero olvidemos esto un momento —siguió Nash—, porque el hombre ya es insignificante en este planeta. Apliquemos este mismo argumento sólo a la Tierra un momento, ¿de acuerdo?

Ella asintió.

—¿Eres consciente de que los dinosaurios poblaron la Tierra más tiempo que el hombre?

—Sí.

—Pero eso no es todo. Esto ya sería algo que demostraría que el hombre no es especial, que incluso en este planeta infinitesimalmente pequeño no hemos sido los reyes la mayoría del tiempo. Pero vayamos más lejos: ¿eres consciente de cuánto tiempo más que nosotros poblaron la Tierra los dinosaurios? ¿Dos veces? ¿Cinco veces? ¿Diez veces?

Ella le miró.

—Ni idea.

—Cuarenta y cuatro mil veces más. —Él gesticulaba frenéticamente, perdido en el éxtasis de su argumentación—. Piénsalo. Cuarenta y cuatro mil veces más. Esto es más de ciento veinte años por cada día. ¿Te lo puedes imaginar siquiera? ¿Crees que sobreviviremos cuarenta y cuatro mil veces más de lo que hemos sobrevivido?

—No —dijo ella.

Nash se recostó en el asiento.

—No somos nada. Qué va. Nada. Y aun así nos creemos especiales. Nos consideramos importantes o creemos que Dios nos considera sus favoritos. Es para troncharse.

En la universidad, Nash estudió el estado de la naturaleza de John Locke: la idea de que el mejor gobierno es el que menos gobierna porque, dicho sencillamente, es el más cercano al estado de la naturaleza, o a lo que pretendía Dios. Pero en ese estado, somos animales. Es una tontería pensar que somos algo más. Es tonto creer que el hombre está por encima de esto y que el amor y la amistad son algo más que chaladuras de una mente más inteligente, una mente que puede ver la futilidad y, por lo tanto, debe inventar formas de consuelo y distracción.

¿Era Nash el cuerdo por ver la oscuridad, o la mayoría de la gente sólo se autoengañaba? Pero... Pero, con todo, durante años Nash había anhelado la normalidad.

Veía la despreocupación y la deseaba. Se daba cuenta de que estaba muy por encima de la inteligencia media. Era alumno de sobresalientes y obtuvo notas casi perfectas en el examen de ingreso en la universidad. Se matriculó en el Williams College, donde se graduó en filosofía, siempre intentando mantener a raya la locura. Pero la locura pugnaba por salir.

O sea que ¿por qué no dejarla?

Habitaba en él un instinto primitivo de proteger a sus padres y hermanos, pero el resto de habitantes del mundo no le importaba. Eran un escenario de fondo, atrezo, nada más. La verdad, una verdad que entendió muy pronto, era que experimentaba un intenso placer infligiendo daño a otros. Siempre. No sabía por qué. Algunas personas experimentan placer con una suave brisa o un cálido abrazo o una canasta victoriosa en un partido de baloncesto. Nash lo experimentaba eliminando del planeta a otro de sus habitantes. No era lo que más le apetecía para sí mismo, pero lo tenía y a veces podía dominarlo y otras veces no.

Entonces conoció a Cassandra.

Fue como uno de esos experimentos de ciencias que empiezan con un líquido claro y entonces alguien añade una gotita, un catalizador, y todo cambia. El color cambia, el aspecto cambia y la textura cambia. Por cursi que suene, Cassandra fue ese catalizador.

Él la vio, ella le tocó y lo transformó.

De repente lo entendió. Tenía amor. Tenía esperanza y sueños y la idea de querer despertarse y pasar la vida con otra persona. Se conocieron en su último año en Williams. Cassandra era preciosa, pero había algo más en ella. Todos los chicos estaban locos por ella, aunque no era del tipo fantasía sexual que se asocia habitualmente con la universidad. Con sus torpes andares y su sonrisa maliciosa, Cassandra era la que querías llevarte a casa. Era la que te hacía pensar en comprar una casa y cortar el césped y montar una barbacoa y secarle la frente cuando diera a luz a tu hijo. Te abrumaba su belleza, pero te abrumaba aún más su bondad interior. Era especial y no podía hacer ningún daño, e instintivamente lo sabías.

Nash había visto algo de esto en Reba Cordova, sólo algo, y había sentido una punzada al matarla, no muy fuerte, pero una punzada. Pensó en el marido de Reba y en lo que tendría que sufrir a partir de ahora, porque aunque en realidad no le importara, Nash sabía algo de eso.

Cassandra.

Tenía cinco hermanos y todos la adoraban y sus padres la adoraban, y si pasabas por su lado y ella te sonreía, aunque fueras un desconocido, sentías que te había llegado al alma. Su familia la llamaba Cassie. A Nash no le gustaba. Para él era Cassandra y la amaba. El día que se casó con ella, comprendió a qué se referían los demás cuando decían que eran «dichosos».

Volvieron a Williams para fiestas y reuniones y siempre se alojaban en North Adams, en el Porches Inn. Podía verla allí, en aquella pensión de la casa gris, con la cabeza apoyada en el estómago de él como le recordaba una canción reciente, con los ojos fijos en el techo, acariciándole los cabellos mientras hablaban de todo y de nada, y así era como la veía cuando la recordaba ahora, como era su imagen antes de que se pusiera enferma y le dijeran que era cáncer y abrieran a su hermosa Cassandra y ella muriera, como cualquier otro insignificante organismo de ese diminuto planeta vacío.

Sí, Cassandra murió y entonces fue cuando supo seguro que todo era palabrería y una broma. En cuanto ella murió, Nash ya no tuvo fuerzas para poner freno a la locura. No había ninguna necesidad. Así que dejó libre la locura, toda, con una prisa repentina. Y en cuanto estuvo fuera, no hubo manera de volver a encerrarla.

La familia de ella intentó consolarlo. Tenían «fe» y le explicaban que había tenido suerte de poder tenerla un tiempo y que ella le estaría esperando en algún lugar hermoso para toda la eternidad. Lo necesitaban, se imaginaba Nash. La familia ya había tenido que superar otra tragedia —el hermano mayor, Curtis, había muerto hacía tres años en un desafortunado atraco—, pero al menos, en este caso, Curtis había vivido una mala vida. Cassandra se quedó destrozada al morir su hermano, y había llorado durante días hasta que Nash llegó a desear soltar su locura para encontrar una forma de aliviar su pena, pero al final, los que tenían fe pudieron racionalizar la muerte de Curtis. La fe les permitía explicarla como parte de un plan más importante.

Pero ¿cómo explicas perder a alguien tan cariñoso y bueno como Cassandra? No puedes. Así que los padres de Cassandra hablaban del más allá, pero no lo creían en realidad. Nadie lo creía. ¿Para qué llorar ante la muerte si crees que te espera una felicidad eterna? ¿Para qué llorar la pérdida de alguien cuando esa persona está en un lugar mejor? ¿No sería espantosamente egoísta por tu parte impedir que alguien esté en un lugar mejor? Y si de verdad creyeras que pasarás la eternidad en un paraíso con la persona amada, no habría nada que temer, la vida no es ni un soplo en comparación con la eternidad.

Lloramos y nos afligimos, y Nash sabía que era porque, en el fondo, sabemos que todo es palabrería.

Cassandra no estaba con su hermano Curtis, bañándose en luz blanca. Lo que quedaba de ella, lo que no se había llevado el cáncer y la quimio, se estaba pudriendo bajo tierra.

En el funeral, su familia habló del destino y los planes divinos y todas las demás tonterías. Que ése había sido el destino de su amada hija: vivir brevemente, mejorar a todos los que la veían, darle a él una inmensa felicidad y dejarle caer con un buen batacazo. Ése había sido el destino de Nash. Reflexionó sobre esto. Incluso cuando estaba con ella, había momentos en que dominar su auténtico carácter —su verdadera naturaleza endiosada— era difícil. ¿Había conseguido mantener la paz interior? ¿O desde el del primer día estuvo predestinado a volver a un lugar oscuro y causar destrucción, aunque Cassandra hubiese sobrevivido?

Era imposible saberlo. Pero de todos modos éste era su destino.

—Ella no habría dicho nada —dijo Pietra.

Nash sabía que se refería a Reba.

—No lo sabemos.

Pietra miró por la ventana.

—Tarde o temprano la policía identificará a Marianne —dijo él—. O alguien se dará cuenta de que ha desaparecido. La policía lo investigará. Hablará con sus amigos. Entonces Reba se lo habría dicho.

—Estás sacrificando muchas vidas.

—Por ahora dos.

—Y los supervivientes. Sus vidas también han cambiado.

—Sí.

—¿Por qué?

—Ya sabes por qué.

—¿Sigues creyendo que Marianne lo empezó?

—Empezar no es la palabra correcta. Cambió la dinámica.

—¿Y por eso tuvo que morir?

—Tomó una decisión que alteró y pudo destruir muchas vidas.

—¿Y por eso tuvo que morir? —repitió Pietra.

—Todas nuestras decisiones tienen consecuencias, Pietra. Todos jugamos a ser Dios alguna vez. Cuando una mujer compra un par de zapatos caros, podría haber dedicado ese dinero a alimentar a algún hambriento. En cierto sentido, esos zapatos significan más para ella que una vida. Todos matamos para que nuestra vida sea más cómoda. No lo expresamos así, pero es lo que hacemos.

Pietra no se lo discutió.

—¿Qué sucede, Pietra?

—Nada. Olvídalo.

—Se lo prometí a Cassandra.

—Sí. Es lo que dijiste.

—Necesitamos controlar este asunto, Pietra.

—¿Crees que podremos?

—Sí.

—¿A cuántos más mataremos?

La pregunta lo desconcertó.

—¿Realmente te importa? ¿Ya tienes bastante?

—Sólo te lo pregunto. Hoy. Con esto. ¿A cuántos más mataremos?

Nash se lo pensó. Se daba cuenta ahora de que quizá Marianne le había dicho la verdad al principio. En tal caso, debía volver a la casilla de salida y extinguir el problema en origen.

—Con un poco de suerte —dijo—, sólo a uno.

—Vaya —exclamó Loren Muse—. ¿Se puede ser más aburrida que esta mujer?

Clarence sonrió. Estaban repasando las facturas de las tarjetas de crédito de Reba Cordova. No había ni una sola sorpresa. Compraba víveres y artículos escolares y ropa infantil. Compró una aspiradora en Sears y la devolvió. Compró un microondas en P.C. Richard. Su tarjeta de crédito estaba archivada en un restaurante chino llamado Baumgarts, donde pedía comida para llevar cada martes por la noche.

Sus correos eran igual de aburridos. Escribía a otros padres para que sus hijos quedaran para jugar. Mantenía contacto con la profesora de baile de una de sus hijas y con el entrenador de fútbol de la otra. Recibía correos de la escuela Willard. Hablaba con su grupo de tenis sobre horarios y para comunicarse entre ellas cuando una no podía asistir. Estaba en la lista de noticias de Williams-Sonoma, Pottery Barn y PetSmart. Escribió a su hermana para pedirle el nombre de un especialista en lectura porque una de sus hijas, Sara, tenía dificultades.

—No sabía que existieran realmente esta clase de personas —dijo Muse.

Pero no era verdad. Las veía en Starbucks, eran las mujeres de aspecto acosado y ojos apagados que creían que una cafetería era el lugar perfecto para pasar una hora con la hija, con su Brittany, Madison o Kyle, que no paraba de corretear mientras sus mamás —licenciadas universitarias, antiguas intelectuales— parloteaban sin cesar sobre sus vástagos como si no hubiera existido jamás otro niño. Parloteaban sobre sus cacas —sí, increíble, pero ¡hablaban de sus movimientos intestinales!— y su primera palabra y sus habilidades escolares y sus escuelas Montessori y sus clases de gimnasia y sus DVD de pequeños Einstein, y todas tenían esa sonrisa de descerebradas, como si un marciano les hubiera chupado los sesos, y Muse las menospreciaba a cierto nivel, las compadecía a otro nivel e intentaba con todas sus fuerzas no envidiarlas.

Por supuesto, Loren Muse juraba que nunca sería como aquellas madres si algún día tenía un hijo. Pero ¿quién sabe? Estas afirmaciones fanfarronas le recordaban a las de las personas que juraban que cuando fueran mayores preferirían morir antes que ir a una residencia o ser una carga para sus hijos, y ahora casi todas las personas que conocía tenían padres que estaban en una residencia o eran una carga y ninguna de esas personas tenía ganas de morirse.

Cuando ves las cosas desde fuera, es fácil hacer juicios radicales y poco generosos.

—¿Qué tal la coartada del marido? —preguntó.

—La policía de Livingston interrogó a Cordova y parece muy consistente.

Muse indicó el papeleo con la mandíbula.

—¿El marido es tan soso como la mujer?

—Todavía no he terminado con sus correos, llamadas de teléfono y tarjetas de crédito, pero por ahora sí.

—¿Qué más?

—Bueno, suponiendo que el mismo asesino o asesinos liquidaran a Reba Cordova y la desconocida, tenemos a coches patrulla buscando en lugares conocidos por prostitución, por si aparece otro cadáver.

Loren Muse no creía que esto sucediera, pero merecía la pena asegurarse. Uno de los escenarios posibles era que un asesino en serie, con la ayuda voluntaria o no de una cómplice, secuestrara a mujeres de las afueras, las matara y quisiera hacerlas parecer prostitutas. Estaban revisando las bases de datos por si había otras víctimas en ciudades cercanas que se ajustaran a esa descripción. Por ahora era un callejón sin salida.

De todos modos Muse no creía en esta teoría. Los psicólogos y los criminólogos tendrían casi un orgasmo ante la idea de un asesino en serie que matara a madres de buena familia para hacerlas parecer prostitutas. Pontificarían sobre el evidente vínculo madre-puta, pero Muse no se lo tragaba. Había una pregunta que no encajaba con aquel escenario, una pregunta que la había fastidiado desde que se había convencido de que la desconocida no era una prostituta: ¿por qué nadie había denunciado su desaparición?

Según ella, existían dos razones para esto. Una, nadie sabía que hubiera desaparecido. La desconocida estaba de vacaciones o se suponía que había salido de viaje de negocios o algo parecido. O dos, la había matado alguien que ella conocía. Y ese alguien no pensaba denunciar su desaparición.

—¿Dónde está ahora el marido?

—¿Cordova? Sigue con la policía de Livingston. Van a peinar el barrio por si alguien ha visto una furgoneta blanca, lo de siempre.

Muse cogió un lápiz. Se metió el extremo de la goma de borrar en la boca y chupó.

Llamaron a la puerta. Muse levantó la cabeza y vio al casi jubilado Frank Tremont en el umbral.

El tercer día seguido con el mismo traje marrón, pensó Muse. Impresionante.

Él la miró y esperó. Muse no tenía tiempo para él, pero decidió que sería mejor acabar de una vez.

—Clarence, ¿te importa dejarnos solos?

—Claro, jefa.

Al salir, Clarence saludó a Frank Tremont con la cabeza. Tremont no le devolvió el saludo. Cuando Clarence estuvo lejos, meneó la cabeza y dijo:

—¿De verdad te ha llamado jefa?

—No voy muy bien de tiempo, Frank.

—¿Has recibido mi carta?

La carta de dimisión.

—Sí.

Silencio.

—Tengo algo para ti —dijo Tremont.

—¿Disculpa?

—No me voy hasta finales del mes que viene —dijo—. O sea que debo seguir trabajando, ¿no?

—Sí.

—Pues tengo algo.

Ella se echó hacia atrás, esperando que fuera rápido.

—He estado buscando la furgoneta blanca. La de los dos escenarios.

—De acuerdo.

—No creo que fuera robada, a menos que fuera en otra zona. No hay ninguna denuncia que concuerde. Por lo tanto, busqué en las compañías de alquiler, por si alguien había alquilado una furgoneta como la que nos han descrito.

—¿Y?

—Hay varias, pero la mayoría las localicé rápidamente y eran legales.

—¿Un callejón sin salida, pues?

Frank Tremont sonrió.

—¿Puedo sentarme un momento?

Ella indicó una silla.

—He intentado otra cosa —dijo—. Mira, este tío ha sido muy listo. Como dijiste tú. La primera la escenificó para que pareciera una puta. Y aparcó el coche de la segunda víctima frente a un hotel. Cambió las matrículas y todo eso. No lo hace de la forma habitual. Y me puse a pensar. ¿Qué sería mejor y más difícil de rastrear que robar o alquilar un coche?

—Te escucho.

—Comprar uno por Internet. ¿Has visto esas páginas?

—La verdad es que no.

—Venden millones de coches. Yo mismo compré uno el año pasado, en *autoused.com*. Se encuentran auténticas gangas, y como es de persona a persona, el papeleo es mínimo. Lo que quiero decir es que podemos comprobar los locales de compra-venda, pero ¿cómo vamos a localizar un coche comprado por Internet?

—¿Y?

—Y he llamado a las dos compañías más grandes en línea. Les he pedido que buscaran y me mandaran todas las furgonetas blancas Chevy vendidas en esta zona el mes pasado. He encontrado seis. He llamado a todos los vendedores. Cuatro las pagaron con cheques y tenían una dirección. Dos se pagaron en efectivo.

Muse se incorporó un poco, todavía con la goma del lápiz en la boca.

—Muy ingenioso. Compras un coche usado. Lo pagas en efectivo. Das un nombre falso si es que lo das. Te dan los papeles, pero tú nunca haces el cambio ni lo aseguras. Robas una matrícula de un modelo idéntico y a correr.

—Sí. —Tremont sonrió—. Si no fuera por una cosita.

—¿Qué?

—El tipo que les vendió el coche...

—¿Les?

—Sí. A un hombre y a una mujer. Dice que él tenía treinta y tantos. Va a darme una descripción, pero tiene algo mejor. El tipo que les vendió el coche, Scott Parsons de Kasselton, trabaja en Best Buy. Tienen un sistema de seguridad muy bueno. Todo digital. Y lo archivan todo. Cree que pueden tener una película de ellos. Ha pedido a uno de los técnicos que la busque. Mandaré un coche a recogerlo, le mostraré algunas fotos y le sacaré la mejor identificación posible.

—¿Tenemos algún dibujante que pueda trabajar con él?

Tremont asintió.

—Ya me he ocupado.

Era una buena pista, la mejor que tenían. Muse no sabía muy bien qué decir.

—¿Qué más tenemos? —preguntó Tremont.

Muse le puso al día sobre la vacuidad de las facturas de las tarjetas de crédito, las llamadas de teléfono y los correos. Tremont se echó atrás y cruzó las manos sobre el barrigón.

—Cuando he entrado —dijo Tremont—, estabas chupando el lápiz con ganas. ¿En qué estabas pensando?

—La premisa ahora es que se trata de un asesino en serie.

—Pero tú no te lo tragas —dijo él.

—No.

—Yo tampoco —dijo Tremont—. Revisemos lo que tenemos.

Muse se levantó para pasear.

—Dos víctimas. Por ahora, al menos, o al menos en esta zona. Tenemos a personas buscando, pero por ahora presupongamos que no encontramos nada más. Pongamos que éstas son todas. Pongamos que sólo son Reba Cordova, que podría estar viva, que nosotros sepamos, y la desconocida.

—De acuerdo —dijo Tremont.

—Y vayamos un paso más allá. Pongamos que existe una razón para que esas dos mujeres sean las víctimas.

—¿Cómo qué?

—Todavía no lo sé, pero por ahora sígueme. Si existe un motivo... olvídalo. Aunque no exista un motivo y supongamos que esto no lo ha hecho un asesino en serie, tiene que haber una relación entre nuestras dos víctimas.

Tremont asintió, viendo adónde quería ir a parar.

—Y si existe una relación entre ellas —dijo—, podría ser perfectamente que se conocieran.

Muse se paró de golpe.

—Exactamente.

—Y si Reba Cordova conocía a la desconocida... —Tremont le sonrió.

—Podría ser que Neil Cordova también la conociera. Llama al Departamento de Policía de Livingston. Pídeles que traigan a Cordova. Tal vez él pueda identificarla.

—Voy.

—¿Frank?

Él se volvió.

—Buen trabajo —dijo Muse.

—Soy un buen policía —dijo él.

Ella no le contestó.

Él la señaló con un dedo.

—Tú también eres buena policía, Muse. Puede que muy buena. Pero no eres una buena jefa. Un buen jefe hace salir lo mejor de los buenos policías. Tú no lo has hecho. Tienes que aprender a mandar.

Muse sacudió la cabeza.

—Sí, Frank, claro. Mi falta de capacidad de mando hizo que metieras la pata y pensaras que la desconocida era una puta. Culpa mía.

Él sonrió.

—Era mi caso —dijo.

—Y metiste la pata.

—Puede que me equivocara al principio, pero sigo aquí. No importa lo que piense de ti. No importa lo que tú pienses de mí. Lo único que importa es que se haga justicia para mi víctima.

25

Mo condujo hasta el Bronx y aparcó en la dirección que Anthony les había dado.

—No te lo vas a creer —dijo Mo.

—¿Qué?

—Nos siguen.

Mike sabía que no debía volverse y levantar sospechas. Así que esperó.

—Un Chevy azul cuatro puertas aparcado en doble fila al final de esta manzana. Dos tíos, los dos con gorras de los Yankees y gafas de sol.

La noche anterior aquella calle estaba a rebosar de gente. Ahora no había prácticamente nadie. Los que estaban o bien dormían en un escalón o bien se movían con asombrosa letargia, con las piernas solidificadas y los brazos pegados a los lados. Mike casi se esperaba ver un chamizo rodando en medio de la calle, como en las películas del Oeste.

—Entra tú —dijo Mo—. Tengo un amigo. Le daré la matrícula del coche a ver qué encuentra.

Mike asintió. Bajó del coche, intentando mirar disimuladamente hacia el otro coche. Apenas lo vio, pero no quiso arriesgarse a volver a mirar. Fue hacia la puerta. Era de metal gris, de tipo industrial, con las palabras CLUB JAGUAR escritas encima. Mike apretó el timbre. Se oyó un zumbido y la puerta se abrió al empujarla.

Las paredes estaban pintadas del amarillo brillante que normalmente se asocia con un McDonald's o con el ala infantil de un hospital con buenas intenciones. A la derecha había un tablón tapizado de anuncios de asesorías, clases de música, grupos de lectura, grupos de terapia para adictos a drogas, alcohólicos y víctimas de maltratos físicos o mentales. Varios anuncios buscaban a alguien para compartir piso y se podía arrancar una pestaña con el teléfono en la parte de abajo. Alguien vendía un sofá por cien dólares. Otra persona quería deshacerse de unos amplificadores de guitarra.

Mike pasó junto al tablón dirigiéndose a la recepción. Una jovencita con un aro en la nariz lo miró y dijo:

—Buenos días.

Mike tenía la fotografía de Adam en la mano.

—¿Ha visto a este chico? —Dejó la foto delante de ella.

—Sólo soy la recepcionista —dijo ella.

—Las recepcionistas tienen ojos. Le he preguntado si lo había visto.

—No se me permite hablar de nuestros clientes.

—No le pido que me hable de ellos. Le pregunto si le ha visto.

La chica apretó los labios. Mike vio que también llevaba piercings cerca de la boca. Se quedó quieta mirándolo. Mike vio que no irían a ninguna parte.

—¿Puedo hablar con el encargado?

—La encargada es Rosemary.

—Bien. ¿Puedo hablar con ella?

La recepcionista perforada cogió un teléfono. Tapó el receptor y murmuró algo. Diez segundos después sonrió a Mike y dijo:

—La señorita McDevitt le recibirá enseguida. La tercera puerta a la derecha.

Mike no sabía qué esperar, pero Rosemary McDevitt fue una sorpresa. Era joven, menuda y desprendía una especie de sensualidad natural que recordaba a un puma. Tenía una tira morada en los cabellos oscuros y un tatuaje que serpenteaba en su hombro y hacia su cuello. Su camiseta era de piel y sin mangas. Sus brazos eran musculosos y llevaba algo parecido a unas bandas de piel en los bíceps.

La chica se levantó y sonrió ofreciéndole la mano.

—Bienvenido.

Mike le estrechó la mano.

—¿En qué puedo ayudarle?

—Me llamo Mike Baye.

—Hola, Mike.

—Sí, hola. Estoy buscando a mi hijo.

Se mantuvo cerca de ella. Mike medía metro ochenta y le llevaba más de quince centímetros a aquella mujer. Rosemary McDevitt miró la fotografía de Adam. Su expresión no delató nada.

—¿Le conoce? —preguntó Mike.

—Sabe que no puedo responderle a eso.

Intentó devolverle la foto, pero Mike no la cogió. Las tácticas agresivas no le habían servido de mucho, o sea que se contuvo y respiró hondo.

—No le estoy pidiendo que traicione la confianza de nadie.

—Bueno, Mike, sí me lo está pidiendo. —Le sonrió amablemente—. Esto es precisamente lo que me está pidiendo.

—Sólo intento encontrar a mi hijo. Nada más.

Ella abrió los brazos.

—¿Esto le parece una oficina de objetos perdidos?

—Ha desaparecido.

—Este local es un santuario, Mike, ¿me comprende? Los chicos vienen aquí para escapar de sus padres.

—Me preocupa que esté en peligro. Se marchó sin decir nada a nadie. Vino aquí anoche.

—Vale, vale... —Levantó una mano para indicarle que parara.

—¿Qué?

—Vino aquí anoche. ¿Es esto lo que dice, Mike?

248

—Sí.

La mujer entornó los ojos.

—¿Cómo lo sabe, Mike?

El uso constante de su nombre era irritante.

—¿Disculpe?

—¿Cómo sabe que su hijo vino aquí?

—Esto no es importante.

Ella sonrió y retrocedió un paso.

—Por supuesto que sí.

Mike necesitaba cambiar de tema. Echó un vistazo a la habitación.

—¿Qué se hace en este local?

—Somos una especie de híbrido. —Rosemary le miró como dando a entender que sabía qué intentaba con aquella pregunta—. Un centro para adolescentes pero con un toque moderno.

—¿En qué sentido?

—¿Recuerda aquellos programas de baloncesto de medianoche?

—¿Los de los noventa? ¿Para apartar a los chicos de la calle por la noche?

—Ésos. No me meteré en si funcionaron o no, pero la cuestión es que los programas estaban dirigidos a los pobres, a los chicos de la ciudad, y para algunos tenían una orientación claramente racista. ¿Baloncesto y en plena ciudad?

—¿Y ustedes son diferentes?

—En primer lugar, no nos dirigimos estrictamente a los chicos pobres. Esto puede sonar a derecha, pero no creo que nosotros seamos los mejores para ayudar a adolescentes afroamericanos o de ciudad. Deben hacerlo dentro de sus comunidades. Y, a la larga, no creo que se puedan eliminar las tentaciones con estas cosas. Ellos deben ver que su salida no está en las armas o en las drogas y dudo que un partido de baloncesto sirva para eso.

Entró un grupo de chicos-hombres, todos ataviados con acce-

sorios negros góticos y artículos de la familia de las cadenas y ta-
chuelas. De los pantalones colgaban enormes esposas y los zapatos no estaban a la vista.

—Eh, Rosemary.

—Ey, chicos.

Siguieron caminando. Rosemary volvió a mirar a Mike.

—¿Dónde vive?

—En Nueva Jersey.

—En un barrio residencial, ¿no?

—Sí.

—¿Los adolescentes de su pueblo cómo se meten en líos?

—No lo sé. Con drogas, alcohol.

—Así es. Quieren marcha. Creen que están aburridos, y quizá
lo están, ¿quién sabe? Y quieren salir y colocarse e ir a clubes y flirtear y todo ese rollo. No quieren jugar a baloncesto. Y esto es lo
que hacemos aquí.

—¿Colocarlos?

—No como usted cree. Venga, se lo enseñaré.

La chica se puso a caminar por el brillante pasillo amarillo.
Mike caminó a su lado. Ella mantenía los hombros hacia atrás y la
cabeza alta. Tenía la llave en la mano. Abrió una puerta y bajó una
escalera. Mike la siguió.

Era un club nocturno o una disco o como se le llame hoy a ese
lugar. Tenía bancos con cojines y mesas redondas con luz debajo y
taburetes bajos. Había un cubículo para el DJ y el suelo era de madera, no había bola de espejitos, pero sí un montón de luces de colores que giraban siguiendo una pauta. Las palabras CLUB JAGUAR
estaban pintadas al estilo grafiti en la pared del fondo.

—Esto es lo que quieren los adolescentes —dijo Rosemary
McDevitt—. Un lugar donde desmadrarse. Para estar con los amigos y pasarlo bien. No servimos alcohol, pero servimos copas que
parecen de alcohol. Tenemos camareros y camareras guapos. Hacemos lo que hacen los mejores clubes. Pero la clave es que los

mantenemos a salvo. ¿Lo comprende? Chicos como su hijo intentan conseguir carnés falsos. Quieren comprar drogas o buscan maneras de conseguir alcohol aunque sean menores. Nosotros intentamos impedirlo canalizando su energía de forma más saludable.

—¿Con este sitio?

—En parte. También ofrecemos asesoramiento, si lo necesitan. Ofrecemos clubes de lectura y grupos de terapia y tenemos una sala con Xbox y Playstations 3 y todas las cosas que usted asociaría a un centro para adolescentes. Pero este lugar es la clave. Este lugar es lo que nos hace enrollados, y perdone la jerga adolescente.

—Se rumorea que sirven alcohol.

—Se equivocan. Los rumores suele propagarlos la competencia porque pierde clientes por culpa nuestra.

Mike no dijo nada.

—Mire, pongamos que su hijo vino a la ciudad de marcha. Podía ir a la Tercera Avenida y comprar cocaína en un callejón. El tío que está sentado en el escalón a cincuenta metros de aquí vende heroína. Sea lo que sea, los chicos lo compran. O se cuelan en un club donde acaban colocados o peor. Aquí los protegemos. Pueden desmadrarse de forma segura.

—¿También dejan entrar a chicos de la calle?

—No los rechazaríamos, pero existen otras organizaciones mejor preparadas para ellos. No intentamos cambiar la vida de nadie porque sinceramente no creo que sea posible. Un chico de una familia rota desviado del buen camino necesita algo más de lo que nosotros ofrecemos. Nuestro objetivo es impedir que chicos básicamente buenos se desvíen del buen camino. Es casi el problema contrario: hoy los padres están demasiado encima de sus hijos. Están encima de ellos las veinticuatro horas. Los chicos no tienen espacio para rebelarse.

Era un argumento que él había planteado muchas veces a Tia. Estamos demasiado encima de ellos. Mike solía caminar solo por la calle. Los sábados jugaba en el parque Branch Crook todo el día y no volvía a casa hasta tarde. Sus hijos no podían cruzar la calle sin que él o Tia vigilaran atentamente, temerosos de... ¿exactamente de qué?

—¿Y les dan ese espacio?

—Así es.

Mike asintió.

—¿Quién dirige esto?

—Yo. Lo creé yo hace tres años después de que mi hermano muriera por sobredosis. Greg era un buen chaval. Tenía dieciséis años. No practicaba deportes y, por lo tanto, no era muy popular. Nuestros padres y la sociedad en general fueron demasiado controladores. Quizá era la segunda vez que consumía.

—Lo lamento.

Ella se encogió de hombros y fue hacia la escalera. Él la siguió en silencio.

—¿Señora McDevitt?

—Rosemary —dijo ella.

—Rosemary. No quiero que mi hijo se convierta en otra estadística. Anoche vino aquí. Ahora no sé dónde está.

—No puedo ayudarle.

—¿Le ha visto otras veces?

Seguía dándole la espalda.

—Tengo una misión mayor aquí, Mike.

—¿Y mi hijo es prescindible?

—No es lo que he dicho. Pero no hablamos con los padres. Jamás. Este lugar es para adolescentes. Si se supiera...

—No se lo diré a nadie.

—Forma parte de nuestra declaración de principios.

—¿Y si Adam estuviera en peligro?

—Entonces le ayudaría en todo lo que pudiera. Pero no es éste el caso.

Mike estaba a punto de discutir, pero vislumbró a un puñado de góticos en el pasillo.

—¿Ésos son clientes suyos? —preguntó, entrando en el despacho de la mujer.

—Clientes y orientadores.

—¿Orientadores?

—Hacen de todo. Ayudan a limpiar. Por la noche se divierten. Y vigilan el club.

—¿Como gorilas?

Ella ladeó la cabeza adelante y atrás.

—Creo que es un nombre un poco fuerte. Ayudan a los recién llegados a adaptarse. Ayudan a mantener el control. Vigilan el local, están atentos para que no se fume ni se consuma en los servicios, cosas así.

Mike hizo una mueca.

—Los internos que controlan la cárcel.

—Son buenos chicos.

Mike los observó. Después miró a Rosemary. La observó un momento. Era bastante espectacular a la vista. Tenía una cara de modelo, con unos pómulos altos que podrían servir de abrecartas. Volvió a mirar a los góticos. Eran cuatro, quizá cinco, todos en una bruma de negro y plata. Intentaban parecer duros y fracasaban estrepitosamente.

—¿Rosemary?

—Sí.

—Algo de su discurso no me cuadra —dijo Mike.

—¿Mi discurso?

—La forma en que me ha vendido este lugar. A cierto nivel todo es muy lógico.

—¿Y a otro nivel?

Se volvió y la miró directamente a los ojos.

—Creo que no dice más que tonterías. ¿Dónde está mi hijo?

—Debería marcharse.

—Si le está ocultando, le desmontaré el local piedra a piedra.

—Está en propiedad privada, doctor Baye. —Miró por el pasillo al grupo de góticos y les hizo una señal con la cabeza. Ellos se acercaron a Mike y le rodearon—. Márchese, por favor.

—¿Va a hacer que sus... —dibujó unas comillas con los dedos— «orientadores» me echen?

El gótico más alto sonrió con malicia y dijo:

—Parece que ya le han vapuleado.

Los otros góticos rieron. Eran una mezcla *light* de negro, blanco, máscara y metal. Se morían por parecer duros y no lo eran, y tal vez esto los hacía mucho más temibles. Su desesperación. Ese deseo de ser algo que no eres. Mike sopesó lo que podía hacer. El gótico alto probablemente tenía veinte y pocos años, y era desgarbado y tenía una gran nuez de Adán. Una parte de Mike deseaba pegarle un puñetazo a traición, derribar a aquel bobo, dejar sin líder al grupo, mostrarles que no era un panoli. Una parte de él deseaba lanzar un golpe con el antebrazo contra aquella garganta protuberante, y dejar al gótico con las cuerdas vocales doloridas durante dos semanas. Pero entonces seguramente los demás se le echarían encima. Quizá podría con dos o tres, o quizá no tantos.

Todavía se lo estaba pensando cuando algo le llamó la atención. La puerta de metal se abrió con un zumbido. Entró otro gótico. No fue la ropa negra lo que puso en guardia a Mike.

Fueron los ojos morados.

El nuevo gótico también llevaba la nariz vendada.

«Acaba de romperse la nariz», pensó Mike.

Algunos de los góticos se acercaron al chico de la nariz rota y chocaron las manos con él. Se movían lentamente. Sus voces también eran lentas, letárgicas, como si tomaran Prozac.

—Eh, Carson —logró pronunciar uno.

—Carson, tío —graznó otro.

Levantaron las manos para darle una palmadita en la espalda, como si les costara un gran esfuerzo. Carson aceptó las atenciones como si estuviera acostumbrado y fuera su deber.

—¿Rosemary? —dijo Mike.

—Sí.

—No sólo conoce a mi hijo, me conoce a mí.

—¿Ah, sí?

—Me ha llamado doctor Baye. —Mantuvo los ojos fijos en el gótico de la nariz rota—. ¿Cómo sabía que era médico?

No esperó que le respondiera. No importaba. Fue rápidamente hacia la puerta, golpeando al gótico alto al pasar. El de la nariz rota, Carson, lo vio venir. Se le abrieron mucho los ojos morados y salió a la calle. Mike se movió más rápido y cogió la manilla de metal antes de que la puerta se cerrara, y salió.

Carson, el de la nariz rota, ya estaba a unos tres metros.

—¡Eh, tú! —gritó Mike.

El gamberro se volvió. Los cabellos negrísimos le caían sobre un ojo como una oscura cortina.

—¿Qué le ha pasado a tu nariz?

Carson intentó reírse.

—¿Qué le ha pasado a tu cara?

Mike corrió hacia él. Los otros góticos habían salido a la calle. Eran seis contra uno. Por el rabillo del ojo Mike vio que Mo bajaba del coche y se acercaba a ellos. Seis contra dos, pero Mo era uno de los dos. Mike aceptaba esta proporción.

Se acercó más, frente a la nariz rota de Carson, y dijo:

—Un puñado de cobardes pichaflojas me agredieron cuando no me lo esperaba. Eso es lo que le ha pasado a mi cara.

Carson intentó mantener el tono fanfarrón.

—Qué pena.

—Bueno, gracias, pero lo curioso del caso es esto: ¿te imaginas ser tan colgado como para ser uno de los cobardes que me agredieron, y acabar con una nariz rota?

Carson se encogió de hombros.

—Todo el mundo puede tener un golpe de suerte.

—Eso es verdad. Así que el colgado pichafloja puede que quiera otra oportunidad. De hombre a hombre. Cara a cara.

El líder gótico echó un vistazo para asegurarse de que tenía los refuerzos cerca. Los otros góticos respondieron, se ajustaron los brazaletes de metal, flexionaron los dedos e hicieron lo que pudieron para parecer preparados. Mo se acercó al gótico alto y lo cogió por el cuello antes de que nadie pudiera moverse. El gótico intentó emitir un sonido, pero el apretón de Mo se lo impedía.

—Si alguien da un paso —dijo Mo—, te vas a enterar tú. No el que dé un paso. Ni el tipo que interfiera. Tú. Te voy a hacer mucho daño, ¿entiendes?

El gótico alto intentó asentir con la cabeza.

Mike miró otra vez a Carson.

—¿Estás a punto?

—Oye, no tengo nada contra ti.

—Yo sí.

Mike le empujó estilo patio de escuela. Provocando. Los otros góticos parecían desorientados, como si no supieran qué hacer. Mike empujó a Carson otra vez.

—¡Eh!

—¿Qué le habéis hecho a mi hijo?

—¿Qué? ¿A quién?

—A mi hijo, Adam Baye. ¿Dónde está?

—¿Crees que lo sé?

—Anoche me agrediste, ¿no? Si no quieres que te dé la paliza del siglo, más vale que hables.

Entonces se oyó otra voz, diciendo:

—¡Todos quietos! ¡FBI!

Mike levantó la cabeza. Eran los dos hombres de las gorras de béisbol, los que les seguían. Tenían armas en una mano y placas en la otra.

—¿Michael Baye? —dijo uno de los agentes.

—¿Sí?

—Darryl LeCrue, FBI. Tenemos que pedirle que venga con nosotros.

26

Tras despedirse de Betsy Hill, Tia cerró la puerta de casa y subió. Pasó por el pasillo, frente a la habitación de Jill, y entró en la de su hijo. Abrió el cajón de la mesa de Adam y empezó a revolverlo todo. Colocar el programa espía en el ordenador de su hijo parecía tan correcto, ¿por qué esto no? La invadió un profundo desagrado por sí misma. Aquella invasión de la intimidad le parecía espantosamente mal.

Pero no dejó de hurgar.

Adam era un niño. Todavía. Nunca había vaciado aquel cajón y estaba lleno de restos de «etapas Adam» pasadas, como si estuviera desenterrando un yacimiento arqueológico. Cromos de béisbol, cromos de Pokémon, del manga Yu-gi-Oh!, un Tamagochi con una pila gastada hacía siglos, figuritas de Crazy Bones: todos los objetos de éxito entre los niños que coleccionaban y después olvidaban. Adam había sido mejor que la media con esos objetos imprescindibles. No solía suplicar que se los compraran ni los descartaba inmediatamente.

Tia meneó la cabeza. Seguían en el cajón.

Había bolígrafos y lápices, y su aparato de mantenimiento de ortodoncia (Tia siempre le estaba persiguiendo para que se lo pusiera), pins de coleccionista de un viaje a Disney World de hacía cuatro años, resguardos viejos de entradas de una docena de partidos de los Rangers. Recogió los resguardos y recordó la mezcla de alegría y concentración en la cara de su hijo cuando veía jugar

257

al hockey. Recordaba cómo Adam y su padre lo celebraban cuando los Rangers puntuaban, levantándose y chocando las manos y cantando una tonta canción, que básicamente consistía en decir «oh, oh, oh» y aplaudir.

Se echó a llorar.

Tienes que ser fuerte, Tia.

Miró el ordenador. Éste era ahora el mundo de Adam. La habitación de adolescente giraba en torno a su ordenador. En aquella pantalla, Adam jugaba a la última versión de Halo en línea. Hablaba tanto con desconocidos como con amigos en los chats. Conversaba con compañeros reales y cibernéticos en Facebook y MySpace. Jugaba de vez en cuando al póquer, pero le parecía aburrido y esto complacía a Mike y a Tia. Tuvo temporadas de YouTube y tráilers de películas y vídeos de música, y, claro, material picante. Había otros juegos de aventuras o simuladores de realidad o como se llame cuando una persona se sumergía de la misma forma que Tia se sumergía en un libro, y era muy difícil saber si esto era bueno o malo.

Todo el asunto del sexo actual la volvía loca. Quieres hacerlo bien y controlar el flujo de información que les llega a tus hijos, pero eso era imposible. Ponías la radio por la mañana y las bromas siempre trataban de tetas, infidelidades y orgasmos. Abrías una revista o ponías la tele y decir que estaba todo lleno de tías buenas estaría pasado de moda. ¿Cómo lo enfocas? ¿Le dices a tu hijo que está mal? ¿Y qué es lo que está mal exactamente?

No era raro que la gente encontrara consuelo en respuestas en blanco y negro como la abstinencia, pero vaya, eso no funciona y no quieres dar la impresión de que el sexo está mal o es algo perverso o que es tabú; y, sin embargo, no quieres que lo practiquen. Quieres decirle que está bien y es sano, pero es mejor que no lo hagan. ¿Cómo se supone que debe comportarse un padre exactamente? Curiosamente, todos queremos que nuestros hijos compartan nuestro punto de vista, como si el nuestro, a pesar de los fallos de nuestros padres, fuera el mejor y el más sano. Pero ¿por qué? ¿Nos educaron correctamente o de alguna manera encontramos el equilibrio por nosotros mismos? ¿Lo encontrarán ellos?

—Eh, mamá.

Jill estaba en la puerta. Miró a su madre con expresión desconcertada, sorprendida. Por ver a su madre en la habitación de Adam, supuso Tia. Hubo un silencio. Duró un segundo, no más, pero Tia sintió una ráfaga fría en el pecho.

—Hola, mi vida.

Jill tenía la BlackBerry de Tia en la mano.

—¿Puedo jugar a BrickBreaker?

Le encantaba jugar con la BlackBerry de su madre. Normalmente Tia aprovecharía para regañarla por no haber pedido permiso antes de coger su teléfono. Como casi todos los niños, Jill lo hacía continuamente. Utilizaba la BlackBerry o tomaba prestado el iPod de Tia o utilizaba el ordenador del dormitorio porque el suyo no era bastante potente o dejaba el teléfono inalámbrico en su habitación y Tia no lo encontraba por ninguna parte.

Pero este momento no parecía adecuado para soltar el discurso sobre responsabilidad.

—Claro. Pero si oyes sonar algo, tráemelo enseguida, por favor.

—De acuerdo. —Jill miró la habitación—. ¿Qué estás haciendo aquí?

—Estoy echando un vistazo.

—¿Para qué?

—No lo sé. Por si encuentro una pista de dónde puede estar tu hermano.

—Estará bien, ¿no?

—Por supuesto, no quiero que te preocupes. —Después recordó que la vida no se detenía y que deseaba cierta sensación de normalidad, y preguntó—: ¿Tienes deberes?

—Ya los he hecho.

—Bien. ¿Todo lo demás está bien?

Jill se encogió de hombros.

—¿Quieres comentarme algo?

—No, no pasa nada, pero me preocupa Adam.

—Lo sé, mi vida. ¿Cómo va la escuela?

Otro encogimiento de hombros. Una pregunta tonta. Tia había hecho esa pregunta a sus dos hijos varios miles de veces en su vida y nunca, ni una sola vez, había obtenido una respuesta que no fuera un encogimiento de hombros o un «bien» o «normal» o «como siempre».

Tia salió de la habitación de su hijo. Allí no había nada. Las páginas impresas del informe de E-SpyRight la esperaban. Cerró la puerta y las repasó. Los amigos de Adam, Clark y Olivia, le habían mandado por la mañana unos mensajes bastante crípticos. Ambos querían saber dónde estaba y comentaban que los padres de Adam habían llamado preguntando por él.

No había ningún mensaje de DJ Huff.

Mmm... DJ y Adam hablaban a menudo. De repente ningún mensaje, como si él supiera que Adam no estaría para responderle.

Llamaron suavemente a la puerta.

—¿Mamá?

—Puedes abrir.

Jill giró el pomo.

—Se me había olvidado. Han llamado de la consulta del doctor Forte. Tengo hora con el dentista el martes.

—De acuerdo, gracias.

—¿Por qué tengo que ir al doctor Forte? Acaban de hacerme una limpieza.

Lo cotidiano. De nuevo fue bien recibido por Tia.

—Puede que pronto tengan que ponerte aparatos.

—¿Ya?

—Sí. Adam fue a tu... —calló.

—¿Mi qué?

Tia se volvió hacia el informe actual de E-SpyRight, pero no le servía. Necesitaba el del correo original, el de la fiesta en casa de los Huff.

—¿Mamá? ¿Qué pasa?

Tia y Mike habían hecho desaparecer los informes antiguos en la destructora, pero ella había guardado el correo para enseñárselo a Mike. ¿Dónde estaba? Miró al lado de la cama. Montones de papeles. Empezó a buscar.

—¿Puedo ayudarte? —preguntó Jill

—No, cariño, gracias.

Allí no. Tia se incorporó. Daba igual.

Volvió a conectarse. Tenía la página de E-SpyRight en sus favoritos. Entró y clicó sobre los archivos. Encontró la fecha deseada y pidió el informe antiguo.

No era necesario imprimirlo otra vez. Cuando apareció en pantalla, Tia lo repasó buscando el correo de la fiesta en casa de los Huff. No se fijó en el mensaje en sí —en lo de que los Huff no estaban en casa, la fiesta y colocarse—, pero ahora que lo pensaba, ¿qué había pasado con todo eso? Mike había estado allí y no sólo no había fiesta, sino que Daniel Huff estaba en casa.

¿Habían cambiado de planes los Huff?

Pero aquello no era lo importante ahora mismo. Tia movió el cursor por encima para comprobar lo que para muchos sería lo menos relevante.

La hora y la fecha.

El E-SpyRight no sólo te decía la hora y la fecha en que se había mandado el correo, sino la hora y la fecha en que Adam lo había abierto.

—Mamá, ¿qué pasa?

—Sólo un momento, cariño.

Tia cogió el teléfono y llamó a la consulta del doctor Forte. Era sábado, pero sabía que, con todas las actividades extraescolares de los críos, los dentistas de la zona a menudo trabajaban en fin de semana. Miró el reloj y escuchó el tercer timbre y luego el cuarto. En el quinto se desanimó sin remedio antes de oír la voz salvadora:

—Consulta del doctor Forte.

—Hola, buenos días, soy Tia Baye, la madre de Adam y Jill.

—Sí, señora Baye, ¿qué puedo hacer por usted?

Tia intentó recordar el nombre de la recepcionista de Forte. Llevaba años allí, conocía a todo el mundo, de hecho gestionaba la consulta. Era la guardiana. Se acordó.

—¿Eres Caroline?

—Sí.

—Hola, Caroline. Mira, te parecerá rara mi pregunta, pero necesito que me hagas un favor.

—Lo intentaré. La próxima semana estamos muy llenos.

—No, no se trata de eso. Adam tenía hora después de la escuela, el dieciocho a las cuatro menos cuarto.

Ninguna respuesta.

—Necesito saber si vino.

—¿Quiere decir si se saltó la hora?

—Sí.

—Oh, no, la habría llamado. Adam vino.

—¿Sabe si llegó a la hora?

—Puedo darle la hora exacta, si eso le sirve. Está en la hoja de entradas.

—Sí, se lo agradecería.

Más espera. Tia oyó el sonido de unos dedos tecleando en el ordenador. Papeles agitándose.

—Adam llegó temprano, señora Baye. Entró a las tres y veinte.

Era lógico, pensó Tia. Normalmente iba caminando después de clase.

—Y le visitamos a la hora, exactamente a las tres y cuarenta y cinco. ¿Es lo que necesitaba saber?

A Tia casi se le cayó el teléfono de la mano. Algo era realmente raro. Tia volvió a mirar la pantalla: la columna de la hora y la fecha.

El correo sobre la fiesta de los Huff se había mandado a las 3:32. Se había leído a las 3:37.

Adam no estaba en casa entonces.

No tenía sentido a menos que...

—Gracias, Caroline. —Llamó enseguida a Brett, su experto en informática.

Él respondió al teléfono.

—Sí.

Tia decidió ponerlo a la defensiva.

—Gracias por delatarme a Hester.

—¿Tia? Oh, mira, lo siento mucho.

—Sí, seguro.

—No, en serio, Hester sabe todo lo que pasa aquí. ¿Sabías que vigila todos los ordenadores de la oficina? A veces sólo lee los correos personales para divertirse. Considera que si estás en su propiedad...

—Yo no estaba en su propiedad.

—Lo sé y lo siento.

Debía seguir adelante.

—Según el informe de E-SpyRight, mi hijo leyó un correo a les tres y treinta y siete.

—¿Y?

—Que no estaba en casa a esa hora. ¿Podría haberlo leído desde otro sitio?

—¿Esto lo sabes desde E-SpyRight?

—Sí.

—Entonces la respuesta es no. El E-SpyRight sólo vigila sus actividades en ese ordenador. Si entró y leyó el correo desde otro, no figuraría en el informe.

—¿Cómo puede ser entonces?

—Mmm... Bueno, ante todo, ¿estás segura de que no estaba en casa?

—Totalmente.

—Pues otra persona sí estaba. Y esa persona estaba en su ordenador.

Tia miró otra vez.

—Dice que se borró a las tres y treinta y ocho.

—Así que alguien utilizó el ordenador de su hijo, leyó su correo y después lo borró.

—Entonces Adam nunca lo habría visto, ¿no?

—Seguramente no.

Tia descartó inmediatamente a los sospechosos más evidentes: ella y Mike estaban trabajando aquel día, y Jill estaba con Yasmin en casa de los Novak.

Ninguno de ellos estaba en casa.

¿Cómo podía haber entrado una persona sin dejar ninguna señal de allanamiento? Pensó en la llave, la que escondían en la piedra falsa junto a la verja.

El teléfono zumbó. Tia vio que era Mo.

—Brett, ya te llamaré más tarde. —Apretó una tecla—. ¿Mo?

—No te lo vas a creer —dijo él—, pero el FBI acaba de llevarse a Mike.

Sentada en la sala improvisada de interrogatorio, Loren Muse miró con atención a Neil Cordova.

Era más bien bajito, no muy corpulento, compacto, y guapo de una forma casi inmaculada. Se parecía un poco a su esposa puestos uno junto al otro. Muse lo sabía porque Cordova les había llevado fotografías de los dos juntos, muchas —en cruceros, en playas, en actos, en fiestas, en el jardín—. Neil y Reba Cordova eran fotogénicos y saludables y les gustaba posar con las caras unidas. Parecían felices en todas las fotografías.

—Encuéntrela, por favor —dijo Neil Cordova por tercera vez desde que había entrado en la habitación.

Loren ya había dicho dos veces «Hacemos todo lo que podemos» y no valía la pena repetirlo.

—Quiero colaborar en todo lo que pueda —añadió él.

Neil Cordova llevaba los cabellos muy cortos y americana y corbata, como si fuera lo que se esperaba de él, como si la vestimenta pudiera ayudarle a no perder la cabeza. Sus zapatos brillaban descaradamente. Muse recordó que su propio padre también era aficionado a sacar brillo a los zapatos.

«Se puede juzgar a un hombre por sus zapatos», solía decir a su hija.

Era bueno saberlo. Cuando Loren Muse, a los catorce años, había hallado el cadáver de su padre en el garaje —quien había entrado en él y se había volado los sesos— tenía los zapatos muy lustrosos.

Un buen consejo, papá. Gracias por el protocolo de suicidio.

—Sé cómo va esto —siguió Cordova—. Sé que el marido siempre es sospechoso.

Muse no dijo nada.

—Y creen que Reba tenía una aventura porque su coche estaba aparcado en aquel motel, pero les juro que no. Deben creerme.

Muse puso una cara inexpresiva.

—Por ahora no descartamos nada.

—Pasaré el polígrafo, sin abogado, lo que quieran. No quiero que pierdan el tiempo investigando un camino equivocado. Reba no ha huido, eso lo sé. Y yo no tuve nada que ver con lo que le haya sucedido.

Nunca creas a nadie, pensaba Muse. Ésta es la norma. Había interrogado a sospechosos cuyas habilidades interpretativas dejarían a De Niro en el paro. Pero por ahora las pruebas respaldaban al marido, y dentro de ella todo le decía que Neil Cordova decía la verdad. Además, ahora mismo, no importaba.

Muse había hecho venir a Cordova para que identificara el cadáver de la desconocida. Amigo o enemigo, esto era lo que Muse necesitaba urgentemente. Su cooperación. Así que dijo:

—Señor Cordova, yo no creo que le hiciera nada a su esposa.

El alivio se puso de manifiesto inmediatamente, pero se desvaneció igual de rápido. No se trataba de él, pensó Muse. Sólo está preocupado por la hermosa mujer de las hermosas fotografías.

—¿Su mujer estaba preocupada por algo últimamente?

—La verdad es que no. Sara, nuestra hija de ocho años... —se le quebró la voz, se tapó la boca con el puño, cerró los ojos y apretó los labios—. Sara tiene problemas de lectura. Se lo dije a la policía de Livingston cuando me preguntaron esto mismo. Reba estaba preocupada por esto.

Esto no ayudaba, pero al menos el hombre estaba hablando.

—Permita que le pregunte algo que le parecerá un poco raro —dijo Muse.

Él asintió, y se echó hacia delante, deseoso de ayudar.

—¿Le ha hablado Reba de que alguna de sus amigas tuviera problemas?

—No sé si entiendo qué quiere decir.

—Empecemos con esto. Doy por hecho que ningún conocido suyo ha desaparecido.

—¿Quiere decir como mi esposa?

—Como cualquier cosa. Vayamos más allá. ¿Alguno de sus amigos está fuera o de vacaciones?

—Los Friedman están en Buenos Aires esta semana. Ella y Reba son muy amigas.

—Bien, bien. —Sabía que Clarence lo estaba apuntando todo. Lo comprobaría y se aseguraría de que la señora Friedman estaba donde debía estar—. Alguien más.

Neil se lo pensó, mordiéndose el interior de la boca.

—Estoy pensando —dijo.

—Relájese, no se preocupe. Algo raro con sus amigos, algún problema, lo que sea.

—Reba me dijo que los Colder tenían problemas matrimoniales.

—Muy bien. ¿Algo más?

266

—Tonya Eastman tuvo un mal resultado recientemente en una mamografía, pero todavía no se lo ha dicho a su marido. Le da miedo que la abandone. Es lo que me dijo Reba. ¿Es esto lo que preguntaba?

—Sí. Continúe.

Siguió hablando. Clarence tomó nota. Cuando Neil Cordova se quedó sin ideas, Muse fue directa al grano.

—¿Señor Cordova?

Le miró a los ojos.

—Debo pedirle un favor. No quisiera darle explicaciones sobre por qué o qué puede significar...

Él la interrumpió.

—¿Inspectora Muse?

—¿Sí?

—No pierda tiempo consolándome. ¿Qué quiere?

—Tenemos un cadáver. No es su mujer, estamos seguros. ¿Comprende? No es su mujer. A esta mujer la hallaron muerta la noche anterior. No sabemos quién es.

—¿Y creen que yo podría saberlo?

—Quiero que la vea y me lo diga.

El hombre tenía las manos sobre las rodillas y se sentaba demasiado erguido.

—De acuerdo —dijo—. Vamos.

Muse había pensado hacerlo con fotografías y ahorrarle el mal trago de ver el cadáver. Pero las fotos no sirven. Si se tenía una foto clara de la cara, aún, pero en este caso era como si la cara hubiera pasado por un cortacésped. No quedaban más que fragmentos de huesos y tendones colgando. Muse podría haberle enseñado fotos del torso, con la altura y el peso apuntados, pero la experiencia decía que era difícil hacerse realmente una idea así.

Neil Cordova no se había preguntado sobre la razón de que le interrogaran allí, pero existía un motivo. Estaban en la calle Norfolk en Newark, el depósito del condado. Muse ya lo había planeado así para no perder tiempo trasladándose. Abrió la puerta. Cordova intentó mantener la cabeza alta. Su paso era firme, pero los hombros decían otra cosa: Muse veía que estaban encogidos bajo la americana.

El cadáver estaba preparado. Tara O'Neill, la forense, había envuelto la cara con gasa. Esto fue lo primero que notó Neil Cordova, las vendas, como si fuera una película de momias. Preguntó por qué estaba vendada.

—Su cara ha sufrido muchos daños —dijo Muse.

—¿Cómo voy a reconocerla?

—Pensábamos que quizá el cuerpo, la altura, le recuerde algo.

—Creo que me ayudaría ver su cara.

—No le ayudará, señor Cordova.

Él tragó saliva y echó otro vistazo.

—¿Qué le ha pasado?

—Le dieron una brutal paliza.

Se volvió a mirar a Muse.

—¿Cree que a mi esposa le ha sucedido algo así?

—No lo sé.

Cordova cerró los ojos un momento, se serenó, los abrió y asintió.

—De acuerdo —asintió unas veces más—. De acuerdo, lo comprendo.

—Sé que no es fácil.

—Estoy bien. —Muse veía la humedad en sus ojos. Se los secó con la manga. Parecía tan niño al hacerlo que Muse estuvo a punto de abrazarlo. Vio que le daba la espalda al cadáver.

—¿La conoce?

—No lo creo.

—No se precipite.

—El problema es que está desnuda. —Sus ojos seguían puestos en la cara vendada, como si intentara mantener el decoro—. Si

268

es alguien que conozco, nunca la habría visto así, usted ya me entiende.

—Sí. ¿Le ayudaría si le pusiéramos ropa?

—No, no se preocupe. Es que... —frunció el ceño.

—¿Qué?

Los ojos de Neil Cordova habían estado en la zona del cuello de la víctima. Ahora bajaron hasta las piernas.

—¿Le pueden dar la vuelta?

—¿Boca abajo?

—Sí. Necesito verle la parte de atrás de la pierna, más que nada. Pero sí.

Muse miró a Tara O'Neill, quien inmediatamente llamó a un ayudante. Cuidadosamente dieron la vuelta a la desconocida entre los dos. Cordova dio un paso adelante. Muse no se movió, porque no quería romper su concentración. Tara O'Neill y el ayudante se apartaron. Los ojos de Neil Cordova siguieron bajando por las piernas. Se detuvieron en la parte de atrás del tobillo derecho.

Había una marca de nacimiento.

Pasaron unos segundos hasta que Muse dijo:

—Señor Cordova.

—Sé quién es.

Muse esperó. Él se puso a temblar, se llevó la mano a la boca y cerró los ojos.

—Señor Cordova.

—Es Marianne —dijo—. Cielo santo, es Marianne.

27

La doctora Ilene Goldfarb se sentó en el reservado de la cafetería frente a Susan Loriman.

—Gracias por quedar conmigo —dijo Susan.

Habían hablado de salir del pueblo, pero al final Ilene había descartado la idea. Cualquiera que las viera daría por sentado que eran dos señoras que habían quedado para almorzar, una actividad a la que Ilene nunca había tenido ni tiempo ni ganas de dedicarse porque trabajaba muchas horas en el hospital y porque en el fondo tenía miedo de convertirse en una de esas señoras que salen a almorzar.

Incluso cuando sus hijos eran pequeños, la maternidad tradicional nunca le había dicho nada. Nunca había deseado abandonar su carrera de médica para quedarse en casa y ejercer un papel más tradicional en la vida de sus hijos. Más bien lo contrario, no podía esperar a que acabara su baja de maternidad para poder volver al trabajo sin parecer mala madre. Sus hijos no parecían estar peor por eso. Ella no había estado siempre para ellos, pero a su modo de ver esto los había hecho más independientes y con una actitud más sana ante la vida.

Al menos esto era lo que se decía a sí misma.

Pero el año pasado habían celebrado una fiesta en el hospital en su honor. Muchos de sus antiguos residentes e internos fueron a saludar a su profesora preferida. Ilene oyó a uno de sus mejores alumnos cantando a Kelci sus excelencias como profesora y lo orgullosa que debía estar de tener una madre como ella. Kelci, con una copa de más, respondió:

—Pasa tanto tiempo aquí que nunca he podido ver nada de eso.

Sí. Una carrera, maternidad, un matrimonio feliz, había hecho juegos malabares con las tres cosas con una facilidad pasmosa, ¿no?

Excepto que ahora las bolas estaban cayendo al suelo estruendosamente. Incluso su carrera estaba en peligro, si lo que le habían dicho aquellos agentes era verdad.

—¿Se sabe algo del banco de donantes? —preguntó Susan Loriman.

—No.

—Dante y yo hemos pensado algo. Una campaña masiva de donantes. Fui a la escuela elemental de Lucas. La hija de Mike, Jill, va a la misma escuela. Hablé con varios profesores. Les entusiasmó la idea. Lo haremos el sábado que viene, e intentaremos que todos se apunten al banco de donantes.

Ilene asintió.

—Esto podría ser útil.

—Pero siguen buscando, ¿no? No debo perder la esperanza.

Ilene no estaba de humor.

—Tampoco es esperanzador.

Susan Loriman se mordió el labio inferior. Poseía aquella belleza natural que es difícil no envidiar. Los hombres se ponían tontos cuando ella estaba presente, e Ilene se daba cuenta. Mike también tenía un tono de voz raro cuando Susan Loriman estaba en la misma habitación.

La camarera se acercó con una cafetera. Ilene le hizo una señal para que la sirviera, pero Susan preguntó si tenían infusiones. La camarera la miró como si le hubiera pedido una lavativa. Susan dijo que un té estaría bien y la camarera volvió con una bolsa de Lipton y echó agua caliente en una taza.

Susan Loriman miró su taza como si guardara un secreto divino.

—El de Lucas fue un parto difícil. La semana antes de que naciera tuve neumonía y tosía tan fuerte que me fracturé una costilla. Me hospitalizaron. El dolor era espantoso. Dante me hizo compañía todo el tiempo. No me dejó ni un momento.

Susan se llevó lentamente el té a los labios, utilizando ambas manos como si acunara a un pájaro herido.

—Cuando descubrimos que Lucas estaba enfermo, celebramos una reunión familiar. Dante sacó fuerzas de flaqueza y dijo que lo venceríamos juntos como una familia. «Somos Loriman», decía, pero aquella noche salió fuera a llorar como un desesperado. Creí que iba a hacerse daño.

—¿Señora Loriman?

—Llámeme Susan, por favor.

—Susan, ya me hago una idea. Dante es un padre de postal. Le bañaba cuando era pequeño. Le cambiaba los pañales y entrenaba a su equipo de fútbol, y le hundiría saber que no es el padre del niño. ¿Es un buen resumen?

Susan Loriman tomó otro sorbo de té. Ilene pensó en Herschel y en que ya no les quedaba nada. Se preguntó si Herschel tendría una aventura, quizá con la bonita recepcionista nueva que estaba divorciada y le reía todas las gracias, y decidió que probablemente la respuesta era que sí.

¿Qué nos queda, Ilene...?

Un hombre que formula esta pregunta hace tiempo que se ha dado de baja del matrimonio. Ilene sencillamente no se había dado cuenta a tiempo de que él ya se había ido.

—No lo comprende —dijo Susan Loriman.

—No sé si es necesario que lo comprenda. No quiere que lo sepa. Lo entiendo. Entiendo que Dante sufrirá. Entiendo que su familia sufrirá. Así que ahórremelo. De verdad que no tengo tiempo. Podría sermonearla sobre que quizá esto podría haberle pasado por la cabeza nueve meses antes de que Lucas naciera, pero es el fin de semana, es mi tiempo, y tengo mis propios problemas. Además, hablando con sinceridad, sus carencias morales no me incumben, señora Loriman. Me incumbe la salud de su hijo. Punto, final de la historia. Si hacer sufrir a su matrimonio le cura, yo misma firmaré sus documentos de divorcio. ¿Estoy siendo bastante clara?

—Está siendo clara.

Susan bajó los ojos. Recato: era una palabra que Ilene había oído pero que nunca había entendido bien. Pero era precisamente lo que veía ahora. ¿Cuántos hombres caerían a sus pies..., cuántos habrían caído, ante esta actitud?

Era una tontería convertirlo en algo personal. Ilene respiró hondo, intentó dejar a un lado su propia situación: su repugnancia por el adulterio, sus miedos al futuro sin el hombre al que había elegido para compartir su vida, su inquietud por la consulta y las preguntas que habían formulado los agentes federales.

—Pero tampoco me parece imprescindible que lo sepa —dijo Ilene.

Susan la miró y su cara expresó algo parecido a la esperanza.

—Podemos hablar discretamente con el padre biológico —dijo Ilene—. Podemos pedirle que se haga un análisis de sangre.

La esperanza se esfumó.

—No puede hacerlo.

—¿Por qué no?

—No puede.

—Vamos, Susan, es la única posibilidad. —Su tono era brusco—. Intento ayudarla, pero de una forma u otra no he venido a escuchar lo maravilloso que es Dante como padre. Me importa su dinámica familiar, pero sólo hasta cierto punto. Soy la doctora de su hijo, no su loquero o su pastor. Si busca comprensión o salvación, no soy la indicada. ¿Quién es el padre?

Susan cerró los ojos.

—No lo entiende.

—Si no me da un nombre, se lo diré a su marido.

Ilene no había planeado decir esto, pero la ira la había dominado.

—Está poniendo su indiscreción por delante de la salud de su hijo. Es patético. Y no lo permitiré.

—Por favor.

—¿Quién es el padre, Susan?

Susan Loriman apartó la mirada y se mordió el labio inferior.

—¿Quién es el padre?

Finalmente ella respondió:

—No lo sé.

Ilene Goldfarb parpadeó. La respuesta planeó entre ellas como un golfo que Ilene no estaba segura de cómo cruzar.

—Ya.

—No, ya no.

—Tuvo más de un amante. Sé que es violento o como quiera llamarlo. Pero los localizaremos a todos.

—No tuve más de un amante. No tuve a ningún amante.

Ilene esperó, insegura por lo que vendría a continuación.

—Me violaron.

28

Mike estaba en la sala de interrogatorios intentando mantener la calma. En la pared de enfrente, había un gran espejo rectangular que Mike dio por hecho que era falso. Las otras paredes estaban pintadas de un color verde de baño de escuela. El suelo era de linóleo gris.

En la habitación había dos hombres con él. Uno en un rincón, casi como un niño castigado. Tenía un bolígrafo y una carpeta y la cabeza gacha. El otro —el agente que les había mostrado la placa y el arma frente al Club Jaguar— era negro y llevaba un pendiente de diamante en la oreja izquierda. Paseaba arriba y abajo, y llevaba un cigarrillo apagado en la mano.

—Soy el agente especial Darryl LeCrue —dijo el paseante—. Él es Scott Duncan, el enlace entre la DEA y la oficina del fiscal de los Estados Unidos. ¿Le han leído sus derechos?

—Sí.

LeCrue asintió.

—¿Está dispuesto a hablar con nosotros?

—Lo estoy.

—Firme la renuncia que está encima de la mesa, por favor.

Mike la firmó. En circunstancias normales no la habría firmado. Sabía que no le convenía. Mo llamaría a Tia. Ella vendría en calidad de abogado o le conseguiría a otro. Debería estar callado hasta que llegara. Pero todo aquello le importaba un comino en ese momento.

LeCrue siguió paseando.

—¿Sabe de qué va esto? —preguntó.

—No —dijo Mike.

—¿No tiene ni idea?

—Ni idea.

—¿Qué estaba haciendo hoy en el Club Jaguar?

—¿Por qué me seguían?

—¿Doctor Baye?

—Sí.

—Fumo. ¿Lo sabía?

La pregunta desconcertó a Mike.

—Veo el cigarrillo.

—¿Está encendido?

—No.

—¿Cree que eso me complace?

—No sabría decirle.

—A eso me refería. Yo solía fumar en esta sala. No porque quisiera intimidar a los sospechosos o lanzarles el humo a la cara, aunque a veces lo hiciera. No, la razón de que fumara era que me gustaba. Me relajaba. Ahora que han aprobado todas esas leyes nuevas, no se me permite fumar. ¿Entiende lo que le digo?

—Supongo.

—En resumidas cuentas, la ley no permite que me relaje. Eso me fastidia. Necesito fumar. Así que, aquí dentro, estoy crispado. Sujeto este cigarrillo y me muero de ganas de fumarlo. Pero no puedo. Es como acompañar un caballo al agua y no permitirle beber. No quiero que me compadezca, pero necesito que comprenda qué me pasa porque ya me está cabreando. —Golpeó la mesa con la mano abierta, pero mantuvo un tono controlado—. No responderé a sus preguntas. Usted responderá a las mías. ¿Estamos?

—Quizá debería esperar a mi abogada —dijo Mike.

—Estupendo. —Se volvió a mirar al rincón de Duncan—. Scott, ¿tenemos suficiente para arrestarlo?

—Sí.

—Excelente. Arrestémosle. Fíchalo este fin de semana. ¿Cuándo crees que tendrá la vista de la fianza?

Duncan se encogió de hombros.

—Pasarán horas. Puede que deba esperar hasta mañana.

Mike intentó que no se le reflejara el pánico en la cara.

—¿De qué se me acusa?

LeCrue se encogió de hombros.

—Ya se nos ocurrirá algo, ¿no, Scott?

—Sin duda.

—Usted decide, doctor Baye. Antes parecía tener prisa por salir. Por qué no empezamos de nuevo a ver si lo hacemos mejor. ¿Qué estaba haciendo en el Club Jaguar?

Mike podía seguir discutiendo, pero le pareció poco conveniente. Como esperar a Tia. Quería salir de allí. Tenía que encontrar a Adam.

—Estaba buscando a mi hijo.

Esperaba que LeCrue siguiera a partir de aquí, pero sólo asintió con la cabeza y dijo:

—Estaba a punto de liarse a puñetazos, ¿no?

—Sí.

—¿Le iba a ayudar eso a encontrar a su hijo?

—Yo esperaba que sí.

—Explíquese.

—Anoche estuve en el barrio —empezó Mike.

—Sí, lo sabemos.

Mike paró.

—¿Ya me seguían entonces?

LeCrue sonrió, levantó el cigarrillo a modo de recordatorio y arqueó una ceja.

—Háblenos de su hijo —dijo LeCrue.

Se encendieron todas las alarmas. A Mike no le gustó aquello. No le gustaron las amenazas, ni que le siguieran, ni nada de nada, pero no le gustó especialmente que LeCrue le preguntara por su hijo. Y una vez más, ¿qué alternativa tenía?

—Ha desaparecido. Creí que podía estar en el Club Jaguar.

—¿Y por eso estaba allí anoche?

—Sí.

—¿Creía que él podía estar allí?

—Sí.

Mike les contó más o menos todo. No tenía motivos para no hacerlo, ya lo había contado a la policía en el hospital y en la comisaría.

—¿Por qué estaba tan preocupado por él?

—Anoche debíamos ir a un partido de los Rangers.

—¿El equipo de hockey?

—Sí.

—Perdieron. ¿Lo sabía?

—No.

—Pero fue un buen partido. Con muchas peleas. —LeCrue sonrió de nuevo—. Soy de los pocos negros que siguen el hockey. Antes me gustaba el baloncesto, pero ahora la NBA me aburre. Demasiadas idioteces, no sé si me entiende.

Mike imaginó que se trataba de una técnica de distracción y dijo:

—Mmm...

—Bueno, ¿en vista de que su hijo no aparecía, se fue a buscarlo al Bronx?

—Sí.

—Y le agredieron.

—Sí. —Y añadió—: Ya que me estaban vigilando, ¿por qué no me ayudaron?

Él se encogió de hombros.

—¿Quién ha dicho que estuviéramos vigilando?

Entonces Scott Duncan levantó la cabeza y añadió:

—¿Quién dice que no ayudáramos?

Silencio.

—¿Había estado antes en ese sitio?

—¿En el Club Jaguar? No.

—¿Nunca?

—Nunca.

—Sólo para que nos aclaremos: ¿está diciendo que, antes de anoche, nunca había estado en el Club Jaguar?

—Ni siquiera anoche.

—¿Disculpe?

—No llegué a ir anoche. Me agredieron antes de que pudiera.

—¿Cómo acabó en aquel callejón?

—Estaba siguiendo a alguien.

—¿A quién?

—Se llama DJ Huff. Es un compañero de clase de mi hijo.

—¿Así que nos está diciendo que antes de hoy nunca había estado dentro del Club Jaguar?

Mike intentó contener la exasperación de su voz.

—Así es. Oiga, agente LeCrue, ¿no podríamos acelerar esto? Mi hijo ha desaparecido. Estoy preocupado por él.

—Por supuesto. Sigamos, pues, ¿no le parece? ¿Qué me dice de Rosemary McDevitt, la presidenta y fundadora del Club Jaguar?

—¿Qué?

—¿Cuándo fue la primera vez que la vio?

—Hoy.

LeCrue miró a Duncan.

—¿Tú te lo tragas, Scott?

Scott Duncan levantó la mano, con la palma hacia abajo y la ladeó.

—Ésta tampoco sé si creérmela.

—Escúchenme, por favor —dijo Mike, intentando no ser suplicante—. Tengo que salir de aquí y encontrar a mi hijo.

—¿No confía en las fuerzas del orden?

—Sí, confío en ellas, pero no creo que mi hijo sea una prioridad.

—Es normal. Permita que le pregunte esto: ¿sabe qué es una fiesta farm? Farm, de farmacia.

Mike reflexionó.

—Me suena, pero no estoy seguro.

—A ver si puedo ayudarle, doctor Baye. Porque usted es doctor en medicina, ¿verdad?

—Sí.

—Entonces me parece bien llamarle doctor. No soporto llamar doctor a cualquier imbécil con un diploma, ya sea licenciado, quiropráctico o el que me vende las lentes de contacto en la óptica. Me entiende, ¿no?

Mike intentó que no se desviara del tema.

—¿Me ha preguntado por fiestas farm?

—Sí, señor. Y usted tiene prisa y yo aquí, parloteando. Al grano. Usted es médico y, por lo tanto, comprende los costes astronómicos de los fármacos, ¿eh?

—Sí.

—Le explicaré lo que es una fiesta farm. Dicho simplemente: los adolescentes abren los botiquines de sus padres y roban sus medicamentos. Hoy todas las familias tienen algún medicamento en casa: Vicodín, Adderall, Ritalín, Xanaz, Prozac, OxyContín, Percocet, Demerol, Valium, de todo. Vamos, que lo que hacen los chicos es robarlos, juntarse y ponerlos en un cuenco o en una bandeja, mezclados o como sea. Es el plato de chuches. Y se ponen ciegos.

LeCrue paró. Por primera vez cogió una silla, la giró y se sentó a caballo con el respaldo delante. Miró intensamente a Mike. Mike no parpadeó.

Al cabo de un rato, Mike dijo:

—Bueno, ya sé lo que es una fiesta farm.

—Ya lo sabe. En fin, así es como empieza la cosa. Un grupito de chicos se junta y piensa: éstas son drogas legales, no es hierba ni cocaína. A lo mejor el hermano pequeño toma Ritalín porque es hiperactivo. El padre toma OxyContín para aliviar el dolor de una operación de rodilla. Lo que sea. No pueden ser muy malas.

—Entiendo.

—¿Sí?

—Sí.

—¿Se da cuenta de lo fácil que es? ¿Tiene algún medicamento con receta en casa?

Mike pensó en su rodilla y en la receta de Percocet y en cómo se había esforzado por no tomar demasiadas. Las guardaba en su botiquín. ¿Se daría cuenta de si faltaban algunas? ¿Y los padres que no entendían nada de fármacos? ¿Se alarmarían por unas pocas pastillas extraviadas?

—Como ha dicho, las hay en todas las casas.

—Sí, y sígame escuchando un momento. Usted sabe lo que valen las pastillas. Sabe que se celebran esas fiestas. Pongamos que usted es emprendedor. ¿Qué hace? Pasa al siguiente nivel. Intenta sacar beneficio. Pongamos que usted pone la casa y se queda con parte de los beneficios. Quizá anima a los chicos a robar más medicinas de los botiquines. Incluso puede conseguir pastillas de sustitución.

—¿Pastillas de sustitución?

—Claro. Si las píldoras son blancas, puede poner aspirinas genéricas. ¿Quién se va a dar cuenta? Puede conseguir píldoras de azúcar que básicamente parecen iguales a cualquier otra píldora. ¿Lo ve? ¿Quién se daría cuenta? Hay un enorme mercado negro para los medicamentos con receta. Se puede ganar una fortuna. Pero sigamos pensando como un emprendedor. No quiere una fiestecita de nada con ocho chicos. Quiere algo grande. Quiere atraer a cientos de chicos, si no a miles. Como en un club nocturno, digamos.

Mike empezaba a entenderlo.

—Creen que esto es lo que hacen en el Club Jaguar.

De repente Mike recordó que Spencer Hill se había suicidado

con medicamentos que había cogido de su casa. Al menos era el rumor que corría. Robó medicinas del botiquín de sus padres para tomar una sobredosis.

LeCrue asintió, y siguió:

—Si realmente fuera emprendedor podría pasar a otro nivel. Todos los fármacos tienen un valor en el mercado negro. Aquella Amoxicilina que no se acabó. O su abuelo tiene Viagra en casa. Nadie está pendiente de ellas, no, ¿doctor?

—Normalmente no.

—Sí, y si faltan algunas le echas la culpa a la farmacia, que te las ha timado, o tú que has olvidado la fecha de compra o quizá te tomaste una de más. Es casi imposible pensar que tu hijo te las ha robado. ¿Se da cuenta de lo bueno que es este negocio?

Mike quería preguntar qué tenía eso que ver con él o con Adam, pero se contuvo.

LeCrue se inclinó y susurró:

—¿Verdad, doctor?

Mike esperó.

—¿Sabe cuál sería el siguiente escalón que subiría el emprendedor?

—¿LeCrue? —Era Duncan.

LeCrue miró hacia atrás.

—¿Qué pasa, Scott?

—Veo que te gusta esa palabra: emprendedor.

—Me gusta mucho. —Se volvió a mirar a Mike—. ¿Le gusta la palabra, doctor?

—Es fantástica.

LeCrue soltó una risita, como si fueran viejos amigos.

—En fin, un chico emprendedor y listo puede inventarse formas de conseguir más fármacos de su casa. ¿Cómo? Pide la siguiente receta antes de tiempo. Si ambos padres trabajan y tienen servicio de entrega a domicilio, él está en casa antes de que lleguen ellos. Y si el padre pide la nueva receta y se la niegan, bueno, piensa que es un error o que se ha hecho un lío. Ya ve, en cuanto se coge este camino, existen muchas maneras de ganarse un buen dinero. Es casi imposible meter la pata.

La pregunta evidente resonaba en la cabeza de Mike: ¿podría haber hecho Adam algo así?

—¿A quién van a trincar? ¿A quién? Todos son niños ricos, menores, todos pueden permitirse grandes abogados, ¿y qué han hecho exactamente? Robar fármacos recetados legalmente a sus padres. ¿A quién le importa? ¿Se da cuenta de lo fácil que es ganar este dinero?

—Supongo.

—¿Supone, doctor Baye? Vamos, esto no es broma. No supone nada. Lo sabe. Es casi perfecto. Ya sabemos cómo funciona. No queremos trincar a un puñado de adolescentes que quieren colocarse. Queremos al pez gordo. Pero si el pez gordo fuera listo, ella, pongamos que es ella, para que no nos acusen de sexismo, ¿de acuerdo?, dejaría que los menores manejaran las drogas en su nombre. Chiquillos góticos bobos, que tendrían que avanzar un paso en la cadena alimentaria para ser considerados perdedores, por ejemplo. Se sentirían importantes, si ella fuera una delincuente superguapa, seguramente podría hacerles hacer lo que quisiera, me entiende, ¿verdad?

—Claro —dijo Mike—. Usted cree que esto es lo que está haciendo Rosemary McDevitt en el Club Jaguar. Tiene su club y a todos esos menores que van allí legalmente. A cierto nivel, tiene sentido.

—¿Y a otro nivel?

—¿Una mujer cuyo propio hermano murió por sobredosis de drogas está traficando con pastillas?

LeCrue sonrió divertido.

—Veo que le ha contado esa historia lacrimógena. La del hermano que no tenía vía de escape y salía demasiado de marcha y murió.

—¿No es cierta?

—Un invento absoluto, que nosotros sepamos. Dice que es de un lugar llamado Breman, en Indiana, pero hemos echado un vistazo. En aquella zona no ha habido ningún caso como el que ella describe.

Mike no dijo nada.

Scott Duncan levantó la mirada de sus notas.

—Pero está como un tren.

—Eso sin duda —convino LeCrue—. Una auténtica preciosidad.

—Los hombres se ponen tontos con una mujer tan espectacular.

—Ya lo creo, Scott. Así es como ella actúa. A los tíos los pilla por el lado sexual. Aunque no me importaría ser ese tío una temporadita, ¿verdad, doctor?

—Lo siento, yo no.

—¿Es gay?

Mike intentó no poner cara de desesperación.

—Sí, eso, soy gay. ¿Podemos seguir?

—Utiliza a los hombres, doctor. No sólo a chicos bobos. A hombres hechos y derechos. A hombres mayores.

Paró y esperó. Mike miró a Duncan y después otra vez a LeCrue.

—¿Ésta es la parte en que me quedo sin aliento y de repente me doy cuenta de que están hablando de mí?

—¿Por qué habríamos de pensar algo así?

—Seguro que está a punto de decírmelo.

—Al fin y al cabo... —LeCrue abrió las manos como un estudiante de teatro de primer curso— acaba de decir que no la había visto nunca hasta hoy. ¿Me equivoco?

—No se equivoca.

—Y le creemos. Le preguntaré otra cosa. ¿Cómo le va el trabajo? En el hospital, me refiero.

Mike suspiró.

—Finjamos que me descoloca su súbito cambio de tema. Mire, no sé qué cree que he hecho. Doy por hecho que tiene algo que ver con ese Club Jaguar, no porque haya hecho algo, sino porque tendría que ser idiota para no pensarlo. Normalmente, esperaría a que llegara mi abogado o al menos mi esposa, que es abogada. Pero como he repetido varias veces, mi hijo ha desaparecido. Así que dejémonos de tonterías. Díganme qué quieren saber para que pueda seguir buscándolo.

LeCrue arqueó una ceja.

—Me conmueve cuando un sospechoso se pone tan honorable. ¿Te conmueve, Scott?

—Los pezones —dijo Scott con un asentimiento de cabeza—. Se me están poniendo duros.

—Antes de que nos pongamos empalagosos, tengo que hacerle unas preguntas más y acabamos. ¿Tiene algún paciente llamado William Brannum?

Mike se preguntó de nuevo qué debía hacer y de nuevo se decidió por colaborar.

—Que yo recuerde, no.

—¿No recuerda el nombre de todos sus pacientes?

—Ese nombre no me suena, pero puede que lo trate mi colega o algo así.

—¿Se refiere a Ilene Goldfarb?

Lo sabían todo, pensó Mike.

—Sí, a ella.

—Le hemos preguntado. No lo recuerda.

Mike no soltó la interrogación obvia: «¿Han hablado con ella?». Intentó mantener la calma. Ya habían hablado con Ilene. ¿Qué coño estaba pasando?

LeCrue volvió a sonreír.

—¿Está a punto para pasar al siguiente paso del emprendedor, doctor Baye?

—Claro.

—Bien. Le enseñaré algo.

Se volvió hacia Duncan, quien le entregó un sobre. LeCrue se metió el cigarrillo apagado en la boca, y cogió el sobre con unos dedos manchados de nicotina. Sacó una hoja de papel y la deslizó sobre la mesa hacia Mike.

—¿Le suena?

Mike miró la hoja de papel. Era una fotocopia de una receta. Arriba estaba impreso su nombre y el de Ilene. Tenía su dirección del New York Presbyterian y su número de colegiado. Una receta de OxyContín expedida para William Brannum.

Estaba firmada por el doctor Michael Baye.

—¿Le suena?

Mike se obligó a seguir callado.

—Porque la doctora Goldfarb dice que no es suya y que no conoce al paciente.

Sacó otra hoja. Otra receta. Esta vez de Xanax. También firmada por el doctor Michael Baye. Y otra.

—¿Alguno de estos nombres le suenan?

Mike no dijo nada.

—Ah, ésta es interesante. ¿Quiere saber por qué?

Mike le miró.

—Porque está a nombre de Carson Bledsoe. ¿Sabe quién es?

Mike pensó que quizá sí, pero dijo:

—¿Debería saberlo?

—Es el nombre del chico de la nariz rota al que estaba empujando cuando le hemos recogido.

El siguiente paso del emprendedor, pensó Mike. Poner las garras sobre el hijo de un médico. Robar recetarios y extender tú mismo las recetas.

—En el mejor de los casos, si todo está a su favor y los dioses le sonríen, sólo perderá la licencia y no volverá a ejercer. Es su mejor escenario. No volverá a trabajar de médico.

Mike supo que debía callar.

—Mire, llevamos mucho tiempo trabajando en este caso. Hemos vigilado el Club Jaguar. Sabemos lo que pasa. Podríamos arrestar a un puñado de niños ricos, pero si no cortamos la cabeza, ¿de qué nos sirve? Anoche nos dieron un soplo de una gran reunión. Es el problema de este paso concreto del emprendedor: necesitas intermediarios. El crimen organizado empieza a meter las narices en serio en este mercado. Pueden sacar tanto con el OxyContín como con la cocaína, quizá más. Y nosotros vigilamos. Entonces, anoche, las cosas se empezaron a torcer. Nuestro médico fichado, usted, se presenta. Le agreden. Y hoy vuelve a presentarse y monta un escándalo. Nuestro temor, de la DEA y de la oficina del fiscal, es que el montaje del Club Jaguar arríe velas y nos quedemos sin nada. Así que necesitamos actuar ahora.

—No tengo nada que decir.

—Por supuesto que sí.

—Esperaré a mi abogado.

—No quiere hacerlo así porque nosotros no creemos que haya extendido usted las recetas. Mire, también tenemos algunas recetas de las que ha extendido legalmente. Hemos comparado la letra. No es suya. Esto significa que o bien le dio el talonario de recetas a otro, un delito grave, o bien que alguien se lo robó.

—No tengo nada que decir.

—No puede protegerlo. Todos creen que pueden. Los padres siempre lo intentan. Pero no funciona. Todos los médicos que conozco tienen talonarios de recetas en casa. Por si necesitan extender alguna cuando están allí. Es fácil robar medicamentos del botiquín. Más fácil aún debe de ser robar talonarios.

Mike se puso de pie.

—Me marcho.

—Ni hablar. Su hijo es uno de esos niños ricos de los que hablábamos, pero esto le cualifica para una gran condena. Se le puede acusar de conspiración y distribución de narcóticos de categoría dos. Es una condena larga, un máximo de veinte años en una cárcel federal. Pero no queremos a su hijo. Queremos a Rosemary McDevitt. Podemos hacer un trato.

—Esperaré a mi abogado —dijo Mike.

—Perfecto —dijo LeCrue—, porque su encantadora abogada acaba de llegar.

29

Violada.

Después de que Susan dijera esto, más que el silencio las dos sintieron una especie de viento, la sensación de estar perdiendo presión en la cabina, como si toda la cafetería estuviera descendiendo demasiado rápido y sus oídos estuvieran sufriendo.

Violada.

Ilene Goldfarb no sabía qué decir. Había oído muchas malas noticias y había dado muchas ella misma, pero esto era totalmente inesperado. Finalmente se decidió por el tópico, por el comodín casi exento de significado.

—Lo siento.

Los ojos de Susan Loriman no estaban sólo cerrados, sino apretados como los de un niño. Sus manos todavía se agarraban a la taza, protegiéndola. Ilene estuvo a punto de tocarla, pero decidió no hacerlo. La camarera se acercó a ellas, pero Ilene la despidió con un gesto de la cabeza. Susan seguía con los ojos cerrados.

—No se lo conté a Dante.

Un camarero pasó por su lado con una bandeja repleta de platos. Alguien pidió agua. Una mujer en la mesa de al lado intentaba escuchar su conversación, pero Ilene le lanzó una mirada furiosa que la hizo desistir.

—No se lo dije a nadie. Cuando me quedé embarazada, pensé que sería de Dante. Al menos es lo que esperaba. Y cuando nació

Lucas supongo que lo supe. Pero lo bloqueé y seguí adelante. Fue hace mucho tiempo.

—¿No denunció la violación?

Ella negó con la cabeza.

—No se lo diga a nadie, por favor.

—De acuerdo.

Se quedaron un rato en silencio.

—¿Susan?

—Sé que fue hace mucho tiempo... —empezó Ilene.

—Once años —dijo Susan.

—Sí. Pero quizá le convendría denunciarlo.

—¿Qué?

—Si lo arrestan, podemos hacerle una prueba. Puede que esté fichado. Los violadores normalmente son reincidentes.

Susan meneó la cabeza.

—Vamos a organizar la campaña de donantes en la escuela.

—¿Sabe cuál es la probabilidad de encontrar lo que necesitamos?

—Tiene que funcionar.

—Susan, debería ir a la policía.

—Por favor, no insista.

Y entonces una idea curiosa cruzó la cabeza de Ilene.

—¿Conoce al violador?

—¿Qué? No.

—Debería pensar en lo que le he dicho.

—No le arrestarán, ¿entendido? Debo irme. —Susan salió del reservado y se puso de pie junto a Ilene—. Si creyera que existe alguna posibilidad de ayudar a mi hijo, lo haría. Pero no existe. Se lo ruego, doctora Goldfarb. Ayúdenos con la campaña de donantes. Ayúdeme a encontrar otro modo. Ahora sabe la verdad, por favor, debe dejarlo así.

En su aula, Joe Lewiston limpió la pizarra con una esponja. Con los años habían cambiado muchas cosas en la enseñanza, como la sustitución de las pizarras verdes por las nuevas blancas y lavables, pero Joe insistía en mantener aquella reliquia de las generaciones anteriores. Había algo en el polvo, en el chasquido de la tiza cuando escribía, y en limpiarla con una esponja que, de alguna manera, lo vinculaba al pasado y le recordaba quién era y qué hacía.

Joe usó la esponja gigante y estaba demasiado mojada. Resbaló agua por la pizarra y él recogió la cascada con la esponja, siguiendo líneas rectas arriba y abajo. Intentó perderse en aquella simple tarea.

Casi lo consiguió.

A aquella aula la llamaba «Tierra de Lewiston». A los niños les chiflaba, pero en realidad no tanto como a él. Deseaba tanto ser diferente, no sólo hacer discursos y enseñar el material requerido y ser fácil de olvidar. Aquél era su lugar. Los alumnos habían escrito diarios y él también. Él leía los de los niños, y les permitía leer el suyo. Nunca gritaba. Cuando un niño hacía algo bien o digno de destacar, ponía una marca junto a su nombre. Cuando el niño se portaba mal, borraba la marca. Era así de simple. No creía en hacer excepciones con los niños ni en hacerles pasar vergüenza.

Veía cómo los demás profesores envejecían, cómo su entusiasmo disminuía con cada clase. El suyo no. Se vestía de un personaje para dar la clase de historia. Montaba cazas del tesoro en las que era necesario resolver problemas matemáticos para encontrar el siguiente objeto. La clase tenía que realizar su propia película. En aquella sala, en la Tierra de Lewiston pasaban muchas cosas buenas, y sólo había habido aquel mal día en que debería haberse quedado en casa porque todavía tenía el estómago dolorido por la gripe estomacal y el aire acondicionado se había estropeado, se encontraba fatal, le estaba subiendo la fiebre y...

¿Por qué decía estas cosas? Dios, había hecho una cosa horrible a aquella niña.

Encendió el ordenador. Le temblaban las manos. Tecleó la dirección de la página de la escuela de su esposa. La contraseña era ahora JoeamaaDolly.

Al correo no le pasaba nada.

Dolly no entendía mucho de ordenadores ni de Internet. Así que Joe se había adelantado y le había cambiado la contraseña. Era por eso por lo que su correo no «funcionaba» como era debido. Ella tenía otra contraseña, y cuando intentaba entrar, no se lo permitía.

Ahora, en la seguridad de aquella aula que tanto amaba, Joe Lewiston comprobó los correos que había recibido Dolly. Esperaba no ver otra vez la misma dirección de envío.

Pero la vio.

Se mordió el labio para no gritar. Tenía un tiempo limitado hasta que Dolly exigiera saber qué le pasaba a su correo. Tenía un día quizá, no más. Y no creía que un día fuera suficiente.

Tia dejó a Jill otra vez en casa de Yasmin. Si a Guy Novak le molestó o le sorprendió, lo disimuló. Tia tampoco tenía tiempo para plantéarselo. Fue a toda velocidad a la central del FBI en el 26 de Federal Plaza. Hester Crimstein llegó casi exactamente al mismo tiempo. Se encontraron en la sala de espera.

—Repasemos el guión —dijo Hester—. A ti te toca hacer el papel de esposa devota. Yo seré la encantadora veterana que hará un cameo como su abogada.

—Lo sé.

—No digas ni una palabra allí dentro. Deja que me encargue yo.

—Por eso te he llamado.

Hester Crimstein fue hacia la puerta. Tia le siguió. Hester abrió la puerta y entró en tromba. Mike estaba sentado a la mesa. Había dos hombres más en la habitación. Uno estaba en un rincón. El otro estaba prácticamente encima de Mike. Este último se incorporó cuando ellas entraron y dijo:

—Hola. Soy el agente especial Darryl LeCrue.

—No me importa —dijo Hester.

—¿Disculpe?

—No, no le disculpo. ¿Está arrestado mi cliente?

—Tenemos razones para creer...

—No me importa. Es una pregunta de sí o no. ¿Está arrestado mi cliente?

—Esperamos no tener que...

—De nuevo, no me importa. —Hester miró a Mike—. Doctor Baye, levántese por favor y salga inmediatamente de esta habitación. Su esposa le acompañará a la entrada y pueden esperarme allí.

—Espere un momento, señora Crimstein —dijo LeCrue.

—¿Sabe mi nombre?

Él se encogió de hombros.

—Sí.

—¿Cómo?

—La he visto en la tele.

—¿Quiere un autógrafo?

—No.

—¿Por qué no? Da lo mismo, no se lo voy a dar. Mi cliente ha terminado por ahora. Si hubiera querido arrestarlo, ya lo habría dicho. Así que saldrá de la habitación y usted y yo charlaremos. Si creo que es necesario, lo traeré de vuelta para hablar con usted. ¿Está claro?

LeCrue miró a su compañero del rincón.

—La respuesta correcta es «Clarísimo, señora Crimstein» —dijo Hester. Después, volviendo a mirar a Mike, añadió—: Márchese.

Mike se levantó. Él y Tia salieron. La puerta se cerró detrás de ellos. Lo primero que preguntó Mike fue:

—¿Dónde está Jill?

—En casa de Novak.

Mike asintió.

—¿Quieres ponerme al día? —preguntó Tia.

Mike se lo contó todo, su visita al Club Jaguar, su conversación con Rosemary McDevitt, la pelea que estuvo a punto de iniciar, la aparición de los federales, y el interrogatorio y las fiestas farm.

—Club Jaguar —dijo Mike al acabar—. Acuérdate de los mensajes instantáneos.

—De CeJota8115 —dijo Tia.

—Sí. No son las iniciales de una persona. Significa Club Jaguar.

—¿Y el 8115?

—No lo sé. A lo mejor es que hay muchas personas con esas iniciales.

—¿Y tú crees que es esa tal Rosemary comosellame?

—Sí.

Tia intentó asumirlo.

—En cierto modo tiene sentido. Spencer Hill robó fármacos del botiquín de su padre. Así es como se suicidó. Quizá lo hizo en alguna de esas fiestas farm. Quizá estaban celebrando una en la azotea.

—¿Y crees que Adam estaba allí?

—Parece lógico. Estaban celebrando una fiesta farm. Mezclas las pastillas, crees que es seguro...

Los dos callaron.

—Entonces, ¿Spencer se suicidó? —preguntó Mike.

—Mandó aquellos mensajes.

Se quedaron en silencio. No querían llegar a la otra conclusión.

—Tenemos que encontrar a Adam —dijo Mike—. Concentrémonos en esto, ¿de acuerdo?

Tia asintió. Se abrió la puerta de la sala de interrogatorio y salió Hester. Se acercó a ellos y dijo:

—Aquí no. Salgamos a hablar fuera.

Siguió caminando. Mike y Tia la siguieron rápidamente. Subieron al ascensor, pero Hester no dijo nada. Cuando se abrieron las puertas, Hester caminó decidida hacia la puerta giratoria y salió. Mike y Tia la siguieron.

—En mi coche —dijo Hester.

Era una limusina con televisor, copas de cristal y un decantador vacío. Hester les dejó los asientos buenos, de cara al conductor. Ella se sentó enfrente.

—Ya no me fío de los edificios federales, con tanta vigilancia —dijo. Se dirigió a Mike—: Doy por sentado que ha puesto al día a su esposa.

—Sí.

—Ya se imaginarán el trato. Tienen docenas de lo que parecen recetas falsas extendidas por usted. Ese Club Jaguar no es tonto y utilizó distintas farmacias. Las presentaron en el estado, fuera del estado, por Internet, en todas partes. Las de seguimiento también. La teoría de los federales es bastante evidente.

—Creen que Adam las robó —dijo Mike.

—Sí. Y tienen bastantes pruebas.

—¿Como cuáles?

—Como que saben que su hijo asistió a fiestas farm. Al menos, es lo que dicen. Anoche también estaban frente al Club Jaguar. Vieron entrar a Adam poco después de verle a usted.

—¿Vieron cómo me agredían?

—Dicen que usted entró en el callejón y no supieron hasta más tarde qué había pasado. Estaban vigilando el club.

—¿Y Adam estaba dentro?

—Es lo que dicen. Pero no me dirán nada más. Como si le vieron salir. Pero no nos equivoquemos. Quieren encontrar a su hijo. Quieren que les entregue pruebas contra el Club Jaguar o quien sea que lo gestione. Es un chico, dicen. Saldrá con una palmadita en el culo si colabora.

—¿Qué les has dicho? —preguntó Tia.

—Primero he mareado la perdiz un poco. He negado que vuestro hijo supiera nada de esas fiestas o de los talonarios de recetas. Después he preguntado en qué consistiría su oferta en cuanto a condena y acusaciones. No están preparados para concretar.

—Adam no robaría el talonario de recetas de Mike— dijo Tia—. No es tan tonto.

Hester la miró inexpresivamente y Tia se dio cuenta de lo ingenua que sonaba su defensa.

—Ya saben cómo va —dijo Hester—. No importa lo que piensen o lo que piense yo. Les cuento su teoría. Y tienen un as en la manga. Usted, doctor Baye.

—¿Cómo?

—Fingen que no están del todo convencidos de que no está metido en esto. Por ejemplo, dicen que anoche iba al Club Jaguar cuando tuvo un violento altercado con varios hombres que corrían por allí. ¿Cómo podía conocer el local, a menos que estuviera implicado? ¿Por qué estaba en el barrio?

—Estaba buscando a mi hijo.

—Y ¿cómo sabía que su hijo estaría allí? No me conteste, nosotros lo sabemos. Pero ya ve a qué me refiero. Pueden acusarlo de estar conchabado con la tal Rosemary McDevitt. Es un adulto y médico. Daría bonitos titulares a la policía y pasaría un buen tiempo en la cárcel. Y, por si es tan bobo para pensar que debe cargar con el muerto por esto en lugar de su hijo, pueden decir que Adam y usted estaban juntos en esto. Adam lo empezó. Fue a las fiestas farm. Él y la mujer del Club Jaguar vieron una forma de sacar más dinero a través de un médico legal. Y le metieron en el ajo.

—Es una locura.

—No, no lo es. Tienen sus recetas. Es una prueba consistente, desde su punto de vista. ¿Sabe de cuánto dinero va esto? El Oxy-Contín vale una fortuna. Se está convirtiendo en un problema epidémico. Y usted, doctor Baye, sería un ejemplo maravilloso. Usted, doctor Baye, sería el chico del póster con sus bonitas recetas. Le podría sacar de ésta, claro. Seguramente le sacaría. Pero ¿a qué precio?

—¿Qué nos aconseja, entonces?

—Aunque aborrezca colaborar, creo que en este caso es nuestra mejor posibilidad. Pero esto es prematuro. Ahora necesitamos encontrar a Adam. Vamos a sentarnos y a descubrir qué ha pasado aquí exactamente. Después tomaremos una decisión informada.

Loren Muse entregó la fotografía a Neil Cordova.

—Es Reba —dijo.

—Sí, lo sé —dijo Muse—. Es una foto de una cámara de seguridad del Target donde estuvo ella ayer.

El hombre la miró.

—¿De qué nos sirve?

—¿Ve a esa mujer de detrás?

Muse la señaló con el dedo índice.

—Sí.

—¿La conoce?

—No, creo que no. ¿Tiene otro ángulo?

Muse le entregó la segunda fotografía. Neil Cordova se concentró en la imagen, deseando encontrar algo tangible para ayudar. Pero sacudió la cabeza.

—¿Quién es?

—Un testigo vio a su mujer subir a una furgoneta y a otra mujer que se llevaba el Acura de Reba. Le hemos hecho revisar las cintas de vigilancia y dice que es esta mujer.

Él volvió a mirar.

—No la conozco.

—Entendido, señor Cordova, gracias. Vuelvo enseguida.

—¿Puedo quedarme la foto? ¿Por si se me ocurre algo?

—Por supuesto.

Él la miró, todavía aturdido por la identificación del cadáver.

Muse salió y bajó por el pasillo. La recepcionista la saludó al pasar. Muse llamó a la puerta de Paul Copeland. Él le gritó que pasara. Cope estaba sentado ante una mesa con una pantalla de vídeo encima. La oficina del condado no utiliza espejos falsos en las salas de interrogatorio. Utiliza una cámara de televisión. Cope había estado observando. Sus ojos todavía estaban fijos en la pantalla, mirando a Neil Cordova.

—Ha surgido algo —dijo Cope.

—¿Qué?

—Marianne Gillespie estaba alojada en el Travelodge de Livingston. Debía marcharse esta mañana. También tenemos a un empleado del hotel que vio a Marianne entrando en su habitación con un hombre.

—¿Cuándo?

—No estaba seguro, pero cree que fue hace cuatro o cinco días, más o menos cuando se registró.

Muse asintió.

—Esto es gordo.

Cope mantuvo los ojos en la pantalla.

—Quizá deberíamos celebrar una rueda de prensa. Ampliar la imagen de la mujer de la foto de vigilancia. A ver si alguien puede identificarla.

—Quizá sí. No me gusta nada hacerlo público si no es realmente necesario.

Cope siguió estudiando al marido en la pantalla. Muse se preguntó qué estaría pensando. Cope había vivido muchas tragedias, incluida la muerte de su primera esposa. Muse echó un vistazo al despacho. Sobre la mesa había cinco iPods nuevos, todavía en sus cajas.

—¿Esto qué es? —preguntó.

—iPods.

—Eso ya lo veo. ¿Pero para qué son?

La mirada de Paul no se apartaba de Cordova.

—Ojalá fuera él.

—¿Cordova? No fue él.

—Lo sé. Puede sentirse el dolor que transpira.

Silencio.

—Los iPods son para las damas de honor —dijo Cope.

—Qué bonito.

—Quizá podría hablar con él.

—¿Con Cordova?

Cope asintió.

—Estaría bien —dijo ella.

—A Lucy le chiflan las canciones tristes —dijo Cope—. Ya lo sabes, ¿no?

Aunque fuera dama de honor, Muse no conocía a Lucy desde hacía mucho ni, en muchos sentidos, la conocía bien. De todos modos asintió, pero Cope seguía mirando la pantalla.

—Cada mes le grabo un CD. Es una cursilada, lo sé. Pero le encanta. Así que cada mes busco las canciones más tristes que existen. Totalmente desgarradoras. Este mes, por ejemplo, tengo *Congratulation* de Blue October y *Seed* de Angie Aparo.

—Nunca había oído hablar de ellas.

Cope sonrió.

—Pues las oirás. El regalo es esto. Las tienes todas grabadas en el iPod.

—Una gran idea —dijo ella.

Muse sintió una punzada. Cope grababa CD para la mujer que amaba. ¿Se podía tener más suerte?

—Antes no entendía por qué a Lucy le gustaban tanto esas canciones. ¿Sabes a qué me refiero? Se sienta a oscuras, las escucha y llora. La música le produce este efecto. No lo entendía. El mes pasado, por ejemplo. Le grabé una canción de Missy Higgins. ¿La conoces?

—No.

—Es fantástica. Su música es brutal. En esa canción habla de

299

un ex amante y de que no soporta pensar que otra mano lo toca, aunque sabe que debería.

—Qué triste.

—Exactamente. Y Lucy es feliz ahora, ¿no? Estamos muy bien. Por fin hemos vuelto a encontrarnos y vamos a casarnos. ¿Por qué sigue escuchando canciones desgarradoras?

—¿Me lo preguntas a mí?

—No, Muse, te lo estoy explicando. No lo entendí durante mucho tiempo. Pero ya lo entiendo. Las canciones tristes son un dolor seguro. Una distracción. Está controlado. Y quizá te ayuda a imaginar que el dolor será así. Pero no lo es. Y Lucy lo sabe, evidentemente. No puedes prepararte para el dolor. No tienes más remedio que dejar que te destroce.

Sonó su teléfono. Por fin Cope apartó la mirada y contestó al teléfono.

—Copeland —dijo. Después miró a Muse—. Han localizado al pariente más próximo de Marianne Gillespie. Ve.

30

En cuanto las dos chicas se quedaron solas en la habitación, Yasmin se echó a llorar.

—¿Qué pasa? —preguntó Jill.

Yasmin señaló su ordenador y se sentó.

—La gente es horrible.

—¿Qué ha ocurrido?

—Te lo enseñaré. Es muy malo.

Jill cogió una silla y se sentó junto a su amiga. Se mordió una uña.

—¿Yasmin?

—¿Qué?

—Estoy preocupada por mi hermano. Y a mi padre también le ha ocurrido algo. Por eso mi madre me ha vuelto a dejar aquí.

—¿Se lo has preguntado a tu madre?

—No me lo quiere decir.

Yasmin se secó las lágrimas, sin dejar de teclear.

—Siempre quieren protegernos, ¿eh?

Jill no sabía si Yasmin estaba siendo sarcástica o hablaba en serio o un poco de todo. Yasmin volvía a mirar la pantalla. Señaló algo.

—Espera, aquí está. Fíjate.

Era una página de MySpace titulada «¿*Varón o hembra? La historia de XY*». El fondo estaba lleno de gorilas y monos. Bajo películas favoritas aparecían *El planeta de los simios* y *Hair*. La canción por defecto era la de Peter Gabriel *Shock the Monkey*. Había vídeos del National Geographic, todos sobre primates. Uno era de You-Tube y se llamaba *Dancing Gorilla*.

Pero la peor parte era la foto por defecto, una foto escolar de Yasmin con una barba pintada.

—No me lo puedo creer —susurró Jill.

Yasmin se echó a llorar otra vez.

—¿Cómo lo has encontrado?

—La bruja de Maria Alexandra me ha mandado el enlace. Lo ha mandado a la mitad de la clase.

—¿Quién lo ha colgado?

—No lo sé. Ojalá lo supiera. Me lo ha mandado como si sufriera por mí, pero casi podía oírla reír, ¿sabes?

—¿Y lo ha mandado a más gente?

—Sí. A Heidi y a Annie y...

Jill meneó la cabeza.

—Lo siento.

—¿Lo sientes?

Jill no dijo nada.

La cara de Yasmin se puso roja.

—Alguien tiene que pagar por esto.

Jill miró a su amiga. Antes Yasmin era tan buena. Le gustaba tocar el piano, bailar y reírse con películas tontas. Ahora Jill sólo veía rabia en ella. La asustaba. En los últimos días se habían deteriorado tantas cosas. Su hermano había huido, su padre estaba metido en algún lío, y ahora Yasmin estaba más furiosa que nunca.

—¿Niñas?

Era el señor Novak que las llamaba desde abajo. Yasmin se secó la cara. Abrió la puerta y gritó:

—¿Sí, papá?

—He hecho palomitas.

—Bajamos enseguida.

—Beth y yo hemos pensado llevaros al centro comercial. Podemos ir al cine o podéis jugar en la galería de juegos. ¿Qué os parece?

—Ahora bajamos.

Yasmin cerró la puerta.

—Mi padre necesita salir de casa. Está de los nervios.

—¿Por qué?

—Ha ocurrido algo muy raro. Se ha presentado la mujer del señor Lewiston.

—¿En tu casa? No es posible.

Yasmin asintió, con los ojos muy abiertos.

—Bueno, yo creo que era ella. No la había visto nunca, pero conducía su asqueroso coche.

—¿Y qué ha pasado?

—Han discutido.

—Ay, Dios mío.

—No he oído nada. Pero ella parecía muy cabreada.

Desde abajo se oyó:

—¡Las palomitas están listas!

Las dos niñas bajaron. Guy Novak las estaba esperando. Tenía una sonrisa tensa.

—En el IMAX ponen la nueva película de Spiderman —dijo.

Sonó el timbre.

Guy Novak se volvió. Se puso más tenso.

—¿Papá?

—Ya voy —dijo.

Fue hacia la puerta. Las dos chicas le siguieron, a cierta distancia. Beth ya estaba allí. El señor Novak miró por la pequeña ventana, frunció el ceño y abrió la puerta. Había una mujer en la puerta. Jill miró a Yasmin. Yasmin negó con la cabeza. Aquella mujer no era la esposa del señor Lewiston.

—Buenos días —dijo el señor Novak.

La mujer miró por detrás de él, vio a las niñas y volvió a mirar al padre de Yasmin.

—¿Es usted Guy Novak? —preguntó la mujer.

—Sí.

—Me llamo Loren Muse. ¿Podemos hablar un momento en privado?

Loren Muse se quedó en la puerta.

Vio a las dos niñas detrás de Guy Novak. Probablemente una era su hija, y la otra quizá era de la mujer que estaba detrás de todos. Enseguida vio que la mujer no era Reba Cordova. Parecía estar bien y muy tranquila, pero nunca se sabe. Muse la siguió mirando, buscando alguna señal de que estuviera bajo coacción.

No había señales de sangre o violencia en el vestíbulo. Las niñas parecían tímidas, pero aparte de esto parecían estar bien. Antes de llamar al timbre, Muse había apretado la oreja contra la puerta. No había oído nada raro, sólo a Guy Novak gritando algo de unas palomitas y el cine.

—¿De qué se trata? —preguntó Guy Novak.

—Creo que sería mejor que habláramos a solas.

Enfatizó la expresión «a solas», esperando no tener que dar más explicaciones. Novak no picó.

—¿Quién es usted? —preguntó.

Muse no quería identificarse como agente de las fuerzas del orden con las niñas delante, así que entró un poco, miró a las niñas y después a él intensamente a los ojos.

—Creo que sería mejor en privado, señor Novak.

Finalmente él captó el mensaje. Miró a la mujer y dijo.

—Beth, ¿te llevas a las niñas a la cocina y les das palomitas?

—Claro.

Muse las observó saliendo del salón. Intentaba entender a Guy Novak. Parecía un poco crispado, pero algo en sus modales indicaba que estaba más irritado por su inesperada llegada que realmente asustado.

Clarence Morrow y Frank Tremont, junto con algunos policías del pueblo, estaban cerca. Estaban echando un vistazo disimuladamente. Existía una pequeña esperanza de que Guy Novak hubiera secuestrado a Reba Cordova y la tuviera retenida aquí, pero con el paso de los segundos eso parecía cada vez menos probable.

Guy Novak no la invitó a pasar.

—¿Y bien?

Muse le enseñó brevemente la placa.

—No fastidie —dijo él—. ¿Le han llamado los Lewiston?

Muse no tenía ni idea de quiénes eran los Lewiston, pero decidió seguir por ahí. Hizo un gesto vago con la cabeza.

—No me lo puedo creer. Lo único que hice fue pasar por delante de su casa. Sólo eso. ¿Desde cuándo es ilegal?

—Depende —dijo Muse.

—¿De qué?

—De sus intenciones.

Guy Novak se subió las gafas por la nariz.

—¿Sabe lo que ese hombre le hizo a mi hija?

Muse no tenía ni idea, pero fuera lo que fuera, estaba claro que había alterado a Guy Novak. Eso la complació, le serviría.

—Escucharé su versión —dijo.

Él se puso a parlotear sobre algo que un profesor había hecho a su hija. Muse le observó la cara. Igual que en el caso de Neil Cordova, no tuvo ninguna sensación de que estuviera actuando. Despotricó sobre la injusticia de lo que le habían hecho a su hijita, Yasmin, y de que el profesor hubiera salido impune.

Cuando se paró a respirar, Muse preguntó:

—¿Qué piensa su esposa de esto?

—No estoy casado.

Muse ya lo sabía.

—Ah, creí que la mujer que estaba con las niñas...

—Beth. Es una amiga.

Muse esperó que dijera algo más.

Él respiró hondo y dijo:

305

—De acuerdo, he captado el mensaje.

—¿El mensaje?

—Doy por supuesto que los Lewiston me han denunciado. Mensaje recibido. Hablaré del asunto con mi abogado.

Aquello no los llevaba a ninguna parte, pensó Muse. Era el momento de cambiar de rumbo.

—¿Puedo preguntarle otra cosa?

—Supongo.

—¿Cómo reaccionó la madre de Yasmin?

El hombre entornó los ojos.

—¿Por qué me lo pregunta?

—No es una pregunta absurda.

—La madre de Yasmin no participa mucho en la vida de su hija.

—Aun así. Un problema tan gordo como éste...

—Marianne nos abandonó cuando Yasmin era pequeña. Vive en Florida y ve a su hija cuatro o cinco veces al año, como mucho.

—¿Cuándo fue la última vez que estuvo aquí?

Él frunció el ceño.

—¿Qué tiene eso que ver...? Espere, ¿puedo volver a ver su placa?

Muse la sacó y esta vez él la miró con atención.

—¿Es del condado?

—Sí.

—¿Le importa que llame a su oficina y verifique que es legítima?

—Adelante. —Muse sacó una tarjeta del bolsillo—. Tenga.

Él la leyó en voz alta.

—Loren Muse, investigadora jefe.

—Sí.

—Jefe —repitió—. ¿Es que es usted amiga personal de los Lewiston o algo así?

De nuevo Muse se preguntó si Guy Novak estaba actuando magistralmente o era sincero.

—Dígame cuándo vio por última vez a su ex esposa.

Él se frotó la barbilla.

—Creía que había dicho que se trataba de los Lewiston.

—Responda a mi pregunta, por favor. ¿Cuándo fue la última vez que vio a su ex esposa?

—Hace tres semanas.

—¿Por qué estuvo aquí?

—Vino a ver a Yasmin.

—¿Habló con ella?

—La verdad es que no. Pasó a recoger a Yasmin. Prometió devolverla a una hora concreta. Normalmente Marianne respeta estas cosas. No le gusta pasar mucho tiempo con su hija.

—¿Desde entonces ha hablado con ella?

—No.

—Mmm... ¿Sabe dónde se aloja normalmente cuando viene?

—En el Travelodge cercano al centro comercial.

—¿Sabía que hacía cuatro noches que estaba alojada allí?

Pareció sorprendido.

—Dijo que se iba a Los Ángeles.

—¿Cuándo se lo dijo?

—Recibí un mensaje de correo de ella, creo que fue... no lo sé, ayer.

—¿Puedo verlo?

—¿El mensaje? Lo borré.

—¿Sabe si su ex esposa tenía novio?

Algo parecido a una mueca burlona se dibujó en la cara del hombre.

—Estoy seguro de que tenía varios, pero no puedo decirle nada concreto.

—¿Algún hombre de la zona?

—Tenía hombres en todas las zonas.

—¿Algún nombre?

Guy Novak sacudió la cabeza.

—Ni lo sé ni me importa.

—¿Por qué está tan resentido, señor Novak?

—No sé si «resentido» sigue siendo la palabra adecuada. —Se quitó las gafas, frunció el ceño mirando la suciedad de los cristales e intentó limpiarlos con la camisa—. Quería a Marianne, pero ella no lo valía. Siendo compasivo, se podría decir que es autodestructiva. Este pueblo la aburría. Yo la aburría. La vida la aburría. Era una esposa infiel en serie. Abandonó a su hija y después no fue más que un cúmulo de decepciones. Hace dos años Marianne prometió a Yasmin llevarla a Disney World. Me llamó el día anterior para anular el viaje. Sin motivo alguno.

—¿Paga pensión para ella o para la niña?

—No. Tengo la custodia.

—¿Su ex esposa sigue teniendo amigos en la zona?

—Lo dudo mucho, pero no estoy seguro.

—¿Qué me dice de Reba Cordova?

Guy Novak se lo pensó.

—Eran buenas amigas mientras Marianne vivió aquí. Muy íntimas. Nunca entendí por qué. Esas dos mujeres no podían ser más diferentes. Pero bueno, sí, si Marianne mantiene el contacto con alguien de aquí, seguramente es con Reba.

—¿Cuándo vio por última vez a Reba Cordova?

El hombre miró hacia arriba y a la derecha.

—Hace bastante. No sabría decirle, quizá en una fiesta de principio de curso o algo así.

Si sabía que su ex había sido asesinada, pensó Muse, era un tipo muy frío.

—Reba Cordova ha desaparecido.

Guy Novak abrió la boca, y después la cerró.

—¿Y cree que Marianne ha tenido algo que ver?

—¿Y usted?

—Es autodestructiva, pero la palabra clave es «auto». No creo que haga daño a nadie, exceptuando a su familia, claro.

—Señor Novak, me gustaría mucho hablar con su hija.

—¿Por qué?

—Porque creemos que su ex esposa ha sido asesinada.

Lo dijo sin más y observó su reacción. Fue lenta. Fue como si las palabras flotaran hacia él una por una y le llevara tiempo oírlas y asumirlas. Estuvo unos segundos sin reaccionar. Se quedó quieto, mirándola. Después hizo una mueca, como si no lo hubiera entendido bien.

—No... ¿Cree que ha sido asesinada?

Muse miró hacia atrás y asintió. Clarence se acercó a la puerta.

—Encontramos un cadáver en un callejón, vestido como una prostituta. Neil Cordova cree que puede ser su ex esposa, Marianne Gillespie. Señor Novak, necesitamos que acompañe a mi colega, el detective Morrow, a la oficina del forense para que pueda ver el cadáver. ¿Me comprende?

—¿Marianne está muerta? —dijo Novak en tono aturdido.

—Creemos que sí, pero por eso necesitamos su ayuda. El detective Morrow le acompañará a ver el cadáver y le hará algunas preguntas. Su amiga Beth puede quedarse con las niñas. Yo también me quedaré. Quiero preguntar algunas cosas a su hija sobre su madre, si le parece bien.

—De acuerdo —dijo. Y esto le liberó de muchas sospechas. Si se hubiera puesto a carraspear y a dudar, habría sido otra cosa. El ex marido siempre es un buen candidato. No es que Muse estuviera del todo segura de que no estaba implicado. Podría ser que hubiera topado con otro gran actor de la categoría de De Niro o Cordova. Pero también lo dudaba. En cualquier caso, Clarence le interrogaría.

—Señor Novak, ¿está listo? —preguntó Clarence.

—Debo decírselo a mi hija.

—Preferiría que no lo hiciera —dijo Muse.

—¿Disculpe?

—Ya le he dicho que no estamos seguros. Le haré unas preguntas, pero no le diré nada. Eso dejaré que lo haga usted si es realmente necesario.

Guy Novak asintió con expresión aturdida.

—Entendido.

Clarence le cogió del brazo y con su voz más amable, dijo:

—Vamos, señor Novak. Por aquí.

Muse no se quedó mirando cómo Clarence acompañaba a Novak hasta el coche. Entró en la casa y fue a la cocina. Las dos niñas estaban muy serias fingiendo comer palomitas.

Una de ellas preguntó:

—¿Quién es usted?

Muse sonrió forzadamente.

—Me llamo Loren Muse. Trabajo para el condado.

—¿Dónde está mi padre?

—¿Eres Yasmin?

—Sí.

—Tu padre está ayudando a uno de mis agentes. Volverá enseguida. Pero ahora necesitaría hacerte unas preguntas, ¿de acuerdo?

31

Betsy Hill estaba sentada en el suelo de la habitación de su hijo. Tenía el móvil de Spencer en la mano. La batería estaba descargada desde hacía tiempo. Sólo lo tenía en la mano y lo miraba y no estaba segura de lo que debía hacer.

El día después de que hallaran muerto a su hijo, había encontrado a Ron vaciando la habitación, tal como había hecho con la silla de la cocina de Spencer. Pero Betsy lo detuvo de una forma que no admitía réplica. Una cosa era una silla y otra todas sus cosas; hasta Ron podía ver la diferencia.

Después del suicidio muchos días se tumbaba en el suelo en posición fetal y lloraba. Le dolía mucho el estómago. Sólo deseaba morir, nada más, dejar que la agonía la venciera y la devorara. Pero no se moría. Ponía las manos sobre la cama, alisando las sábanas. Enterraba la cara en su almohada, pero el olor se había esfumado.

¿Cómo podía haber ocurrido?

Pensó en su conversación con Tia Baye, en lo que significaba, en lo que podía significar en última instancia. Nada en realidad. Al final Spencer seguía muerto. En esto Ron llevaba razón. Saber la verdad no cambiaría nada, ni siquiera la ayudaría a sentirse mejor. Saber la verdad no le daría aquella maldita «conclusión», porque lo cierto es que no la deseaba. ¿Qué madre, una madre que ya había fallado tanto a su hijo, querría seguir adelante, dejar de sufrir, recibir alguna clase de dispensa?

—Eh.

Miró. Ron estaba en el umbral. Intentó sonreírle. Betty se guardó el móvil en el bolsillo de atrás.

—¿Estás bien? —preguntó él.

—¿Ron?

Él esperó.

—Necesito descubrir qué pasó en realidad aquella noche.

—Lo sé —dijo Ron.

—No me devolverá a Spencer —dijo ella—. Lo sé. Ni siquiera nos hará sentir mejor. Pero siento que necesito hacerlo de todos modos.

—¿Por qué? —preguntó.

—No lo sé.

Ron asintió. Entró en la habitación y se inclinó hacia ella. Por un momento ella pensó que iba a abrazarla y el cuerpo se le puso rígido sólo de pensarlo. Él se detuvo al verlo, parpadeó y volvió a incorporarse.

—Más vale que me vaya —dijo.

Se volvió y salió. Betsy sacó el teléfono del bolsillo. Lo conectó al cargador y lo encendió. Todavía con el móvil en la mano, Betsy se acurrucó en posición fetal y lloró. Pensó en su hijo en esa misma posición fetal —¿esto también era hereditario?— en aquella fría y dura azotea.

Miró las llamadas en el móvil de Spencer. No encontró sorpresas. Ya lo había mirado otras veces, pero ahora hacía semanas que no lo hacía. Aquella noche Spencer llamó a Adam Baye tres veces. La última vez que habló con él fue una hora antes del mensaje de suicidio. Aquella llamada sólo duró un minuto. Adam dijo que Spencer le había dejado un mensaje confuso. Ahora Betty se preguntaba si sería mentira.

La policía había encontrado este móvil en la azotea junto al cadáver de Spencer.

Ahora lo tenía en la mano y cerraba los ojos. Estaba medio

dormida, meciéndose en ese estadio entre el sueño y la vigilia, cuando oyó sonar el teléfono. Por un momento creyó que era el móvil de Spencer, pero no, era el teléfono fijo.

Betsy quería dejar que saltara el contestador, pero podía ser Tia Baye. Logró levantarse del suelo. Había un teléfono en la habitación de Spencer. Comprobó el identificador y vio un número conocido.

—¿Diga?

Un silencio.

—¿Diga?

Entonces una voz juvenil ahogada por las lágrimas dijo:

—La he visto con mi madre en la azotea.

Betsy se incorporó.

—¿Adam?

—Lo siento mucho, señora Hill.

—¿Desde dónde llamas? —preguntó Betsy.

—Desde un teléfono público.

—¿Dónde?

Oyó más sollozos.

—¿Adam?

—Spencer y yo solíamos quedar detrás de su patio. En aquel bosque donde tenían el columpio. ¿Sabe dónde le digo?

—Sí.

—Podemos vernos allí.

—De acuerdo, ¿cuándo?

—A Spencer y a mí nos gustaba porque se puede ver a todos los que vienen y van. Si se lo dice a alguien, le veré. Prométame que no se lo dirá a nadie.

—Lo prometo. ¿Cuándo?

—Dentro de una hora.

—De acuerdo.

—¿Señora Hill?

—¿Sí?

—Lo que le pasó a Spencer —dijo Adam—. Fue culpa mía.

En cuanto Mike y Tia entraron en su calle, vieron al hombre de los cabellos largos y las uñas sucias paseando por su césped.

—¿No es ése Brett, de tu oficina? —preguntó Mike.

Tia asintió.

—Le he pedido que revisara lo del correo electrónico. El de la fiesta de los Huff.

Entraron en su paseo. Susan y Dante Loriman también estaban fuera. Dante los saludó. Mike le devolvió el saludo. Miró a Susan. Ella levantó forzadamente una mano y después fue hacia la puerta de su casa. Mike volvió a saludar y se volvió. Ahora no tenía tiempo.

Sonó su móvil. Mike miró el número y frunció el ceño.

—¿Quién es? —preguntó Tia.

—Ilene —dijo—. Los federales también la han interrogado. Debo contestar.

Tia asintió.

—Yo hablaré con Brett.

Tia bajó del coche. Brett todavía estaba paseando, animadamente, hablando consigo mismo. Ella le llamó y se detuvo.

—Alguien te está liando, Tia —dijo Brett.

—¿Cómo?

—Debo entrar y revisar el ordenador de Adam para asegurarme.

Tia quería seguir preguntando, pero sería una pérdida de tiempo. Abrió la puerta y dejó entrar a Brett. Él conocía el camino.

—¿Le habéis contado a alguien lo que os puse en el ordenador? —preguntó.

—¿Lo del programa espía? No. Bueno, anoche sí. A la policía, claro.

—¿Y antes de eso qué? ¿Se lo dijisteis a alguien?

—No. Mike y yo no estábamos muy orgullosos. Ah, espera, a nuestro amigo Mo.

—¿A quién?

—Es prácticamente el padrino de Adam. Mo nunca le haría ningún daño a nuestro hijo.

Brett se encogió de hombros. Estaban en la habitación de Adam. El ordenador estaba encendido. Brett se sentó y empezó a teclear. Sacó los correos de Adam e introdujo un programa. La pantalla se llenó de símbolos. Tia observaba sin entender nada.

—¿Qué estás buscando?

Él se recogió los cabellos grasientos detrás de la oreja y estudió la pantalla.

—Espera. El correo del que me hablaste fue borrado, ¿te acuerdas? Quería comprobar si tenía alguna clase de función temporal de envío, no... y entonces... —Calló—. Un momento... vale, sí.

—¿Sí qué?

—Es que es muy raro. Dices que Adam no estaba cuando recibió el mensaje. Pero sabemos que el mensaje se leyó en este ordenador, ¿no?

—Sí.

—¿Tienes algún candidato?

—La verdad es que no. Ninguno de nosotros estaba en casa.

—Porque esto es lo interesante. El mensaje no sólo se leyó en el ordenador de Adam, también se mandó desde aquí.

Tia hizo una mueca.

—¿O sea que entró alguien, encendió el ordenador, le mandó un mensaje desde su ordenador sobre una fiesta en casa de los Huff, lo abrió y después lo borró?

—Es más o menos lo que digo.

—¿Por qué haría alguien algo así?

Brett se encogió de hombros.

—¿Lo único que se me ocurre? Para volverte loca.

—Pero nadie sabía lo del E-SpyRight. Excepto Mike y yo y Mo y... —intentó mirarle a los ojos, pero él la esquivó— tú.

—Eh, a mí no me mires.

—Se lo dijiste a Hester Crimstein.

—Lo siento mucho. Pero es la única persona que lo sabe.

Tia reflexionó. Y entonces miró a Brett con sus uñas sucias y la barba de dos días y la camiseta moderna, pero raída, y pensó en cómo podía haber confiado en aquel chico al que apenas conocía y en lo idiota que había sido.

¿Cómo sabía que lo que le decía era verdad?

Él le había enseñado que podía entrar y ver los informes desde Boston si quería. ¿Era descabellado pensar que él también había puesto una contraseña, para poder entrar en el programa y leer los informes? ¿Cómo iba a enterarse ella? ¿Cómo sabría realmente alguien lo que había en el ordenador? Las empresas ponen programas espía para saber por dónde navegas. Las tiendas te dan tarjetas para poder vigilar lo que compras. Dios sabe lo que las empresas de informática pueden haber precargado en el disco duro de tu ordenador. Ingenios de búsqueda seguían lo que mirabas y, con lo barato que era el almacenaje hoy, nunca tenían que borrarlo.

¿Era tan descabellado pensar que Brett podía saber más de lo que decía?

—Diga.

—¿Mike? —dijo Ilene Goldfarb.

Mike miró entrar en casa a Tia y a Brett. Se apretó el móvil contra la oreja.

—¿Qué hay? —preguntó a su socia.

—He hablado con Susan Loriman sobre el padre biológico de Lucas.

Esto sorprendió a Mike.

—¿Cuándo?

—Hoy. Me ha llamado. Hemos quedado en una cafetería.

—¿Y?

—Es un punto muerto.

—¿El padre auténtico?

—Sí.

—¿Por?

—Quiere que sea confidencial.

—¿El nombre del padre? Lástima.

—No, el nombre del padre, no.

—¿Qué, entonces?

—Me contó por qué esa vía no iba a ayudarnos.

—No entiendo nada —dijo Mike.

—Tienes que confiar en mí. Me ha explicado la situación. Es un callejón sin salida.

—No entiendo por qué.

—Yo tampoco hasta que Susan me lo explicó.

—¿Y quiere mantener en secreto la razón?

—Correcto.

—Por lo tanto presumo que es algo embarazoso. Por eso ha hablado contigo, y no conmigo.

—Yo no diría que sea embarazoso.

—¿Cómo lo calificarías?

—Parece que no confías en mi buen juicio en este asunto.

Mike cambió el móvil de oreja.

—Normalmente, Ilene, te confiaría mi vida.

—¿Pero?

—Pero acabo de ser interrogado a lo bestia por una coalición de fuerzas de la DEA y la Oficina del Fiscal.

Un silencio.

—También hablaron contigo, ¿no? —preguntó Mike.

—Sí.

—¿Por qué no me lo dijiste?

—Me lo hicieron prometer. Dijeron que si hablaba contigo comprometería una importante investigación federal. Me amenazaron con presentar cargos y hacerme perder la consulta, si te decía algo.

Mike no dijo nada.

—Recuerda que mi nombre también está en esos talonarios de recetas —siguió Ilene, con un tono un poco crispado.

—Lo sé.

—¿Se puede saber qué pasa, Mike?

—Es complicado.

—¿Has hecho lo que dicen que has hecho?

—Por favor, dime que no me estás preguntando esto en serio.

—Me enseñaron nuestros talonarios de recetas. Me dieron una lista de lo que habías recetado. Ninguna de esas personas es paciente nuestra. Vaya, no usamos ni la mitad de todas esas cosas que se habían recetado.

—Lo sé.

—También se trata de mi carrera —dijo—. Yo empecé esta consulta. Sabes lo que representa para mí.

Había algo en su voz, un tono dolido que iba más allá de lo evidente.

—Lo siento, Ilene, estoy intentando solucionarlo.

—Creo que merezco algo más que decirme «es complicado».

—La verdad es que no sé qué está ocurriendo. Adam ha desaparecido. Tengo que encontrarlo.

—¿Qué quieres decir «desaparecido»?

La puso al día rápidamente. Cuando acabó, Ilene dijo:

—No soporto hacer la pregunta obvia.

—Pues no la hagas.

—No quiero perder la consulta, Mike.

—Es nuestra consulta, Ilene.

—Cierto. Si puedo hacer algo para ayudar a encontrar a Adam... —empezó.

—Te lo comunicaré.

Nash paró la furgoneta frente al piso de Pietra en Hawthorne.

Necesitaban pasar un tiempo separados. Lo veía claramente.

Las grietas empezaban a asomar. Siempre estarían conectados de alguna manera, no como con Cassandra, ni de lejos. Pero había algo entre ellos, una atracción que volvía a reunirlos una y otra vez. Seguramente comenzó como una especie de compensación, de agradecimiento por rescatarla de aquel horrible lugar, pero, al final, quizá habría preferido que no la salvaran. Quizá el haberla rescatado había sido una maldición y ahora él era responsabilidad de ella, en lugar de al revés.

Pietra miró por la ventana.

—¿Nash?

—¿Sí?

Ella se llevó una mano a la garganta.

—Aquellos soldados que mataron a mi familia. Todas aquellas cosas innombrables que les hicieron. Que me hicieron a mí...

Calló.

—Te escucho —dijo él.

—¿Crees que aquellos soldados eran todos asesinos, violadores y torturadores, y aunque no hubiera habido guerra, habrían hecho lo mismo?

Nash no dijo nada.

—El que encontramos era panadero —dijo ella—. Nosotros íbamos a comprar a su tienda. Toda la familia. Sonreía. Regalaba piruletas.

—¿Qué quieres decir?

—De no haber habido guerra —dijo Pietra—, habrían vivido su vida. Habrían sido panaderos, herreros o carpinteros. No habría habido asesinos.

—¿Y crees que lo mismo puede aplicarse a ti? —preguntó Nash—. ¿Que podrías haber llegado a ser actriz?

—No hablo de mí —dijo Pietra—. Hablo de aquellos soldados.

—De acuerdo, bueno. Siguiendo tu lógica, crees que las tensiones de la guerra explican su comportamiento.

—¿Tú no?

—No.

Ella volvió la cabeza lentamente para mirarlo.

—¿Por qué no?

—Tu hipótesis es que la guerra los obligó a actuar de una forma que iba en contra de su carácter.

—Sí.

—Pero quizá sea precisamente lo contrario —dijo él—. Quizá la guerra liberó su auténtica forma de ser. Puede que sea la sociedad, no la guerra, la que obliga al hombre a actuar de una forma que va en contra de su carácter.

Pietra abrió la puerta y bajó del coche. Nash la observó entrando en su casa. Arrancó el coche y fue a su siguiente destino. Treinta minutos después, aparcó en una calle lateral entre dos casas que parecían vacías. No quería dejar la furgoneta a la vista en el aparcamiento.

Nash se puso el bigote falso y una gorra de béisbol. Caminó tres travesías hasta el gran edificio de ladrillo. Parecía abandonado. La puerta delantera estaba cerrada, de eso Nash estaba seguro. Pero una puerta lateral tenía un estuche de cerillas metido en la abertura. La abrió y subió la escalera.

El pasillo estaba lleno de obras de arte infantiles, sobre todo dibujos. Un tablón de anuncios tenía redacciones colgadas. Nash paró y leyó algunas. Eran de alumnos de tercero, y todas hablaban de sí mismos. Así enseñaban a los niños ahora. A pensar sólo en ellos mismos. Eres fascinante. Eres único y especial y nadie, absolutamente nadie, es ordinario, lo que, pensándolo bien, nos convierte a todos en ordinarios.

Entró en un aula de la planta baja. Joe Lewiston estaba sentado en el suelo con las piernas cruzadas. Tenía documentos en las manos y lágrimas en los ojos. Levantó la cabeza cuando entró Nash.

—No ha funcionado —dijo Joe Lewiston—. Sigue mandando mensajes.

32

Muse interrogó a la hija de Marianne Gillespie cuidadosamente, pero Yasmin no sabía nada.

Yasmin no había visto a su madre. Ni siquiera sabía que estuviera en la ciudad.

—Creía que estaba en Los Ángeles —dijo Yasmin.

—¿Te lo dijo ella? —preguntó Muse.

—Sí. —Luego—: Bueno, me mandó un correo.

Muse recordó que Guy Novak le había dicho lo mismo.

—¿Todavía lo tienes?

—Puedo mirar. ¿Marianne está bien?

—¿Llamas a tu madre por su nombre?

Yasmin se encogió de hombros.

—No deseaba realmente ser madre. O sea que ¿para qué recordárselo? Y la llamo Marianne.

«Crecen rápido», pensó Muse. Volvió a preguntar:

—¿Todavía tienes el mensaje?

—Supongo que sí. Seguramente está en el ordenador.

—Me gustaría que me lo imprimieras.

Yasmin arrugó la frente.

—Pero no piensa decirme de qué va esto. —No era una pregunta.

—No es nada por lo que debas preocuparte todavía.

—Ya. No quiere preocupar a la niña. Si fuera su madre y usted tuviera mi edad, ¿no querría saberlo?

—Tienes razón. Pero te repito que todavía no sabemos nada. Tu padre volverá pronto. Me gustaría mucho ver ese correo.

Yasmin subió la escalera. Su amiga se quedó en la habitación. Normalmente Muse habría preferido interrogar a Yasmin a solas, pero la amiga parecía tranquilizarla.

—¿Cómo has dicho que te llamabas? —preguntó Muse.

—Jill Baye.

—Jill, ¿has conocido a la madre de Yasmin?

—Sí, la he visto un par de veces.

—Pareces preocupada.

Jill hizo una mueca.

—Usted es policía y hace preguntas sobre la madre de mi amiga. ¿No debería estarlo?

Niños.

Yasmin bajó la escalera saltando con un papel en la mano.

—Tenga.

Muse leyó:

¡Hola! Me voy a Los Ángeles unas semanas. Te llamaré cuando vuelva.

Esto explicaba muchas cosas. Muse se había preguntado por qué nadie había denunciado la desaparición de la desconocida. Simple. Vivía sola en Florida. Entre su estilo de vida y este mensaje, bueno, podrían haber pasado meses, si no más tiempo, antes de que alguien sospechara que podía haberle ocurrido algo.

—¿Le sirve de algo? —preguntó Yasmin.

—Sí, gracias.

A Yasmin se le llenaron los ojos de lágrimas.

—Sigue siendo mi madre.

—Lo sé.

—Me quiere. —Yasmin se echó a llorar. Muse fue hacia ella, pero la niña levantó la mano para detenerla—. Aunque no sepa cómo ser madre. Lo intenta. Pero no sabe.

—No pasa nada. No la estoy juzgando, ni mucho menos.

—Entonces cuénteme qué sucede. Por favor.

—No puedo —dijo Muse.

—Pero es algo malo, ¿no? Puede decirme al menos eso. ¿Es algo malo?

Muse deseaba ser sincera con la chica, pero no era ni el momento ni el lugar.

—Tu padre volverá pronto. Debo irme a trabajar.

—Cálmate —dijo Nash.

Joe Lewiston se levantó del suelo con un movimiento ágil. Nash se imaginó que los profesores se acostumbraban a ese movimiento.

—Lo siento. No debería haberte metido en esto.

—Hiciste lo que debías llamándome.

Nash miró a su antiguo cuñado. Se dice «antiguo» porque «ex» implica divorcio. Cassandra Lewiston, su querida esposa, tenía cinco hermanos. Joe Lewiston era el más joven y el preferido de ella. Cuando el hermano mayor, Curtis, fue asesinado hacía poco más de diez años, Cassandra se lo había tomado muy mal. Se había pasado días llorando y no quería levantarse de la cama y, a veces, aunque supiera que era irracional tener esos pensamientos, Nash se preguntaba si aquella angustia la había hecho ponerse enferma. Había sufrido tanto por su hermano que quizá su sistema inmunitario se había debilitado. Quizá el cáncer está dentro de todos nosotros, esas células malignas, y quizá esperan el momento en que las defensas están bajas para entrar en acción.

—Te prometo que descubriré quién ha matado a Curtis —dijo Nash a su amada.

Pero no había cumplido su promesa, aunque esto no había importado mucho a Cassandra. No era vengativa. Sólo echaba de menos a su hermano mayor. Y entonces se lo había jurado. Le había jurado que no permitiría que volviera a sentir ese dolor. Protegería a los que ella amaba. Los protegería siempre.

Se lo había vuelto a prometer en su lecho de muerte.

Pareció que eso la reconfortaba.

—¿Estarás a su lado? —había preguntado Cassandra.

—Sí.

—Y ellos también estarán a tu lado.

Él no había respondido a esto.

Joe fue hacia él. Nash echó un vistazo al aula. En muchos sentidos no habían cambiado nada desde que él era un alumno. Todavía estaban las normas escritas a mano y el alfabeto en cursiva en letras mayúsculas y minúsculas. Había toques de color por todas partes. Las obras de arte más recientes se secaban sobre un trapo.

—Ha sucedido algo más —dijo Joe.

—Cuenta.

—Guy Novak no deja de pasar frente a mi casa con el coche. Reduce la velocidad y mira. Creo que está asustando a Dolly y a Allie.

—¿Desde cuándo?

—Hace una semana que lo hace.

—¿Por qué no me lo habías dicho antes?

—No creí que tuviera importancia. Pensé que dejaría de hacerlo.

Nash cerró los ojos.

—¿Y por qué crees que ahora es importante?

—Porque Dolly se puso muy nerviosa esta mañana cuando lo hizo.

—¿Guy Novak ha pasado por tu casa esta mañana?

—Sí.

—¿Y crees que está intentando acosarte?

—¿Qué, si no?

Nash sacudió la cabeza.

—Lo hemos interpretado mal desde el principio.

—¿A qué te refieres?

Pero no había razón para explicarse. Dolly Lewiston todavía recibía mensajes. Esto sólo significaba una cosa. Marianne no los había mandado, a pesar de que, después de sufrir tanto, hubiera admitido haberlo hecho.

Los había mandado Guy Novak.

Pensó en Cassandra y en la promesa que él le había hecho. Ahora sabía qué debía hacer para resolver aquella situación.

—Soy un idiota —dijo Joe Lewiston.

—Escúchame, Joe.

Parecía tan asustado que Nash se alegró de que Cassandra no pudiera ver nunca así a su hermano. Pensó en cómo estaba Cassandra hacia el final. Había perdido el pelo, la piel se le había vuelto amarillenta, tenía heridas abiertas en el cráneo y en la cara, había perdido el control de los intestinos. Había momentos en que el dolor parecía insoportable, pero ella le había hecho prometer no interferir. Apretaba los labios y los ojos le sobresalían y era como si unas garras de acero la estuvieran desgarrando por dentro. Hacia el final tenía la boca llena de llagas de modo que ni siquiera podía hablar. Nash se sentaba a su lado y la observaba y se volvía loco de rabia.

—Todo se arreglará, Joe.

—¿Qué vas a hacer?

—Tú no te preocupes, ¿de acuerdo? Todo se arreglará, te lo prometo.

Betsy Hill esperaba a Adam en el pequeño claro del bosque detrás de la casa.

Aquella zona llena de maleza estaba dentro de su propiedad, pero nunca se habían tomado la molestia de desbrozarla. Ella y Ron habían hablado hacía años de limpiarla y construir una piscina, pero el gasto era desmesurado y los gemelos eran demasiado pequeños. Nunca se decidieron a hacerlo. Ron había construido allí un fuerte cuando Spencer tenía nueve años. Los niños jugaban en él. También había un viejo columpio, comprado en Sears. Ambos estaban abandonados desde hacía años, pero mirando con atención, Betsy todavía pudo ver clavos tirados y tubos oxidados.

Pasaron los años y entonces Spencer empezó a pasar el rato allí con sus amigos. En una ocasión Betsy había encontrado botellas de cerveza. Quiso hablar de ello con Spencer, pero siempre que intentaba sacar el tema, él se retraía aún más. Era un adolescente que tomaba una cerveza. ¿Tan grave era?

—¿Señora Hill?

Se volvió y vio a Adam detrás de ella. Había venido por el otro lado, por el patio de los Kadison.

—Dios santo —exclamó—, ¿qué te ha ocurrido?

Adam tenía la cara sucia e hinchada. En el brazo llevaba un aparatoso vendaje. Tenía la camisa rasgada.

—Estoy bien.

Betsy le hizo caso y no avisó a sus padres. Temía echar a perder esta oportunidad. Quizá era un error, pero había tomado tantas decisiones equivocadas en los últimos meses, que una más parecía poco importante.

Aun así, lo siguiente que le dijo fue:

—Tus padres están muy preocupados.

—Lo sé.

—¿Qué ha pasado, Adam? ¿Dónde has estado?

Él meneó la cabeza, de una forma que a Betsy le recordó al padre de Adam. Cuando los niños se hacen mayores, ves como cada vez se parecen más sus padres, no sólo físicamente, sino que se les pegan sus gestos. Adam ya era mayor, más alto que su padre y casi un hombre.

—Supongo que esa foto hace tiempo que está puesta en la página conmemorativa —dijo Adam—. Nunca entro en ella.

—¿No?

—No.

—¿Puedo preguntar por qué?

—Para mí no es Spencer, ¿sabe? Ni siquiera conozco a las chicas que la abrieron. Ya tengo bastantes recuerdos. Así que no la miro.

—¿Sabes quién sacó la foto?

—Creo que DJ Huff. Bueno, no puedo estar seguro porque yo estoy en el fondo. Estoy mirando a otro lado. Pero DJ descargó muchas fotos en aquella página. Probablemente las descargó todas y ni siquiera se dio cuenta de que eran de aquella noche.

—¿Qué ocurrió, Adam?

Adam se echó a llorar. Betsy había estado pensando hacía sólo unos segundos que Adam parecía casi un hombre. Ahora el hombre se había esfumado y había vuelto el niño.

—Nos peleamos.

Betsy se quedó quieta. Quizá a dos metros de distancia, pero sentía cómo a Adam le hervía la sangre.

—Así se hizo aquella magulladura de la cara —dijo Adam.

—¿Le pegaste?

Adam asintió.

—Eras su amigo —dijo Betsy—. ¿Por qué os peleasteis?

—Estábamos bebiendo y colocándonos. Fue por una chica. La cosa se nos fue de las manos. Nos empujamos y él me dio un puñetazo. Lo esquivé y después le pegué en la cara.

—¿Por una chica?

Adam bajó los ojos.

—¿Quién más estaba allí? —preguntó.

Adam sacudió la cabeza.

—No importa.

—A mí sí me importa.

—No debería. Es conmigo con quien se peleó.

Betsy intentó imaginarlo. Su hijo. Su precioso hijo y su último día en la Tierra y su mejor amigo le había pegado en la cara. Intentó mantener un tono sereno, pero no lo consiguió.

—No entiendo absolutamente nada. ¿Dónde estabais?

—Teníamos que ir al Bronx. Allí hay un local donde dejan entrar a chicos de nuestra edad.

—¿En el Bronx?

—Pero antes de ir, Spencer y yo nos peleamos. Le pegué y le insulté de una forma horrible. Estaba furioso. Y entonces él se marchó. Debería haber ido tras él. No fui. Le dejé marchar. Debería haberme imaginado lo que haría.

Betsy Hill se quedó quieta, atontada. Recordó lo que había dicho Ron, que nadie había obligado a su hijo a robar vodka y pastillas de casa.

—¿Quién mató a mi hijo? —preguntó.

Pero ya lo sabía.

Lo había sabido desde el principio. Había buscado explicaciones para lo inexplicable y tal vez llegara a encontrar una, pero el comportamiento humano normalmente era mucho más complejo. Tienes a dos hermanos criados exactamente de la misma manera y uno acaba siendo un encanto y el otro, un asesino. Algunas personas lo atribuían a un «cruce de cables», a la superioridad de la naturaleza sobre la educación, pero a veces ni siquiera se trata de eso: es sólo un suceso azaroso que altera las vidas, algo en el viento que se mezcla con su particular química cerebral, nada en realidad y, después de la tragedia, buscas explicaciones y quizá encuentras alguna, pero sólo estás haciendo teorías a posteriori.

—Cuéntame lo que pasó, Adam.

—Más tarde intentó llamarme —dijo Adam—. Por eso tenía esas llamadas. Vi que era él. Y no respondí. Dejé que saltara el buzón de voz. Ya estaba muy colocado. Él estaba deprimido y triste y yo debería haberlo visto. Debería haberle perdonado. Pero no lo perdoné. Éste fue el último mensaje que me mandó. Decía que lo sentía y que sabía cómo acabar. Ya había pensado antes en el suicidio. Todos hablamos de ello. Pero en su caso era diferente. Era más serio. Y yo me peleé con él. Lo insulté y le dije que nunca lo perdonaría.

Betsy Hill sacudió la cabeza.

—Era un buen chico, señora Hill.

—Él fue el que se llevó los medicamentos de casa, de nuestro botiquín... —dijo ella, más para sí misma que para él.

—Lo sé. Lo hacíamos todos.

Las palabras del chico la machacaban y no la dejaban pensar.

—¿Una chica? ¿Os peleasteis por una chica?

—Fue culpa mía —dijo Adam—. Perdí el control. No le busqué. Escuché los mensajes demasiado tarde. Fui a la azotea en cuanto pude. Pero estaba muerto.

—¿Le encontraste?

Adam asintió.

—¿Y no dijiste nada?

—Fui un cobarde. Pero ya no lo soy. Se acabó.

—¿Qué se acabó?

—Lo siento mucho, señora Hill. No pude salvarlo.

—Yo tampoco, Adam —dijo Betsy.

Dio un paso hacia él, pero Adam sacudió la cabeza.

—Se acabó —repitió.

Después retrocedió dos pasos, se volvió y huyó.

33

Paul Copeland estaba frente a un sinfín de micrófonos de prensa diciendo:

—Necesitamos su ayuda para encontrar a una mujer desaparecida llamada Reba Cordova.

Muse observaba desde un extremo del escenario. Las pantallas mostraban una fotografía dolorosamente tierna de Reba. Su sonrisa era de las que te hacían sonreír; por el contrario, en una situación así, te partían el corazón por la mitad. Había un teléfono al pie de la pantalla.

—También necesitamos ayuda para localizar a esta mujer.

Emitieron la fotografía del vídeo de vigilancia de la tienda Target.

—Estamos buscando a esta mujer en este caso. Si tienen alguna información, por favor llamen al número de abajo.

Ahora empezarían a llamar los pirados, pero en una situación así, los pros superaban a los contras, en opinión de Muse. Dudaba que nadie hubiera visto a Reba Cordova, pero era muy posible que alguien reconociera a la mujer de la foto de vigilancia. Era en esto en lo que Muse ponía más esperanzas.

Neil Cordova estaba de pie junto a Cope. Frente a él estaban las hijas de él y de Reba. Cordova mantenía la barbilla alta, pero se podía ver que le temblaba. Las niñas Cordova eran preciosas y tenían los ojos asustados y muy abiertos, como esas personas que se ven saliendo de una casa incendiada en los boletines de guerra.

Evidentemente los canales de televisión estaban encantados con esto: la fotogénica familia afligida. Cope le dijo a Cordova que no hacía falta que asistiera o que podía asistir sin las niñas. Neil Cordova no quiso ni oír hablar de ello.

—Necesitamos hacer todo lo que podamos para salvarla —le dijo a Cope—, no quiero que, más adelante, mis hijas tengan dudas.

—Será una experiencia traumática —contestó Cope.

—Si su madre está muerta, lo pasarán fatal de todos modos. Quiero que al menos sepan que hicimos todo lo que pudimos.

Muse sintió vibrar su móvil. Lo miró y vio que era Clarence Morrow llamando desde el depósito. Ya era hora.

—El cadáver es el de Marianne Gillespie —dijo Clarence—. El ex marido está seguro.

Muse se adelantó un poquito, sólo para que Cope la viera. Cuando él la miró, le hizo una señal con la cabeza. Cope volvió a hablar diciendo:

—También hemos identificado un cadáver que podría estar relacionado con la desaparición de la señora Cordova. Una mujer llamada Marianne Gillespie...

Muse volvió al móvil.

—¿Has interrogado a Novak?

—Sí. No creo que tenga nada que ver. ¿Y tú?

—No.

—No tenía motivo. Su novia no es la mujer de la cinta de vigilancia, y no se ajusta a la descripción del tipo de la furgoneta.

—Llévalo a casa. Deja que hable con su hija con calma.

—Estamos en camino. Novak ya ha llamado a su novia para que se asegure de que las niñas no ven las noticias hasta que él vuelva.

En la pantalla apareció una fotografía de Marianne Gillespie. Curiosamente, Novak no tenía ninguna foto antigua de su ex, pero Reba Cordova visitó a Marianne en Florida la primavera pasada y sacó algunas fotos. La foto estaba hecha junto a la piscina, con Marianne en biquini, pero le habían recortado la cara para las cámaras. Marianne había sido algo así como una bomba, pensó Muse, aunque había visto tiempos mejores. Todo no estaba tan tirante como había estado, pero estaba claro que había sido explosiva.

Por fin Neil Cordova se adelantó para hablar. Los flashes de las cámaras crearon la iluminación cegadora que siempre intimida a los no iniciados. Cordova pestañeó. Parecía más tranquilo, y había puesto una cara inexpresiva. Dijo que amaba a su mujer y que era una madre maravillosa y que si alguien tenía información, por favor, llamara al teléfono que aparecía en pantalla.

—Pst.

Muse se volvió. Era Frank Tremont. Le hizo un gesto para que se acercara.

—Tenemos algo —dijo.

—¿Ya?

—Ha llamado una viuda que había estado casada con un poli de Hawthorne. Dice que la mujer de la foto de vigilancia vive sola en el piso de abajo. Dice que la mujer es de algún país extranjero y que se llama Pietra.

Saliendo de la escuela, Joe Lewiston revisó su correo en la oficina principal.

Había otro folleto y una nota personal de la familia Loriman pidiendo ayuda para encontrar a un donante para su hijo Lucas. Joe nunca había tenido de alumno a ninguno de los niños Loriman, pero había visto a la madre en la escuela. Los profesores varones pueden fingir que están por encima de estas cosas, pero se fijan en las madres cañón. Susan Loriman era una de ellas.

El folleto —el tercero que veía— decía que el próximo viernes mandaría a un «profesional médico» a la escuela para realizar los análisis de sangre.

Por favor, ayúdenos a salvar la vida de Lucas...
Joe se sintió fatal. Los Loriman estaban trabajando frenéticamente para salvar la vida de su hijo. La señora Loriman le había mandado un mensaje y le había llamado, para pedirle ayuda: «Sé que nunca ha dado clase a mis hijos, pero en la escuela todos le consideran un líder», y Joe había pensado, egoístamente, porque los seres humanos son egoístas, que quizá esto le ayudaría a recuperar su buena fama tras la controversia de XY-Yasmin o al menos aliviaría su sentimiento de culpa. Pensó en su propia hija, se imaginó a la pequeña Allie en un hospital con tubos por todas partes, enferma y sufriendo. Esta idea debería haber puesto sus problemas en perspectiva, pero no los puso. Siempre hay alguien que está peor que tú y esto nunca te consuela del todo.

Condujo y pensó en Nash. Joe todavía tenía tres hermanos mayores vivos, pero confiaba más en Nash que en ninguno de ellos. Nash y Cassie parecían una pareja inverosímil, pero cuando estaban juntos, era como si fueran una sola entidad. Había oído que a veces sucedía esto, pero él nunca lo había visto ni antes ni después. Dios sabía que él y Dolly no eran así.

Por cursi que sonara, Cassie y Nash realmente eran dos que se habían convertido en uno.

Cuando Cassie murió, fue absolutamente demoledor. Nunca pensaron que fuera a ocurrir. Ni siquiera después del diagnóstico. Ni siquiera después de ver los terribles efectos causados por su enfermedad. Siempre pensaron que Cassie encontraría la forma de superarlo. No debería haber sido tan impactante cuando al final sucumbió. Pero lo fue.

Joe vio a Nash cambiar más que ninguno de ellos, o quizá, cuando dos que eran uno se ven obligados a volver a ser dos, algo se pierde. Nash tenía una frialdad que ahora a Joe le parecía extrañamente reconfortante porque para Nash importaban muy pocas personas. Las personas externamente cálidas fingen que apoyan a todos, pero cuando las cosas se ponen feas, como ahora, lo que quieres es llamar a un amigo fuerte que sólo piensa en tu interés, a quien le importe un rábano lo que está bien o mal, que sólo quiera que las personas que le importan estén a salvo.

Ése era Nash.

—Le prometí a Cassandra que te protegería —le había explicado Nash después del funeral.

En cualquier otra persona esto habría sonado grotesco o inquietante, pero viniendo de Nash sabías que lo decía sinceramente y que haría lo que estuviera dentro de su poder casi sobrenatural para mantener su palabra. Era aterrador y excitante y para alguien como Joe, el hijo poco atlético ignorado por su exigente padre, significaba mucho.

Cuando Joe cruzó la puerta, vio que Dolly estaba en su ordenador. Tenía una expresión rara en la cara y Joe sintió que se le encogía el estómago.

—¿Dónde estabas? —preguntó Dolly.

—En la escuela.

—¿Por qué?

—Quería ponerme al día.

—Mi correo sigue sin funcionar.

—Le echaré otro vistazo.

Dolly se puso de pie.

—¿Te apetece un té?

—Me encantaría, gracias.

Le besó en la mejilla. Joe se sentó frente al ordenador. Esperó a que ella saliera de la habitación, y después entró en su cuenta. Estaba a punto de comprobar sus mensajes, cuando algo en la página de inicio le llamó la atención.

En su página de inicio estaban pasando «Fotos destacadas» de las noticias. Había noticias internacionales, seguidas de noticias locales, deportes y después entretenimiento. Fue la foto de las noticias locales la que le llamó la atención. La imagen ya había desaparecido, sustituida por otra sobre los New York Knicks.

Joe clicó sobre la flecha para retroceder y la encontró.

Era una fotografía de un hombre con sus dos hijas. Reconoció a una de ellas. No era una de sus alumnas, pero iba a su escuela. O al menos se parecía mucho a una que sí iba. Clicó sobre la noticia. El titular decía:

MUJER DESAPARECIDA

Vio el nombre de Reba Cordova. La conocía. Había formado parte de la comisión de la biblioteca escolar en la que Joe era el profesor de enlace. Era vicepresidenta de la Asociación de Padres y Joe recordaba su cara sonriente en la puerta trasera cuando dejaban salir a los niños.

¿Había desaparecido?

Después leyó el texto sobre la posible conexión con un cadáver encontrado recientemente en Newark. Leyó el nombre de la víctima de asesinato y sintió que se quedaba sin aliento.

Dios del cielo, ¿qué había hecho?

Joe Lewiston fue al baño y vomitó. Después cogió el teléfono y marcó el número de Nash.

34

Primero Ron Hill se aseguró de que ni Betsy ni los gemelos estuvieran en casa. Después subió al dormitorio de su hijo fallecido.

No quería que nadie lo supiera.

Ron se apoyó en el marco de la puerta. Miró la cama como si pudiera evocar la imagen de su hijo, como si pudiera mirar con tanta intensidad que al final se materializara en Spencer tumbado boca arriba mirando al techo como hacía siempre, silencioso y con lágrimas en los ojos.

¿Por qué no lo habían visto?

Miras atrás y te das cuenta de que el chico siempre estaba taciturno, siempre un poco triste, demasiado apagado. No quieres etiquetarlo con palabras como maníaco-depresivo. Al fin y al cabo sólo es un chico, y te imaginas que lo superará. Pero ahora, con la ventaja de la perspectiva, ¿cuántas veces había pasado frente a esta habitación y la puerta estaba cerrada y Ron la abría sin llamar —era su casa, maldita sea, y no tenía por qué llamar— y Spencer estaba echado en aquella cama con lágrimas en los ojos y le miraba y Ron preguntaba «¿Va todo bien?» y él contestaba «Claro, papá» y Ron cerraba la puerta y ya está?

Menudo padre.

Se culpaba. Se culpaba por lo que no había visto en el comportamiento de su hijo. Se culpaba por dejar las pastillas y el vodka donde su hijo podía cogerlos fácilmente. Pero sobre todo se culpaba por lo que había pensado.

Tal vez había sido la crisis de la mediana edad. Ron no lo creía. Le parecía demasiado conveniente, demasiado fácil. La verdad era que Ron odiaba esta vida. Odiaba su trabajo. Odiaba volver a esta casa y encontrar a unos hijos que no le escuchaban y el ruido constante y tener que ir al Home Depot a comprar bombillas y preocuparse por la factura del gas y de ahorrar para la universidad de los hijos y, Dios, sólo deseaba escapar. ¿Cómo se había visto atrapado en esta vida? ¿Cómo se dejaban atrapar tantos hombres? Él quería una cabaña en el bosque y le gustaba estar solo y sólo eso, estar en lo más profundo del bosque donde no hubiera cobertura para el móvil, y encontrar un claro entre los árboles y levantar la cara hacia el sol y sentirlo.

De modo que deseó que esta vida despareciera y anheló escapar de ella y, pam, Dios había respondido a sus plegarias matando a su hijo.

Temía estar aquí, en esta casa, en este ataúd. Betsy no se mudaría nunca. Entre él y los gemelos no había ninguna conexión. Un hombre se queda por obligación, pero ¿por qué? ¿Qué sentido tiene? Sacrificas tu felicidad con la débil esperanza de que la siguiente generación sea más feliz. Pero ¿está esto garantizado? ¿Yo soy infeliz, pero mis hijos tendrán una vida más plena? Vaya estupidez. ¿Lo había sido para Spencer?

Volvió a los días después de la muerte de Spencer. Había entrado en la habitación no tanto para empaquetar las cosas como para echarles un vistazo. Le hacía sentir mejor. No sabía por qué. Tenía la necesidad de echar un vistazo a las cosas de su hijo, como si llegar a conocerle ahora pudiera cambiar algo. Betsy entró y se habían peleado. Así que paró y nunca dijo una palabra de lo que había encontrado, y aunque continuara intentando acercarse a Betsy, aunque la persiguiera, la buscara y le hiciera señas, la mujer de la que se había enamorado ya no estaba. Quizá se había ido hacía mucho tiempo —ya no estaba seguro—, pero lo que hubiera quedado de ella había sido enterrado en aquella maldita caja con Spencer.

El sonido de la puerta trasera lo sobresaltó. No había oído parar el coche. Corrió a la escalera y vio a Betsy. Vio la expresión de su cara y dijo:

—¿Qué ha ocurrido?

—Spencer se suicidó —dijo.

Ron se quedó quieto sin saber qué contestar a eso.

—Yo quería que hubiera algo más —dijo ella.

Él asintió.

—Lo sé.

—No paro de preguntarme si podíamos haber hecho algo más para salvarlo. Pero quizá no se podía hacer nada. Quizá pasamos cosas por alto, pero quizá no habría importado tampoco. Y detesto pensar así porque no quiero disculparnos... y después pienso, bueno, no me importan ni las disculpas ni culpas ni nada. Sólo quiero volver atrás. ¿Entiendes? Sólo quiero otra oportunidad porque quizá podríamos cambiar algo, la cosita más pequeña, como si giramos a la izquierda en la calle en lugar de a la derecha o si pintamos la casa de amarillo en lugar de azul, lo que sea, y todo pudiera ser diferente.

Ron esperó a que dijera algo más. Como no decía nada, preguntó:

—¿Qué ha ocurrido, Betsy?

—Acabo de ver a Adam Baye.

—¿Dónde?

—Detrás. Donde solían jugar los niños.

—¿Qué te ha dicho?

Ella le contó lo de la pelea, las llamadas y que Adam se culpaba a sí mismo.

Ron intentó asumirlo.

—¿Por una chica?

—Sí —dijo.

Pero Ron sabía que era mucho más complicado que eso.

Betsy se volvió.

—¿Adónde vas? —preguntó él.

—Tengo que decírselo a Tia.

Tia y Mike decidieron repartirse las tareas.

Mo fue a su casa. Él y Mike volvieron al Bronx mientras Tia se encargaba del ordenador. Mike puso a Mo al día de lo que había ocurrido. Mo condujo sin pedir más explicaciones. Cuando Mike acabó, Mo sólo preguntó:

—Ese mensaje instantáneo. El de CeJota8115.

—¿Qué pasa?

Mo siguió conduciendo.

—¿Mo?

—No lo sé. Pero no me puedo creer que haya ocho mil ciento catorce CeJota más.

—¿Y?

—Qué los números nunca son aleatorios —dijo Mo—. Siempre significan algo. Sólo hay que descubrir qué.

Mike debería haberlo imaginado. Mo era como un idiota sabio cuando se trataba de números. Esto le había dado entrada en Dartmouth, puntuación máxima en el examen de matemáticas de ingreso y pruebas de aritmética por encima del diez.

—¿Alguna idea de lo que podría significar?

Mo negó con la cabeza.

—Todavía no. —Y después—: ¿Y ahora qué?

—Tengo que hacer una llamada.

Mike marcó el número del Club Jaguar. Le sorprendió que la propia Rosemary McDevitt respondiera al teléfono.

—Soy Mike Baye.

—Sí, me lo imaginaba. Hoy tenemos cerrado, pero esperaba su llamada.

—Tenemos que hablar.

—Ya lo creo que sí —dijo Rosemary—. Ya sabe dónde estoy. Venga cuanto antes.

Tia miró los mensajes de Adam, pero no había nada importante. Sus amigos, Clark y Olivia, seguían mandando mensajes, cada vez más apremiantes, pero todavía nada de DJ Huff. Esto inquietó a Tia.

Se levantó y salió. Buscó la llave escondida. Estaba donde debía estar. Mo la había utilizado hacía poco y había dicho que la había dejado en su sitio. Mo sabía dónde estaba y en cierto modo, pensó ella, esto le convertía en sospechoso. Pero por mucho que Tia tuviera diferencias con Mo, la confianza no era una de ellas. Jamás perjudicaría a su familia. Había pocas personas que supieras que pararían una bala por ti. Quizá no lo haría por Tia, pero Mo lo haría por Mike, por Adam y por Jill.

Todavía estaba fuera cuando oyó el teléfono. Corrió dentro y lo descolgó al tercer timbre. No tuvo tiempo de mirar el identificador de llamadas.

—Diga.

—¿Tia? Soy Guy Novak.

Su tono era como algo que cae de un edificio alto sin un lugar seguro donde aterrizar.

—¿Qué pasa?

—Las niñas están bien, no te preocupes. ¿Has visto las noticias?

—No, ¿por qué?

Él sofocó un sollozo.

—Mi ex esposa ha sido asesinada. Acabo de identificar su cadáver.

Tia no sabía lo que esperaba oír, pero esto..., seguro que no.

—Oh, Dios mío, cuánto lo siento, Guy.

—No quiero que te preocupes por las niñas. Mi amiga Beth está con ellas. Acabo de llamar a casa. Están bien.

—¿Qué le ha pasado a Marianne? —preguntó Tia.

—La mataron a golpes.

—Oh, no...

Tia sólo había visto a Marianne unas pocas veces. Se había

340

marchado más o menos cuando Yasmin y Jill empezaron la escuela. Fue un jugoso escándalo, una madre incapaz de soportar la tensión de la maternidad, que se hunde, que huye y deja detrás de ella rumores de una vida alocada y sin responsabilidades en un clima más cálido. La mayoría de madres hablaron de ello con tanto asco que Tia no pudo evitar preguntarse si no sentirían un poco de envidia, una cierta admiración por la que había cortado las cadenas, ni que fuera de un modo destructivo y egoísta.

—¿Han cogido al asesino?

—No. Ni siquiera sabían quién era el cadáver hasta hoy.

—Lo siento mucho, Guy.

—Voy camino de casa. Yasmin todavía no lo sabe. Tengo que decírselo.

—Por supuesto.

—No creo que Jill deba estar ahí cuando se lo diga.

—Por supuesto que no —convino Tia—. Iré a buscarla enseguida. ¿Puedo hacer algo más por ti?

—No, ya nos las arreglaremos. Pero estaría bien que Jill viniera más tarde. Sé que es mucho pedir, pero Yasmin necesitará una amiga.

—Por supuesto. Lo que tú y Yasmin necesitéis.

—Gracias, Tia.

Colgó y Tia se sentó, aturdida. Muerta a golpes. No era capaz de comprenderlo. Demasiado. Nunca había sido capaz de hacer muchas cosas a la vez y los últimos días estaban haciendo estragos en su obsesión por el control.

Cogió las llaves, se preguntó si debía llamar a Mike y decidió que no. Él estaba totalmente centrado en encontrar a Adam. No quería distraerlo. Al salir, el cielo estaba azul como un huevo de petirrojo. Miró calle abajo, a las casas silenciosas, a los céspedes bien cuidados. Los Graham estaban fuera los dos. Él estaba enseñando a su hijo de seis años a montar en bicicleta, sosteniéndolo por el sillín mientras el niño pedaleaba, un rito de paso, y también

341

una cuestión de confianza, como esos ejercicios en los que te dejas caer de espaldas porque sabes que la otra persona te cogerá. Él parecía muy poco en forma. Su esposa observaba desde el jardín. Hacía visera con la mano para tapar el sol. Sonrió. Dante Loriman entró en su jardín con su BMW 550i.

—Hola, Tia.

—Hola, Dante.

—¿Cómo estás?

—Bien, ¿y tú?

—Bien.

Los dos mentían, por supuesto. Tia miró arriba y abajo de la calle. Las casas eran todas muy parecidas. Pensó otra vez en lo frágiles que eran esas sólidas estructuras que intentan proteger nuestras vidas. Los Loriman tenían un hijo enfermo. El suyo había desaparecido y probablemente estaba involucrado en algo ilegal.

Estaba subiendo al coche cuando sonó su móvil. Miró el identificador y era Betsy Hill. Sería mejor no contestar. Ella y Betsy perseguían algo diferente cada una. No le hablaría de las fiestas farm ni de lo que sospechaba la policía. Todavía no.

El teléfono volvió a sonar.

Su dedo planeaba sobre la tecla RESPONDER. Lo importante ahora era localizar a Adam. Todo lo demás quedaba aplazado. Sin embargo, existía la posibilidad de que Betsy hubiera descubierto algo que le diera una pista de lo que estaba sucediendo.

Apretó el dedo.

—Dime.

—Acabo de ver a Adam —dijo Betsy.

A Carson empezaba a dolerle la nariz rota. Miró cómo Rosemary McDevitt colgaba el teléfono.

El Club Jaguar estaba muy silencioso. Rosemary lo había cerrado, después de mandar a todos a casa tras el conato de pelea con Baye y su colega del corte de pelo de marine. Ellos eran los únicos que quedaban.

Solo en aquella colina, Adam todavía oía la voz de Spencer:
«*Lo siento mucho...*»
Adam cerró los ojos. Aquellos mensajes de voz. Los había guardado en el móvil, los había escuchado cada día, sintiendo cómo el dolor lo desgarraba por dentro como la primera vez.
«*Adam, por favor, contesta...*»
«*Perdóname, ¿vale? Dime que me perdonas...*»
Todavía lo obsesionaban por las noches, sobre todo el último, en el que la voz de Spencer ya era pastosa, ya se deslizaba hacia la muerte.
«*Esto no es por ti, Adam. ¿Lo entiendes, no? Intenta entenderlo. No es por nadie. Es todo demasiado difícil. Siempre ha sido demasiado difícil...*».
Adam esperó a DJ Huff en la colina junto al instituto. El padre de DJ, un capitán de la policía que había vivido siempre en este pueblo, decía que antes los chicos se colocaban aquí después de las clases. Los chicos malos se encontraban allí. Los demás preferían caminar un kilómetro más para esquivarlo.
Miró a lo lejos. En la distancia podía ver el campo de fútbol. Adam había jugado allí en alguna liga cuando tenía ocho años, pero el fútbol no era lo suyo. Le gustaba el hielo. Le gustaba el frío y deslizarse con los patines. Le gustaba ponerse todas aquellas protecciones y la máscara y la concentración que exigía vigilar la portería. Allí eras un hombre. Si eras bastante bueno, si eras perfecto, tu equipo no podía perder. Los niños en general detestaban esa presión. Adam se crecía con ella.
«*Perdóname, ¿vale?...*»
No, pensaba Adam ahora, eres tú quien debe perdonarme.
Spencer siempre había sido voluble, con altos espectaculares y bajadas brutales. Hablaba de huir, de empezar un negocio y, sobre

todo, de morir y acabar con el sufrimiento. Todos los chicos hablan de esas cosas, hasta un cierto punto. Adam incluso había empezado a hacer un pacto de suicidio con Spencer el año pasado. Pero para él eran sólo palabras.

Tendría que haber visto que Spencer lo haría.

«Perdóname...»

¿Habría cambiado algo? Aquella noche sí que lo habría cambiado. Su amigo habría vivido un día más. Y después otro. Y después ¿quién sabe?

—¿Adam?

Se volvió al oír la voz. Era DJ Huff.

—¿Estás bien? —preguntó DJ.

—No, gracias a ti.

—No sabía que ocurriría eso. Vi a tu padre siguiéndome y llamé a Carson.

—Y huiste.

—No sabía que irían a por él.

—¿Qué creías que ocurriría, DJ?

Él se encogió de hombros y Adam vio los ojos rojos, la fina capa de sudor, la forma en que el cuerpo de DJ se tambaleaba.

—Estás colocado —dijo Adam.

—¿Y qué? No te entiendo, tío. ¿Cómo pudiste contárselo a tu padre?

—No se lo conté.

Adam lo había planeado todo para aquella noche. Incluso había ido a la tienda de material de espías de la ciudad. Creía que necesitaría un equipo de escucha como los que se ven en la tele, pero ellos le dieron lo que parecía un bolígrafo normal que grababa sonido y una hebilla de cinturón que hacía las veces de cámara de vídeo. Pensaba registrarlo todo y llevarlo a la policía, no a la policía local porque el padre de DJ trabajaba allí, y que las piezas encajaran donde debían. Se arriesgaba, pero no tenía alternativa.

Se estaba ahogando.

Se estaba hundiendo y sentía y sabía que si no intentaba algo para salvarse, acabaría como Spencer. Por lo tanto, hizo planes y se preparó para una última noche.

Pero entonces su padre se empeñó en que fuera al partido de los Rangers.

Sabía que no podía ir. Quizá podría aplazar un poco sus planes, pero si no se presentaba aquella noche, Rosemary, Carson y el resto de ellos se harían preguntas. Ya sabían que nadaba entre dos aguas. Le habían forzado con amenazas de chantaje. Por eso se marchó de casa a hurtadillas y fue al Club Jaguar.

Cuando se presentó su padre, todos sus planes se habían ido al garete.

Le dolía la herida de arma blanca del brazo. Seguramente necesitaba puntos, incluso podría estar infectada. Había intentado limpiársela. El dolor casi le había hecho desmayarse. Pero por ahora pasaría así, hasta que pudiera enderezar la situación.

—Carson y los demás creen que nos tendiste una trampa —dijo DJ.

—No lo hice —mintió Adam.

—Tu padre también se presentó en mi casa.

—¿Cuándo?

—No lo sé. Una hora antes de que fuera al Bronx más o menos. Mi padre le vio sentado en el coche al otro lado de la calle.

Adam quería pensar en esto, pero no había tiempo.

—Tenemos que acabar con esto, DJ.

—Mira, he hablado con mi viejo. Está haciendo lo que puede por nosotros. Es policía. Entiende de estas cosas.

—Spencer está muerto.

—Eso no es culpa nuestra.

—Sí lo es, DJ.

—Spencer estaba fatal. Se mató él solo.

—Nosotros le dejamos morir. —Adam se miró la mano derecha. La cerró en un puño. Éste había sido el último contacto de Spencer con otro ser humano. El puño de su mejor amigo—. Yo le pegué.

—Como tú quieras, tío. Si quieres sentirte culpable por eso, tú mismo. Pero no puedes arrastrarnos a los demás.

—No se trata de culpa. Intentaron matar a mi padre. No, intentaron matarme a mí.

DJ sacudió la cabeza.

—No entiendes nada.

—¿Qué no entiendo?

—Si nos entregamos, estamos acabados. Probablemente acabemos en la cárcel. No olvides la universidad. ¿A quién crees que vendían esas drogas Carson y Rosemary? ¿Al Ejército de Salvación? Hay gente de la mafia metida en esto, ¿te das cuenta? Carson está aterrado.

Adam no dijo nada.

—Mi viejo dice que debemos mantener la boca callada, y no pasará nada.

—¿Y tú te lo crees?

—Yo te llevé a ese local, pero eso es lo único que tienen contra mí. Son los talonarios de recetas de tu padre. Podemos decir que no queremos seguir.

—¿Y si no nos dejan marcharnos?

—Mi padre puede persuadirlos. Me dijo que todo iría bien. En el peor de los casos, pedimos un abogado y no decimos ni palabra.

Adam le miraba, esperando.

—Esta decisión nos afecta a todos —dijo DJ—. No es sólo tu futuro el que pones en peligro. Es el mío. Y Clark también está metido. Y Olivia también.

—No pienso escuchar ese argumento otra vez.

—Sigue siendo cierto, Adam. Puede que no estén tan metidos como tú y yo, pero también caerán.

—No.

346

—¿No qué?

Miró a su amigo.

—Así es como ha sido siempre tu vida, DJ.

—¿De qué hablas?

—Tú te metes en líos y tu padre te saca de ellos.

—¿Con quién te crees que estás hablando?

—De ésta no vas a librarte.

—Spencer se mató. No le hicimos nada.

Adam miró hacia los árboles. El campo de fútbol estaba vacío, pero todavía había personas corriendo en la pista circular. Volvió la cabeza un poco a la izquierda. Intentó localizar el lugar de la azotea en el que habían hallado a Spencer, pero se lo tapaba la primera torre. DJ se movió y se puso a su lado.

—Mi padre solía venir por aquí —dijo DJ—. Cuando iba al instituto. Era uno de los chicos malos, ¿sabes? Fumaba maría y bebía cerveza. Se metía en peleas.

—¿Adónde quieres ir a parar?

—Quiero decir que en aquella época podías superar un error. La gente miraba a otro lado. Eras un crío, se suponía que tenías que hacer tonterías. Mi padre robó un coche cuando tenía mi edad. Lo pillaron, pero hicieron un trato. Ahora mi viejo es uno de los ciudadanos más respetados de por aquí. Pero de haber sido joven ahora, estaría jodido. Es absurdo. Si le silbas a una chica en la escuela, pueden meterte en la cárcel. Si tropiezas con alguien en el pasillo, pueden acusarte de yo qué sé qué. Un error y estás perdido. Mi padre dice que es un disparate. ¿Cómo creen que vamos a encontrar nuestro camino?

—Eso no nos da carta blanca.

—Adam, en un par de años estaremos en la universidad. Todo esto habrá quedado atrás. No somos delincuentes. No podemos permitir que este momento arruine nuestra vida.

—Arruinó la de Spencer.

—No es culpa nuestra.

—Aquellos chicos casi mataron a mi padre. Acabó en el hospital.

—Lo sé. Y sé cómo me sentiría yo si fuera mi padre. Pero no puedes volverte loco por esto. Debes calmarte y reflexionar. He hablado con Carson. Quiere que vayamos a hablar con él.

Adam frunció el ceño.

—Ya.

—Lo digo en serio.

—Está pirado, DJ. Ya lo sabes. Tú mismo lo dijiste, cree que intenté tenderle una trampa.

Adam intentó llegar a alguna conclusión, pero estaba demasiado cansado y aturdido. Se había pasado la noche pensando y no tenía ni idea de cómo proceder.

Creía que debía haber contado la verdad a sus padres.

Pero no podía. Lo había estropeado todo y se había colocado tantas veces que empezó a pensar que las únicas personas del mundo que lo amaban incondicionalmente, las únicas personas que lo amarían para siempre hiciera lo que hiciera, ahora eran sus enemigas.

Pero ellos le habían espiado.

Ahora lo sabía. No confiaban en él. Esto le había puesto furioso, pero pensándolo bien, ¿merecía que confiaran en él?

Así que después de lo de anoche se dejó llevar por el pánico. Huyó y se mantuvo escondido. Necesitaba tiempo para pensar.

—Tengo que hablar con mis padres —dijo.

—No me parece buena idea.

Adam lo miró.

—Déjame tu teléfono.

DJ negó con la cabeza. Adam dio un paso hacia él y cerró el puño.

—No me obligues a cogerlo.

DJ tenía los ojos húmedos. Levantó una mano, sacó el móvil, y se lo dio a Adam. Adam marcó el número de casa. No obtuvo respuesta. Marcó el móvil de su padre. Nada. Intentó el de su madre. Lo mismo.

—¿Adam? —dijo DJ.

Pensó en llamarla a ella. Ya la había llamado una vez, sólo para decirle que estaba bien y hacerle prometer que no diría nada a sus padres.

Marcó el teléfono de Jill.

—Diga.

—Soy yo.

—¿Adam? Por favor, vuelve a casa. Estoy muy asustada.

—¿Sabes dónde están mamá y papá?

—Mamá viene a buscarme a casa de Yasmin. Papá ha salido a buscarte.

—¿Sabes dónde?

—Creo que ha ido al Bronx o algo así. Oí que mamá decía algo de esto. Algo de un Club Jaguar.

Adam cerró los ojos. Mierda. Lo sabían.

—Oye, tengo que irme.

—¿Dónde?

—Todo se arreglará. No te preocupes. Cuando veas a mamá, dile que hemos hablado. Dile que estoy bien y que volveré pronto a casa. Dile que busque a papá y le diga que vuelva a casa. ¿Entendido?

—¿Adam?

—Tú díselo.

—Estoy muy asustada.

—No te preocupes, Jill, ¿vale? Tú haz lo que te digo. Esto acabará pronto.

Colgó y miró a DJ.

—¿Tienes el coche?

—Sí.

—Vamos, corre.

Nash vio un coche de policía sin distintivos parado delante de la casa.

Guy Novak bajó. Un policía de paisano iba a bajar del coche, pero Novak lo detuvo. Se acercó al coche, estrechó la mano del policía y fue con paso vacilante hacia la puerta.

Nash sintió vibrar su teléfono. No necesitó comprobar el número. Sabía que era otra vez Joe Lewiston. Había oído su primer mensaje desesperado hacía escasos minutos.

«*Dios mío, Nash, ¿qué está pasando? Yo no quería esto. No hagas daño a nadie más, por favor, ¿vale? Yo... yo creía que hablarías con ella o que le quitarías el vídeo o algo así. Y si tienes algo que ver con la otra mujer, por favor, no le hagas nada. Dios mío, Dios mío...*»

Así.

Guy Novak entró en su casa. Nash se acercó más. Tres minutos después, se abrió la puerta. Salió una mujer. La novia de Guy Novak. Él la besó en la mejilla y cerró la puerta. La chica bajó hasta la calle. Cuando llegó a la acera, miró hacia atrás y sacudió la cabeza. Quizá había estado llorando, pero era difícil estar seguro desde lejos.

Treinta segundos después, se había ido.

Ahora el tiempo apremiaba. Nash había metido la pata. Habían descubierto quién era Marianne. Salía en las noticias. La policía había interrogado al marido. La gente cree que los agentes de policía son idiotas. No lo son. Tienen todas las ventajas. Nash lo respetaba. Era una de las razones por las que se había tomado tantas molestias para ocultar la identidad de Marianne.

El instinto de supervivencia le decía que huyera, que se ocultara y que saliera del país. Pero no le serviría de nada. Todavía podía ayudar a Joe Lewiston, aunque Joe no se ayudara. Le llamaría más tarde y le convencería para que no abriera la boca. O quizá Joe vería la luz por sí mismo. Ahora Joe era presa del pánico, pero era él al fin y al cabo el que había pedido ayuda a Nash. Quizá acabaría comportándose con inteligencia.

El ansia estaba allí. La locura, como le gustaba llamarla a Nash. Sabía que había niños en la casa. No tenía ningún interés en hacerles daño, ¿o era mentira? A veces no lo tenía claro. Los humanos no cesan de engañarse, y Nash también disfrutaba regodeándose en un poco de autoindulgencia de vez en cuando.

Pero desde un punto de vista práctico, no podía esperar más. Debía actuar ya. Esto representaba —con locura o sin ella— que los niños podían ser un daño colateral.

Tenía una navaja en el bolsillo. La sacó y la sostuvo en la mano.

Nash fue hacia la puerta trasera de Novak y se puso a hurgar en la cerradura.

35

Rosemary McDevitt estaba en su despacho del Club Jaguar, con su camiseta y sus tatuajes tapados por una sudadera gris demasiado grande. Se encogió dentro, haciendo desaparecer las manos bajo las largas mangas. La hacía parecer más pequeña, menos peligrosa y poderosa, y Mike se preguntó si era lo que pretendía. Tenía una taza de café delante. Mike también tenía una.

—¿Los polis le han puesto un micro? —preguntó ella.

—No.

—¿Le importa darme su móvil, para asegurarme?

Mike se encogió de hombros y se lo lanzó. Ella lo apagó y lo dejó sobre la mesa, entre ellos.

Tenía las rodillas levantadas sobre la silla y ocultas bajo la sudadera. Mo estaba fuera, esperando en el coche. No quería que Mike hiciera esto, porque se temía que caería en una trampa, pero también sabía que no tenían alternativa. Era la mejor pista que tenían de Adam.

—No me importa realmente lo que esté haciendo aquí, excepto que tiene que ver con mi hijo —dijo Mike—. ¿Sabe dónde está?

—No.

—¿Cuándo lo vio por primera vez?

Ella levantó la cabeza y lo miró con sus ojos marrones de gamo. Mike no estaba seguro de si le estaba engañando o no, pero no importaba mucho. Quería respuestas. Podía volver a jugar si servía de algo.

—Anoche.

—¿Exactamente dónde?

—Abajo, en el club.

—¿Vino a pasarlo bien?

Rosemary sonrió.

—No creo.

Mike no discutió.

—Habló con él con mensajería instantánea, ¿no? Usted es Ce-Jota8115.

Ella no contestó.

—Le dijo a Adam que se callara y estaría a salvo. Él le contestó que lo había abordado la madre de Spencer Hill, ¿no?

Todavía tenía las rodillas sobre la silla. Las abrazó.

—¿Cómo sabe tantas cosas de sus mensajes privados, doctor Baye?

—Eso no le incumbe.

—¿Cómo le siguió anoche hasta el Club Jaguar?

Mike no dijo nada.

—¿Está seguro de que quiere ir por ahí? —preguntó ella.

—No creo que tenga alternativa.

Ella miró por encima del hombro de Mike y él se volvió. Carson, el de la nariz rota, miraba furiosamente a través del cristal. Mike le miró a los ojos y esperó tranquilamente. Pocos segundos después, Carson rompió el contacto ocular y se marchó a toda prisa.

—Son sólo niños —dijo Mike.

—No, no lo son.

Mike no discutió.

—Cuénteme.

Rosemary se echó hacia atrás.

—Hablemos hipotéticamente, ¿de acuerdo?

—Si es lo que quiere...

—Es lo que quiero. Pongamos que es una chica de pueblo. Su hermano muere de sobredosis.

—Según la policía, no. Dicen que no hay pruebas de que hubiera sucedido nada de esto.

Ella sonrió burlonamente.

—¿Se lo han dicho los federales?

—Dijeron que no habían encontrado nada que respaldara su historia.

—Porque he cambiado algunos datos.

—¿Qué datos?

—El nombre del pueblo, el nombre del estado.

—¿Por qué?

—¿La razón principal? La noche que mi hermano murió, me arrestaron por posesión con intención de vender. —Le miró a los ojos—. Sí, señor. Yo le di las drogas a mi hermano. Era su camello. Esta parte la he dejado fuera. La gente es poco comprensiva.

—Siga.

—Así que fundé el Club Jaguar. Ya le expliqué mi filosofía. Deseaba crear un paraíso seguro donde los chicos pudieran divertirse y desmadrarse un poco. Quería canalizar su inclinación natural a rebelarse, de una forma protegida.

—Ya.

—Empecé así. Me maté trabajando y ahorré dinero suficiente para empezar. Abrimos este local al cabo de un año. No se imagina lo difícil que fue.

—Lo imagino, pero la verdad es que no me interesa. ¿Por qué no aceleramos hasta la parte en que empieza a celebrar fiestas farm y robar talonarios de recetas?

Ella sonrió y meneó la cabeza.

—No fue así.

—Ah.

—Hoy he leído en el periódico una noticia sobre una mujer que realizaba trabajo voluntario en la parroquia. En los últimos cinco años ha birlado veintiocho mil dólares del cepillo. ¿Lo ha visto?

—No.

—Pero habrá oído hablar de otros casos, ¿no? Hay docenas de casos como éste. El tipo que trabaja para una asociación benéfica y desvía dinero para comprarse un Lexus. ¿Cree que un día se despierta y decide hacerlo?

—No tengo ni idea.

—La mujer de la iglesia. ¿Sabe lo que yo creo que sucedió? Un día estaría contando el dinero del cepillo y se quedaría hasta tarde y a lo mejor se le habría estropeado el coche y no podía volver a casa. Estaría oscureciendo, así que quizá llamaría a un taxi y pensaría: «Hombre, yo trabajo de voluntaria o sea que la iglesia debería pagármelo». Sin preguntarlo, cogería cinco dólares del cepillo. Nada más. Se los había ganado. Así es como creo que empiezan estas cosas. Es una cuestión exponencial. Ves a todas esas personas decentes que son arrestadas por estafar a escuelas, iglesias o asociaciones benéficas. Empiezan con cuatro chavos y avanzan tan despacio que es como mirar el reloj. Ni siquiera se dan cuenta. No creen estar haciendo algo malo.

—¿Es esto lo que pasó en el Club Jaguar?

—Creía que los adolescentes querían pasarlo bien con los amigos. Pero me sucedió como con el programa de baloncesto. Sí querían pasarlo bien, pero con alcohol y drogas. No puedes montar un local para rebelarse. No puedes hacerlo seguro y sin drogas porque éste es el quid de la cuestión: no quieren que sea seguro.

—Le falló el concepto —dijo Mike.

—No venía nadie, o si venía alguien no se quedaba mucho rato. Nos tenían por blandos. Nos veían como a uno de esos grupos evangélicos que te hacen prometer no perder la virginidad.

—Pues no entiendo qué pasó a continuación —dijo Mike—. ¿Dejó que trajeran sus propias drogas?

—No fue así. Las trajeron y basta. Al principio ni siquiera me enteré, pero en cierto modo tenía lógica. Exponencial, ¿recuerda? Un par de chicos se llevaron medicamentos de su casa. Nada de drogas duras. No se trataba de heroína o cocaína. Eran medicamentos aprobados por la FDA.

—Chorradas —dijo Mike.

—¿Qué?

—Son drogas. Drogas realmente duras, en muchos casos. Por eso hace falta una receta para obtenerlas.

La mujer hizo un ruidito burlón.

—Sí, claro, ¿qué iba a decir el médico? Sin usted decidiendo quién recibe esa medicación, su negocio está acabado, y ya han perdido mucho dinero con Medicare y Medicaid y todas las trabas que les ponen las compañías de seguros.

—Estupideces.

—Quizá en su caso. Pero no todos los médicos son tan atentos como usted.

—Está justificando un delito.

Rosemary se encogió de hombros.

—Quizá tenga razón. Pero así es como empezó, con unos pocos adolescentes que se llevaban pastillas de su casa. Medicinas, si lo piensas, recetadas y legales. Al principio, cuando me enteré, me preocupé mucho, pero después vi la cantidad de chicos que venían. Iban a hacerlo de todos modos y yo les daba un lugar seguro. Contraté a una médica. Trabajaba en el club por si sucedía algo. ¿No lo entiende? Conmigo estaban dentro. Estaban mejor que en ningún otro sitio. También tenía programas, para que pudieran hablar de sus problemas. Ya ha visto los folletos de asesoramiento. Algunos chicos se apuntaron. Hacíamos más bien que mal.

—Exponencial —dijo Mike.

—Así es.

—Pero, claro, usted necesitaba ganar dinero —dijo Mike—. Descubrió lo que valían esas drogas en la calle. Y pidió su parte.

—Para el local. Para los gastos. Había contratado a una médica, por ejemplo.

—Como la señora de la iglesia que necesitaba dinero para el taxi.

Rosemary sonrió, aunque sin ninguna alegría.

—Sí.

—Y entonces Adam entró por la puerta. El hijo de un médico. Era tal como le había dicho la policía. Emprendedor. La verdad es que no le importaban las razones de la chica. Podía estar fingiendo o no. No importaba mucho. Tenía cierta razón sobre cómo las personas se metían en líos. Aquella señora de la iglesia probablemente no se había ofrecido voluntaria para poder birlar dinero. Simplemente empieza a suceder. Había pasado en su pueblo. En la Liga Infantil hacía unos años. Pasaba en las juntas escolares y en la oficina del alcalde, y cada vez la gente decía que no podía creerlo. Las conoces, sabes que son buenas personas. ¿O no? ¿Son las circunstancias las que las empujan a hacerlo, o se trata más de la autonegación que estaba describiendo Rosemary?

—¿Qué le pasó a Spencer Hill? —preguntó Mike.

—Se suicidó.

Mike sacudió la cabeza.

—Le estoy diciendo lo que sé —dijo ella.

—Entonces ¿por qué Adam, como le dijo en el mensaje, necesitaba tener la boca cerrada?

—Spencer Hill se mató solo.

Mike volvió a sacudir la cabeza.

—Sufrió una sobredosis aquí, ¿no?

—No.

—Es lo único que tiene lógica. Por lo que Adam y sus amigos tenían que estar callados. Tenían miedo. No sé con qué los amenazó. Quizá les recordó que también serían arrestados. Por eso todos se sienten culpables. Por eso Adam no podía soportarse a sí mismo, estaba con Spencer aquella noche. No sólo estaba con él, sino que ayudó a llevar su cuerpo a aquella azotea.

En los labios de la mujer se dibujó una sonrisita.

—No tiene ni idea, ¿no, doctor Baye?

A Mike no le gustó la manera en que lo dijo.

—Pues cuénteme.

Rosemary todavía tenía las piernas levantadas y debajo de la sudadera. Era un gesto de adolescente que le daba un aire juvenil e inocente que Mike sabía que no merecía.

—No conoce a su hijo en absoluto, ¿no?

—Antes sí.

—No, no le conocía. Cree que sí. Pero es su padre. No debe saberlo todo. Ellos deben romper con los padres. Cuando he dicho que no lo conocía, lo decía en un sentido positivo.

—No la sigo.

—Le puso un GPS en el teléfono. Así descubrió dónde estaba. Está claro que vigilaba su ordenador y leía sus comunicaciones. Seguramente cree que le ayuda, pero en realidad le está ahogando. Un padre no debe saber dónde está su hijo todo el tiempo.

—¿Darle espacio para rebelarse?

—En parte sí.

Mike se incorporó un poco.

—Si hubiera sabido de su existencia antes, quizá podría haberlo detenido.

—¿Lo cree de verdad? —Rosemary ladeó la cabeza como si le interesara sinceramente su respuesta. Como Mike no dijo nada, siguió—: ¿Éste es su plan para el futuro? ¿Vigilar todo lo que hacen sus hijos?

—Hágame un favor, Rosemary. No se preocupe por mis planes educativos, ¿de acuerdo?

Ella le miró atentamente. Señaló la magulladura de la frente.

—Lo siento.

—¿Me envió a esos góticos?

—No. No me enteré hasta esta mañana.

—¿Quién se lo dijo?

—No importa. Anoche, su hijo estuvo aquí y fue una situación delicada. Y entonces, pam, aparece usted. DJ Huff vio que le seguía. Llamó y respondió Carson.

—Él y sus colegas intentaron matarme.

—Y probablemente lo habrían hecho. ¿Sigue creyendo que son sólo niños?

—Un gorila me salvó.

—No. Un gorila le encontró.

—¿Qué quiere decir con esto?

Ella meneó la cabeza.

—Cuando me enteré de que le habían atacado y llegó la policía... fue como una señal de alarma. Ahora quiero encontrar la forma de salir de esto.

—¿Cómo?

—No estoy segura, y por eso he querido que nos viéramos. Para urdir un plan.

Mike entendió por fin por qué estaba tan dispuesta a contarle esas cosas. Sabía que tenía encima a los federales, que había llegado la hora de recoger las fichas y abandonar la mesa. Quería ayuda e imaginaba que un padre asustado estaría dispuesto a dársela.

—Tengo un plan —dijo—. Vamos a los federales y les contamos la verdad.

Ella meneó la cabeza.

—Esto puede que no sea lo mejor para su hijo.

—Es un menor.

—Aun así. Estamos todos en la misma mierda. Tenemos que encontrar la manera de salir de ella.

—Proporcionaba drogas a menores.

—No es cierto, ya se lo he explicado. Puede que utilizaran mi local para intercambiar medicamentos con receta. Esto es todo lo que puede demostrar. No puede demostrar que yo lo sabía.

—¿Y las recetas robadas falsificadas? —Ella arqueó una ceja.

—¿Cree que las robé yo?

Silencio. Ella le miró a los ojos.

—¿Tengo yo acceso a su casa o a su consulta, doctor Baye?

—Los federales la han estado vigilando. Han montado un caso contra usted. ¿Cree que esos góticos cargarán con una condena en la cárcel?

—Les encanta este local. Casi mataron para protegerlo.

—Por favor. En cuanto entren en una sala de interrogatorios, se desmoronarán.

—También hay otras consideraciones.

—¿Como cuáles?

—Como quién cree que distribuía los medicamentos en la calle. ¿De verdad quiere que su hijo testifique contra esa gente?

Mike deseaba alargar las manos y apretarle el cuello.

—¿En qué ha metido a mi hijo, Rosemary?

—Es de lo que tenemos que sacarlo. Debe concentrarse en eso. Debemos hacerlo desaparecer, por mi bien, sí, pero más incluso por el de su hijo. —Mike cogió el móvil.

—No sé qué mas queda por decir.

—Tiene abogado, ¿no?

—Sí.

—No haga nada hasta que haya hablado con él, ¿de acuerdo? Hay muchas cosas en juego. También ha de pensar en los otros chicos, en los amigos de su hijo.

—No me preocupan los demás chicos. Sólo el mío.

Encendió el teléfono y sonó inmediatamente. Mike miró el identificador. Era un número que no reconoció. Se llevó el teléfono al oído.

—¿Papá?

Se le paró el corazón.

—¿Adam? ¿Estás bien? ¿Dónde estás?

—¿Estás en el Club Jaguar?

—Sí.

—Sal. Estoy en la calle y voy hacia ti. Por favor, sal de ahí enseguida.

36

Anthony trabajaba de gorila tres días a la semana en un club de caballeros poco recomendable llamado Placer Exclusivo. El nombre era un chiste. El local era un antro. Antes, Anthony había trabajado en un local de *striptease* llamado Destrozahogares. Le gustaba más, el apodo era más honesto y daba al local una identidad real.

En general, Anthony trabajaba a las horas punta del mediodía. Se diría que a esas horas el negocio estaría muerto, que esta clase de locales no atraen a mucha clientela hasta altas horas de la noche. Pero no es así.

La clientela diurna de un club de *striptease* es como un acto de Naciones Unidas. Todas las razas, credos, colores y grupos socioeconómicos están bien representados. Había hombres con trajes, con sombreros de fieltro que Anthony siempre había asociado con la caza, con zapatos de Gucci y con botas Timberland baratas. Había chicos guapos y bocazas y hombres de las afueras y palurdos. En un local como ése hay de todo.

El sexo sórdido lo unifica todo.

—Tu descanso, Anthony. Diez minutos.

Anthony fue hacia la puerta. El sol estaba bajando, pero todavía le deslumbró. Siempre pasa lo mismo en esos locales, incluso de noche. En los clubes de *striptease* la oscuridad es diferente. Sales y parpadeas para deshacerte de la oscuridad como Drácula en una juerga.

Buscó un cigarrillo y entonces recordó que lo estaba dejando. No quería dejarlo, pero su esposa estaba embarazada y ésta era la promesa que había hecho: el bebé no respiraría humo de segunda mano. Pensó en Mike Baye y en sus problemas con sus hijos. A Anthony le había caído bien Mike. Un tipo duro, aunque hubiera ido a Dartmouth. No se arredró. Algunos hombres se envalentonan con el alcohol o para impresionar a la novia o a un amigo. Algunos hombres simplemente son imbéciles. Pero Mike no era así. No tenía apoyo. Era un hombre de una pieza. Por raro que pareciera, hacía que Anthony también quisiera serlo.

Anthony miró el reloj. Dos minutos más de descanso. ¡Qué ganas tenía de fumar! Este trabajo no estaba tan bien pagado como el nocturno, pero era pan comido. Anthony no creía demasiado en tonterías supersticiosas, pero tenía claro que la luna ejercía un efecto. Las noches eran para las peleas, y si la luna estaba llena, sabía que estaría muy ocupado. Los tíos estaban más blandos a la hora del almuerzo. Se sentaban tranquilos, miraban y comían del bufé más espantoso conocido por la humanidad, algo que Michael Vick* no daría ni al perro.

—¿Anthony? Se acabó el descanso.

Asintió y se volvió hacia la puerta, cuando vio a un chico que corría a su lado con un teléfono pegado a la oreja. Sólo lo vio un segundo, quizá menos, y no llegó a ver su cara con claridad. Iba con otro chico que se arrastraba un poco detrás de él. Este chico llevaba una chaqueta.

Una chaqueta universitaria.

—¿Anthony?

—Vuelvo enseguida —dijo—. Tengo que ver una cosa.

* Jugador de fútbol norteamericano que se vio involucrado en un escándalo de peleas de perros ilegales (*N. de la T.*).

Guy Novak le dio un beso de despedida en la mejilla a Beth en la puerta.

—Muchas gracias por cuidar de las niñas.

—Lo he hecho encantada. Me alegro de haber podido ayudar. Siento mucho lo de tu ex.

Menuda cita, pensó Guy.

Se preguntó distraídamente si Beth volvería alguna vez o si comprensiblemente este día la ahuyentaría para siempre. No se preocupó mucho por ello.

—Gracias —dijo de nuevo.

Guy cerró la puerta y fue al armario de las bebidas. No era un gran bebedor, pero ahora necesitaba una copa. Las niñas estaban arriba mirando una película en DVD. Les había gritado desde abajo que terminaran de ver tranquilamente la película. Así Tia tendría tiempo de recoger a Jill, y a Guy le daría un respiro para pensar en cómo darle la noticia a Yasmin.

Se sirvió whisky de una botella que probablemente no se había tocado en tres años. Se lo tragó de un tirón, dejando que le quemara la garganta, y se sirvió otro.

Marianne.

Recordó cómo había empezado todo hacía años, como un idilio de verano en la playa, donde los dos trabajaban en un restaurante frecuentado por turistas. Terminaban de limpiar por la noche, se llevaban una manta a la playa y contemplaban las estrellas. Las olas rompían y el aroma maravilloso del agua salada serenaba sus cuerpos desnudos. Cuando volvieron a la universidad —él a Syracuse, ella a Delaware— hablaban por teléfono cada día. Se escribían cartas. Él se compró un Oldsmobile Ciera muy viejo para poder conducir más de cuatro horas y ver a Marianne los fines de semana. El trayecto parecía interminable. No podía esperar a salir corriendo del coche y lanzarse a sus brazos.

Sentado en la casa, el tiempo iba adelante y atrás, jugando con él, haciendo que, de repente, algo muy lejano apareciera sobre su hombro.

Guy tomó otro trago largo de whisky que le hizo sentir mejor. Dios, cuánto había querido a Marianne... y ella lo había echado todo a perder. ¿Para qué? ¿Para acabar así? Asesinada de un modo horrible, con aquella cara que él había besado tiernamente en la playa aplastada como una cáscara de huevo, y su hermoso cuerpo tirado en un callejón como una basura.

¿Cómo se pierde eso? Cuando te enamoras tanto, cuando quieres pasar todos los momentos con una persona y todo lo que hace te parece maravilloso y fascinante, ¿cómo demonios desaparece eso?

Guy había dejado de culparse. Se acabó el whisky, se levantó vacilante y se sirvió otro. Marianne se había hecho la cama y había muerto en ella.

Maldita estúpida.

¿Qué estabas buscando por ahí, Marianne? Nosotros teníamos algo. Todas esas noches borrosas en los bares y tanto saltar de una cama a otra, ¿adónde te llevó, mi único amor verdadero? ¿Te hacía sentir realizada? ¿Te daba alegría? ¿Llenaba tu vacío? Tenías una hija preciosa, un marido que te adoraba, una casa, amigos, un entorno social, una vida... ¿Por qué no fueron suficientes?

Estúpida loca.

Dejó caer la cabeza hacia atrás. La masa de lo que quedaba de su cara... nunca podría olvidar esa imagen. Permanecería con él para siempre. Podría alejarla, meterla a la fuerza en un armario de un rincón de su mente, pero por las noches saldría y le perseguiría. Eso no era justo. Él era el bueno. Marianne había sido la que había decidido convertir su vida en una búsqueda destructiva —no sólo autodestructiva, porque al final había arrastrado con ella muchas víctimas— de un nirvana inalcanzable.

Permaneció así, en la oscuridad, y ensayó las palabras que diría a Yasmin. «Con sencillez», pensó. Su madre había muerto. No digas cómo. Pero Yasmin era curiosa. Querría detalles. Entraría en la red o sus amigas hablarían en la escuela. Otro dilema paterno: ¿decir la verdad o intentar proteger? Esta vez la protección no serviría. Internet garantizaba que no hubiera secretos. Así que tendría que contárselo todo. Pero poco a poco, no todo de golpe. Empezaría por lo más simple.

Guy cerró los ojos. No se oía nada, no hubo aviso, hasta que una mano le tapó la boca y la hoja le presionó la garganta, atravesando la piel.

—Chit —susurró una voz en su oído—. No me obligues a matar a las niñas.

Susan Loriman estaba sentada en el patio.

El jardín estaba precioso este año. Ella y Dante trabajan mucho en él, pero raramente disfrutaban del fruto de su esfuerzo. Intentaba serenarse y relajarse entre las flores y la vegetación, pero no lograba cerrar su ojo crítico. Una planta podría estar muriendo, otra podría necesitar recortes, otra no florecía tan bien como el año pasado. Apagaría las voces e intentaría fundirse en el paisaje.

—¿Cielo?

Susan mantuvo los ojos fijos en el paisaje. Dante se acercó por detrás y le puso las manos sobre los hombros.

—¿Estás bien? —preguntó.

—Sí.

—Encontraremos a un donante.

—Sí.

—No nos rendiremos. Todos nuestros conocidos donarán sangre. Suplicaremos, si es necesario. Sé que no tienes mucha familia, pero yo sí. Los analizarán a todos, te lo prometo.

Susan asintió.

Sangre, pensó. La sangre no es importante porque Dante era el verdadero padre de Lucas.

Jugueteó con la cruz de oro que llevaba al cuello. Debería contarle la verdad. Pero la mentira llevaba demasiado tiempo ahí. Después de la violación se había acostado con Dante lo más a menudo posible. ¿Por qué? ¿Porque lo sabía? Cuando nació Lucas, estaba segura de que era de Dante. Era lo más probable. La violación había sido una vez. Había hecho el amor con su marido muchas veces aquel mes. Físicamente, Lucas se parecía a ella, y no a ninguno de los dos hombres, de modo que se había obligado a olvidar.

Pero por supuesto no lo había olvidado. Nunca había podido dejarlo atrás, a pesar de que su madre se lo hubiera prometido.

«Es lo mejor. Saldrás adelante. Debes proteger a tu familia...»

Esperaba que Ilene Goldfarb le guardara el secreto. Nadie más lo conocía. Sus padres sí, pero ambos estaban muertos: su padre de una enfermedad cardíaca, su madre de cáncer. Mientras estuvieron vivos, nunca hablaron de ello. Ni una sola vez. Nunca la llevaron aparte y le dieron un abrazo, nunca la llamaron para preguntar cómo estaba y cómo lo llevaba. Ni siquiera pestañearon cuando, tres meses después de la violación, ella y Dante les dijeron que iban a ser abuelos.

Ilene Goldfarb quería encontrar al violador para ver si podía ayudar.

Pero eso no era posible.

Dante había ido a Las Vegas con unos amigos. Ella no estaba muy contenta. Su relación estaba pasando un mal momento, y justo cuando Susan se estaba preguntando si se había casado demasiado joven, su marido decide irse con los amigos y jugar y probablemente divertirse en clubes de *striptease*.

Antes de esa noche, Susan Loriman no había sido una persona religiosa. De niña, sus padres la llevaban a la iglesia cada domingo, pero a ella no le dejó mucha huella. Cuando empezó a convertirse en lo que muchos consideraban una belleza, sus padres la mantuvieron bien vigilada. Por fin Susan se rebeló, por supuesto, pero aquella horrible noche la hizo volver al redil.

Había ido con tres amigas a un bar de West Orange. Las otras chicas eran solteras y por una noche, con su marido correteando por Las Vegas, ella también deseaba serlo. No soltera del todo, claro. Estaba casada, casi felizmente, pero un poco de coqueteo no haría daño a nadie. Así que bebió y se comportó como las otras chicas. Pero bebió demasiado. El bar pareció volverse más oscuro, la música más alta. Bailó. La cabeza le daba vueltas.

Con las horas, sus amigas fueron ligando con chicos y desaparecieron una por una, hasta dejarla sola.

Después leyó sobre drogas de la violación y se preguntó si era aquello lo que le había ocurrido a ella. Se acordaba de muy poco. De repente estaba en el coche de un hombre. Lloraba y quería salir y él no la dejaba. En un cierto momento él sacó un cuchillo y la arrastró a una habitación de hotel. La insultó de una forma horrible y la violó. Cuando ella se resistió, le pegó.

El horror pareció durar mucho tiempo. Recordaba haber esperado que la matara cuando aquello terminara. Porque era horrible. No pensaba en sobrevivir. Sólo deseaba morir.

La siguiente parte también era borrosa. Recordaba haber leído algo de que debes relajarte y no resistirte, para que el violador crea que ha ganado o algo así. Así que Susan lo hizo. Cuando él bajó la guardia, se soltó una mano y le agarró los testículos con toda la fuerza de que fue capaz. Aguantó y los retorció y él gritó y se apartó.

Susan rodó hacia un lado de la cama y encontró el cuchillo.

Su violador estaba en el suelo retorciéndose. Ya no luchaba. Podría haber abierto la puerta y salir corriendo de la habitación y pedir ayuda. Habría sido lo más sensato. Pero no fue lo que hizo.

En lugar de eso Susan hundió el cuchillo en su pecho.

El cuerpo del hombre se volvió rígido. Experimentó una horrible convulsión cuando la hoja le perforó el corazón.

Y el violador murió.

—Estás tensa, mi amor —dijo Dante a Susan, once años después.

Dante le masajeó los hombros. Ella le dejó, aunque no experimentaba ningún consuelo.

Dejando el cuchillo en el pecho del violador, Susan salió corriendo de aquella habitación de hotel.

Corrió durante mucho tiempo. La cabeza se le despejó. Encontró una cabina y llamó a sus padres. Su padre fue a recogerla. Hablaron. Su padre pasó por el motel. Había luces rojas parpadeando. La policía ya estaba allí. Su padre la llevó a la casa de su infancia.

—¿Ahora quién te creerá? —dijo su madre.

Ella se lo pensó.

—¿Qué pensará Dante?

Otra buena pregunta.

—Una madre debe proteger a su familia. Es lo que hacen las mujeres. En esto las mujeres somos más fuertes que los hombres. Podemos encajar este golpe y seguir adelante. Si se lo dices, tu marido nunca volverá a mirarte del mismo modo. Ningún hombre lo hará. Te gusta cómo te mira, ¿no? Siempre se preguntará por qué saliste. Se preguntará cómo acabaste en la habitación de ese hombre. Puede que te crea, pero nunca será lo mismo. ¿Lo comprendes?

A partir de entonces esperó que la policía fuera a verla. Pero no llegó nunca. Leyó en el periódico la noticia del hombre hallado muerto —incluso se enteró de su nombre—, pero sólo duró un par de días. La policía sospechaba que su violador había muerto por un robo o por tráfico de drogas. El hombre tenía antecedentes.

Así que Susan siguió con su vida, como le había dicho su madre. Dante volvió a casa. Hizo el amor con él. No le gustó. Todavía no le gustaba. Pero le quería y deseaba que fuera feliz. Dante se preguntó por qué su preciosa esposa estaba más taciturna, pero de algún modo se dio cuenta de que era mejor no preguntar.

Susan empezó a ir a la iglesia otra vez. Su madre tenía razón. La verdad habría destruido su familia. Así que guardó el secreto y protegió a Dante y a sus hijos. Con el tiempo sin duda se sintió mejor. A veces pasaban días sin que pensara en aquella noche. Si Dante se dio cuenta de que ya no le gustaba el sexo, no lo demostró. Antes a Susan le gustaban las miradas de admiración de los hombres, ahora le producían escalofríos.

Esto era lo que no podía contar a Ilene Goldfarb. No serviría para nada pedir ayuda al violador.

Estaba muerto.

—Tienes la piel fría —dijo Dante.

—Estoy bien.

—Iré a buscarte una manta.

—No, no es necesario.

Dante se dio cuenta de que quería estar sola. Esos momentos nunca ocurrían antes de aquella noche. Pero ahora sí. Él nunca preguntó, nunca la presionó, y siempre le dio exactamente el espacio que necesitaba.

—Le salvaremos —dijo.

Dante entró en la casa. Susan se quedó fuera y se tomó su copa. Su dedo seguía jugueteando con la cruz de oro. Había sido de su madre. Se la dio a su única hija en el lecho de muerte.

—Pagamos por nuestros pecados —había dicho su madre.

Esto Susan podía aceptarlo. Pagaría con gusto por sus pecados. Pero Dios debía dejar en paz a su hijo.

37

Pietra oyó cómo paraban los coches. Miró por la ventana y vio a una mujer menuda que se dirigía con paso decidido a la puerta de su finca. Pietra miró por la ventana a la derecha y vio cuatro coches patrulla y lo supo.

No dudó. Cogió el móvil. Sólo tenía un número en marcado rápido. Apretó y lo oyó sonar dos veces.

—¿Qué pasa? —preguntó Nash.

—La policía está aquí.

Cuando Joe Lewiston bajó la escalera, Dolly le miró y dijo:

—¿Qué ha ocurrido?

—Nada —dijo él, sintiendo los labios entumecidos.

—Pareces acalorado.

—No me pasa nada.

Pero Dolly conocía a su marido. No se lo tragaba. Se levantó y fue hacia él. Él casi retrocedió y salió corriendo.

—¿Qué te pasa?

—Nada, te lo prometo.

Dolly estaba frente a él.

—¿Ha sido Guy Novak? —preguntó—. ¿Te ha hecho algo más? Porque si lo ha hecho...

Joe puso las manos sobre los hombros de su esposa. Los ojos de ella estudiaron su cara. Siempre sabía si le sucedía algo. Ése era el problema. Le conocía demasiado bien. Tenían muy pocos secretos. Pero éste era uno de ellos.

Marianne Gillespie.

Ella había pedido una reunión con el profesor, fingiendo ser una madre preocupada. Marianne se había enterado del horrible suceso que pasó entre Joe y su hija, Yasmin, pero se mostró comprensiva. «La gente habla demasiado», dijo por teléfono. La gente comete errores. Su ex marido estaba loco de rabia, sí, pero Marianne le aseguró que ella no. Quería hablar con Joe y escuchar su versión.

Quizá, había sugerido Marianne, había una forma de mejorar las cosas.

Joe se sintió muy aliviado.

Quedaron y hablaron. Marianne se mostró solidaria. Le tocó el brazo. Le encantó su filosofía de la enseñanza. Le miró con anhelo y llevaba un vestido corto y ajustado. Cuando se abrazaron al final de la reunión, ella alargó demasiado ese momento. Mantuvo los labios junto a su cuello. Respiraba de un modo curioso. Y él también.

¿Cómo había podido ser tan estúpido?

—¿Joe? —Dolly retrocedió un paso—. ¿Qué pasa?

Marianne tenía planeada la venganza de seducción desde el principio. ¿Cómo es posible que no lo hubiera visto? Y en cuanto Marianne obtuvo lo que quería, pocas horas después de que él saliera de su habitación de hotel, empezaron las llamadas:

«*Lo tengo todo grabado, cabrón...*».

Marianne había escondido una cámara en la habitación de hotel y lo amenazaba con mandar la cinta primero a Dolly, después a la junta escolar y después a todas las direcciones de correo electrónico que pudiera encontrar en el directorio de la escuela. Le había amenazado durante tres días. Joe no podía dormir, no podía comer. Adelgazó. Le suplicó que no lo hiciera. De repente Marianne perdió interés, como si sus deseos de venganza la hubieran agotado. Le llamó y le dijo que no estaba segura de si lo mandaría o no.

Quería que sufriera, él había sufrido y quizá esto sería suficiente para ella.

Al día siguiente, Marianne mandó un mensaje a la dirección de correo del trabajo de su mujer.

Puta mentirosa.

Por suerte, Dolly no era muy aficionada al correo electrónico. Joe tenía su código de acceso. Cuando vio el correo con el vídeo adjunto, se volvió completamente loco. Lo borró y cambió la contraseña de Dolly, para que no pudiera ver sus propios mensajes.

Pero ¿hasta cuándo podría seguir con esto?

No sabía qué hacer. No podía hablar de esto con nadie, nadie que lo comprendiera y estuviera incondicionalmente a su lado.

Y entonces pensó en Nash.

—Dios mío, Dolly...

—¿Qué?

Tenía que poner fin a todo aquello. Nash había matado a alguien. Había matado a Marianne Gillespie. Y la señora Cordova había desaparecido. Joe intentó entenderlo. Quizá Marianne había entregado una copia de la cinta a Reba Cordova. Esto tendría sentido.

—Joe, habla conmigo.

Lo que había hecho Joe estaba mal, pero implicando a Nash había multiplicado su delito por mil. Quería contárselo todo a Dolly. Sabía que era la única salida.

Dolly le miró a los ojos y asintió.

—Está bien —dijo—. Cuéntamelo.

Pero entonces a Joe Lewiston le ocurrió algo curioso. Se le despertó el instinto de supervivencia. Sí, lo que había hecho Nash era horrible, pero ¿por qué complicarlo más cometiendo suicidio conyugal? ¿Para qué empeorarlo destruyendo a Dolly y quizá a su familia? Al fin y al cabo esto lo había hecho Nash. Joe no le había pedido que fuera tan lejos, ¡jamás le había pedido que matara a alguien! Creyó que quizá Nash se ofrecería a comprar la cinta de Marianne, o haría un trato con ella o, en el peor de los casos, la asustaría. A Joe siempre le había parecido que Nash jugaba al límite, pero ni en un millón de años habría soñado que hiciera algo así.

¿Qué sacaría ahora denunciándolo?

Nash, que había intentado ayudarlo, acabaría en la cárcel. ¿Y quién había sido el que había pedido ayuda a Nash?

Joe.

¿Creería la policía que Joe no sabía lo que estaba haciendo Nash? Pensándolo bien, Nash podría considerarse el sicario, pero ¿la policía no prefería siempre atrapar al hombre que lo había contratado?

Éste también sería Joe.

Existía todavía la posibilidad, por débil que fuera, de que todo acabara bien. No atrapan a Nash. La cinta nunca sale a la luz. Marianne acaba muerta, sí, pero sobre esto ya no se podía hacer nada, ¿y no estaba pidiendo a gritos que la mataran? ¿No había llegado demasiado lejos con su plan de venganza? Joe había cometido un error garrafal sin querer, pero ¿Marianne no había hecho todos los esfuerzos posibles para acosar y destruir a su familia?

Excepto una cosa.

Hoy había llegado un mensaje. Marianne estaba muerta. Esto significaba que por mucho daño que hubiera hecho Nash, no había tapado todas las filtraciones.

Guy Novak.

Él era el último hueco que faltaba por tapar. Allí era donde iría Nash. Nash no había contestado al teléfono ni había respondido a los mensajes de Joe porque estaba cumpliendo su misión para terminar el trabajo.

Y Joe lo vio con claridad.

Podía esperar que las cosas evolucionaran de forma favorable para él. Pero esto representaba que Guy Novak acabara muerto.

Lo que podría representar el fin de sus problemas.

—¿Joe? —dijo Dolly—. Joe, cuéntamelo.

Joe no sabía qué hacer. Pero no se lo contaría a Dolly. Tenían una hija pequeña, estaban formando una familia. Con eso no se juega.

Pero tampoco permites que muera un hombre.

—Debo irme —dijo, y corrió hacia la puerta.

Nash susurró al oído de Guy Novak:

—Grita a las chicas que vas a bajar al sótano y no quieres que te molesten. ¿Entendido?

Guy asintió. Fue al pie de la escalera. Nash apretó el cuchillo contra su espalda, cerca del riñón. Nash había aprendido que la mejor técnica era pasarse un poco con la presión. Que sientan suficiente dolor para saber que vas en serio.

—¡Niñas! Voy a bajar un rato al sótano. Quedaos arriba, ¿de acuerdo? No quiero que me molesten.

Una vocecita gritó:

—De acuerdo.

Guy se volvió hacia Nash. Éste dejó deslizar el cuchillo por su cintura hasta el vientre. Guy no pestañeó ni retrocedió.

—¿Ha matado a mi esposa?

Nash sonrió.

—Creía que era tu ex.

—¿Qué quiere?

—¿Dónde están sus ordenadores?

—Mi portátil está en una bolsa junto al sillón. El de sobremesa está en la cocina.

—¿Tienes más?

—No. Cójalos y márchese.

—Primero tenemos que hablar, Guy.

—Le diré lo que quiera saber. También tengo dinero. Es suyo. Pero no haga daño a las niñas.

Nash miró al hombre. Tenía que saber que tenía muchas posibilidades de morir. En su vida nada sugería heroísmo, pero ahora era como si estuviera harto y realizara una especie de actuación final.

—No les tocaré un pelo si colaboras —dijo Nash.

Guy miró a Nash a los ojos como si buscara una mentira. Nash abrió la puerta del sótano. Bajaron. Nash cerró la puerta y encendió la luz. El sótano no estaba terminado. El suelo era de frío cemento. En las tuberías se oía correr el agua. Apoyada en un armario había una acuarela. Había sombreros viejos, pósteres y cajas de cartón por todas partes.

Nash tenía todo lo que necesitaba en una bolsa de gimnasia que llevaba colgada del hombro. Fue a coger la cinta, y Guy cometió un gran error.

Lanzó un puñetazo y gritó:

—¡Niñas, corred!

Nash lanzó su codo con fuerza contra el cuello de Guy, ahogando sus palabras. A continuación le dio un golpe con la palma de la mano en la frente. Guy cayó al suelo, agarrándose el cuello.

—Si te atreves a respirar —dijo Nash—, bajaré aquí a tu hija y te haré mirar. ¿Está claro?

Guy se quedó inmóvil. La paternidad podía convertir a un gusano cobarde como Guy Novak en un valiente. Nash se preguntó si él y Cassandra ya habrían tenido hijos. Prácticamente seguro. Cassandra venía de una gran familia. Quería tener muchos hijos. Él no estaba tan seguro —su visión del mundo era bastante más tenebrosa que la de ella—, pero nunca le habría negado nada.

Nash miró a Novak en el suelo. Pensó en pincharle en una pierna o en cortarle un dedo, pero no sería necesario. Guy había hecho su intentona y había aprendido la lección. No se repetiría.

—Ponte boca abajo y cógete las manos a la espalda.

Guy colaboró. Nash enrolló la cinta alrededor de las muñecas y antebrazos de Novak. Después hizo lo mismo con sus piernas.

Ató las muñecas a los tobillos, tirando de los brazos hacia atrás y doblando las piernas por las rodillas. La clásica atadura del cerdo. Lo último que hizo fue tapar la boca de Guy rodeándole la cabeza con cinta varias veces.

Una vez terminado esto Nash fue a la puerta del sótano. Guy forcejeó, pero no era necesario. Nash sólo quería asegurarse de que las niñas no habían oído nada. De arriba venía el sonido de la televisión. Las niñas no estaban a la vista. Cerró la puerta y volvió a bajar.

—Su ex esposa grabó un vídeo. Quiero que me diga dónde está.

La boca de Guy seguía tapada con cinta. La expresión de desconcierto de su rostro era evidente: ¿cómo quería que contestara una pregunta si tenía la boca tapada? Nash le sonrió y le mostró la hoja.

—Me lo dirás dentro de unos minutos, ¿de acuerdo?

El móvil de Nash volvió a vibrar. Se imaginó que sería Lewiston, pero cuando miró el identificador, supo que no podían ser buenas noticias.

—¿Qué pasa? —preguntó.

—La policía está aquí —dijo Pietra.

Nash no se sorprendió. Cae una pieza y todo comienza a derrumbarse. El tiempo apremiaba. No podía quedarse y hacer daño a Guy a gusto. Necesitaba actuar con rapidez.

¿Qué haría que Guy hablara rápidamente?

Nash meneó la cabeza. Lo que nos hace valientes, aquello por lo que vale la pena morir, también nos hace débiles.

—Voy a hacer una visita a tu hija —dijo a Guy—. Y después hablarás, ¿entendido?

A Guy se le salieron los ojos de las órbitas. Todavía atado como un cerdo forcejeó e intentó comunicar a Nash lo que ya sabía. Hablaría. Le diría todo lo que quería saber si dejaba en paz a su hija. Pero Nash sabía que sería más fácil obtener la información con su hija delante. Algunos dirían que la mera amenaza era suficiente. Quizá tenían razón.

Pero Nash quería a la hija abajo por otras razones.

Respiró hondo. Estaba llegando al final. Lo veía. Sí, quería sobrevivir y largarse, pero la locura no sólo se había infiltrado, sino que lo había dominado. La locura le animaba las venas, le hacía sentir vivo, con un hormigueo por todo el cuerpo.

Empezó a subir la escalera del sótano. Detrás de él oía a Guy volviéndose loco tras sus ataduras. Por un momento la locura le abandonó y Nash pensó en volver atrás. Guy se lo diría todo ahora. Pero podía ser que no. Entonces quizá sólo parecería una amenaza.

No, tenía que hacerlo hasta el final.

Abrió la puerta del sótano y entró en el vestíbulo. Miró la escalera. Todavía se oía la tele. Dio un paso más.

Se detuvo cuando oyó sonar el timbre.

Tia detuvo el coche en la entrada de los Novak. Dejó el teléfono y el bolso en el coche y corrió hacia la puerta. Intentaba digerir lo que le había dicho Betsy Hill. Su hijo estaba bien. Eso era lo más importante. Tenía algunas heridas menores, pero estaba vivo y podía caminar e incluso salir corriendo. Había otras cosas que Adam había contado a Betsy, que se sentía culpable por la muerte de Spencer, cosas así. Pero esto podía arreglarse. Lo primero es sobrevivir. Después hacer que volviera a casa. A continuación, puedes ocuparte de lo demás.

Todavía perdida en sus pensamientos, Tia apretó el timbre de los Novak.

Tragó saliva y recordó que esta familia acababa de sufrir una espantosa pérdida. Era importante echar una mano, o eso se imaginaba, pero lo único que deseaba era llevarse a su hija, encontrar a su hijo y a su marido, llevarlos a casa y cerrar la puerta para siempre.

Nadie abrió la puerta.

Tia intentó mirar por la ventanita, pero había demasiados reflejos. Hizo visera con las manos y miró dentro del vestíbulo. Le pareció que una figura saltaba hacia atrás. Podría haber sido sólo una sombra. Volvió a llamar al timbre. Esta vez hubo mucho ruido. Las niñas armaron un buen jaleo bajando la escalera en estampida.

Corrieron a la puerta. Yasmin abrió y Jill se quedó unos pasos detrás.

—Hola, señora Baye.

—Hola, Yasmin.

Por la cara de la niña comprendió que Guy no se lo había dicho, pero no le sorprendió. Guy estaba esperando a que Jill se fuera para estar a solas con Yasmin.

—¿Dónde está tu padre?

Yasmin se encogió de hombros.

—Creo que ha dicho que bajaría al sótano.

Por un momento se quedaron las tres allí. La casa estaba silenciosa como una tumba. Esperaron un par de segundos, un ruido o una señal. No oyeron nada.

Probablemente Guy estaba abajo llorando, se imaginó Tia. Debería llevarse a Jill a casa. No se movieron. De repente Tia se sintió mal. Lo normal era actuar así cuando dejabas a tu hijo en casa de alguien: acompañar al niño a la puerta y comprobar que dentro había un padre o un canguro.

Se sintió como si estuviera dejando sola a Yasmin.

—¿Guy? —gritó Tia.

—No pasa nada, señora Baye. Ya soy mayor para quedarme sola.

Eso era cuestionable. Estaban en una edad incierta. Seguramente estaban a salvo solos, con los móviles y todo. Jill empezaba a desear más independencia. Decía que había demostrado ser responsable. Adam se quedaba solo cuando tenía la edad de Jill, lo que al final no parecía haber sido una gran idea.

Pero no era esto lo que inquietaba a Tia ahora mismo. No era por dejar a Yasmin sola. El coche de su padre estaba en la entrada. Se suponía que estaba en la casa. Se suponía que debía decirle a Yasmin que su madre había muerto.

—¿Guy?

Ninguna respuesta.

Las chicas se miraron. Una expresión cruzó sus caras.

—¿Dónde habéis dicho que creíais que estaba? —preguntó Tia.

—En el sótano.

—¿Qué hay abajo?

—En realidad nada. Cajas viejas y trastos. Es bastante asqueroso.

¿Para qué habría decidido Guy bajar ahora?

La respuesta obvia era para estar solo. Yasmin había dicho que tenían cajas viejas. Quizá Guy había embalado algunos recuerdos de Marianne y ahora estaba sentado en el suelo mirando fotos viejas. O algo parecido. Y quizá con la puerta del sótano cerrada no la había oído.

Era lo que tenía más sentido.

Tia recordó la figura fugaz que había visto al mirar por la ventanita. ¿Podría haber sido Guy? ¿Se estaría escondiendo de ella? Esto también tenía sentido. Puede que no se viera con ánimos de hablar con ella ahora mismo. Puede que no quisiera ninguna compañía. Podría ser.

Bien, pero a Tia seguía sin gustarle la idea de dejar sola a Yasmin así.

—¿Guy?

Ahora gritó más fuerte.

Todavía nada.

Se acercó a la puerta del sótano. Lo sentía si deseaba estar solo. Sólo tenía que gritar «estoy aquí». Llamó. No respondió nadie. Cogió la manilla y la giró. Empujó un poco la puerta.

La luz estaba apagada.

Se volvió a mirar a las niñas.

—Cielo, ¿estás segura de que ha dicho que bajaría al sótano?

—Es lo que ha dicho.

Tia miró a Jill, quien asintió. El miedo empezaba a filtrarse insidiosamente. Guy parecía tan deprimido por teléfono y después se había ido solo a un sótano oscuro...

No, nunca. No le haría una cosa así a Yasmin.

Entonces Tia oyó un ruido. Algo sofocado. Algo que rascaba y forcejeaba. Una rata o algo así.

Lo oyó otra vez. No era una rata. Parecía algo más grande.

¿Qué estaba...?

Miró a las dos niñas con seriedad.

—Quiero que os quedéis aquí. ¿Me habéis oído? No bajéis a menos que os llame.

La mano de Tia buscó el interruptor en la pared. Lo encontró y lo apretó. Sus piernas ya la estaban llevando abajo. Y cuando llegó, cuando miró al otro extremo de la habitación y vio a Guy Novak atado y amordazado, reaccionó sin pensarlo dos veces.

Se volvió y corrió hacia arriba.

—¡Niñas, corred! Salid de la casa...

Las palabras murieron en su garganta. La puerta del sótano ya se cerraba delante de ella.

Un hombre entró en la habitación. Llevaba a Yasmin agarrada del cuello con la mano derecha. En la izquierda tenía a Jill.

38

Carson estaba furioso. Le había echado. Después de todo lo que había hecho por ella, Rosemary sencillamente le había hecho salir de la habitación como a un niño. Y ahora ella estaba dentro hablando con aquel viejo que le había hecho quedar tan mal frente a sus amigos.

Rosemary no se enteraba de nada.

Él la conocía. Siempre utilizaba su belleza y su labia para salir de los apuros. Pero ya no le funcionaría. Buscaría una manera de salvar la piel, y la de nadie más. Cuanto más lo pensaba Carson, peor le parecían sus propias perspectivas. Si la policía entraba en acción y ellos ofrecían a alguien como cordero del sacrificio, Carson sería su principal candidato.

Puede que fuera esto de lo que hablaban ahora.

Tenía lógica. Carson tenía veintidós años, edad más que suficiente para ser juzgado y condenado como adulto. Era con él con quien los adolescentes tenían más trato; Rosemary había sido suficientemente lista para lavarse las manos en este sentido. Carson era también el intermediario con el distribuidor.

Maldita sea, debería haber previsto que ocurriría esto. En cuanto el pobre Spencer se quitó la vida, deberían haberse retirado de la circulación una temporada. Pero había mucho dinero en juego y sus distribuidores le presionaban. El contacto de Carson era un tipo llamado Barry Watkins que siempre llevaba trajes de Armani. Lo invitaba a clubes de caballeros exclusivos. Repartía pasta a diestro y siniestro. Le ofrecía chicas y respeto. Le trataba bien.

Pero anoche, cuando Carson no pudo cumplir, la voz de Watkins cambió. No gritó. Sólo se volvió fría y fue como si le clavaran un punzón cortahielo en las costillas.

—Tenemos que acabar esto —le dijo a Carson.

—Creo que tenemos un problema.

—¿A qué te refieres?

—El hijo del médico se ha asustado. Su padre se presentó anoche.

Silencio.

—Hola.

—¿Carson?

—¿Qué?

—Mis jefes no permitirán que me descubran. ¿Lo entiendes? Se asegurarán de que la policía no llegue a este nivel.

Colgó. El mensaje había sido mandado y recibido.

Así que Carson esperaba con su pistola.

Oyó un ruido en la puerta. Alguien intentaba entrar. La puerta estaba cerrada por ambos lados. Era necesario conocer el código de la alarma para entrar o salir. Alguien se puso a aporrear la puerta. Carson miró por la ventana.

Era Adam Baye. Iba con DJ Huff.

—¡Abrid! —gritó Adam. Aporreó un poco más la puerta—. ¡Vamos, abrid!

Carson reprimió una sonrisa. Padre e hijo en el mismo sitio. Sería la manera perfecta de ponerle fin.

—Esperad —dijo Carson.

Se guardó la pistola en la parte trasera de los pantalones. Apretó cuatro dígitos y vio que la luz roja se volvía verde. La puerta se abrió.

Adam entró en tromba, seguido de DJ.

—¿Está mi padre dentro? —preguntó Adam.

Carson asintió.

—Está en el despacho de Rosemary.

Adam se puso a caminar con DJ Huff detrás.

Carson dejó que se cerrara la puerta encerrándolos a todos dentro. Se llevó la mano a la espalda y sacó la pistola.

Anthony estaba siguiendo a Adam Baye.

Mantuvo una cierta distancia, no mucha, pero no sabía cómo enfocarlo. El chico no lo conocía, por lo que Anthony no podía limitarse a llamarlo, y además ¿quién podía saber en qué estado mental estaría Adam? Si Anthony se identificaba como amigo de su padre, el chico podía echar a correr y desaparecer otra vez.

«Tómatelo con calma», pensó Anthony.

Delante, Adam estaba gritando por el móvil. No era mala idea. Anthony sacó el móvil sin dejar de caminar. Marcó el número de Mike.

No hubo respuesta.

Cuando salió el buzón de voz, Anthony dijo:

—Mike, he visto a tu hijo. Se dirige a aquel club del que te hablé. Le estoy siguiendo.

Cerró el móvil y se lo guardó en el bolsillo. Adam ya había guardado el móvil y ahora aceleró el paso. Anthony mantuvo la distancia. Cuando Adam llegó al club, subió la escalera de dos en dos e intentó abrir la puerta.

Cerrado.

Anthony vio que miraba el control de la alarma. Miró a su amigo, que se encogió de hombros. Adam se puso a aporrear la puerta.

—¡Abrid!

«El tono», pensó Anthony. Había algo más que impaciencia en ese tono, había desesperación pura y dura. Incluso miedo. Anthony se acercó más.

383

—¡Vamos, abrid!

Adam siguió golpeando cada vez más fuerte. Unos segundos después, se abrió la puerta. Apareció uno de aquellos góticos. Anthony lo había visto en la calle. Era un poco mayor que los demás y se podía decir que era el cabecilla de la banda de colgados más mayorcitos. Llevaba la nariz vendada como si se la hubiera roto. Anthony se preguntó si sería uno de los chicos que habían atacado a Mike y decidió que sí, que probablemente lo era.

¿Qué debía hacer?

¿Debía impedir a Adam que entrara? Podía hacerlo, pero también podía volverse contra él. Seguramente el chico echaría a correr. Anthony podía cogerlo y retenerlo, pero si armaban mucho jaleo, ¿de qué serviría?

Anthony se acercó disimuladamente a la puerta.

Adam entró rápidamente, y desapareció, y para Anthony fue como si el edificio se lo hubiera tragado. El amigo de Adam con la chaqueta universitaria entró detrás de él, más lentamente. Desde donde estaba, Anthony pudo ver que el gótico dejaba que la puerta se cerrara. Al hacerlo, mientras la puerta se cerraba lentamente, el gótico se volvió.

Y Anthony la vio.

Llevaba una pistola asomando por la parte trasera de los pantalones.

Y antes de que la puerta se cerrara por completo, le pareció que el gótico iba a cogerla.

Mo estaba en el coche pensando en aquellos malditos números.

CeJota8115.

Empezó por lo obvio. Convertir Ce en C o la tercera letra. Tres. Cogió el Jota o J, el número diez. ¿Y qué tenía? Unió los nombres, intentó dividirlos, buscó pautas. Pensó en el apodo de mensajería instantánea de Adam, HockeyAdam1117. Mike le había dicho que 11 era el número de Messier y 17 era el antiguo número de Mike en Dartmouth. Los añadió al 8115 y después 3108115. Convirtió HockeyAdam en números, hizo más ecuaciones, intentó resolver el problema.

Nada.

Los números no eran aleatorios. Esto lo sabía. Ni siquiera los números de Adam, aunque no fueran reveladores, eran aleatorios. Existía una pauta. Mo sólo tenía que encontrarla.

Había estado haciendo cálculos mentales, pero después abrió la guantera y cogió una hoja de papel. Estaba escribiendo posibilidades numéricas cuando oyó una voz conocida que gritaba:

—¡Abrid!

Mo miró a través del parabrisas.

Adam estaba golpeando la puerta del Club Jaguar.

—¡Vamos, abrid!

Mo cogió la manilla mientras se abría la puerta del club. Adam desapareció dentro. Mo no sabía qué hacer, qué decisión tomar, cuando vio otra cosa rara.

Era Anthony, el gorila negro que Mike había ido a ver antes. Corría hacia la puerta del Club Jaguar. Mo salió del coche y corrió tras él. Anthony llegó primero a la puerta y dio la vuelta al pomo. No se movió.

—¿Qué pasa? —preguntó Mo.

—Tenemos que entrar —dijo Anthony.

Mo puso una mano sobre la puerta.

—Es de acero reforzado. No hay forma de derribarla.

—Pues mejor que lo intentemos.

—¿Por qué? ¿Qué pasa?

—El chico que ha dejado entrar a Adam —dijo Anthony— tenía un arma.

Carson mantuvo la pistola oculta detrás de la espalda.

—¿Está mi padre dentro? —preguntó Adam.

—Está en el despacho de Rosemary.

Adam se puso a caminar. Se oyó una conmoción repentina en el fondo del pasillo.

—¿Adam?

Era la voz de Mike Baye.

—¿Papá?

Mike dobló la esquina justo cuando llegaba Adam. Padre e hijo se encontraron cerca del pasillo y se abrazaron.

«Vaya», pensó Carson, «¡qué bonito!».

Carson cogió el arma y la levantó frente a él.

No gritó. No les avisó. No tenía por qué. No podía elegir. No tenía tiempo para negociar o hacer peticiones. Tenía que ponerle fin.

Tenía que matarlos.

—¡No, Carson! —gritó Rosemary.

Pero él no pensaba escuchar a aquella zorra. Carson apuntó la pistola hacia Adam, lo puso en su punto de mira y se preparó para disparar.

Ya mientras Mike abrazaba a su hijo —ya mientras sentía el maravilloso calor del cuerpo de su hijo y casi se desmayaba de alivio al comprobar que estaba a salvo— lo vio por el rabillo del ojo.

Carson tenía una pistola.

Mike tuvo unos segundos para decidir su siguiente movimiento. No hubo pensamiento consciente en lo que hizo a continuación, fue sólo una respuesta primitiva y básica. Vio que Carson apuntaba la pistola a Adam y reaccionó.

Mike empujó a su hijo.

Le empujó con fuerza. De hecho, Adam se elevó del suelo. Salió volando, con expresión aturdida. La pistola explotó, y la bala hizo añicos el cristal detrás de él, justo donde estaba Adam menos de un segundo antes. Mike sintió cómo los cristales le caían encima.

Pero el empujón no sólo sorprendió a Adam, sino también a Carson. Dio por sentado que no lo habían visto o que reaccionarían como la mayoría cuando tenían una pistola delante: se quedarían inmovilizados o levantarían las manos.

Carson se recuperó rápidamente. Ya estaba desviando la pistola a la derecha, hacia donde Adam había caído. Pero por eso el empujón había sido tan fuerte. Incluso en aquel estado de reacción primitiva, la locura de Mike había seguido un método. Necesitaba no sólo sacar a su hijo de la trayectoria de aquella bala, sino también darle distancia. Y lo consiguió.

Adam cayó en el pasillo, detrás de una pared.

Carson apuntó, pero no tenía ángulo para disparar a Adam. Esto no le dejaba otra alternativa que disparar primero al padre.

Entonces Mike sintió una extraña sensación de paz. Sabía lo que debía hacer ahora. No tenía elección. Tenía que proteger a su hijo. En cuanto Carson desvió la pistola en dirección al padre, Mike supo lo que esto representaba.

Tendría que hacer un sacrificio.

No es que lo pensara. Un padre salva a su hijo. Era lo que debía hacer. Carson podría disparar a uno de ellos. No parecía haber otra salida. Así que Mike hizo lo único que podía hacer.

Se aseguró de que fuera él.

Siguiendo su instinto, Mike se lanzó sobre Carson.

Volvió a los partidos de hockey, se lanzó sobre el disco y se dio cuenta de que, aunque Carson le disparara, podía tener tiempo suficiente. Tiempo suficiente para llegar a Carson e impedir que hiciera más daño.

Salvaría a su hijo.

Pero al acercarse, Mike vio que el corazón era una cosa y la realidad era otra. La distancia era demasiado grande. Carson ya tenía la pistola levantada. Mike no llegaría a tiempo antes de recibir una bala o quizá dos. Había pocas posibilidades de supervivencia o incluso de poder hacer algo útil.

Igualmente no tenía alternativa. Así que Mike cerró los ojos, bajó la cabeza y corrió.

Todavía estaban a unos cinco metros de distancia, pero si Carson le dejaba acercarse un poco más, no podía fallar.

El chico bajó un poco la pistola, apuntó a la cabeza de Mike y vio cómo el blanco se hacía más grande.

Anthony empujó el hombro contra la puerta, pero ésta no se movió.

—¿Tantos cálculos y era esto?

—¿Qué está murmurando?

—Ocho-uno-uno-cinco.

—¿Qué dice?

No había tiempo para explicaciones. Mo apretó 8115 en el teclado de la alarma. La luz roja se volvió verde, indicando que la puerta ya no estaba cerrada.

Anthony abrió la puerta y ambos hombres entraron corriendo.

Carson tenía a Mike en su punto de mira.

La pistola apuntaba la parte de arriba de la cabeza baja de Mike. Carson estaba sorprendido de su propia calma. Creía que se dejaría llevar por el pánico, pero su mano era firme. Disparar el primer tiro le había hecho sentir bien. Éste aún sería mejor. Estaba en la zona. No podía fallar. Ni por asomo.

Carson empezó a apretar el gatillo.

Y entonces la pistola desapareció.

Una mano gigante apareció por detrás de él y le arrancó el arma. Sin más ni más. Un segundo estaba allí y al siguiente no. Carson se volvió y vio al gran gorila negro del club de más abajo. El gorila tenía la pistola en la mano y sonreía.

Pero no hubo tiempo para manifestar sorpresa. Algo fuerte —otro hombre— golpeó a Carson secamente en la parte baja de la espalda. Carson sintió dolor en todo el cuerpo. Gritó, cayó hacia delante y tropezó con el hombro de Mike Baye que venía por la otra dirección. El cuerpo de Carson casi se partió por la mitad por el impacto. Aterrizó como si alguien le hubiera dejado caer desde una gran altura. No podía respirar. Sentía las costillas como si estuvieran hundidas.

Desde encima de él, Mike dijo:

—Se acabó. —Después se volvió a mirar a Rosemary y añadió—: No hay trato.

39

Nash mantuvo el apretón sobre cada una de las niñas.

No ejercía demasiada fuerza, pero sí sobre puntos muy sensibles. Vio que Yasmin, la que lo había empezado todo portándose mal en la clase de Joe, hacía una mueca. La otra niña —la hija de la mujer que se había presentado sin más ni más— temblaba como una hoja.

—Suéltelas —dijo la mujer.

Nash negó con la cabeza. Ahora se sentía aturdido. La locura le tenía dominado como un cable con corriente. Todas las neuronas estaban en plena marcha. Una de las niñas se echó a llorar. Nash sabía que esto debería haberle hecho efecto, que como ser humano sus lágrimas deberían haberle conmovido.

Pero sólo aumentaron la sensación.

¿Sigue siendo locura cuando tú sabes que es locura?

—Por favor —dijo la mujer—. Sólo son unas niñas.

Pero después calló. Quizá porque lo vio. Vio que sus palabras no hacían ningún efecto en el hombre. Peor aún, parecían producirle placer. Admiró a la mujer. Se preguntó si siempre sería así, valiente y luchadora, o si se había convertido en la madre osa que protegía a su cría.

Primero tendría que matar a la madre.

Sería la más problemática. De eso estaba seguro. Era imposible que se estuviera quieta mientras hacía daño a las niñas.

Pero entonces otro pensamiento le excitó. Si tenía que ser así, si éste sería su acto final, ¿no disfrutaría mucho más obligando a los padres a mirar?

Sabía que era enfermizo, sí. Pero en cuanto la voz penetró en su cerebro, Nash no pudo ahuyentarla. No puedes evitar ser lo que eres. Nash conoció a algunos pedófilos en prisión y siempre intentaban convencerse de que lo que hacían no era depravado. Hablaban de historia, de civilizaciones antiguas y de eras primitivas en que las niñas se casaban a los doce años y Nash siempre se preguntaba por qué se tomaban la molestia. Era mucho más simple. Así es como te pones a cien, como te entra el cosquilleo. Sientes la necesidad de hacer lo que los demás consideran reprobable. Así era como Dios te había hecho. ¿Quién tenía la culpa entonces?

Todos esos chiflados devotos debían entender que, si se paraban a pensarlo, estaban criticando la obra de Dios cuando condenaban a esos hombres. Sí, responderían con que se podía vencer la tentación, pero esto era algo más. Ellos también lo sabían. Porque todo el mundo tenía su cosquilleo. No es la disciplina la que lo mantiene a raya, son las circunstancias. Esto era lo que Pietra no comprendía de los soldados. Las circunstancias no los forzaron a rendirse a la brutalidad.

Les dieron la oportunidad de hacerlo.

Ahora lo sabía. Los mataría a todos. Les robaría los ordenadores y se largaría. Cuando llegara la policía, estaría ocupada con el baño de sangre. Lo atribuirían a un asesino en serie. Nadie pensaría en una cinta grabada por una chantajista para destruir a un buen hombre y buen profesor. Joe podría salir bien parado.

Primero lo primero. Atar a la madre.

—¿Niñas? —dijo Nash.

Se volvió para que pudieran verlo.

—Si huís, mataré a mamá y a papá. ¿Lo habéis comprendido?

Las dos asintieron. De todos modos, las apartó de la puerta del sótano. Les soltó el cuello, y entonces fue cuando Yasmin soltó el grito más penetrante que hubiera oído jamás. Corrió hacia su padre. Nash se inclinó hacia ellos.

Esto demostraría ser un error.

La otra niña corrió hacia los escalones.

Nash se giró rápidamente para seguirla, pero la niña era rápida.

La mujer gritó:

—¡Huye, Jill!

Nash subió los escalones saltando, con la mano estirada para cogerle un tobillo. Le rozó la piel, pero ella se apartó. Nash intentó incorporarse, pero sintió un peso repentino encima.

Era la madre.

Le había saltado sobre la espalda y le mordió la pierna con fuerza. Nash aulló y la apartó a patadas.

—¡Jill! —gritó Nash—. ¡Tu madre está muerta si no bajas inmediatamente!

La mujer se apartó de él rodando.

—¡Huye! ¡No le hagas caso!

Nash se levantó y sacó el cuchillo. Por primera vez no sabía exactamente qué hacer. La caja del teléfono estaba en el otro extremo de la habitación. Podía arrancarlo, pero la niña seguramente tenía un móvil.

El tiempo apremiaba.

Nash miró a Yasmin. Ella saltó detrás de su padre. El hombre intentó rodar, intentó sentarse, intentó hacer lo que fuera para convertirse en una pared protectora para su hija. El esfuerzo, con las ataduras de la cinta adhesiva, fue casi cómico.

La mujer también se levantó. Fue hacia la niña. Ni siquiera era la suya esta vez. Valiente. Pero ahora los tres estaban juntos. Bien. Podía encargarse de todos rápidamente. No tardaría nada.

—¡Jill! —gritó Nash otra vez—. ¡Último aviso!

Yasmin volvió a gritar. Nash fue hacia ellas, con el cuchillo levantado, pero una voz le retuvo.

—No le haga daño a mi madre, por favor.

La voz venía de detrás de él. Oía los sollozos.

Jill había vuelto.

Nash miró a la madre y sonrió. La cara de la mujer se contorsionó de angustia.

—¡No! —gritó la madre—. ¡No, Jill! ¡Corre!

—¿Mami?

—¡Corre! ¡Por Dios, cielo, corre, por favor!

Pero Jill no la escuchaba. Bajó la escalera. Nash se volvió hacia ella y entonces se dio cuenta de su error. Se preguntó por un momento si había dejado intencionadamente que Jill llegara a la escalera. Les había soltado el cuello, ¿no? ¿Había sido descuidado o había algo más? Se preguntó si de alguna manera había sido dirigido por alguien, alguien que ya había visto bastante y quería que estuviera en paz.

Creyó verla de pie junto a la niña.

—Cassandra —gritó con fuerza.

Un minuto o dos antes, Jill había sentido la presión de la mano del hombre sobre su cuello.

El hombre era fuerte. No parecía esforzarse en absoluto. Sus dedos habían encontrado un punto y dolía de mala manera. Después vio a su madre y la forma en que estaba atado el señor Novak en el suelo. Jill estaba muy asustada.

—Suéltelas —dijo su madre.

El modo de decirlo tranquilizó un poco a Jill. Era horrible y aterrador, pero su madre estaba allí. Haría lo que fuera para salvar a Jill. Y Jill supo que era el momento de demostrar que ella también haría lo que fuera por su madre.

El apretón del hombre aumentó. Jill jadeó un poco y lo miró a la cara. El hombre parecía contento. Después miró a Yasmin. Estaba mirando directamente a Jill. Consiguió ladear un poco la cabeza. Esto era lo que hacía Yasmin en clase cuando el profesor estaba mirando pero quería mandar un mensaje a Jill.

Jill no lo entendió. Yasmin empezó a mirarse la mano.

Despistada, Jill siguió sus ojos y vio lo que estaba haciendo Yasmin.

Estaba formando una pistola con los dedos índice y pulgar.

—¿Niñas?

El hombre que las tenía agarradas por el cuello apretó y se volvió un poco para que se vieran obligadas a mirarlo.

—Si huís, mataré a mamá y a papá. ¿Lo habéis comprendido?

Las dos asintieron. Volvieron a mirarse. Yasmin abrió la boca. Jill captó la idea. El hombre las soltó. Jill esperó la distracción. No tardó mucho.

Yasmin gritó y Jill corrió para salvar la vida. No sólo su vida, en realidad. Para salvar la vida a todos.

Sintió los dedos del hombre en su tobillo, pero lo apartó. Le oyó aullar, pero no miró atrás.

—¡Jill! ¡Tu madre está muerta si no bajas inmediatamente!

No tenía más remedio. Jill subió la escalera corriendo. Pensó en el correo anónimo que había mandado al señor Novak aquel mismo día.

Hazme caso, por favor. Tienes que esconder mejor tu pistola.

Rezó por que no lo hubiera leído o que, de haberlo leído, no hubiera tenido tiempo de hacer nada al respecto. Jill corrió al dormitorio de Novak y abrió el cajón a lo bruto. Tiró el contenido en el suelo.

La pistola no estaba.

Se le encogió el corazón. Oyó gritos procedentes de abajo. El hombre podía estar matándolos a todos. Empezó a tirarlo todo al suelo hasta que su mano tropezó con algo metálico.

La pistola.

—¡Jill! ¡Último aviso!

¿Cómo se quitaba el seguro? Maldita sea. No tenía ni idea. Pero entonces Jill recordó algo.

Yasmin no había vuelto a ponerlo. Probablemente el seguro estaba quitado.

Yasmin gritó.

Jill se puso de pie. No había bajado aún la escalera cuando gritó con la vocecita más infantil que fue capaz de fingir:

—No le haga daño a mi mamá, por favor.

Corrió a la planta baja. No sabía si sería capaz de apretar el gatillo con la fuerza suficiente para disparar. Pensó que sostendría la pistola con ambas manos y apretaría con dos dedos.

Resultó que eso fue fuerza suficiente.

Nash oyó las sirenas.

Vio la pistola y sonrió. Parte de él quería dar un salto, pero Cassandra meneó la cabeza. Tampoco quería esto. La niña dudó. Él se acercó un poco más a ella y levantó el cuchillo por encima de la cabeza de la niña.

Cuando Nash tenía diez años, preguntó a su padre qué les sucedía a las personas cuando morían. Su padre dijo que quizá Shakespeare lo había descrito mejor que nadie diciendo que la muerte era «la tierra ignota de cuyos confines ningún viajero regresa».

En suma, nadie lo sabe.

La primera bala le dio en pleno pecho.

Vaciló acercándose a Jill, con el cuchillo levantado, esperando.

Nash no sabía dónde le llevaría la segunda bala, pero esperaba que fuera junto a Cassandra.

40

Mike estaba en la misma sala de interrogatorios que antes. Esta vez estaba con su hijo.

El agente especial Darryl LeCrue y el ayudante del fiscal Scott Duncan habían intentado encajar las piezas del caso. Mike sabía que todos estaban allí: Rosemary, Carson, DJ Huff y probablemente su padre, y los demás góticos. Los habían separado, esperando hacer tratos y presentar cargos.

Llevaban cuatro horas allí. Mike y Adam todavía no habían respondido una sola pregunta. Hester Crimstein, su abogada, se negaba a dejarlos hablar. En ese momento Mike y Adam estaban solos en la sala de interrogatorio.

Mike miró a su hijo y se le rompió el corazón.

—Todo se arreglará —dijo, quizá por quinta o sexta vez.

Adam no reaccionaba. Seguramente por el shock. Por supuesto, había una fina línea entre el shock y el resentimiento adolescente. Hester estaba en modo enloquecido y la cosa iba a peor. Se notaba. No paraba de entrar y salir y de hacer preguntas. Adam se limitaba a sacudir la cabeza cuando ella le pedía detalles.

Hizo su última visita hacía media hora y acabó diciendo tres palabras a Mike:

—No va bien.

La puerta se abrió de golpe otra vez. Hester entró, cogió una silla y la acercó a Adam. Se sentó y situó la cara a dos centímetros de la del chico. Él se apartó. Ella le cogió la cara entre las manos, le obligó a mirarla y dijo:

—Mírame, Adam.

Él la miró de muy mala gana.

—Éste es el problema que tienes. Rosemary y Carson te echan la culpa a ti. Dicen que fue idea tuya robar los talonarios de recetas de tu padre y llevar el negocio al siguiente nivel. Dicen que tú los buscaste a ellos. Dependiendo de su estado de ánimo, también aseguran que tu padre estaba en el ajo. Aquí tu padre estaba buscando la manera de sacarse un dinerillo extra. Los agentes de la DEA que están aquí se llevaron muchos honores por arrestar a un médico en Bloomfield por lo mismo: suministrar recetas ilegales para el mercado negro. Así que les gusta este enfoque, Adam. Quieren al médico y a su hijo en una conspiración porque atrae la atención de los medios y significa promociones para ellos. ¿Entiendes lo que te digo?

Adam asintió.

—Entonces, ¿por qué no me dices la verdad?

—No importa —dijo Adam.

Ella hizo un gesto de desesperación.

—¿Qué significa esto?

Adam sacudió la cabeza.

—Es mi palabra contra la suya.

—De acuerdo, pero mira: tenemos dos problemas. Primero, no están sólo ellos. Un par de colegas de Carson respaldan su versión. Evidentemente, esos colegas respaldarían la versión de que hiciste exploraciones anales en una nave espacial si Carson y Rosemary se lo pidieran. Así que ése no es nuestro mayor problema.

—¿Cuál es entonces? —preguntó Mike.

—La prueba más sólida que tienen son los talonarios de recetas. No se pueden relacionar directamente con Rosemary y Carson. La cosa no queda atada y bien atada. En cambio, pueden relacionarlos directamente con usted, doctor Baye. Evidentemente, son suyos. También pueden relacionar bastante bien cómo fueron del punto A-usted, doctor Baye, al punto B-el mercado ilegal. A través de su hijo.

Adam cerró los ojos y sacudió la cabeza.

—¿Qué? —preguntó Hester.

—No va a creerme.

—Cariño, escúchame. Mi trabajo no es creerte. Mi trabajo es defenderte. Preocúpate porque tu madre te crea, ¿de acuerdo? Yo no soy tu madre, soy tu abogada y, ahora mismo, te convengo mucho más.

Adam miró a su padre.

—Yo te creeré —dijo Mike.

—Pero no confiaste en mí.

Mike no sabía qué responder a esto.

—Pusiste esa cosa en mi ordenador. Leíste mis conversaciones privadas.

—Estábamos preocupados por ti.

—Podíais haber preguntado.

—Lo hicimos, Adam. Te pregunté mil veces. Me dijiste que te dejara en paz. Me dijiste que saliera de tu habitación.

—Eh, chicos. —Era Hester—. Disfruto con esta escena padre e hijo tan conmovedora, es una maravilla, tengo ganas de llorar, pero os cobro por horas y soy francamente cara, así que ¿podemos volver al caso?

Llamaron con fuerza a la puerta. Se abrió y entraron el agente especial Darryl LeCrue y el ayudante del fiscal Scott Duncan.

—Salgan. Ésta es una reunión privada —dijo Hester.

—Hay alguien que quiere ver a sus clientes —dijo LeCrue.

—Ni que sea Jessica Alba enseñando el ombligo...

—¿Hester?

Era LeCrue.

—Confíe en mí. Esto es importante.

Se apartaron a un lado. Mike los miró. No estaba seguro de

qué podía esperar, pero sin duda, esto no. Adam se echó a llorar en cuanto los vio.

Betsy y Ron Hill entraron en la sala.

—¿Quién coño son ésos? —preguntó Hester.

—Los padres de Spencer —dijo Mike.

—Uau, ¿qué clase de truco emocional es éste? Los quiero fuera, los quiero fuera ya.

—Calle. Escuche. No hable. Escuche —dijo LeCrue.

Hester miró a Adam. Le puso una mano en el brazo.

—No digas ni una palabra. ¿Me has oído? Ni una palabra.

Adam siguió llorando.

Betsy Hill se sentó frente a él. También tenía lágrimas en los ojos. Ron se quedó de pie detrás de ella. Cruzó los brazos y miró al techo. Mike podía ver que le temblaban los labios. LeCrue se quedó de pie en un rincón y Duncan en otro.

—Señora Hill, ¿puede decirles lo que acaba de contarnos? —dijo LeCrue.

Hester Crimstein todavía tenía una mano sobre el brazo de Adam, preparada para hacerlo callar. Betsy Hill sólo miraba a Adam. Finalmente, el chico levantó la cabeza y la miró a los ojos.

—¿Qué ocurre? —preguntó Mike.

—Me mentiste, Adam —dijo finalmente Betsy Hill.

—Uau, uau —dijo Hester—. Si va a empezar a lanzar acusaciones sobre engaños, vamos a parar esto aquí y ahora.

Betsy siguió mirando a Adam, ignorando aquel estallido.

—Tú y Spencer no os peleasteis por una chica, ¿no?

Adam no dijo nada.

—¿No?

—No contestes —dijo Hester, apretándole el brazo—. No tenemos nada que decir sobre una presunta pelea...

Adam apartó el brazo.

—Señora Hill...

—Tienes miedo de que no te crean —dijo Betsy—. Y tienes

miedo de hacer daño a tu amigo. Pero ya no puedes hacer daño a Spencer. Está muerto, Adam. Y no es culpa tuya.

Las lágrimas seguían resbalando por la cara de Adam.

—¿Me has oído? No es culpa tuya. Tenías razones para enfadarte con él. Su padre y yo pasamos por alto tantas cosas. Tendremos que vivir con esta pena el resto de nuestra vida. Quizá podríamos haberlo detenido de haber estado más atentos, o quizá no había forma de salvarlo. Ahora mismo ya no lo sé. Pero sí sé una cosa: no es culpa tuya y no puedes cargar con la culpa de esto. Está muerto, Adam. Nadie puede hacerle daño.

Hester abrió la boca, pero no salió nada. Se detuvo, se apartó y observó. Mike tampoco entendía absolutamente nada.

—Cuéntales la verdad —dijo Betsy.

—No importa.

—Sí, sí importa, Adam.

—Nadie va a creerme.

—Nosotros te creemos —dijo Betsy.

—Rosemary y Carson dirán que fuimos mi padre y yo. Ya lo están diciendo. ¿Para qué ensuciar el nombre de otro?

—Por eso intentaste ponerle fin anoche —dijo LeCrue—. Con ese equipo de escucha del que nos has hablado. Rosemary y Carson te hacían chantaje, ¿no? Te dijeron que si hablabas, te cargarían las culpas a ti. Dirían que tú robaste los talonarios de recetas. Que es lo que están haciendo ahora. Y encima tenías que preocuparte por tus amigos. Todos podían meterse en un buen lío. ¿Qué alternativa tenías? Les seguiste la corriente.

—No estaba preocupado por mis amigos —dijo Adam—. Pero querían echarle la culpa a mi padre. Perdería la licencia, eso seguro.

Mike sintió que le costaba respirar.

—Adam.

El chico se volvió a mirar a su padre.

—Cuéntales la verdad. No te preocupes por mí.

Adam negó con la cabeza.

Betsy alargó una mano y tocó la de Adam.

—Tenemos pruebas.

Adam parecía confundido.

Ron Hill intervino.

—Cuando Spencer murió estuve mirando sus cosas. Encontré... —se calló, tragó saliva, miró otra vez al techo—. No quería decírselo a Betsy. Ya lo estaba pasando muy mal y pensé que no serviría para nada. Estaba muerto. ¿Para qué hacerla sufrir más? Tú pensabas más o menos lo mismo, ¿no, Adam?

Adam no dijo nada.

—Y por eso no dije nada. Pero la noche que murió... estuve en su habitación. Debajo de la cama encontré ocho mil dólares en efectivo... y esto.

Ron lanzó un talonario de recetas sobre la mesa. Por un momento, todos lo miraron.

—Tú no robaste los talonarios de tu padre —dijo Betsy—. Los robó Spencer. Los robó de tu casa, ¿no?

Adam tenía la cabeza baja.

—Y la noche que se suicidó, tú lo descubriste. Te enfrentaste a él. Estabas furioso. Os peleasteis. Fue cuando lo golpeaste. Cuando te llamó, no quisiste escuchar sus disculpas. Había ido demasiado lejos esta vez. Y dejaste que saltara el buzón de voz.

Adam apretó los ojos cerrados.

—Debí responder. Le pegué. Le insulté y dije que no volvería a hablarle jamás. Después lo dejé solo y cuando llamó pidiendo ayuda...

Entonces la sala prácticamente explotó. Hubo lágrimas, por supuesto. Abrazos. Disculpas. Las heridas se abrieron y se cerraron. Hester se puso manos a la obra. Se llevó a LeCrue y a Duncan. Todos habían visto lo que había pasado. Nadie quería presentar cargos contra los Baye. Adam colaboraría y ayudaría a mandar a la cárcel a Rosemary y a Carson.

Pero eso sería otro día.

Aquella noche, más tarde, después de que Adam llegara a casa y recuperara su móvil, se presentó Betsy.

—Quiero oírlo —le dijo.

Y juntos escucharon el último mensaje de Spencer antes de que pusiera fin a su vida:

«Esto no es por ti, Adam. ¿Lo entiendes, no? Intenta entenderlo. No es por nadie. Es todo demasiado difícil. Siempre ha sido demasiado difícil...».

Una semana después, Susan Loriman llamó a la puerta de la casa de Joe Lewiston.

—¿Quién es?

—¿Señor Lewiston? Soy Susan Loriman.

—Estoy ocupado.

—Abra, por favor. Es muy importante.

Hubo unos momentos de silencio antes de que Joe Lewiston hiciera lo que le pedía. Iba sin afeitar y con una camiseta gris. Sus cabellos apuntaban en distintas direcciones y sus ojos todavía estaban cargados de sueño.

—Señora Loriman, de verdad que no es un buen momento.

—Para mí tampoco es un buen momento.

—Me han despedido.

—Lo sé y lo siento mucho.

—De modo que si se trata de la campaña de donaciones para su hijo...

—Sí.

—Ya no pensará que soy el indicado para dirigirla.

—En eso se equivoca. Sí lo pienso.

—Señora Loriman...

—¿Se le ha muerto alguna persona cercana?

—Sí.

—¿Le importaría decirme quién?

La pregunta era extraña. Lewiston suspiró y miró a Susan Loriman a los ojos. Su hijo se estaba muriendo y por alguna razón esta pregunta era importante para ella.

—Mi hermana, Cassie. Era un ángel. Nunca creímos que pudiera ocurrirle nada malo.

Susan lo sabía, evidentemente. Las noticias habían estado llenas de reportajes sobre el viudo de Cassandra Lewiston y los asesinatos.

—¿Alguien más?

—Mi hermano Curtis.

—¿También era un ángel?

—No. Precisamente todo lo contrario. Yo me parezco a él. Dicen que somos clavados. Pero él fue problemático toda su vida.

—¿Cómo murió?

—Asesinado. Probablemente durante un robo.

—Tengo aquí a la enfermera de donaciones. —Susan miró detrás de ella. Una mujer bajó del coche y fue hacia ellos—. Puede tomarle una muestra de sangre ahora mismo.

—No entiendo por qué.

—No hizo nada tan terrible, señor Lewiston. Incluso llamó a la policía cuando se dio cuenta de lo que estaba haciendo su cuñado. Debe empezar a pensar en reconstruir su vida. Y esto, su disposición a ayudar, a intentar salvar a mi hijo aunque en su vida estén pasando cosas tan malas, creo que será importante para la gente. Por favor, señor Lewiston. ¿Intentará ayudar a mi hijo?

Por un momento pareció que iba a protestar. Susan esperó que no lo hiciera. Pero estaba preparada si lo hacía. Estaba dispuesta a decirle que su hijo Lucas tenía diez años. Estaba dispuesta a recordarle que su hermano Curtis había muerto hacía once años, o nueve meses antes del nacimiento de Lucas. Diría a Joe Lewiston que la mejor vía para encontrar un buen donante ahora era la de un tío genético. Susan esperaba no tener que llegar a tanto. Pero estaba dispuesta a hacerlo. No tenía más remedio.

—Por favor —repitió.

La enfermera seguía acercándose. Lewiston miró la cara de Susan otra vez y debió de ver en ella la desesperación.

—Por supuesto —dijo—. Pasen para que podamos hacerlo.

A Tia le asombró lo rápidamente que la vida volvió a la normalidad.

Hester había sido fiel a su palabra. No hubo segunda oportunidad profesionalmente hablando. Así que Tia presentó su dimisión y estaba buscando otro empleo. Mike e Ilene Goldfarb estaban libres de cualquier acusación relacionada con las recetas. La junta médica estaba realizando una investigación de cara a la galería, pero, mientras tanto, su consulta continuaba como siempre. Circulaban rumores de que habían encontrado un buen donante para Lucas Loriman, pero Mike no quería hablar de ello y ella no insistió.

Durante esos primeros días llenos de emociones, Tia se imaginó que Adam volvería atrás y sería de nuevo el chico amable y simpático de antes..., bueno, el que nunca había sido. Pero un chico no funciona con un interruptor. Adam estaba mejor, eso estaba claro. Ahora mismo estaba fuera haciendo de portero mientras su padre le lanzaba discos. Cuando Mike le metía un gol, gritaba: «¡Gol!» y se ponía a cantar el himno de los Rangers. El sonido era reconfortante y familiar, pero en los viejos tiempos también habría oído a Adam. Hoy no, de él no salía ningún sonido. Jugaba en silencio, y en la voz de Mike había algo raro, una mezcla de alegría y desesperación.

Mike todavía deseaba que volviera aquel niño. Pero aquel niño probablemente ya se había ido. Quizá eso no era malo.

Mo paró en la entrada. Los llevaba a un partido de los Rangers contra los Devils en Newark. Anthony, que junto con Mo les había salvado la vida, también iría. Mike creía que Anthony le había salvado la vida la primera vez, en aquel callejón, pero había sido

Adam quien los había retrasado y para demostrarlo tenía la cicatriz de la navaja. Era embriagador para un padre darse cuenta de esto: del hijo que salva al padre. Mike se ponía lloroso y quería decir algo, pero Adam no quería hablar de ello. Aquel chico era un valiente silencioso.

Como su padre.

Tia miró por la ventana. Sus dos hombres-chicos fueron a la puerta a despedirse. Ella les despidió con la mano y les mandó un beso. Ellos le respondieron con un saludo. Vio cómo subían al coche de Mo. No dejó de mirarlos hasta que el coche desapareció calle abajo.

—¿Jill? —gritó.

—¡Estoy arriba, mamá!

Habían retirado el programa espía del ordenador de Adam. Lo puedes defender de mil modos diferentes. Quizá si Ron y Betsy hubieran vigilado más a Spencer, podría haberle salvado. O quizá no. En el universo existe un componente de destino y de azar. En este caso Mike y Tia estaban tan preocupados por su hijo y al final fue Jill la que estuvo a punto de morir. Fue Jill la que sufrió el trauma de tener que disparar y matar a otro ser humano. ¿Por qué?

El azar. Estaba en el lugar equivocado en el momento equivocado.

Puedes espiar, pero no predecir. Adam podía haber encontrado la manera de salir de esto solo. Podría haber hecho la grabación y no hubieran agredido y casi asesinado a Mike. El loco de Carson no los habría apuntado con una pistola. Adam no seguiría preguntándose si sus padres realmente confiaban en él.

La confianza es así. La puedes romper por un buen motivo, pero permanece rota.

¿Qué había aprendido Tia, la madre, de esto? Haces lo que puedes. Ni más ni menos. Intervienes con la mejor intención, les haces saber que los amas, pero la vida es demasiado azarosa para hacer mucho más. No puedes controlarlo todo. Mike tenía un amigo, una ex estrella del baloncesto, que era aficionado a citar expresiones judeoalemanas. Su preferida era «El hombre hace planes y Dios se ríe». Tia nunca lo había llegado a entender. Ella pensaba que era una excusa para no esforzarte al máximo porque al fin y al cabo Dios va a estropearlo todo. Pero no se trataba de eso. Se trataba más de entender que podías darlo todo, procurarles las mejores oportunidades, pero el control es una ilusión.

¿O era incluso más complejo que esto?

Se podía argumentar todo lo contrario, que el fisgoneo los había salvado. Por ejemplo, espiando habían comprendido que Adam estaba fatal.

Pero más aún, si Jill y Yasmin no hubieran fisgoneado y supieran que Guy Novak tenía un arma, estarían todos muertos.

Menuda ironía. Guy Novak guarda un arma cargada en casa y, en lugar de provocar un desastre, los salva a todos.

Tia sacudió la cabeza sólo de pensarlo y abrió la puerta de la nevera. Estaban mal de provisiones.

—¿Jill?

—¿Qué?

Tia cogió las llaves y el monedero. Buscó el móvil.

Su hija se había recuperado del tiroteo con sorprendente facilidad. Los médicos la habían advertido de que podía tratarse de una reacción retrasada o quizá de que era consciente de que lo que había hecho era correcto y necesario e incluso heroico. Jill ya no era una niña.

¿Dónde había puesto Tia el móvil?

Estaba segura de haberlo dejado en la cocina. Allí mismo. No hacía más de diez minutos.

Y fue este simple pensamiento lo que le dio la vuelta a todo.

Tia sintió que el cuerpo se le ponía rígido. Con el alivio de sobrevivir, habían obviado muchas cosas. Pero, de repente, mientras miraba el lugar donde estaba segura de haber dejado el móvil, pensó en esas preguntas sin respuesta.

El primer correo electrónico, el que lo había empezado todo, sobre ir a una fiesta en casa de DJ Huff. No había tal fiesta. Adam no lo había llegado a leer.

¿Quién lo había mandado entonces?

No...

Todavía buscando el móvil, Tia cogió el teléfono fijo, lo descolgó y marcó. Guy Novak contestó al tercer timbre.

—Hola, Tia, ¿cómo estás?

—Le dijiste a la policía que habías mandado aquel vídeo.

—¿Qué?

—El de Marianne en la cama con el señor Lewiston. Dijiste que lo habías mandado tú. Para vengarte.

—¿Y qué?

—No tenías ni idea de que existía, ¿verdad, Guy?

Silencio.

—¿Guy?

—Déjalo estar, Tia.

Colgó.

Subió la escalera en silencio. Jill estaba en su habitación. Tia no quería que la oyera. Todo empezaba a cobrar sentido. Tia se había preocupado por esto, que esas dos cosas horribles hubieran ocurrido a la vez: Nash comportándose como un loco y la desaparición de Adam. Alguien había bromeado diciendo que las cosas malas vienen de tres en tres y que no bajara la guardia. Pero Tia no creía en eso.

El mensaje sobre la fiesta en casa de Huff.

La pistola en el cajón de Guy Novak.

Aquel vídeo tan explícito que mandaron a la dirección de Dolly Lewiston.

¿Cuál era la relación entre todo ello?

Tia dobló la esquina y dijo:

407

—¿Qué haces?

Jill se sobresaltó al oír la voz de su madre.

—Ah, hola. Jugando a BrickBreaker.

—No.

—¿Qué?

Ella y Mike bromeaban con ello. Jill metía la nariz en todo. Jill era su Harriet la Espía.

—Estoy jugando.

Pero no estaba jugando. Ahora Tia lo sabía. Jill no le quitaba el móvil a todas horas para jugar. Lo hacía para mirar los mensajes de Tia. Jill no utilizaba el ordenador de la habitación de sus padres porque fuera más nuevo y funcionara mejor. Lo hacía para enterarse de lo que pasaba. Jill no soportaba que la trataran como a una niña. Así que fisgaba. Ella y su amiga Yasmin.

Cosas inocentes de niños, ¿eh?

—Sabías que estábamos vigilando el ordenador de Adam, ¿no?

—¿Qué?

—Brett dijo que el que mandó el mensaje lo hizo desde esta casa. Lo mandaron, entraron en el correo de Adam antes de que volviera a casa, y lo borraron. No era capaz de pensar quién podía o querría hacer algo así. Pero fuiste tú, Jill. ¿Por qué?

Jill negó con la cabeza. Pero hay cosas que una madre sabe.

—Jill

—Yo no quería que pasara esto.

—Lo sé. Cuéntame.

—Destruíais los informes, pero yo no entendía por qué de repente teníais una destructora en el dormitorio. Os oí cuchichear una noche. Y tú incluso tenías la página de E-SpyRight en tus favoritos.

—Así que supiste que estábamos espiando.

—Claro.

—¿Y por qué mandaste aquel mensaje?

—Porque sabía que lo veríais.

—No lo comprendo. ¿Para qué querías que viéramos una convocatoria a una fiesta que no iba a celebrarse?

—Sabía lo que iba a hacer Adam. Creía que era demasiado peligroso. Quería detenerlo, pero no podía deciros la verdad sobre el Club Jaguar y todo el resto. No quería que tuviera problemas.

Tia asintió.

—Y te inventaste lo de la fiesta.

—Sí. Dije que habría alcohol y drogas.

—Pensaste que le obligaríamos a quedarse en casa.

—Sí. Para que estuviera a salvo. Pero Adam se escapó. No pensé que lo hiciera. Lo he estropeado todo. En serio. Todo es culpa mía.

—No es culpa tuya.

Jill se echó a llorar.

—Yasmin y yo. Todos nos tratan como si fuéramos bebés. Así que espiamos. Es como un juego. Los adultos ocultan cosas, y nosotras las descubrimos. Entonces el señor Lewiston dijo aquella cosa horrible sobre Yasmin. Eso lo cambió todo. Los otros niños eran tan mezquinos... Al principio Yasmin se puso muy triste, pero después fue como si se hubiera vuelto loca de rabia. Su madre siempre había sido una calamidad y supongo que, no sé, debió de ver en esto una oportunidad para ayudar a Yasmin.

—Y... le tendió una trampa al señor Lewiston. ¿Os lo contó Marianne?

—No. Pero Yasmin también la espió a ella. Vimos el vídeo en su móvil. Yasmin le preguntó a Marianne, pero ella dijo que se había acabado y que el señor Lewiston también estaba sufriendo.

—O sea que tú y Yasmin...

—No queríamos perjudicar a nadie. Pero Yasmin estaba harta. Todos los adultos nos decían lo que era mejor. Todos los niños de la escuela se metían con ella, con las dos, en realidad. Así que lo hicimos aquel mismo día. No fuimos a su casa después de la escuela. Primero vinimos aquí. Yo mandé el mensaje sobre la fiesta para que intervinierais y después Yasmin mandó el vídeo para hacer que el señor Lewiston pagara por lo que le había hecho.

Tia se puso de pie y esperó que se le ocurriera algo. Los niños no hacen lo que sus padres dicen, hacen lo que ven que hacen sus padres. ¿Quién tenía la culpa de esto? Tia no estaba segura.

—Sólo hicimos eso —dijo Jill—. Sólo mandamos un par de mensajes. Nada más.

Y era cierto.

—Todo se arreglará —dijo Tia, haciéndose eco de las palabras que su marido había repetido a su hijo en la sala de interrogatorios.

Se arrodilló y abrazó a su hija. Las lágrimas que su hija había retenido salieron. Se apoyó en su madre y lloró. Tia le acarició la cabeza y la arrulló y dejó que llorara.

Haces lo que puedes, se recordó Tia. Los amas tan bien como puedes.

—Todo se arreglará —dijo una vez más.

Esta vez casi se lo creyó.

Una fría mañana de sábado —precisamente el día en que el fiscal del condado de Essex, Paul Copeland, iba a casarse por segunda vez— Cope estaba frente a una unidad de almacenaje en la Ruta 15.

Loren Muse estaba junto a él.

—No tienes por qué estar aquí.

—La boda no es hasta dentro de seis horas —dijo Cope.

—Pero Lucy...

—Lucy lo entiende.

Cope miró por encima del hombro donde Neil Cordova esperaba en el coche. Pietra había roto su silencio hacía unas horas. Después de callar como una muerta, a Cope se le ocurrió la simple idea de permitir que Neil Cordova hablara con ella. Dos minutos después, con su novio muerto y un trato firmado con su abogado, Pietra se ablandó y les contó dónde encontrarían el cadáver de Reba Cordova.

—Quiero estar aquí —dijo Cope.

Muse siguió su mirada.

—No deberías haberle permitido venir.

—Se lo prometí.

Cope y Neil Cordova habían hablado mucho desde la desaparición de Reba. En pocos minutos, si Pietra decía la verdad, tendrían algo horrible en común: la esposa muerta. Curiosamente, cuando investigaron los antecedentes del asesino, él también compartía con ellos este horrible atributo.

Como si leyera sus pensamientos, Muse preguntó:

—¿Crees que hay alguna posibilidad de que Pietra mienta?

—No lo creo. ¿Y tú?

—Yo tampoco —dijo Muse—. Así que Nash mató a estas dos mujeres para ayudar a su cuñado. Para encontrar y destruir esa cinta con la infidelidad de Lewiston.

—Eso parece. Pero Nash tenía antecedentes. Seguro que si nos remontamos a su pasado, encontraremos muchas cosas malas. Creo que probablemente esto fue ante todo una excusa para hacer daño. Pero ni sé ni me importa la psicología. La psicología no se puede juzgar.

—Las torturó.

—Sí. En teoría para saber quién más sabía lo de la cinta.

—Como Reba Cordova.

—Así es.

Muse sacudió la cabeza.

—¿Y el cuñado? ¿El profesor?

—¿Lewiston? ¿Qué pasa con él?

—¿Vas a presentar cargos contra él?

Cope se encogió de hombros.

—Afirma que se lo contó a Nash en confianza y que no tenía ni idea de que se volvería tan loco.

—¿Y tú te lo tragas?

—Pietra lo respalda, pero no tengo pruebas suficientes en un sentido u otro todavía. —La miró—. Ahí es donde entran mis detectives.

El supervisor del almacén encontró la llave y la metió en la cerradura. Se abrió la puerta y los detectives entraron.

—Tanto horror —dijo Muse—, y Marianne Gillespie no mandó la grabación.

—Parece que no. Sólo amenazó con hacerlo. Lo comprobamos. Guy Novak afirma que Marianne le contó lo del vídeo. Ella quería dejarlo, pensaba que la amenaza era suficiente castigo. Guy no. Así que mandó la grabación a la esposa de Lewiston.

Muse frunció el ceño.

—¿Qué? —preguntó Cope.

—Nada. ¿Vas a presentar cargos contra Guy?

—¿Por qué? Mandó un correo electrónico. No es ilegal.

Dos de los agentes salieron de la unidad de almacenaje. Con demasiada parsimonia. Cope sabía lo que eso significaba. Uno de los agentes miró a Cope y asintió con la cabeza.

—Mierda —dijo Muse.

Cope se volvió y fue hacia Neil Cordova. Éste lo vio acercarse. Cope le sostuvo la mirada e intentó no vacilar. Neil se puso a agitar la cabeza en cuanto vio moverse a Cope. Cada vez la sacudía con más fuerza, como si con ese simple gesto pudiera negar la realidad. Cope mantuvo el paso. Neil se había preparado para esto, sabía lo que le esperaba, pero esto nunca amortigua golpes como ése. No tienes alternativa. Ya no puedes esquivarlo o luchar contra él. Tienes que dejar que te aplaste y basta.

Así que cuando Cope llegó a su lado, Neil Cordova dejó de sacudir la cabeza y se derrumbó sobre el pecho de Cope. Sollozó pronunciando el nombre de Reba una y otra vez, diciendo que no era cierto, que no podía ser cierto, suplicando a un poder más alto que le devolviera a su amada. Cope lo sostuvo. Pasaron los minutos. No se sabe cuántos. Cope lo sostuvo y no dijo nada.

Una hora después Cope se fue a casa en coche. Se duchó, se puso el esmoquin y se fue con los padrinos. Cara, su hija de siete años, recibió gritos de admiración al recorrer el pasillo. El propio gobernador presidió las nupcias. Celebraron una gran fiesta con una orquesta y toda la parafernalia. Muse era una de las damas de honor, vestida de gala, elegante y preciosa. Le felicitó con un beso en la mejilla. Cope le dio las gracias. Ésta fue toda la conversación de boda que mantuvieron.

La velada fue un remolino pintoresco, pero en un determinado momento Cope se quedó un par de minutos a solas. Se aflojó la corbata y se desabrochó el botón de arriba de la camisa. En un día había recorrido todo el ciclo, empezando por la muerte y terminando con algo tan alegre como la unión de dos personas. Habría quienes encontraran algo profundo en esto. Cope no. Se quedó escuchando el estruendo de la orquesta que interpretaba una pieza enérgica de Justin Timberlake y contempló a sus invitados intentando bailarla. Por un momento se dejó llevar hacia la oscuridad. Pensó en Neil Cordova, en el golpe desgarrador que había recibido, en lo que estarían pasando ahora él y sus dos hijas.

—¿Papi?

Se volvió. Era Cara. Su hija le cogió la mano y le miró, con toda la seriedad de sus siete años. Lo sabía.

—¿Bailas conmigo? —preguntó Cara.

—Creía que no te gustaba bailar.

—Me encanta esta canción. Por favor.

Cope se levantó y fue a la pista de baile. La canción repitió su tonto estribillo sobre volver a ser sexi. Cope empezó a moverse. Cara apartó a la novia de algunos invitados y la arrastró también a la pista de baile. Lucy, Cara y Cope, la nueva familia, bailaron. La música parecía aún más fuerte. Los amigos y la familia aplaudie-

413

ron dando ánimos. Cope bailó fatal pero con entusiasmo. Las dos mujeres de su vida disimularon la risa.

Cuando las oyó reír, Paul Copeland bailó con más entusiasmo aún, agitando los brazos, meneando las caderas, sudando, girando, hasta que en el mundo no hubo nada más que aquellas dos caras preciosas y el maravilloso sonido de su risa.

AGRADECIMIENTOS

La idea para este libro se me ocurrió cenando con mis amigos Beth y Dennis McConnell. Gracias por hablar conmigo y discutirlo. Ya veis lo que ha salido de ello.

También quiero dar las gracias a las siguientes personas por contribuir de una forma u otra: Ben Sevier, Brian Tart, Lisa Johynson, Lisa Erbach Vance, Aaron Priest, Jon Wood, Eliane Benisti, Françoise Triffaux, Christopher J. Christie, David Gold, Anne Armstrong-Coben y Charlotte Coben.